【臺灣現當代作家
研究資料彙編】73

錦　連

國立台灣文學館
出版

部長序

　　從歷史的角度檢視特定時代的文學表現，當代作家及作品往往是研究的重心；而完整的臺灣文學史之建構，更有賴全面與紮實的作家及作品研究。臺灣文學自荷蘭時代、明鄭、清領、日治、及至戰後，行過漫長的時光甬道，在諸多文學先輩和前行者的耕耘之下，其所累積的成果和能量實已相當可觀；而白話文學運動所造就的新文學萌芽，更讓現當代文學作品源源不絕地誕生，作家們的精彩表現有目共睹。相應於此，如何盤整研究資源、提升無論是專業學者或一般大眾資料查找的便利性，也就格外重要。

　　由國立臺灣文學館規畫、籌編的《臺灣現當代作家研究資料彙編》，即可說是對上述問題的最好回應。本計畫自 2010 年開始啟動，五年多來，已然為臺灣文學史及相關研究打下厚重扎實的基礎。臺文館不僅細心詳實地為作家編選創作生涯中的重要紀錄，在每一冊圖書中收錄豐富的作家照片、手稿影像，並編寫小傳、年表，再由學有專精的學者撰寫研究綜述、選刊重要評論文章，最後還附有評論資料目錄。經過長久的累積和努力，今年，已進入第六個年頭，即將完成總共 80 位作家的研究資料彙編。在本階段所出版的作家，包括詹冰、高陽、子敏、齊邦媛、趙滋蕃、蕭白、彭歌、杜潘芳格、錦連、蓉子、向明、張默、於梨華、葉笛、葉維廉、東方白共 16 位，俱為夙負盛名的重量級作者，相信必能有助於臺灣文學的推廣與研究的深化。

　　這套全方位的臺灣現當代文學工具書，完整呈現了臺灣作家的存在樣貌、歷史地位與影響及截至目前的相關研究成果，同時也清晰地勾勒出臺灣文學一路走來的變貌與軌跡，不但極具概覽性，亦能揭示當下的臺灣文學研究現況並指引未來研究路徑，可說是認識臺灣作家與臺灣文學發展的重要讀本依據，相信必能為臺灣文學研究奠定益加厚實的根基；懇請海內外關心及研究臺灣文學之各界方家不吝指正，以匯聚更多參與及持續前行的能量。

文化部部長　

館長序

　　時光荏苒，「臺灣現當代作家研究資料彙編」第五階段已接近尾聲，16 冊圖書的出版，意味著這個深耕多年的計畫，又往前邁進一步，締造了新的里程碑。

　　「臺灣現當代作家研究資料彙編計畫」乃是以「臺灣現當代作家評論資料目錄」（2004～2009 年）為基礎，由其中所收錄的 310 位作家、十餘萬筆研究評論資料延展而來。為了厚實臺灣文學史料的根基，國立臺灣文學館組織了精實的顧問群與編輯團隊，從作家的出生年代、創作數量、研究現況……等元素進行綜合考量，精選出 100 位作家，聘請最適合的專家學者替每位作家完成一本研究資料彙編。圖書內容包括作家生平重要影像、文學活動照片、手稿或文物影像、作家小傳、作品目錄和提要、文學年表；另有主編撰寫的作家研究綜述，再從龐雜的評論資料中挑選具有代表性的評論文章，並附上完整的作家評論資料目錄。這套叢書不僅對文學研究者而言是詳實齊全的文獻寶庫，同時也為一般讀者開啟平易可親的文學之窗，讓大家可以從不同角度、多面向地認識一位作家的創作、生平與歷史地位。

　　本計畫自 2010 年啟動，截至目前為止，以將近六年的時間，完成了 80 位臺灣重量級作家的研究資料彙編，在本階段將與讀者見面的有詹冰、高陽、子敏、齊邦媛、趙滋蕃、蕭白、彭歌、杜潘芳格、

錦連、蓉子、向明、張默、於梨華、葉笛、葉維廉、東方白共 16
人。這是一場充滿挑戰的馬拉松，過程漫長艱辛，卻也積聚並見證
了臺灣文學創作與研究的能量。為了將這部優質的出版品推介給廣
大的讀者，發揮其更大的影響力，臺文館於 2015 年 8 月接續推動
「臺灣文學開講——臺灣現當代作家研究資料彙編行銷推廣閱讀計
畫」，透過講座與踏查，結合文學閱讀、專家講述、土地探訪，以
顯影作家創作與生活的痕跡，歡迎所有的朋友與我們一同認識作
家、樂讀文學、親炙臺灣的土地，也請各界不吝給予我們批評、指
教。

國立臺灣文學館館長　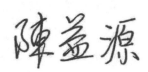

編序

◎封德屏

緣起

1995 年 10 月 25 日，在臺灣師範大學教育大樓的 201 室，一場以
「面對臺灣文學」為題的座談會，在座諸位學者分別就臺灣文學的定義、
發展、研究，以及文學史的寫法等，提出宏文高論，而時任國家圖書館編
纂張錦郎的「臺灣文學需要什麼樣的工具書」，輕鬆幽默的言詞，鞭辟入
裡的思維，更贏得在座者的共鳴。

張先生以一個圖書館工作人員自謙，認真專業地為臺灣這幾十年來究
竟出版了多少有關臺灣文學的工具書，做地毯式的調查和多方面的訪問。
同時條理分明地針對研究者、學生，列出了十項工具書的類型，哪些是現
在亟需的，哪些是現在就可以做的，哪些是未來一步一步累積可以達成
的，分別做了專業的建議及討論。

當時的文建會二處科長游淑靜，參與了整個座談會，會後她劍及履及
的開始了文學工具書的委託工作，從 1996 年的《臺灣文學年鑑》起始，一
年一本的編下去，一直到現在，保存延續了臺灣文學發展的基本樣貌。接
著是《中華民國作家作品目錄》的新編，《臺灣文壇大事紀要》的續編，
補助國家圖書館「當代文學史料影像全文系統」的建置，這些工具書、資
料庫的接續完成，至少在當時對臺灣文學的研究，做到一些輔助的功能。

2003 年 10 月，籌備多年的「臺灣文學館」正式開幕運轉。同年五月
《文訊》改隸「財團法人台灣文學發展基金會」，為了發揮更大的動能，開

始更積極、更有效率地將過去累積至今持續在做的文學史料整理出來，讓豐厚的文藝資源與更多人共享。

於是再次的請教張錦郎先生，張先生認為文學書目、作家作品目錄、文學年鑑、文學辭典皆已完成或正在進行，現在重點應該放在有關「臺灣現當代作家評論資料目錄」的編輯工作上。

很幸運的，這個計畫的發想得到當時臺灣文學館林瑞明館長的支持，於是緊鑼密鼓的展開一切準備工作：籌組編輯團隊、召開顧問會議、擬定工作手冊、撰寫計畫書等等。

張錦郎先生花了許多時間編訂工作手冊，每一位作家的評論資料目錄分為：

（一）生平資料：可分作者自述，旁人論述及訪談，文學獎的紀錄。

（二）作品評論資料：可分作品綜論，單行本作品評論，其他作品（包括單篇作品）評論，與其他作家比較等。

此外，對重要評論加以摘要解說，譬如專書、專輯、學術會議論文集或學位論文等，凡臺灣以外地區之報刊及出版社，於書名或報刊後加註，如中國大陸、香港、新加坡等。此外，資料蒐集範圍除臺灣外，也兼及中國大陸、香港、新加坡、日本、韓國及歐美等地資料，除利用國內蒐集管道外，同時委託當地學者或研究者，擔任資料蒐集工作。

清楚記得，時任顧問的學者專家們，都十分高興這個專案的啟動，但確定收錄哪些作家名單時，也有不同的思考及看法。經過充分的討論後，終於取得基本的共識：除以一般的「文學成就」為觀察及考量作家的標準外，並以研究的迫切性與資料獲得之難易度為綜合考量。譬如說，在第一階段時，作家的選擇除文學成就外，先考量迫切性及研究性，迫切性是指已故又是日治時期臺籍作家為優先，研究性是指作品已出土或已譯成中文為優先。若是作品不少而評論少，或作品評論皆少，可暫時不考慮。此外，還要稍微顧及文類的均衡等等。基本的共識達成後，顧問群共同挑選出 310 位作家，從鄭坤五、賴和、陳虛谷以降，一直到吳錦發、陳黎、蘇

偉貞，共分三個階段進行。

　　「臺灣現當代作家評論資料目錄」專案計畫，自 2004 年 4 月開始，至 2009 年 10 月結束，分三個階段歷時五年六個月，共發現、搜尋、記錄了十餘萬筆作家評論資料。共經歷了三位專職研究助理，近三十位兼任研究助理。這些研究助理從開始熟悉體例，到學習如何尋找資料，是一條漫長卻實用的學習過程。

接續

　　「臺灣現當代作家評論資料目錄」的專案完成，當代重要作家的研究，更可以在這個基礎上，開出亮麗的花朵。於是就有了「臺灣現當代作家研究資料彙編暨資料庫建置計畫」的誕生。為了便於查詢與應用，資料庫的完成勢在必行，而除了資料庫的建置外，這個計畫再從 310 位作家中精選 50 位，每人彙編一本研究資料，內容有作家圖片集，包括生平重要影像、文學活動照片、手稿及文物，小傳、作品目錄及提要、文學年表。另外每本書分別聘請一位最適當的學者或研究者負責編選，除了負責撰寫八千至一萬字的作家研究綜述外，再從龐雜的評論資料中挑選具有代表性的評論文章，平均 12～14 萬字，最後再附該作家的評論資料目錄，以期完整呈現該作家的生平、創作、研究概況，其歷史地位與影響。

　　第一部分除資料庫的建置外，50 位作家 50 本資料彙編（平均頁數 400～500 頁），分三個階段完成，自 2010 年 3 月開始至 2013 年 12 月，共費時 3 年 9 個月。因為內容充實，體例完整，各界反應俱佳，第二部分的 50 位作家，接著在 2014 年元月展開，第一階段出版了 14 本，此次第二階段計畫出版 16 本，預計在 2016 年 3 月完成。

　　首先，工作小組必須掌握每位編選者進度這件事，就是極大的挑戰。於是編輯小組在等待編選者閱讀選文的同時，開始蒐集整理作家生平照片、手稿，重編作家年表，重寫作家小傳，尋找作家出版品的正確版本、版次，重新撰寫提要。這是一個極其複雜的工程。還好這些年培養訓練出

幾位日漸成熟的專案助理，在《文訊》編輯部同仁的協助之下，讓整個專案延續了一貫的品質及進度。

成果

　　雖然過程是如此艱辛，如此一言難盡，可是終究看到豐美的成果。每位編選者雖然忙碌，但面對自己負責的作家資料彙編，卻是一貫地認真堅持。他們每人必須面對上千或數百筆作家評論資料，挑選重要或關鍵性的評論文章，全面閱讀，然後依照編選原則，挑選評論文章。助理們此時不僅提供老師們所需要的支援，統計字數，最重要的是得找到各篇選文作者，取得同意轉載的授權。在起初進度流程初估時，我們錯估了此項工作的難度，因為許多評論文章，發表至今已有數十年的光景，部分作者行蹤難查，還得輾轉透過出版社、學校、服務單位，尋得蛛絲馬跡，再鍥而不捨地追蹤。有了前面的血淚教訓，日後關於授權方面，我們更是如臨深淵、如履薄冰，希望不要重蹈覆轍，在面對授權作業時更是戰戰兢兢，不敢懈怠。

　　除了挑選評論文章煞費苦心外，每個作家生平重要照片，我們也是採高標準的方式去蒐集，過世作家家屬、友人、研究者或是當初出版著作的出版社，都是我們徵詢的對象。認真誠懇而禮貌的態度，讓我們獲得許多從未出土的資料及照片，也贏得了許多珍貴的友誼。許多作家都協助提供照片手稿等相關資料，已不在世的作家，其家屬及友人在編輯過程中，也給予我們許多協助及鼓勵，藉由這個機會，與他們一起回憶、欣賞他們親人或父祖、前輩，可敬可愛的文學人生。此外，還有許多作家及研究者，熱心地幫忙我們尋找難以聯繫的授權者，辨識因年代久遠而難以記錄年代、地點、事件的作家照片，釐清文學年表資料及作家作品的版本問題，我們從他們身上學習到更多史料研究可貴的精神及經驗。

　　但如何在規定的時間內，完成每個階段資料彙編的編輯出版工作，對工作小組來說，確實是一大考驗。每一冊的主編老師，都是目前國內現當

代臺灣文學教學及研究的重要人物，因此都十分忙碌。每一本的責任編輯，必須在這一年多的時間內，與他們所負責資料彙編的主角——傳主及主編老師，共生共榮。從作家作品的收集及整理開始，必須要掌握該作家所有出版的作品，以及盡量收集不同出版社的版本；整理作家年表，除了作家、研究者已撰述好的年表外，也必須再從訪談、自傳、評論目錄，從作品出版等線索，再作比對及增刪。再來就是緊盯每位把「研究綜述」放在所有進度最後一關的主編們，每隔一段時間提醒他們，或順便把新增的評論目錄寄給他們（每隔一段時間就有新的相關論文或學位論文出現），讓他們隨時與他們所主編的這本書，產生聯想，希望有助於「研究綜述」撰寫的進度。

在每個艱辛漫長的歲月中，因等待、因其他人力無法抗拒的因素，衍伸出來的問題，層出不窮，更有許多是始料未及的。譬如，每本書的選文，主編老師本來已經選好了，也經過授權了，為了抓緊時間，負責編輯的助理們甚至連順序、頁碼都排好了，就等主編老師的大作了，這時主編突然發現有新的文章、新的資料產生：再增加兩三篇選文吧！為了達到更好更完備的目標，工作小組當然全力以赴，聯絡，授權，打字，校對，重編順序等等工作，再度展開。

此次第二部分第二階段共需完成的 16 位作家研究資料彙編，年齡層較上兩個階段已年輕許多，因此到最後的疑難雜症，還有連主編或研究者都不太清楚的部分，譬如年表中的某一件事、某一個年代、某一篇文章、某一個得獎記錄，作家本人絕對是一個最好的諮詢對象，對解決某些問題來說，這是一個好的線索，但既然看了，關心了，參與了，就可能有不同的看法，選文、年表、照片，甚至是我們整本書的體例，於是又是一場翻天覆地的大更動，對整本書的品質來說，應該是好的，但對經過多次琢磨、修改已進入完稿階段的編輯團隊來說，這不啻是一大挑戰。

1990 年開始，各地縣市文化中心（文化局），對在地作家作品集的整理出版，以及臺灣文學館成立後對日治時期作家以迄當代重要作家全集的

編纂，對臺灣文學之作家研究，也有了很好的促進作用。如《楊逵全集》、《林亨泰全集》、《鍾肇政全集》、《張文環全集》、《呂赫若日記》、《張秀亞全集》、《葉石濤全集》、《龍瑛宗全集》、《葉笛全集》、《鍾理和全集》、《錦連全集》、《楊雲萍全集》、《鍾鐵民全集》等，如雨後春筍般持續展開。

　　經過近二十年的努力，臺灣文學的研究與出版，也到了可以驗收或檢討成果的階段。這個說法，當然不是要停下腳步，而是可以從「臺灣現當代作家評論資料目錄」所呈現的 310 位作家、10 萬筆資料中去檢視。檢視的標的，除了從作家作品的質量、時代意義及代表性去衡量外、也可以從作家的世代、性別、文類中，去挖掘有待開墾及努力之處。因此這套「臺灣現當代作家研究資料彙編」，大部分的編選者除了概述作家的研究面向外，均有些觀察與建議。希望就已然的研究成果中，去發現不足與缺憾，研究者可以在這些不足與缺憾之處下功夫，而盡量避免在相同議題上重複。當然這都需要經過一段時間去發現、去彌補、去重建，因此，有關臺灣文學的調查、研究與論述，就格外顯得重要了。

期待

　　感謝臺灣文學館持續推動這兩個專案的進行。「臺灣現當代作家評論資料目錄」的完成，呈現的是臺灣文學研究的總體成果；「臺灣現當代作家研究資料彙編」的出版，則是呈現成果中最精華最優質的一面，同時對未來臺灣文學的研究面向與路徑，作最好的建議。我們可以很清楚的體會，這是一條綿長優美的臺灣文學接力賽，我們十分榮幸能參與其中，更珍惜在傳承接力的過程，與我們相遇的每一個人，每一件讓我們真心感動的事。我們更期待這個接力賽，能有更多人加入。誠如張恆豪所說「從高音獨唱到多元交響」，這是每一個人所期待的。

編輯體例

一、本書編選之目的，為呈現錦連生平、著作及研究成果，以作為臺灣文學相關研究、教學之參考資料。

二、全書共五輯，各輯內容及體例說明如下：

　　輯一：圖片集。選刊作家各個時期的生活或參與文學活動的照片、著作書影、手稿（包括創作、日記、書信）、文物。

　　輯二：生平及作品，包括三部分：

　　　　1.小傳：主要內容包括作家本名、重要筆名，生卒年月日，籍貫，及創作風格、文學成就等。

　　　　2.作品目錄及提要：依照作品文類（論述、詩、散文、小說、劇本、報導文學、傳記、日記、書信、兒童文學、合集）及出版順序，並撰寫提要。不收錄作家翻譯或編選之作品。

　　　　3.文學年表：考訂作家生平所進行的文學創作、文學活動相關之記要，依年月順序繫之。

　　輯三：研究綜述。綜論作家作品研究的概況，並展現研究成果與價值的論文。

　　輯四：重要文章選刊。選收國內外具代表性的相關研究論文及報導。

　　輯五：研究評論資料目錄。收錄至 2015 年 11 月底止，有關研究、論述臺灣現當代作家生平和作品評論文獻。語文以中文為主，兼及日文和英文資料。所收文獻資料，以臺灣出版為主，酌收中國大陸、香港、日本和歐美國家的出版品。內容包含三部分：

　　　　1.「作家生平、作品評論專書與學位論文」下分為專書與學位論文。

　　　　2.「作家生平資料篇目」下分為「自述」、「他述」、「訪談」、「年表」、「其他」。

　　　　3.「作品評論篇目」下分為「綜論」、「分論」、「作品評論目錄、索引」、「其他」。

目次

輯一◎圖片集

影像◎手稿◎文物

1930年代，錦連（前排右二）隨父親陳圍（中排右三）拜謁神社，攝於彰化八卦山。
（翻攝自《錦連全集13・資料卷》，國立臺灣文學館）

1941年，錦連（前排數起，第二排右四）旭公學校（今南郭國民小學）畢業紀念照。
（翻攝自《錦連全集13・資料卷》，國立臺灣文學館）

1950年2月18日，錦連與鐵路局同仁合影於臺中沙鹿火車站。右起：賴海德、賴金木、錦連、王湘雲、鄭其土、紀先生、佚名。（翻攝自《錦連全集13‧資料卷》，國立臺灣文學館）

1951年，錦連訪詩友黃靈芝（右），攝於臺北和平西路黃宅。（翻攝自《錦連全集13‧資料卷》，國立臺灣文學館）

1956年，錦連與林亨泰（右）接待葉泥（中）等到訪彰化的詩友，合影於林亨泰寓所。（翻攝自《錦連全集13‧資料卷》，國立臺灣文學館）

1958年，錦連與王玉梅結婚照。（翻攝自《錦連全集13・資料卷》，國立臺
灣文學館）

1959年2月8日，錦連（前）於彰化火車站調車場的工作身影。（翻攝自《錦連全集13・資料卷》，國立臺灣文學館）

1964年8月23日，與笠詩社同人合影於臺中后里毘盧禪寺。前排右起：錦連、杜國清、古貝；後排右起：陳千武、詹冰、張彥勳、林亨泰、趙天儀。（文訊文藝資料中心）

1970年12月11日，錦連（最後排右四）父親陳圍（第二排右四）70歲壽辰，家族合影留念。（翻攝自《錦連全集13・資料卷》，國立臺灣文學館）

1971年9月27日，與旭校高等科同學，合影於彰化卦山大飯店前。前排右三為錦連。（翻攝自《錦連全集13・資料卷》，國立臺灣文學館）

1970年代，全家福照片。左起：錦連、次女陳季瑛、長女陳嘉惠、妻子王玉梅。（翻攝自《錦連全集13‧資料卷》，國立臺灣文學館）

1970年代，錦連、石秋梅（左）接待訪臺的日本詩友西尾武瑯（中），合影於彰化鹿港民俗文物館。（翻攝自《錦連全集13‧資料卷》，國立臺灣文學館）

1984年11月，應邀出席日本地球詩社於東京舉辦的第一屆亞洲詩人會議。會前與詩友先赴韓國參訪，攝於漢城（今首爾）。右起：李魁賢、錦連、羅浪、林宗源、郭成義。（翻攝自《錦連全集13‧資料卷》，國立臺灣文學館）

1988年1月15日，出席笠詩社主辦之「第三屆亞洲詩人會議」文學之旅活動，與文友合影於南投九族文化村。左起：詹冰、郭水潭、錦連。（翻攝自《錦連全集13‧資料卷》，國立臺灣文學館）

1980年代，笠詩社文友於陳秀喜住所雅集，攝於臺南關仔嶺笠園。左起：
利玉芳、錦連（後）、陳秀喜、林宗源。（翻攝自《錦連全集13‧資料
卷》，國立臺灣文學館）

1990年，錦連與詩友岩上（中）、黃勁連（右）
合影於臺灣大學校友會館。（翻攝自《錦連全集
13‧資料卷》，國立臺灣文學館）

1993年7月28日，與闊別44年的銀鈴會同人聚首，合
影於錦連寓所。右起：錦連、朱實、許育誠、張彥
勳。（王玉梅提供）

1994年2月16日，應邀出席南鯤鯓文藝營。前排右二為莊榮俊（莊柏林父），右三為林宗源；後排右起：錦連、賴洝、李篤恭。（翻攝自《錦連全集13‧資料卷》，國立臺灣文學館）

1994年6月12日，《笠》與《臺灣文藝》創刊30週年紀念會，會中同時舉辦「94臺灣文學會議」，與會者合影於臺中天主教上智社教研究院。前排右起：林亨泰、上智社教研究院負責人、北原政吉、巫永福、莊柏林、陳千武；後排右起：岩上、杜潘芳格、錦連、李篤恭、趙天儀、白萩、李魁賢。（翻攝自《錦連全集13‧資料卷》，國立臺灣文學館）

1996年2月，獲第五屆榮後臺灣詩人獎，會後與文友合影於臺南南鯤鯓大廟。左起：陳明台、陳千武、錦連、莊柏林、葉笛、賴洝、陳明仁、林宗源。（翻攝自《錦連全集13・資料卷》，國立臺灣文學館）

1997年，錦連夫婦參觀鍾理和紀念館，於館外文學步道上的錦連詩碑前留影。（翻攝自《錦連全集13・資料卷》，國立臺灣文學館）

1990年代，錦連（前排右三）於救國團教授日語，與日語班結業學生合影。
（翻攝自《錦連全集13‧資料卷》，國立臺灣文學館）

2001年3月31日，錦連出席第七屆北臺灣文學研習營，於會中演講「我的文
壇記憶」。（翻攝自《錦連全集13‧資料卷》，國立臺灣文學館）

2004年11月7日，獲真理大學頒贈臺灣文學家牛津獎。右起：真理大學校長葉能哲、錦連、妻子王玉梅。（翻攝自《錦連全集13・資料卷》，國立臺灣文學館）

2005年1月3日，錦連為張德本（左）於高雄雲相空間所策畫的「凝視臺灣文學」系列文學講座題字。（翻攝自《錦連全集13・資料卷》，國立臺灣文學館）

2005年3月，應邀出席高雄市文化局主辦的高雄世界詩歌節活動。左起：錦連、趙天儀、莫渝、曾貴海、江自得、李敏勇、林瑞明、葉笛、岩上、林佛兒、陳銘堯。（王玉梅提供）

2005年9月3日，國家臺灣文學館（今國立臺灣文學館）以「詩與散文饗宴」為主題，主辦第五季週末文學對談，系列活動首場由錦連與張德本（右）對談「臺灣鐵路詩人——流轉在鋼軌上的密碼」。（翻攝自《錦連全集13・資料卷》，國立臺灣文學館）

2006年8月，錦連夫婦參觀高雄文學館，現場展出錦連作品。（翻攝自《錦連全集13・資料卷》，國立臺灣文學館）

2008年3月16日，錦連於書房翻閱手稿談詩。（翻攝自《錦連全集13・資料卷》，國立臺灣文學館）

2009年10月11日，應邀出席臺北俳句會。前排右起：俳句會創辦人黃靈芝、錦連、羅浪；後排右起：王秀卿、李錦上、錦連夫人王玉梅、錦連次女陳季瑛、羅浪長女羅思容。（翻攝自《錦連全集13・資料卷》，國立臺灣文學館）

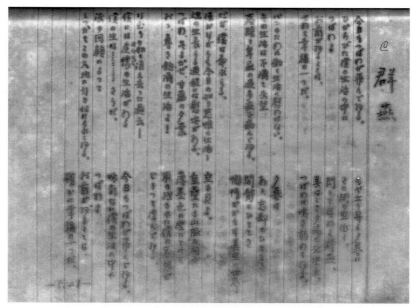

1949年，錦連詩作〈明暗〉、〈哀弔の辞——乙女碧玉の死さ悼む〉、〈詩神の瞳〉手稿。（翻攝自《錦連全集13·資料卷》，國立臺灣文學館）

1949年，錦連詩集《群燕》手稿內頁，其字跡因1959年八七水災時滲水而稍顯模糊。（翻攝自《錦連全集13·資料卷》，國立臺灣文學館）

1956年7月，錦連發表於《南北笛》第10期詩作〈鐵路〉手稿。（翻攝自《錦連全集13・資料卷》，國立臺灣文學館）

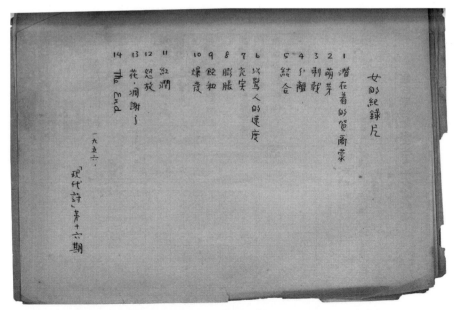

1956年，錦連詩作〈女的紀錄片〉手稿，後發表於《現代詩》第16期。（翻攝自《錦連全集13・資料卷》，國立臺灣文學館）

披荊斬棘的拓荒者
—兼評張彥勳的「鑼鼓陣」

錦連

有籍作家張彥勳，在沈潛了幾近十年之後再度復出，一

口氣寫了「鑼鼓陣」、「命運」、「阿K和他兩個兒子的

「野台戲」等頗有份量的小說，這對於一向閒心他動句

的朋友來說確是一件令人興奮的事。說是沈潛其實之不然

：自民國六十年因眼疾（青光眼）關力之後，他的右眼即

告失明，而左眼迎僅存0.3的視力，在短短的十年間竟然出版了立本兒童文

其僅存的微弱視力，其發力之堅強值得大眾讚揚。「鑼鼓陣」便是他

學舉集，其發力之堅強值得大眾讚揚。

後出發發表在「文學界」的第一篇作品吧。

「鑼鼓陣」確是一篇成功的文學佳作，也是張氏近況

默30年後備力經營的一顆最豐碩的文學果實。首先，我

非常佩服他以中文寫作居然能有如此流暢的文筆。不僅不

覺生硬，其高水準的寫作技巧——包括題材、描述力等—

—更是爐火純青。

說起張彥勳的學習中文過程，確才可謂為充滿血淚，

可謂之為在荊棘滿地中揮汗揮淚的拓荒者，堅忍卓絕，令

人肅然。光復當初，文學障礙有如一道高牆矗立在他眼前

，而從小接受日文教育長大的火，屠然過一腔對祖國之愛

，挺過一番刻苦奮鬥，以獨學自修，挺過一番叢林中

，毅然地向文字障礙挑戰，以獨學自修，奠定基礎；這好比說是披荊斬棘的勇者，衣一片叢林中

1983年9月，錦連發表於《文訊》第3期〈披荊斬棘的拓荒者——兼評張彥勳的〈鑼鼓陣〉〉手稿。（文訊文藝資料中心）

大吉利出版社稿用紙
臺中市光復路大作合作樓五樓十八號

鍾隆兄：

　謝之偽對拙著之評介。兄對詩的看法非常透澈，對作者的心理之分析，敘錄又精當，實在令人欽佩。尤其對拙詩的基調——傷感，加以點出，真是一針見血。的確在光復前後，我在精神与物質上著實有一段相當長的時期陷於極度悲觀的世界中。不過我相信这种傷感乃是有自覺成份的。弟只是忠於自己，而欲表達出忠實自我。

　附寄座談會記錄一份。近幾年來弟屢次応邀參加台中文化中心主辦的童詩評選工作，惟後弟因茲对童詩並無深刻了解，因此以後就婉謝參加，但此次一再熱誠相邀座談，因此在盛情難却下，便前往參加。發言時弟開頭則說：「我們都知道，林鍾隆、林煥彰二位，從事童詩揩導

12×25＝300

1986年8月7日，錦連寫給林鍾隆之信函。內容感謝林鍾隆對其詩作之評介。（國立臺灣文學館提供）

（映）　虎　　　　　　　　　錦連

虎は性、景氣にて勇猛
しかも総身に縞を鎧て華麗比類なし
虎の如く地上の王者として覇を綴えたい
十二支の動物の中で食えるものは
そう言えば虎と竜だけがないが
猫、穿山甲、ワニも私は食べた
旧時代の台湾では年間雇用契約が本来で
この日に層員や顧客を抱き散宴をした
今日の尾牙はその名残り
その前後に「年の市」が立ち
町では場末にまで人が湧く
正月を越した元月二日には
他家へ嫁いだ娘がその子らを連れて里第へ戻り
華奢の甍も見せにくる
六日は医学の神、清水祖師爺の祭があり
九日は「天公生」で前夜の十二時から祭が始まる
天下の至上神　天公様の生誕―
として元月十五日の元宵節までが一応の旧正月
その追われては急ぎ空しては兇むずむずといた一週間

NMTL20110140001, 1/1

2010年，錦連日文詩作〈虎〉手稿。（國立臺灣文學館提供）

輯二◎生平及作品

小傳◎作品◎年表

小傳

錦連 (1928〜2013)

　　錦連，男，本名陳金連，籍貫臺灣彰化，1928 年（昭和 3 年）12 月 6 日生，2013 年 1 月 6 日辭世，享壽 85 歲。

　　臺灣鐵道協會講習所畢業。曾任彰化火車站電信室報務員、電信主任，並長期於救國團及補習班兼任日語教學，1982 年自鐵路局退休後，持續於彰化教授日語。1964 年與詹冰、陳千武、林亨泰、白萩等人創辦笠詩社，1990 年代初期與賴和長子賴洝、呂興忠、李篤恭等人籌創磺溪文化學會，任第一屆理事。曾獲鹽分地帶文藝營臺灣新文學特別推崇獎、笠詩獎翻譯獎、榮後臺灣詩獎、臺灣文學家牛津獎、高雄文藝獎。

　　錦連創作文類以新詩為主，兼有小說、散文與翻譯。早期以日文寫作，作品撰於個人筆記簿，多保留至戰後自譯發表。1949 年首次發表日文詩作〈きたかぜの下に外〉、〈小さき生命〉、〈遠い海鳴りの音が聞えて来る〉於銀鈴會會刊《潮流》，緣此在詩壇上嶄露頭角。其新詩創作歷程大致可分前、後兩期：前期為 1950〜1960 年代，此時受戰後國際情勢、二二八事件與白色恐怖等時代氛圍影響，詩作具抒發內心苦悶、孤獨及焦慮等個人內心感受的特色，如〈壁虎〉、〈腎石論〉、〈我的病〉等作；錦連亦致力於創作形式上的嘗試與創新，於 1950 年代末寫下〈女的紀錄片〉、〈輾死〉兩首前衛性詩作，為臺灣新詩史上電影詩（Ciné Poème）創作之先聲。後期以 1980 年代中期以後為主，作品多發表於《文學臺灣》，視野轉向開敞寬廣，

表現熱情自信與現實批判的一面，如〈包裝〉、〈時代進步了〉、〈立法院〉等叩問時政，以及〈溪流〉、〈花〉、〈有木麻黃的海濱〉等關照生命和自然的明朗欣悅之作。

　　除新詩外，在小說創作上，筆下人物與文本事件多具有自我投射的現象，如〈咱們三個人〉中熱愛文學，卻因語言受限不得不放棄寫作的丁君、〈尋找機會的男人〉裡遭受愛情挫折的志雄、〈飛馳在破曉街道〉中自我期許要踏實打拚的進發等，皆透過自身的形象投射，刻畫彼時人們。散文方面，則多以日治末期與戰後初期為時空背景，述寫時下社會實況、對事物的體驗及與人交往的經驗，如〈貝沼隊與 TAREKI〉、〈汪氏一家〉、〈臺籍日本軍逃兵〉等，以質樸的筆觸描繪出社會上的各色人生。

　　做為跨越語言的一代，錦連透過詩論翻譯習寫中文，並依此戮力促進臺灣與日本的詩風、詩觀和作品交流，經一番刻苦自修，終成就其惜字如金的個性，以質厚精鍊的詩語淬煉人生實存景況，陳明台稱他是一位「純粹的詩人」。錦連在鐵路局服務近 40 年，為臺灣鐵道寫下一系列深刻的詩作；工作之餘，亦孜孜不倦地創作，始終秉持真與誠的寫作風格，誠如他於詩句中自言「有價值的／換句話說是真實的」，對社會關懷、個人情感都有深刻描寫。2004 年以「由個人抒情到社會關懷；由人性剖析到政治批評；由自我鑑兆到思想哲理的提升，在在顯示出宏偉的氣度；一生堅持立場和忠於良心，不向權勢妥協，是臺灣詩史上獨具特色的一位詩人。」為由獲臺灣文學家牛津獎，其人其詩所貫徹的質樸精粹，一再受當代文壇肯定。

作品目錄及提要

【詩】

鄉愁

彰化：新生出版社
1956 年 8 月，48 開，31 頁

本書為作者第一本詩集，以本名陳金連出版，全書收錄〈蚊子淚〉、〈檬果〉、〈我是風〉等 29 首。正文前有李子惠〈序〉。

挖掘

臺北：笠詩刊社
1986 年 2 月，32 開，94 頁
臺灣詩人選集 7

本書集結發表於 1960 年代前之詩作，主要描寫對變遷的生活環境與自我人生態度的反思。全書收錄〈蚊子淚〉、〈檬果〉、〈我是風〉、〈老舖〉、〈石碑〉等 56 首。正文後附錄趙天儀〈鄉愁的呼喚——論錦連的詩〉。

夜を守りてやもりが……

高雄：春暉出版社
2002 年 8 月，25 開，384 頁
文學臺灣叢刊

本書集結創作於 1957 年前之詩作，題材多為作者反映現實社會因變動而帶來的情緒波動或自身的想法。原文為日文，經作者自譯後同時出版中、日文本。日文本收錄〈夜汽車〉、〈孤独〉、〈白昼夢〉、〈柴梳岩——埔里遊記〉、〈翹望〉等 271 首。正文前有照片、手稿、錦連〈自序〉，正文後有錦連〈あとがき〉。

守夜的壁虎

高雄：春暉出版社
2002 年 8 月，25 開，387 頁
文學臺灣叢刊

本書為《夜を守りてやもりが……》中文本，正文收錄篇目同日文本（唯排序不同），正文前照片、手稿與日文本不同，正文後增有〈附註〉。

海的起源——錦連詩集

高雄：春暉出版社
2003 年 4 月，25 開，230 頁
文學叢刊

本書集結作者自 1957～2002 年間作品，內容多省視現實社會各層面議題或作者反省、描述生活點滴。全書收錄〈海的起源〉、〈女〉、〈簷滴〉、〈雨情〉、〈情緒〉等 106 首詩作。正文後有〈附註〉。

支點——錦連日本語詩集

高雄：春暉出版社
2003 年 7 月，25 開，209 頁
文學叢刊

本書收錄〈支点〉、〈風景画〉、〈季節——あの頃の自分のこと〉、〈この川の畔に立ち〉、〈ニヒリズム〉等 91 首詩作。正文前有錦連〈序に代えて〉。

錦連詩集

高雄：春暉出版社
2007 年 9 月，12.8x21 公分，124 頁
文學臺灣叢刊 56

本書收錄〈時與茶器〉、〈寂寞之歌〉、〈夏〉、〈趕路〉等 47 首詩作。正文前有錦連相片、筆跡、〈錦連簡介〉、〈錦連詩觀〉，正文後有〈附註〉、阮美慧〈論錦連早期詩學的表現與意義〉、〈錦連年表〉。

錦連集／岩上編

臺南：國立臺灣文學館
2008 年 12 月，25 開，139 頁
臺灣詩人選集 15

本書收錄〈在北風之下〉、〈蟬〉、〈蚊子淚〉、〈獨居〉、〈井水〉等 69 首。正文前有黃碧端〈主委序〉、鄭邦鎮〈騷動，轉成運動〉、彭瑞金〈「臺灣詩人選集」編序〉、〈臺灣詩人選集編輯體例說明〉，正文後有〈解說〉、〈錦連寫作生平簡表〉、〈閱讀進階指引〉、〈錦連已出版詩集要目〉。

我が画廊

高雄：春暉出版社
2009 年 9 月，25 開，201 頁
文學臺灣叢刊 79

本書收錄〈神秘——我が画廊・第一点〉、〈お通夜——我が画廊・第二点〉、〈無人の世界——我が画廊・第三点〉、〈主は素人画家——我が画廊・第四点〉、〈深夜——我が画廊・第五点〉等 98 篇。正文後有錦連〈あとがき〉。

群燕

高雄：春暉出版社
2009 年 9 月，32 開，149 頁
文學臺灣叢刊 80

本書集結作者 1949～1950 年間的作品，多描寫當時社會動盪不安的社會情景及生活經驗。全書分「《群燕》（一九四九年作品）」、「《過渡期》（一九五〇年作品）」二部分，收錄〈大雨將至〉、〈宿命〉、〈人生〉、〈遺書〉、〈牧場的摯友〉等 89 首。正文前有錦連〈自序〉。

在北風之下——錦連詩選 100 首・中、英詩選譯／陳秋白譯

高雄：春暉出版社
2010 年 6 月，25 開，253 頁
文學臺灣叢刊 100

本書選錄百首詩作，採中英文對照方式呈現。全書收錄〈在北風之下〉、〈女〉、〈三角〉、〈蚊子淚〉、〈死與紅茶〉等 100 首。正文前有〈錦連簡介〉、〈陳秋白簡介〉。

【散文】

那一年──一九四九年錦連日記

高雄：春暉出版社

2005 年 9 月，32 開，185 頁

本書收錄作者自 1949 年 1 月 1 日～12 月 31 日日記。正文前有照片、手稿、錦連〈自序〉。正文後有〈附註〉。

台灣今昔物語

高雄：高雄市文化局

2011 年 11 月，25 開，206 頁

本書記述日治末期至國民政府來臺期間，作者生活周遭發生的事情和遇見的人物。原為日文，經作者自譯，同時出版中、日文本。日文本收錄〈貝沼隊とタレキ〉、〈関東軍・飴玉・赤電灯〉、〈吾が師・土屋文雄先生〉等 19 篇。正文前皆有陳菊〈市長序〉、史哲〈局長序〉。

台灣今昔物語／錦連、周華斌合譯

高雄：高雄市文化局

2011 年 11 月，25 開，166 頁

本書為《台灣今昔物語》中文本，內容與日文本相同。

【合集】

錦連作品集

彰化：彰化縣立文化中心
1993 年 6 月，25 開，227 頁
磺溪文學第一輯——彰化縣作家作品集 3

本書收錄作者中文詩作及日文翻譯詩論。全書分二輯，「第一
輯」收錄詩作〈在北風之下〉、〈序詩〉、〈遠遠地聽見海嘯
聲〉、〈蟬〉、〈蚊子淚〉等 78 首，附錄趙天儀〈鄉愁的呼喚—
—論錦連的詩〉；「第二輯‧詩人的備忘錄——詩論翻譯」收
錄錦連翻譯鮎川信夫〈現代與詩人〉、乾武俊〈現代的意象〉、
乾武俊〈詩與紀錄影片〉、鮎川信夫〈詩，政治和表現的自由〉等 30 篇。正文前
有作者照片、周清玉〈認知文學的歷史——重新創造歷史的文學〉、楊素晴〈挽
回精神沉淪的危機〉、錦連〈自序〉。

錦連全集／阮美慧主編

臺南：國立臺灣文學館
2010 年 10 月，25 開

《錦連全集》共 13 冊。全集正文前皆有李瑞騰〈館長序〉、阮美慧〈編序〉、〈編
輯體例〉、〈總目錄〉。

錦連全集 1‧中文詩卷一

臺南：國立臺灣文學館
2010 年 10 月，25 開，186 頁

本書收錄《鄉愁》、《挖掘》、《錦連作品集》。

錦連全集 2‧中文詩卷二

臺南：國立臺灣文學館
2010 年 10 月，25 開，390 頁

本書收錄《守夜的壁虎》。

錦連全集 3・中文詩卷三

臺南：國立臺灣文學館
2010 年 10 月，25 開，371 頁

本書收錄《海的起源——錦連詩集》、《錦連詩集》。

錦連全集 4・中文詩卷四

臺南：國立臺灣文學館
2010 年 10 月，25 開，281 頁

本書收錄《錦連集》、《群燕》與未集結發表作品。正文後有
張德本〈錦連詩學的摩爾斯密碼〉。

錦連全集 5・日文詩卷一

臺南：國立臺灣文學館
2010 年 10 月，25 開，438 頁

本書收錄《夜を守りてやもりが……》。

錦連全集 6・日文詩卷二

臺南：國立臺灣文學館
2010 年 10 月，25 開，433 頁

本書收錄《支點——日本語詩集》、《我が画廊》。

錦連全集 7・日文詩卷三

臺南：國立臺灣文學館

2010 年 10 月，25 開，312 頁

本書收錄《群燕》及未集結發表之日文詩作。

錦連全集 8・日文詩卷四

臺南：國立臺灣文學館

2010 年 10 月，25 開，218 頁

本書為作者未集結發表之日文詩作。

錦連全集 9・翻譯卷一

臺南：國立臺灣文學館

2010 年 10 月，25 開，454 頁

本書分二部分，「日詩中譯」收錄錦連翻譯三好達治〈嬰兒車〉、山口惣司〈牛〉、山本和夫〈初夏〉、井上靖〈冬天將至的日子〉、牛山慎〈一切都……〉等 297 首詩作，「詩人的備忘錄」收錄作者翻譯日文詩論鮎川信夫〈現代與詩人〉、乾武俊〈現代的意象〉、乾武俊〈詩與紀錄影片〉等 30 篇。

錦連全集 10・翻譯卷二

臺南：國立臺灣文學館

2010 年 10 月，25 開，474 頁

本書分二部分，第一部分收錄作者翻譯林宗源《嚴寒・凍え死なぬ夢》、《力的舞蹈》、《補破夢》等五人共七部作品。第二部分收錄錦連翻譯陳坤崙詩作〈物言わぬ小さな草〉、〈夜の急行列車〉等 20 首詩作。正文後有邱若山〈《錦連全集・翻譯卷》解說〉。

錦連全集 11・小說卷
臺南：國立臺灣文學館
2010 年 10 月，25 開，335 頁

本書收錄作者未集結出版之短篇小說〈我等三人〉（咱們三個人）、〈狂躁の記〉（狂躁記）、〈曉闇の道を行く者〉（飛馳在破曉街道）、〈八卦山──風來坊の日記〉（八卦山──浪人日記）、〈土を捨てゝ〉（棄鄉）、〈細雨の細節〉（細雨季節）、〈機会を狙ふ男〉（尋找機會的男子）共七篇。每篇均為日文原文與中文譯文對照，其中〈八卦山──風來坊の日記〉（八卦山──浪人日記）、〈細雨の細節〉（細雨季節）二篇為張月環翻譯，其餘皆由錦連自譯。正文後有許素蘭〈靜靜的悲哀──錦連小說解說〉。

錦連全集 12・散文卷
臺南：國立臺灣文學館
2010 年 10 月，25 開，411 頁

本書分二部分，第一部分收錄《那一年──一九四九年錦連日記》。第二部分為未集結出版之雜文與文學回憶。正文後有張德本〈回憶之衣的鈕孔──臺灣鐵路詩人《錦連全集・散文卷》解說〉。

錦連全集 13・資料卷
臺南：國立臺灣文學館
2010 年 10 月，25 開，341 頁

本書為錦連「影像」、「書信」、「寫作年表」、「著作目錄」、「作品評論目錄」。其中，「影像」計有：1.個人經歷、2.文壇交遊、3.證明文件、4.手稿四類；「書信」計有 1.錦連親筆書信、2.文友致錦連書信一（日文）、3.文友致錦連書信二（中文）三類，並附錄〈日本文友簡歷〉。

文學年表

1928 年　12 月　6 日，出生於臺灣彰化，本名陳金連。父陳園，母陳龔
（昭和 3 年）　　　留。生為次子，在父母十個子女中排行第三。

1935 年　　4 月　就讀彰化南郭公學校（1937 年遷校至郊外，改稱旭公學
（昭和 10 年）　　 校）。

1941 年　　3 月　畢業於旭公學校（今南郭國民小學）。
（昭和 16 年）
　　　　　　9 月　就讀臺灣鐵道協會講習所中等科，並於翌年選修電信科
　　　　　　　　　課程，修習摩爾斯電報通信技術。

1943 年　12 月　畢業於臺灣鐵道協會講習所。畢業後於臺灣總督府交通
（昭和 18 年）　　 局鐵道部任職，派任彰化火車站電信室報務員。

1944 年　　本年　時值大東亞戰爭後期，為躲避美軍空襲，舉家遷至設有
（昭和 19 年）　　 防空避難所的彰化縣花壇鄉金墩村。

1945 年　　本年　通過日本海軍兵役體檢，待命入伍，後因戰爭結束免於
（昭和 20 年）　　 服役。

1949 年　　2 月　完成日文短篇小說〈我等三人〉（咱們三個人）。

　　　　　　3 月　28 日，加入銀鈴會，為當時最年輕的會員。

　　　　　　4 月　日文詩作〈小さき生命〉（小小的生命）、〈きたかぜの下
　　　　　　　　　に外〉（在北風之下 外一章）、〈遠い海鳴りの音が聞え
　　　　　　　　　て来る〉（遠遠地聽見海嘯聲）發表於《潮流》第 2 年第
　　　　　　　　　1 輯。
　　　　　　　　　與施金秋、冷視、翠雲合著日文〈入会の言葉〉（入會之
　　　　　　　　　言），發表於《潮流》第 2 年第 1 輯。

〈「詩」短評〉發表於銀鈴會《會報》第 2 期。

	本年	完成日文詩集《群燕》。
1950 年	3 月	完成日文短篇小說〈八卦山──風來坊の日記〉（八卦山──浪人日記）。
	6 月	1 日，日文〈図書館〉（圖書館）發表於《臺灣新生報‧軍民導報副刊》文藝欄。
	9 月	完成日文短篇小說〈狂躁の記〉（狂躁記）、〈曉闇の道を行く者〉（飛馳在破曉街道）。
	12 月	完成日文長篇小說〈土を捨てゝ〉（棄鄉）。
	本年	銀鈴會為國民政府視為共產黨外圍組織，張彥勳等多名成員因案被捕，錦連亦因此暫避臺北三峽。 完成日文詩集《過渡期》。
1951 年	本年	完成日文詩集《在燭光下》。
1953 年	10 月	完成日文短篇小說〈細雨の季節〉（細雨季節）。
1955 年	5 月	開始使用中文投稿。詩作〈古典〉、〈女〉、〈夜色〉、〈農曆新年〉發表於《現代詩》第 10 期。
	7 月	詩作〈三角〉、〈妊娠〉、〈石碑〉、〈大廈〉、〈檬果〉發表於《現代詩》第 11 期。
	11 月	詩作〈情緒〉發表於《現代詩》第 12 期。
1956 年	1 月	15 日，紀弦宣布成立現代派，發起現代派運動，錦連加入現代詩社。
	2 月	詩作〈蚊子〉、〈死與紅茶〉、〈我〉、〈雨情〉發表於《現代詩》第 13 期。
	3 月	詩作〈嬰兒〉發表於《創世紀》第 5 期。
	4 月	1 日，詩作〈壁虎〉發表於《南北笛》第 1 期。 詩作〈蟬〉、〈關於夜的〉、〈修辭〉、〈腎石論〉、〈虹〉發

表於《現代詩》第 14 期。

5 月　3 日，詩作〈老舖〉發表於《南北笛》第 4 期。

11 日，詩作〈秋歌〉發表於《南北笛》第 5 期。

21 日，詩作〈夏〉發表於《南北笛》第 6 期。

6 月　1 日，詩作〈夜市〉發表於《南北笛》第 7 期。

11 日，詩作〈指南針〉發表於《南北笛》第 8 期。

21 日，詩作〈禮讚（外一首）〉發表於《南北笛》第 9 期。

7 月　1 日，詩作〈鐵路〉、〈無題〉、〈我是風〉發表於《南北笛》第 10 期。

11 日，詩作〈空間的奇蹟〉、〈旋律〉發表於《南北笛》第 11 期。

12 日，詩作〈喫煙〉發表於《南北笛》第 14 期。

21 日，詩作〈理髮店〉發表於《南北笛》第 15 期。

8 月　第一本詩集《鄉愁》由彰化新生出版社出版。

1957 年　1 月　詩作〈女的紀錄片〉發表於《現代詩》第 16 期。

2 月　詩作〈海的起源〉發表於《今日新詩》第 2 期。

5 月　詩作〈夜空〉、〈靜物〉發表於《現代詩》第 18 期。

12 月　詩作〈簷滴〉發表於《現代詩》第 20 期。

1958 年　2 月　詩作〈時與茶器〉發表於《南北笛》第 20 期。

12 月　詩作〈寂寞之歌〉、〈構成之歌〉發表於《現代詩》第 22 期。

本年　與王玉梅結婚。

1959 年　8 月　八七水災發生，作品手稿亦遭水難，時經妻子獨力搶救，仍有部分手跡因滲水而模糊，但大部分手稿經曝曬及整修後仍可辨識重抄。

10 月　詩作〈輾死〉發表於《創世紀》第 13 期。

1960 年　5 月　詩作〈地獄圖〉、〈夏〉發表於《創世紀》第 15 期。

	3 月	5 日，長女陳嘉惠出生。
1963 年	7 月	26 日，次女陳季瑛出生。
1964 年	1 月	詩作〈揮手〉發表於《創世紀》第 19 期。

3 月　6 日，與詹冰、陳千武、林亨泰、古貝於詹冰住所討論創辦現代詩刊，由林亨泰命名為「笠」，後邀吳瀛濤、黃河生、薛柏谷、趙天儀、白萩、杜國清、王憲陽等入社。
8 日，與陳千武、林亨泰、古貝等人同赴苗栗卓蘭詹冰寓所，討論創立詩社相關事項，時眾人同意林亨泰之提議，詩刊定名為《笠》，並於當月 16 日創辦笠詩社。

6 月　與笠詩社同仁於《笠》第 1 期開創「作品合評」專欄，並擔任專欄合評人，評析當代詩人及其作品，至 1982 年 12 月止。

8 月　23 日，與笠詩社成員林亨泰、詹冰、陳千武、趙天儀、張彥勳、古貝、杜國清前往臺中后里毗盧禪寺郊遊，並進行「作品合評」專欄討論。

1965 年　1 月　2 日，出席笠詩社於臺北南港臺灣肥料公司六廠舉辦的第一屆年會，與會者有吳瀛濤、林亨泰、詹冰、陳千武、張彥勳、羅浪、趙天儀、白萩、杜國清、楓堤、王憲陽、吳宏一、古貝、方平等。

2 月　林亨泰於《笠》第 5 期「笠下影」執筆評析錦連及其詩作，專欄前附有錦連詩觀，自述「我是一隻傷感而吝嗇的蜘蛛」。
詩作〈某日〉、〈寓言〉發表於《笠》第 5 期。

4 月　詩作〈挖掘〉發表於《笠》第 6 期。

6 月　與桓夫合譯村野四郎〈一個詩人的獨白〉，發表於《笠》第 7 期。

	8 月	與桓夫合譯村野四郎〈論比喻〉，發表於《笠》第 8 期。
		與笠詩社成員林亨泰、陳千武、葉笛、吳瀛濤成立日文翻譯小組，將國內詩作譯成日文，交由日本《詩學》、《現代詩手帖》發表。
	10 月	與桓夫合譯村野四郎〈詩的主題〉，發表於《笠》第 9 期。
1966 年	1 月	15 日，出席笠詩社主辦之「鄭烱明作品研究」座談會，與會者有鄭烱明、喬林、林亨泰、陳千武、張彥勳等，座談會內容由張彥勳記錄，刊登於《笠》第 17 期。
	10 月	自述對詩的看法（無題名），發表於《笠》第 15 期。
	本年	開始於彰化當地之補習班及救國團教授日文。
1967 年	8 月	回應讀者「開始寫作之動機」與「發現新的詩語」兩問，發表於《笠》第 20 期「詩的問答」專欄。
	12 月	〈選稿後的一點觀感〉發表於《笠》第 22 期。
1968 年	2 月	翻譯西脇順三郎詩作〈詩情〉，發表於《笠》第 23 期。
	3 月	17 日，出席於桃園中壢杜潘芳格宅舉辦的第四屆笠詩社年會，與會者有陳千武、羅浪、趙天儀、陳秀喜、吳瀛濤、羅明河、鄭烱明、杜潘芳格、林煥彰、林錫嘉、白萩、葉笛、林宗源、洪炎秋、郭水潭、鍾肇政、鄭清文、林鍾隆、辛牧、陳明台、拾虹等。
	12 月	翻譯田島伸悟詩作〈魚〉、〈家〉、〈梨子〉、〈轉生〉，發表於《笠》第 34 期。
1970 年	4 月	以〈詩人的備忘錄〉為題，陸續發表詩論譯作於《笠》，至 1983 年 10 月止。系列譯作首篇〈詩人的備忘錄 1〉發表於《笠》第 36 期。
	6 月	〈詩人的備忘錄 2〉發表於《笠》第 37 期。
	8 月	〈詩人的備忘錄 3〉發表於《笠》第 38 期。

	10 月	〈詩人的備忘錄 4〉發表於《笠》第 39 期。
	12 月	〈詩人的備忘錄 5〉發表於《笠》第 40 期。
1971 年	2 月	〈詩人的備忘錄 6〉發表於《笠》第 41 期。
	4 月	〈詩人的備忘錄 7〉發表於《笠》第 42 期。
	8 月	〈詩人的備忘錄 8〉發表於《笠》第 44 期。
	10 月	〈詩人的備忘錄 9〉發表於《笠》第 45 期。
1972 年	2 月	〈詩人的備忘錄 10〉發表於《笠》第 47 期。
	4 月	〈詩人的備忘錄 11〉，詩作〈龜裂〉、〈咒語〉發表於《笠》第 48 期。
	6 月	〈詩人的備忘錄 12〉發表於《笠》第 49 期。
	8 月	〈詩人的備忘錄 13〉發表於《笠》第 50 期。
	9 月	日文詩作〈掘る〉（挖掘）、〈蚊の涙〉（蚊子淚）收入笠詩社編輯委員會主編之《華麗島詩集》，由東京若樹書房出版。
	10 月	〈詩人的備忘錄 14〉發表於《笠》第 51 期。
	12 月	〈詩人的備忘錄 15〉發表於《笠》第 52 期。
1973 年	2 月	〈詩人的備忘錄 16〉發表於《笠》第 53 期。
1974 年	4 月	〈詩人的備忘錄 17〉發表於《笠》第 60 期。
	6 月	〈詩人的備忘錄 18〉發表於《笠》第 61 期。
	8 月	〈詩人的備忘錄 19〉發表於《笠》第 62 期。
	10 月	〈詩人的備忘錄 20〉發表於《笠》第 63 期。
	本年	升任臺灣鐵路局電信主任。
1975 年	10 月	〈詩人的備忘錄 21〉發表於《笠》第 69 期。
	12 月	〈詩人的備忘錄 22〉、〈時裝表演和咖啡派〉，詩作〈回歸〉、〈出發〉發表於《笠》第 70 期。
1976 年	2 月	14 日，父親陳園逝世。

		詩作〈趕路〉發表於《笠》第 71 期。
	4 月	〈詩人的備忘錄 23〉發表於《笠》第 72 期。
	6 月	詩作〈操車場〉發表於《笠》第 73 期。
1977 年	6 月	〈詩人的備忘錄 24〉發表於《笠》第 79 期。
	8 月	〈詩人的備忘錄 25〉發表於《笠》第 80 期。
1979 年	本年	詩作〈町〉、〈蛾群〉、〈龜裂〉收入北原政吉主編之《臺灣現代詩集》，由日本熊本もぐら書房出版。
1980 年	10 月	12 日，應邀出席於臺中市立文化中心舉辦之「詩與人生」座談會，與會者有白萩、林亨泰、陳千武等。
	11 月	應邀出席日本地球詩社主辦之「東京國際詩人會議」。
1982 年	1 月	2 日，與林亨泰一同受李敏勇、陳明台、鄭烱明訪問，談述個人對當代詩壇及詩人的觀察。
	8 月	15 日，出席笠詩社於臺中文化中心主辦的「笠的語言問題」座談會，與會者有李魁賢、白萩、杜榮琛等。
	12 月	〈詩人的備忘錄 26〉發表於《笠》第 112 期。
	本年	自臺灣鐵路局退休，退休後仍於彰化救國團教授日文。
1983 年	2 月	〈詩人的備忘錄 27〉發表於《笠》第 113 期。
	4 月	〈詩人的備忘錄 28〉發表於《笠》第 114 期。
	6 月	〈詩人的備忘錄 29〉發表於《笠》第 115 期。
	9 月	〈披荊斬棘的拓荒者——兼評張彥勳的〈鑼鼓陣〉〉發表於《文訊》第 3 期。
	10 月	〈詩人的備忘錄 30〉發表於《笠》第 117 期。
1984 年	3 月	4 日，出席笠詩社於臺中市立文化中心文英館舉辦的「詩與現實」座談會，與會者有白萩、林亨泰、廖莫白、林華洲、吳麗櫻、岩上、陳明台、陳千武、何淑鈞等。
	8 月	詩作〈貨櫃碼頭〉發表於《笠》第 122 期。

	10 月	詩作〈出發〉、〈極樂世界〉發表於《笠》第 123 期。
	11 月	應邀出席日本地球詩社舉辦之第一屆亞洲詩人會議,與陳千武、李魁賢、陳明台等人同赴東京與會。
	12 月	詩作〈火柴〉發表於《笠》第 124 期。
1985 年	10 月	詩作〈那個城鎮〉發表於《笠》第 129 期。
1986 年	2 月	詩集《挖掘》由臺北笠詩刊社出版。
	4 月	詩作〈孤獨〉、〈鐵橋下〉發表於《笠》第 132 期。
	8 月	詩作〈旅愁〉、〈麻雀的獨白〉發表於《笠》第 134 期。
	10 月	詩作〈無為〉、〈他〉發表於《笠》第 135 期。
	12 月	詩作〈水井〉發表於《笠》第 136 期。
1987 年	4 月	詩作〈當我要啟程之前〉發表於《笠》第 138 期。
	6 月	詩作〈寫生畫〉發表於《笠》第 139 期。
	8 月	詩作〈貓〉、〈貝殼〉發表於《笠》第 140 期。
	10 月	詩作〈獨居〉、〈日夜我在內心深處看見一幅畫〉發表於《笠》第 141 期。
	12 月	詩作〈鐵橋下〉發表於《笠》第 142 期。
1988 年	1 月	14～17 日,出席笠詩社於臺中市立文化中心文英館主辦的第三屆亞洲詩人會議,與會者有巫永福、陳千武、趙天儀、李敏勇、李魁賢等。
	2 月	詩作〈這樣的一天〉發表於《笠》第 143 期。
	6 月	詩作〈序詩〉、〈蟬〉發表於《笠》第 145 期。
1989 年	3 月	12 日,出席笠詩社於高雄春暉語文中心舉辦,林亨泰主持的「臺灣孤立的哀愁——兼論陳千武先生〈見解〉一詩」座談,與會者有曾貴海、鄭烱明、葉石濤、葉笛、陳千武、白萩等。
1990 年	3 月	22 日,應邀擔任臺灣省兒童文學協會與臺中市立文化中

心合辦之「童詩創作研習班」講師，同期講師有詹冰、林亨泰、陳千武、白萩等。

7 月　29 日，出席笠詩社於臺中市立文化中心文英館主辦的「臺灣歷史的傷痕——兼論丘逢甲〈離臺詩〉、龔顯榮〈天窗〉、柯旗化〈母親的悲願〉、白萩〈雁的世界及觀察〉、鄭烱明〈童話〉」座談會。與會者有林亨泰、白萩、李篤恭、詹冰、江自得、陳千武、莊柏林、柯旗化、陳明仁、鄭烱明等。會後記錄刊於《笠》第 160 期。

8 月　出席「磺溪文化學會」發起人會議，為該學會七位籌備委員之一。

1991 年　2 月　3 日，「磺溪文化學會」正式成立，與林亨泰等人擔任第一屆理事。

6 月　翻譯保坂登智子〈參加第 12 屆世界詩人大會——個人經驗片段〉，發表於《笠》第 163 期。

8 月　獲第 13 屆鹽分地帶文藝營臺灣新文學特別推崇獎。

1992 年　1 月　10 日，應邀出席文學臺灣基金會於臺北耕莘文教院主辦的「悲情之繭——杜潘芳格作品研討會」，與會者有李敏勇、林亨泰、利玉芳、李魁賢、莊柏林、劉捷等。

3 月　〈記銀鈴會二三事——朱實與施金秋〉發表於《文學臺灣》第 2 期。

1993 年　6 月　《錦連作品集》由彰化縣立文化中心出版。

8 月　詩作〈憶父親〉發表於《笠》第 176 期。

1994 年　2 月　16 日，應邀出席南鯤鯓文藝營，與會者有林宗源、賴洝、李篤恭等。

4 月　詩作〈也許〉、〈包裝〉發表於《笠》第 180 期。

6 月　12 日，出席於臺中天主教上智社教研究院舉辦的

「《笠》與《臺灣文藝》創刊 30 週年紀念會」，會中同時
舉辦「94 臺灣文學會議」，與會者有林亨泰、陳千武、
巫永福、杜潘芳格、岩上、莊柏林、李魁賢、趙天儀、
白萩、李篤恭等。

詩作〈小巷子〉發表於《笠》第 181 期。

8 月　　獲第五屆笠詩獎翻譯獎。

12 月　　詩作〈山頂〉發表於《笠》第 184 期。

1995 年　　8 月　　24～28 日，出席笠詩社於日月潭教師會館主辦的亞洲詩
人會議。

獲第五屆榮後臺灣詩人獎。

1996 年　　1 月　　詩作〈路上〉發表於《文學臺灣》第 17 期。

2 月　　詩作〈在月臺上〉發表於《笠》第 191 期。

6 月　　詩作〈這一雙手〉發表於《笠》第 193 期。

8 月　　4 日，出席笠詩社於嘉義市二二八紀念公園舉辦的「二
二八事件詩作品討論會」，與會者有陳千武、趙天儀、蕭
翔文等。

10 月　　詩作〈颱風與嬰兒〉發表於《笠》第 195 期。

11 月　　移居高雄鳳山。

1998 年　　7 月　　19 日，退出笠詩社。

30 日，母親陳龔留逝世。

10 月　　詩作〈時代進步了〉發表於《笠》第 207 期。

詩作〈溪流〉發表於《文學臺灣》第 28 期。

1999 年　　1 月　　詩作〈為時已晚？〉、〈傳說〉發表於《文學臺灣》第 29 期。

4 月　　詩作〈石碑〉、〈秋日下午——美濃文學步道〉發表於
《文學臺灣》第 30 期。

7 月　　詩作〈追尋逝去的時光——第一部‧一九四一‧臺北經

驗〉發表於《文學臺灣》第 31 期。

10 月　詩作〈逝者如斯乎〉、〈順風旗〉發表於《文學臺灣》第
　　　　32 期。

2000 年　1 月　詩作〈男與女〉、〈有個殘廢老兵〉發表於《文學臺灣》
　　　　第 33 期。

7 月　詩作〈花與戰爭〉發表於《文學臺灣》第 35 期。

10 月　詩作〈短劇〉發表於《文學臺灣》第 45 期。

2001 年　1 月　詩作〈孤獨〉發表於《文學臺灣》第 37 期。

3 月　31 日，應邀出席臺北縣文化局於新店合家歡渡假中心主
　　　辦之第七屆北臺灣文學研習營，於會中發表演講「我的
　　　文壇記憶」。

4 月　詩作〈當我即將要斷氣的時候〉發表於《文學臺灣》第
　　　38 期。

7 月　詩作〈庶民〉、〈老而不死是為賊〉發表於《文學臺灣》
　　　第 39 期。

10 月　詩作〈臺灣 Discovery〉、〈例行活動〉發表於《文學臺
　　　　灣》第 40 期。

2002 年　1 月　詩作〈孤獨〉、〈標的〉發表於《文學臺灣》第 41 期。

4 月　詩作〈荒謬的真實〉、〈雌・雄〉發表於《文學臺灣》第
　　　42 期。

7 月　詩作〈邂逅〉、〈失蹤〉發表於《文學臺灣》第 43 期。

8 月　詩集《夜を守りてやもりが……》、《守夜的壁虎》為中
　　　日文對照本，同時由高雄春暉出版社出版。

10 月　詩作〈賠罪〉、〈劍與牛蒡〉發表於《文學臺灣》第 44 期。

本年　應高雄廣播電臺「海與風的對話」節目之邀受訪，談其
　　　寫作契機與創作經驗。

開始翻譯室生犀星、丸山薰、三好達治等日本現當代詩人作品，並發表於《笠》與《臺灣新聞報》、《臺灣時報》副刊；後將其譯作稿件，經日本《焰》詩刊代為寄予神奈川近代文學館、井上靖紀念館收藏。

2003 年	1 月	詩作〈上路〉、〈輪迴〉發表於《文學臺灣》第 45 期。
	2 月	〈我所認識的羅浪〉發表於《笠》第 233 期。
	4 月	詩集《海的起源——錦連詩集》由高雄春暉出版社出版。詩作〈Storyteller——故事詩〉、〈季節——那些日子的我〉發表於《文學臺灣》第 46 期。
	7 月	詩集《支點——錦連日本語詩集》由高雄春暉出版社出版。詩作〈神祕——我的畫廊・第一幅〉、〈滴落的〉發表於《文學臺灣》第 47 期。
	10 月	〈被遺忘的銀鈴會詩人施金秋〉，詩作〈守靈——我的畫廊・第二幅〉、〈門牌〉發表於《文學臺灣》第 48 期。詩作〈鳳山之秋〉發表於《創世紀》第 140～141 期合刊。
2004 年	1 月	詩作〈無人世界——我的畫廊・第三幅〉、〈Rotary System〉發表於《文學臺灣》第 49 期。
	4 月	詩作〈老闆是素人畫家——我的畫廊・第四幅〉、〈立法院〉發表於《文學臺灣》第 50 期。
	7 月	詩作〈犁頭庄誌異〉、〈深夜——我的畫廊・第五幅〉發表於《文學臺灣》第 51 期。
	10 月	詩作〈京都寫景——哲學步道〉、〈左耳——我的畫廊・第六幅〉發表於《文學臺灣》第 52 期。
	11 月	7 日，獲真理大學臺灣文學家牛津獎，並應主辦單位之邀，出席頒獎典禮與同時舉辦的「福爾摩莎文學・錦連詩作學術研討會」。

2005 年	1 月	8 日，應邀出席張德本於高雄雲相空間主辦之「凝視臺灣文學」系列文學講座，發表演講「詩的反思」。
		詩作〈大海——我的畫廊・第七幅〉、〈臺灣〉發表於《文學臺灣》第 53 期。
	3 月	應邀出席高雄市文化局主辦的高雄世界詩歌節，與會者有趙天儀、曾貴海、江自得、葉笛、岩上等。
	4 月	詩作〈拐角〉、〈昔日〉發表於《文學臺灣》第 54 期。
	7 月	詩作〈海邊咖啡座——我的畫廊・第八幅〉、〈攝氏三十八度七〉發表於《文學臺灣》第 55 期。
	8 月	詩作〈澡堂〉發表於《掌門詩學》第 41 期。
	9 月	3 日，應邀出席國家臺灣文學館（今國立臺灣文學館）主辦的第五季週末文學對談活動，與張德本對談「臺灣鐵路詩人——流轉在鋼軌上的密碼」。
		《那一年——一九四九年錦連日記》由高雄春暉出版社出版。
	10 月	周華斌中譯〈臺灣和福田正夫〉、〈貝沼隊和 TAREKI〉，詩作〈新巴比倫遺跡——我的畫廊・第九幅〉、〈夢醒〉發表於《文學臺灣》第 56 期。
	12 月	〈演講之後〉發表於《鹽分地帶文學》第 1 期。
2006 年	1 月	詩作〈無家可歸〉、〈溪流和花——我的畫廊・第十幅〉發表於《文學臺灣》第 57 期。
	4 月	與周華斌合譯〈關東軍・糖果球・紅電燈〉，詩作〈妻子和她的母親〉、〈玩具——「現代寓言」之一〉發表於《文學臺灣》第 58 期。
	7 月	〈吾師・土屋文雄先生〉，詩作〈新世紀——「現代寓言」之二〉、〈歲暮午後——重讀《有個傻瓜的一生》〉發表於《文學臺灣》第 59 期。

	8 月	翻譯雨弦詩作〈過客〉、〈撿骨〉、〈加護病房〉、〈女法醫〉、〈老人院〉，發表於《掌門詩學》第 44 期。
	10 月	〈棄鄉〉，詩作〈異象——「現代寓言」之三〉、〈回鄉〉發表於《文學臺灣》第 60 期。
	12 月	〈文學記事——想起黃靈芝先生〉發表於《鹽分地帶文學》第 7 期。
2007 年	1 月	〈從海南島還鄉的小林伍長〉，詩作〈搬家——宿昔青雲志・蹉跎白髮年〉、〈二刀流——「現代寓言」之四〉發表於《文學臺灣》第 61 期。 詩作〈祖傳膏藥——臺灣怪談之一〉發表於《推理》第 267 期。
	2 月	詩作〈白雲之歌〉發表於《鹽分地帶文學》第 8 期。
	4 月	〈臺籍日本軍逃兵〉，詩作〈城堡——「現代寓言」之五〉、〈儀式〉發表於《文學臺灣》第 62 期。
	7 月	27 日，應邀出席高雄港都文藝學會於高雄文學館主辦的打狗青年文學夏令營，主講「臺灣近代詩詞演進」。 〈塞翁失馬〉，詩作〈有木麻黃的海濱〉、〈地圖——「現代寓言」之六〉發表於《文學臺灣》第 63 期。
	9 月	詩集《錦連詩集》由高雄春暉出版社出版。
	10 月	〈空襲警報〉，詩作〈黑熊——「現代寓言」之七〉、〈入暮——父親忌日〉發表於《文學臺灣》第 64 期。
	11 月	詩作〈一九九八・臺灣歲末風情〉發表於《掌門詩學》第 49 期。
2008 年	1 月	〈章魚壺・洞穴・麻雀三百隻〉，詩作〈下場——「現代寓言」之八〉、〈白雲之歌〉發表於《文學臺灣》第 65 期。
	4 月	〈鐵道怪談〉，詩作〈驛舍〉、〈劇終——「現代寓言」之

九〉發表於《文學臺灣》第 66 期。

5 月　2 日，明道大學主辦「錦連的時代──錦連詩作學術研
　　　討會」，因身體不適，不便出席，遂錄製一段祝賀影片，
　　　表示對明道大學專門研討其詩作，甚感歡欣；與會者有
　　　蕭蕭、岩上、莫渝、康原、王宗仁、李長青、阮美慧、
　　　鄭邦鎮等。

7 月　〈孫權〉，詩作〈選項〉、〈比較論〉、〈椿事〉發表於《文
　　　學臺灣》第 67 期。

12 月　詩作〈海與山──鳳山・八年〉、〈觀察所及──鳳山・
　　　八年〉、〈已經夠了──鳳山・八年〉、〈是是非非──鳳
　　　山・八年〉、〈些微的希求──鳳山・八年〉發表於《鹽
　　　分地帶文學》第 19 期。
　　　岩上主編詩集《錦連集》由臺南國立臺灣文學館出版。

2009 年　1 月　〈軍隊給仕陳東燦與土井勇老師〉，詩作〈選項〉、〈比較
　　　論〉、〈神話〉、〈塩水港──《光與影》其一〉發表於
　　　《文學臺灣》第 69 期。

2 月　張月環中譯〈八卦山──浪人日記〉，發表於《鹽分地帶
　　　文學》第 20 期。

4 月　〈汪氏一家〉、〈憶葉石濤先生〉發表於《文學臺灣》第
　　　70 期。
　　　張月環中譯〈細雨季節〉，發表於《鹽分地帶文學》第 21
　　　期。
　　　詩作〈石頭〉、〈時間與河流〉、〈詩與滅亡〉、〈關於夜
　　　的〉、〈計算〉、〈一刹那〉、〈修辭〉、〈戀愛〉發表於《乾
　　　坤詩刊》第 50 期。

7 月　〈錦連回憶錄 1──我的年代和文學記憶〉，詩作〈某一
　　　天的心象風景〉發表於《文學臺灣》第 71 期。

	9 月	詩集《群燕》、《我が画廊》由高雄春暉出版社出版。
	10 月	〈飛馳在破曉街道〉，詩作〈不可思議地〉發表於《文學臺灣》第 72 期。
		詩作〈字體俗墓碑〉發表於《臺文通訊》第 16 期。
2010 年	1 月	詩作〈京都〉、〈斷崖〉、〈八八水災〉發表於《文學臺灣》第 73 期。
	4 月	〈錦連回憶錄 2——我的年代和文學記憶〉發表於《文學臺灣》第 74 期。
	6 月	陳秋白譯詩集《在北風之下——錦連詩選 100 首‧中、英詩選譯》由高雄春暉出版社出版。
	7 月	〈錦連回憶錄 3——我的年代和文學記憶〉，詩作〈蛇經〉、〈蜥蜴〉發表於《文學臺灣》第 75 期。
	10 月	24 日，獲 2010 高雄文藝獎，應邀出席高雄市文化局於高雄至德堂舉辦之頒獎典禮。
		〈錦連回憶錄 4——我的年代和文學記憶〉，詩作〈公寓外的天亮〉、〈諸神的黃昏〉發表於《文學臺灣》第 76 期。
		阮美慧主編《錦連全集》（13 冊）由臺南國立臺灣文學館出版。
2011 年	1 月	與雨弦合譯〈生命的窗口（1）〉，發表於《大海洋詩雜誌》第 82 期。
		〈錦連回憶錄 5——我的年代和文學記憶〉，詩作〈日常〉、〈一天〉發表於《文學臺灣》第 77 期。
	4 月	〈錦連回憶錄 6——我的年代和文學記憶〉，詩作〈妄念〉、〈歲暮〉發表於《文學臺灣》第 78 期。
	7 月	與雨弦合譯〈生命的窗口（2）〉，發表於《大海洋詩雜誌》第 83 期。

〈錦連回憶錄 7——我的年代和文學記憶〉，詩作〈蟑
螂〉發表於《文學臺灣》第 79 期。

受林煥彰訪問之專文〈守夜的壁虎・臺灣鐵道詩人——
跨越語言的一代詩人錦連先生專訪〉與詩作〈蟬〉發表
於《乾坤詩刊》第 59 期。

10 月　〈押寶〉，詩作〈車站的臉〉發表於《文學臺灣》第 80 期。

11 月　《台湾今昔物語》、《台灣今昔物語》為中日文對照本，
同時由高雄市文化局出版。

2013 年 1 月　詩作〈陸地與海洋〉發表於《文學臺灣》第 81 期。

4 月　詩作〈啤酒宴會〉、〈黃泉的世界〉發表於《文學臺灣》
第 82 期。

7 月　詩作〈夏〉發表於《文學臺灣》第 83 期。

10 月　詩作〈颱風來襲〉、〈一口氣燒崩了〉發表於《文學臺
灣》第 84 期。

2013 年 1 月　6 日，病逝，享壽 85 歲。

詩作〈臺灣民間傳奇〉刊載於《文學臺灣》第 85 期。

2 月　文訊雜誌社製作「懷念作家：錦連」專題，趙天儀〈生
活者的歌與思想——懷念詩人錦連先生〉、蔡文章〈文學
是終生的志業——懷念詩人錦連〉、阮美慧〈守著夜的寧
靜的壁虎——悼念文學前輩錦連先生〉、黃寁婷〈錦連作
品目錄及書目提要〉刊載於《文訊》第 328 期。

4 月　〈溫州的老兵周先生〉刊載於《文學臺灣》第 86 期。

笠詩社製作「錦連（1928—2013）紀念專輯」，王玉梅
〈重來一次〉、陳嘉惠〈父親生平誌〉、梁名儀〈獻給親
愛的外公〉、龔顯榮〈憶詣善知識〉、利玉芳〈蛛絲銀
光——錦連追思〉、莫渝〈詩人的畫廊——懷錦連先
生〉、雨弦〈揮別，在生命的窗口——敬悼詩人錦連〉、

張德本〈鐵路詩人〉、顏雪花〈離席〉、李昌憲〈不死的靈
魂——追思前輩詩人錦連先生〉、林鷺〈海的盡頭——詩
祭錦連〉刊載於《笠》第 294 期。

參考資料：

・〈錦連年表〉,《錦連詩集》,高雄：春暉出版社,2007 年 9 月,頁 117～124。
・〈錦連寫作生平簡表〉,岩上編,《錦連集》,臺南：國立臺灣文學館,2008 年 12 月,
頁 134～139。
・〈寫作年表〉,阮美慧主編,《錦連全集 13・資料卷》,臺南：國立臺灣文學館,2010
年 10 月,頁 283～314。

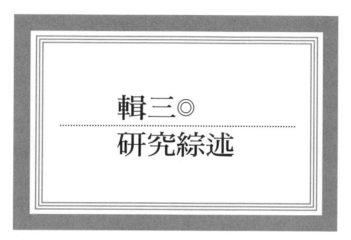

輯三◎
研究綜述

錦連研究綜述

◎蕭蕭

一、錦連及其文學概述

錦連（陳金連，1928 年 12 月 6 日～2013 年 1 月 6 日）先生是一位不被確切認識的詩人。父親以上的先祖是新北市三峽區人，他則出生於彰化，退休後夫婦移居高雄依親（女兒嘉惠），三峽、彰化、高雄，分屬臺灣北、中、南的這三個地區，是與錦連息息相關的三個「地方」，值得我們從這三個地方仔細審視錦連的詩藝、詩學。

（一）三峽地區，錦連現代詩寫作的過去因緣

縱觀錦連相關的文字紀錄，三峽，幾乎是記述空白之所在，象徵著錦連不為人知的底層記憶。

關於三峽，有兩段敘與論值得提及，一是彰化詩人王宗仁（1970～）2007 年的訪談所得：「1928 年出生於彰化市的錦連，本名陳金連，父親為富裕茶農之後，在臺灣總督府鐵道部基隆站擔任行李房工人，並於二次大戰後升職為彰化調度所運輸主任。原本錦連的祖母在生前就分好祖產，讓錦連的父親擁有店鋪、農地等等，又收有租金，儘管錦連共有十個兄弟姊妹，生活倒也安定無虞。後來，父親所分得的祖產卻被伯父因賭而全部偷偷賣光，等到租金沒有按時間寄來時才發現實情，家中經濟瞬時一落千丈，錦連也開始感受到人生的艱困和命運的折磨。」（見王宗仁〈火車行旅——試探錦連作品中的人道關懷〉）這是少數關於錦連跟三峽相繫連的實錄，錦連之父、之祖原來擁有龐大的祖產（茶山、商店），卻因錦連伯父好

賭而被盜賣，錦連雖出生於彰化，但也因此感受到家道中衰的傷悲，錦連詩中的富貴氣、孤獨感，或可推及到三峽的這段家族記憶的潛在影響。父親由鐵道部基隆站行李房工人，幾度調升到彰化調度所運輸主任的職業生涯，直接影響他整整的一生，少年就讀鐵道講習所中等科暨電信科，青壯年即任職於臺灣鐵路局電報室 38 年，直至初老退休，長長的一生因父親、三峽，而與鐵道、彰化，結下長長的鐵道詩緣，成為臺灣詩史中唯一的鐵道詩人，這份父親、三峽、彰化的情的繫連，影響不可謂不深遠。

關於三峽的另一段情緣，則是高雄人張德本（1952～）撰寫的《臺灣鐵路詩人錦連論》，全書論述錦連詩作，從多重面向探討錦連詩的特質與美學價值，是對錦連詩作的唯一個人專論，全書共分五章：其一，錦連的鐵路詩，其二，錦連的現代美學，其三，錦連詩中的愛與孤獨，其四，錦連詩的形上思考與批判性，其五，錦連的地方誌詩與普世關懷，正文前有〈流轉在鋼軌上的密碼〉作為導言，每一章都冠以「臺灣鐵路詩人」，顯然，刻意要以「鐵路詩人」作為錦連的重要標籤。這本厚達 310 頁的專論，是由當時的臺北縣文化局於 2005 年 12 月出版，一般地方政府出版的文學品，以當地作家（出生於當地或任職於當地）為約請或審核對象，高雄人張德本的書所以能審查通過，最主要的憑藉應該是被論述者錦連的三峽祖籍。

三峽，不是錦連的出生地、成長地，但隱隱然卻又影響著錦連詩的創作、詩的成形，不妨視之為錦連真正詩創作的過去式，潛藏地，這個空間充分化入他的詩生命中，卻不曾有人去探索，空白的過去因緣等待論者的鄉野踏查。

（二）彰化時期，錦連現代詩寫作的進行式

錦連，西元 1928 年出生於彰化市，其後畢業於鐵道講習所，終身奉獻給鐵路局，生活於彰化。1949 年 21 歲的他以〈在北風之下〉日文詩作刊登於《潮流》上，成為「銀鈴會」（1943～1949 年）最年輕的成員。1964 年笠詩社創社，錦連為發起人之一，當時他 36 歲，英氣逼人。銀鈴會、笠

詩社都屬於彰化、臺中間，中部發達的詩社，錦連重要的詩篇（發表或未發表）大都成於彰化地區。詩人個性謙抑但堅毅，頗有自己的堅持，戰前、戰後創作不輟，發表量卻不大。早期作品發表於《臺灣新生報・軍民導報副刊》、《現代詩》、《創世紀》、《今日新詩》、《筆匯》、《現代文學》、《笠》等刊物。作品曾入選《六十年代詩選》、《本省籍作家作品集 10：新詩集》、《華麗島詩集》、《臺灣現代詩集》（日文）、《中國新詩選》、《美麗島詩集》以及《1984 臺灣詩選》等，曾獲「榮後臺灣詩獎」。是日治時期臺灣詩香火的傳遞者，也是「跨越語言的一代」轉型成功的中文詩人。以臺灣新詩的發展而言，錦連具有關鍵性的影響地位，值得以錦連新詩及其時代，探討臺灣新詩史的演變。

評論家張德本認為錦連的「鐵路詩」提升臺灣鐵路文化臻於詩學的境界，並為臺灣建構獨特的「地誌詩」美學。他的「電影詩」、「圖象詩」實踐臺灣戰後現代詩現代手法的實驗，成就突出，但久被忽視。以臺灣現代主義的發展特質來看，錦連可以代表日治時代楊熾昌「風車詩社」超現實主義之後的前衛詩人，錦連及其時代如何預示臺灣現代主義突破困局，值得深入探索，「銀鈴會」與紀弦「現代派」時期的錦連「現代性」，這時，他當然在彰化。

作為彰化詩人，錦連與林亨泰同為日治時代過渡到國府時期重要代表人物，錦連新詩作品之豐厚與紮實，實驗精神之英勇與傑出，關懷層面之廣闊與深入，少有匹敵。李魁賢認為錦連的詩以生命探索「存在的位置」，趙天儀認為錦連的詩是「對存在的懷疑，不安和鄉愁」，陳明台認為錦連散發「硬質的詩質」，都是針對錦連新詩之文本所發出的真言。單純研究錦連，可以從現代性、電影詩人、鐵道詩人的方向豐富論述的內涵，如果是將焦點放在錦連與林亨泰的相對性做比較研究（同在彰化縣境出生成長，同時都是「銀鈴會」、「現代派」、「笠詩社」的參與者，同時都是跨越語言的一代），他們如何異中有同，同中有異，相信這種環繞彰化的比較論述更有可觀性。

（三）高雄時期，錦連現代詩寫作的未竟式

　　退休後，1996 年錦連移居高雄市，繼續從事寫作、翻譯、教授日文、整理舊作。錦連是跨越語言的一代，但是能在戰後克服語言障礙，以中文寫詩，並翻譯日文詩及詩論為中文，是跨越語言的一代中駕馭中文能力最好、文采最佳的前幾名之一。

　　1990 年代錦連退出笠詩社後，詩作反而大量增加，部分發表於《文學臺灣》，這是他的「現代性」衝破「現實性」的藩籬的明證嗎？1996 年退隱高雄，生活悠閒穩定，從而親自著手整理 1952 至 1957 年所寫日文詩作，將之自譯為中文，2002 年以中、日文出版《守夜的壁虎》、《夜を守りてやもりが……》姊妹詩集二冊（高雄：春暉出版社，2002 年）。2003 年出版中文詩集《海的起源》（高雄：春暉出版社，2003 年）、日文詩集《支點》（高雄：春暉出版社，2003 年），將這些高雄時期的作品與早年出版的《鄉愁》（彰化：新生出版社，1956 年）、《挖掘》（臺北：笠詩刊社，1986 年）、《錦連作品集》（彰化：彰化文化中心，1993 年）綜合觀察，可以比較完整地窺得錦連詩學世界的全貌。這些成果在 2004 年 11 月 7 日真理大學頒給「臺灣文學家牛津獎」，並舉辦「福爾摩莎文學・錦連詩作學術研討會」中尚未受到矚目。2008 年 5 月 2 日明道大學舉辦「錦連的時代──錦連詩作學術研討會」，高雄時期的成績也還沒有受到全面性的重視。換言之，彰化與高雄時期的詩作合觀，相互印證，才是真正錦連詩作、詩學的真貌，期待後學者站在已有的基礎上，繼續挖掘、繼續發現。

　　目前，由阮美慧主編的《錦連全集》（國立臺灣文學館，2010 年）收集以上作品，包括 1949 年以來公開發表的文學相關作品，已出版之專書、未結集作品及手稿資料等，計六卷 13 冊，依文類分卷：中文詩卷四冊、日文詩卷四冊、翻譯卷二冊、小說卷一冊、散文卷一冊、資料卷一冊。各卷卷首皆有館長序、編序、編輯體例、總目錄，每卷最後一冊之末並有張德本、邱若山、許素蘭等人為各卷撰寫的解析專文，值得參看。

　　錦連自承「每一個階段的創作，皆是我真實人生的紀錄，沒有一點虛

假，既真實又純粹。」他經歷了戰時的困窘，死亡的陰影，突如其來的終戰，經濟混亂，二二八事件，八七水災，結婚生子，長達 39 年的白色恐怖，如此豐富的人生閱歷與時代沖激，造就了錦連詩的現實內涵與現實性。他確信「在詩的世界裡，若詩作中未說出真實內涵，可以說是靈魂出竅的空殼，只不過是所謂的『詩人不在場』的文字遊戲而已。」（見〈牛津獎得獎感言〉）但在同一篇感言中，緊接著他提到「努力廣泛的去閱讀非實用的書籍，來作腦筋的體操，充實思想，不斷的想要重新出發，這是不會墮入守舊主義唯一的方法。德國詩人烏蘭特（Johann Ludwig Uhland，1787～1862）就曾說過，不是從內心成長的詩人，其基礎是薄弱的。」此處又顯現了錦連詩藝的「現代性」，所以他不懼怕別人的影響，為了成長他勇於面對新的技巧，並且加以消化。

認識錦連就要從錦連的這種詩觀切入，他承認詩基本上是抒情的，不能失去 lyric（抒情味），但他要求自己的是「硬質的抒情」；進而追求的是，能打破固定觀念的逆向思考，看似近乎荒謬的思維，探討如何應用本身就帶有意義的工具（文字）去尋找更大的可能性，建構新美學。「換言之，從時間性的抒情變成空間性的思維情感。」（見〈錦連詩觀〉）

錦連詩的地方性、現實性、抒情性、現代性，大約如是。

二、錦連文學研究概述

關於錦連的文學研究，可以分為四部分：一是早期笠詩社同仁的印象式評述，二是學位論文與專書論述，三是真理大學 2004 年 11 月頒贈錦連「臺灣文學家牛津獎」並舉辦「福爾摩莎文學‧錦連詩作學術研討會」之論文集，四是 2008 年 5 月 2 日明道大學舉辦「錦連的時代──錦連詩作學術研討會」，年底論文彙集為專書《錦連的時代──錦連新詩研究》（臺中：晨星出版社，2008 年），納入「彰化學」叢書中。

（一）早期笠詩社同仁的印象式批評

作為笠詩社創辦人之一的錦連，26 年的笠詩社社員資歷，許多對錦連

的既定印象，無疑都與「笠」緊密相關，對錦連的基礎性定位，當然也來自於笠詩社同仁的相知相惜。重要性的代表作，如：

林亨泰〈笠下影：錦連〉，《笠》第 5 期，1965 年。

趙天儀〈鄉愁的呼喚——論錦連的詩〉，《笠》第 111 期，1982 年。

張彥勳〈探討「銀鈴會」時代的重要詩人及其創作路線——陳金連（錦連）〉，《笠》第 111 期，1982 年。

林芳年〈看《笠》近期作品——讀利玉芳‧錦連的詩〉，《文學界》第 14 期，1985 年。

陳明台〈清音依舊繚繞——解散後銀鈴會同人的走向〔錦連部分〕〉，《笠詩刊》第 186 期，1995 年。

陳明台〈硬質而清澈的抒情——純粹的詩人錦連〉，《笠》第 193 期，1996 年。

岩上〈吐詩的蜘蛛——詩人錦連先生的文學歷程〉，《民眾日報》，1996 年 2 月 10 日，27 版。

彭瑞金〈錦連——吝於吐絲的蜘蛛詩人〉，《臺灣時報》，1998 年 9 月 23 日，29 版。

這其中，林亨泰「笠下影」的寫作是《笠》重要的資產，第五期即已選上錦連作為他推介的對象，樹立了評論錦連的基調，不可忽略。岩上則代表了笠詩社的評述模式——選擇詩人的一首詩，深入分析，進而採擷出詩人的特質所在。「吐絲的蜘蛛」這樣的形象，大約是產量不多的錦連留給詩壇最深刻的印記，一方面是錦連自己的詩作所形成的、根深蒂固的意象，另一方面不能不歸功於如岩上等同仁的推舉。至於陳明台，應該可以說是笠詩社少數幾位以學養將同仁推上學術櫥窗的評論家，他論述錦連的〈硬質而清澈的抒情〉，圖繪「錦連氏絕對不是抑鬱終日，畏畏縮縮過活的詩人，反而極易讓我們感受到作為平易親切的一個人，內在樂天的，根植於大眾生活，積極入世的庶民感情，甚至帶有一種出自草莽的豪傑氣概，充滿生命活力，具備反骨的俠氣，滔滔不絕雄辯的才能，他的氣質中，幾

乎是混合了大量明朗和颯爽的要素，像磨得雪亮的剃刀一般，時時刻刻，顯露出硬質清澈的抒情性格，促使他輕而易舉地，發揮著他幽默的感性和鞭辟入裡的諷刺本領。」（陳明台〈硬質而清澈的抒情——純粹的詩人錦連論〉，《臺灣文學研究論集》，臺北：文史哲出版社，1997 年，頁 245），將錦連其人其詩如實繪製，讓我們有著如見其人的真實感。

至此，新詩評論者以學術的眼界關注著錦連的新詩成就。

（二）學位論文與學人論述

對錦連，或者說對笠詩社而言，最重要的學人或學位論文，首推阮美慧及其著作。

阮美慧 1997 年完成碩士論文〈自我觀照的行吟者——錦連・笠詩社跨越語言一代詩人研究〉（東海大學中國文學系碩士論文，陳鴻森教授指導，1997 年），五年後完成博士論文〈臺灣精神的回歸：六、七〇年代臺灣現代詩風的轉折〉（成功大學中國文學系博士論文，呂興昌教授指導，2002 年），這兩篇論文雖然論及錦連的部分不多，但對本土詩社「笠」的研究，卻有了全面性的觀察，本質性的理解，儼然成為笠詩社、詩刊的研究權威。因此，2010 年由阮美慧主編的《錦連全集》（國立臺灣文學館，2010 年）出版了，蒐羅錦連已出版之專書、未結集之作品、手稿資料，鉅細靡遺，包含中文詩、日文詩、翻譯作品、小說、散文、其他資料，共 13 冊，可以見出阮美慧對錦連（笠詩社）的嫻熟，對資料掌握之準確，當然也見證了笠詩社同仁對阮美慧的信賴。除此之外，此後兩場對錦連個人的學術研討會，阮美慧當然也不缺席，分別發表了〈論錦連在臺灣早期現代詩運動的表現與意義〉（《淡水牛津臺灣文學研究集刊》第 7 期，2004 年 12 月，頁 23～48），〈歷史的斷片——錦連五〇年代形構之詩的「前衛性」與「現代性」意義〉（《錦連的時代——錦連新詩研究》，臺中：晨星出版社，2008 年 12 月，頁 12～44），前者對錦連的時代位置，加以探討、定位，後者對錦連的現代性，給予肯認，都是極為重要的研究錦連的篇章。

直接以錦連為研究客體的是李友煌，成功大學臺灣文學研究所碩士，

在呂興昌教授指導下完成〈異質的存在──錦連詩研究〉（2004 年），是第一部全面性探討錦連各個時期的創作面向、形式與內涵的專論，包括語言、題材、精神特色與演變，將錦連置於時代風潮中觀察，藉此標定詩人的特色與位置。文中依序論述錦連生平、文學活動歷程，錦連「接受史」，錦連詩作形式與內容的轉變，當然也要標舉錦連詩的前衛性，文後附錄〈錦連年表〉、〈錦連訪問稿〉，藉以佐證前論之不虛。

　　李友煌為學位而宏觀錦連，張德本則以自己的發現，聚焦於「鐵路詩人」專一主題而微觀錦連，且寫成專書《流轉在鋼軌上的密碼──臺灣鐵路詩人錦連論》（臺北：臺北縣文化局，2005 年），書中論述錦連與鐵路，鐵路詩人與現代美學，錦連詩的愛與孤獨、形上思考與批判，錦連成就的「地方誌詩」。以一本書專論一位詩人，已不多見，以一本書專論一位詩人之特定題材，張德本的《臺灣鐵路詩人錦連論》殊屬罕見。

（三）福爾摩莎文學‧錦連詩作學術研討會論文

　　真理大學於 1997 年 2 月創辦臺灣第一個「臺灣文學系」，並從此年開始頒贈「臺灣文學家牛津獎」給傑出的臺灣文學作家，依序是巫永福（1997 年）、葉石濤、鍾肇政、王昶雄、林亨泰、陳千武、詹冰、錦連（2004 年）、廖清秀、黃靈芝、黃娟、杜潘芳格、鄭清文、李喬、李魁賢、趙天儀、東方白、鍾逸人（2014 年）。頒贈「臺灣文學家牛津獎」的同時，也為這位得獎作家舉辦學術研討會。

　　錦連在 2004 年獲得此一殊榮，11 月 7 日舉辦學術研討會，邀請李魁賢作專題演講：〈存在的位置──錦連在詩裡透示的心理發展〉，並依序發表論文：趙天儀〈錦連的形象與知性舞蹈〉、林盛彬〈論錦連「以詩論詩」的詩想〉、郭楓〈守著孤獨、守著夜、守著詩──錦連篇〉、張德本〈臺灣鐵路詩人錦連的現代美學──他的詩觀與對意象主義、圖象電影詩及超現實的實踐〉、岩上〈錦連詩中的生命脈象訊息與意義──以創作前期為探討範圍〉、蔡秀菊〈從苦悶的基調到冷性的諷刺──時代在錦連詩作中留下的刻痕〉、周華斌〈以詩的鏡頭拍攝出視覺化的世界──試論錦連的電影詩及

類電影詩〉、江明樹〈蹲伏在後窗的觀察者——評錦連電影詩及其他〉、葉笛〈複眼的詩人錦連〉等篇章，論述的廣度極為開闊，但也可以看出集中在三個面向，一是錦連的知性與詩想，二是錦連的電影詩與鐵道詩，三是錦連的生命脈象：孤獨與諷刺。

　　這是學術殿堂為錦連召開學術研討會的第一場，意義重大，論文也頗為可觀。

（四）錦連的時代——錦連詩作學術研討會論文

　　2008 年 5 月 2 日明道大學為 80 歲的錦連，舉辦「錦連的時代——錦連詩作學術研討會」，會後集成專書《錦連的時代——錦連新詩研究》。收錄的論文包括：阮美慧〈歷史的斷片——錦連五○年代形構之詩的「前衛性」與「現代性」意義〉、岩上〈錦連詩創作前後期的比較〉、蕭蕭〈錦連：臺灣銀幕詩創始人——銀鈴會與銀幕詩影響下的錦連詩壇地位〉、郭楓〈堅決不舉順風旗的獨吟者——論錦連作品的特立風格〉、王宗仁〈火車行旅——試探錦連作品中的人道關懷〉、陳昌明〈站在世界的邊緣——論錦連詩的書寫位置〉、李桂媚〈錦連詩作的白色美學〉、林水福〈錦連詩試論——以《支點》為主〉、莫渝〈生存困境的掙脫——試論錦連詩作裡的「悲哀」〉、郭漢辰〈試論錦連詩裡時間與死亡的意象與符碼——以錦連詩集《守夜的壁虎》為探究範圍〉。

　　這次論文的特色，不拘泥於邀請（泛）笠詩社同仁參與，對於錦連高雄時期的作品已經有所著墨，同時開發出許多特殊的觀察角度，例如不舉順風旗、白色美學、死亡意象等。錦連詩作的學術研討，又向前邁進了一步。

三、錦連研究資料彙編概述

　　輯錄在這本《錦連研究資料彙編》的論文，期望能在詩人、評者、論題三方面都具有代表性，既能代表詩人寫作的各個階段、各個面向、各個特殊點的作品，也能展現論評者最高超、最精準的視境，同時也期望能掌

握住詩學論題的焦點，對於詩人為大家所熟知的評價準則，特殊觀點的發現、挖掘，都能兼顧。因此，為了廣大的讀者群，我們選入了這些作品：

第一部分是關於錦連這位詩人，我們首先輯入詩人錦連自己對於詩的發言，我們選入〈用詩記錄生命〉、〈牛津得獎感言〉、〈錦連詩觀〉，扼要、快速而準確地透過錦連看見錦連。當然，我們心中印象最深的還是錦連在《笠》詩刊第 5 期「笠下影」專欄中所述的詩觀：「我是一隻傷感而吝嗇的蜘蛛。」

1.傷感──對存在的懷疑，不安和鄉愁，常使我特別喜愛一種帶更哀愁的悲壯美（當然也不妨含更一些冷嘲和幽默的口吻）。
2.吝嗇──我珍惜往往只用一次就褪色的僅少的語彙（身上的錢既少，就不許揮霍的）。
3.蜘蛛──為了捕捉就得耐心等待（並非等著靈感的來臨）。

其次，我們選入三篇傳記式的書寫或訪問，一是錦連女兒陳嘉惠的〈父親生平誌〉，從親人的角度，長時間的共同生活經驗，照顧與被照顧的雙重視野，讓讀者可以看到錦連不同的形象，與他的詩作做一些互動與見證。二是彭瑞金的〈錦連──吝於吐絲的蜘蛛詩人〉，〈蜘蛛〉是錦連早期書寫小動物的重要詩篇，很多詩友藉此來隱喻當時惜墨如金的錦連，從這篇作品大略可以看出錦連詩的外貌與性格，此文類近於一篇詩人的總序或前言，讀者藉此了解錦連的整體印象，因此放在所有論文之前，也早於陳嘉惠的〈父親生平誌〉，因為有詩壇所景仰的詩人錦連，才會想到詩人的家人又是如何記述詩人、紀念父親。第三篇是林盛彬的訪談紀錄〈必也狂狷乎？真性情而已！──專訪錦連先生〉，這是更年輕的一代詩人學者心中所想探尋的錦連，從詩壇長期累積的印象中找到新介面，其實也是回到人格即風格的老路子上去思考錦連，提供了年輕一代新認識者所想要了解的詩人內心。

　　第二部分是學者論述錦連詩歌的重要論文：

陳明台：〈硬質而清澈的抒情——純粹的詩人錦連論〉

李魁賢：〈存在的位置——錦連在詩裡透示的心理發展〉

張德本：〈臺灣鐵路詩人錦連的現代美學——他的詩觀與對意象主義、圖象電影詩及超現實的實踐〉

阮美慧：〈論錦連在臺灣早期現代詩運動的表現與意義〉

莫渝：〈生存困境的掙脫——試論錦連詩作裡的「悲哀」〉

蕭蕭：〈錦連：臺灣銀幕詩創始人——銀鈴會與銀幕詩影響下的錦連詩壇地位〉

李桂媚：〈錦連詩作的白色美學〉

周華斌：〈錦連近期前衛詩的實驗性書寫——以「我的畫廊」系列詩為探討文本〉

　　選自陳明台《臺灣文學研究論集》（臺北：文史哲出版社，1997 年 4 月）的這一篇〈硬質而清澈的抒情——純粹的詩人錦連論〉是早期能以學術高度看待錦連詩作的一篇論文，自有他的歷史價值。文中從錦連認同武田泰淳對司馬遷的理解，亦即所有處於悲慘境遇中，受盡屈辱的人，能轉化莫大的苦楚，振作發憤，因而確定錦連在空虛和寂寞的人生中，堅持擁有詩作為精神糧食，由此形成了詩人錦連獨特的，有所不為的潔癖，極端的自我節制，始終一貫追求詩的純粹心情。陳明台以「磨得雪亮的剃刀一般，時時刻刻，顯露出硬質清澈」來形容錦連，說錦連「帶有一種出自草莽的豪傑氣概，充滿生命力，具備反骨的俠氣，滔滔不絕雄辯的才能」，這是有幸近距離接近錦連的人所感受到的氣質，從這種氣質推論到「錦連氏，確實堪稱是當代稀少罕見的，純粹的詩人。」以此文置於所有論文之前，其實也含有總序的意涵。

　　第二篇是李魁賢的〈存在的位置——錦連在詩裡透示的心理發展〉，這一篇是 2001 年「葉石濤及其同時代作家文學國際學術研討會」發表的論文，收入於《李魁賢文集 9》（臺北：行政院文建會，2002 年 10 月）。此文

從錦連最早發表於 1949 年的詩〈在北風之下〉：「嚮往碧藍的天空我立在屋頂上／分外明亮的天空裡／北風吼著吹過來」說起，認為錦連一生的軌跡就在晴朗與風暴的時代交會點上，承受著北風的吹襲中尋找自己的生存位置。而以錦連寫於 2000 年 10 月 22 日的詩〈當我即將要斷氣的時候〉（《文學臺灣》第 38 期，2001 年 4 月）作結，引述錦連在詩中對自己的反問：「最後我的雙腳用力踩住的　究竟是地球的哪個地方？／最後我的雙眼所能展望的　究竟是世界的哪種情景？／最後以我的耳朵能聽見的　究竟是宇宙的什麼聲音？」顯示錦連對自己存在的位置嚴重關切，所以必然會重視做為人的本質，堅持自己該堅持的。對錦連的人生與詩作中的氣度、風骨與俠義，多所肯定。

　　張德本的〈臺灣鐵路詩人錦連的現代美學：他的詩觀與對意象主義、圖象電影詩及超現實的實踐〉是最篤定以「鐵路詩人」稱呼錦連的一位，正如論題所示，此文的關鍵詞包含了鐵路詩人、意象主義、圖象電影詩、超現實實踐等美學論題，企圖心極為強大，含括面亦廣。本文最值得稱道的是，尋回錦連創作的初心，從他閱讀的書目、心儀的詩人探索起，貼近錦連日常生活面，以田野調查的方式，直接晤訪錦連，來往討論，直接而有力，豐贍且富足，全面性觸探錦連詩與生命互動的美學。張德本這篇論文除了全面審視錦連的現代美學，他更希望從錦連超現實傾向的詩作，在 1950 年代中葉就已產出，是否應該估量臺灣現代詩發展史的真正脈絡，準確衡估錦連在臺灣現代詩學論述裡的歷史價值與意義。

　　我們選入的第四篇是阮美慧的〈論錦連在臺灣早期現代詩運動的表現與意義〉，阮美慧是《笠》詩刊、詩人的研究權威，她對《笠》詩刊創社詩人瞭若指掌，這篇論文發表在《淡水牛津臺灣文學研究集刊》第 7 期（2004 年 12 月），以錦連在 2002 年整理出版的 1950 年代作品，做為討論的對象，已可看出錦連形式鮮明的現代主義作品，表現出知性、冷靜、詩質冷硬的特色，當然也有表現個人抒情哀愁、感傷的作品。她指出錦連因個人經歷、身分，及透過翻譯與作品實踐，建立一套知性、冷靜的詩

觀，且以樸實、敘述的語言，開創出具備臺灣歷史意識、主體精神的作品，這些作品不僅突顯錦連個人獨特的風格，也呈現為《笠》詩人的集體風格，影響更年輕一輩的詩人，標舉著臺灣現實詩學的大旗。

已經嫻熟《笠》詩刊、詩人的寫作傾向、趨勢的評論家莫渝選擇錦連所說的「我是一隻傷感而吝嗇的蜘蛛」中的「傷感」，2008 年寫出〈生存困境的掙脫：試論錦連詩作裡的「悲哀」〉，以單一論點深入探索錦連。深化論述，是在眾多探索錦連的藝術成就之後應走的一條路，莫渝率先選擇了蜘蛛的「悲哀」，引用錦連的詩：「詩是從心靈的孤獨中產生的／詩是在苦悶中凝視自己時產生的／詩是對人類愛的匱乏感到寂寞時產生的」（見〈我盼望在那種氣氛中過日子〉），進而肯定錦連在寂寞與堅持所進行的文學志業，讓讀者看見他從「悲哀論」出發的創作思維。

與莫渝同時，蕭蕭選擇雙銀——銀鈴會與銀幕詩來論述錦連，定其題為〈錦連：臺灣銀幕詩創始人——銀鈴會與銀幕詩影響下的錦連詩壇地位〉，論文從「孤獨感」出發，頗有呼應莫渝「悲哀」論之意，又根據錦連《那一年——一九四九年錦連日記》所述，回頭考察 1945 至 1979 年間中部詩人的往來聚會與詩作演進，確立「銀鈴會」中彰化籍詩人在臺灣新詩史上的地位：朱實的精神領導、林亨泰的理論鋪陳、錦連的大量詩作發表，成就錦連第一銀（贏）的論述。其後論述錦連的〈女的紀錄片〉（原載《現代詩》第 16 期，1957 年 1 月）、〈轢死〉（原載《創世紀》第 13 期，1959 年 10 月）這兩首銀幕詩（Ciné Poème），應用電影理論、蒙太奇鏡頭，論述錦連可能的成就，對後代意象創作的正面激發。此文雖非創見，但有深化之功。

同為彰化籍的青年評論家李桂媚則以色彩學環視彰化詩人，關於錦連，她拈題的是〈錦連詩作的白色美學〉，本文選用色彩學為論述基礎，佐以康丁斯基（Wassily Kandinsky，1866～1944）的藝術理論，期望能透過白色詩作透視錦連的色彩經營與作用。最終的結語是：西方繪畫中白色常用於表徵光明與聖潔，但在錦連詩作中，更多時候白色是哀傷與憂愁的代

表，此外，除了純潔、美好、孤獨、哀愁這些意涵外，錦連筆下的白色還有其他意涵，舉凡：安詳、無、年老、蒼白、死亡、述說等等。一方面呼應了先前其他學者對錦連詩作的觀察（哀傷與憂愁），也開啟了錦連詩作的其他可能，為未來的論述作了鋪墊的工作。以上三篇論文都收集在《錦連的時代——錦連新詩研究》。

最後一篇選入的論文是周華斌的〈錦連近期前衛詩的實驗性書寫——以「我的畫廊」系列詩為探討文本〉（選自《臺灣文學評論》第 11 卷第 1 期，2011 年 1 月），此文選擇錦連從 2003 年 7 月 15 日《文學臺灣》第 47 期刊載的〈神祕——我的畫廊‧第一幅〉，到 2005 年 12 月 15 日第 57 期的〈溪流和花——我的畫廊‧第十幅〉的「我的畫廊」系列詩作，做為論述客體。這篇論文可以做為晚期錦連詩作的代表性論述。周華斌歸納出幾個論點，一是語言上：「我的畫廊」系列詩錦連採用俳句技法，剎那間捕捉詩意。二是技巧上：運用想像構圖，以詩作畫，調合理性和感性，創造出充滿巧智的表象去喚醒他人心中本有的直覺。三是哲學內涵上：展現錦連對死亡悲鬱的脫出、存在義涵的昇華，表露其一貫的人道主義關懷、形上思維。四是美學表現上：以超現實主義、餘白及藝術形式原理等技法交互運用。此文彰顯晚年錦連的生命力、創造力，以及詩作中永遠的「現代性」，正可以做為錦連研究資料彙編的最終論述。

四、結語

綜合以上論述，大抵可以見出錦連在臺灣新詩史上的歷史定位，從早期在銀鈴會《潮流》詩刊上的第一首詩作，即已展露出一個詩人獨特的創造力與現代性，從現實的關懷中覺知人生，從生命的困頓中掙扎奮鬥，一直到晚年的新創作，那種旺盛的生存鬥爭、創意激盪，處處噴發。

孤獨、悲哀、傷感，是他覺察的現實處境；蜘蛛、蚊子、壁虎，是他隱喻的自我；意象主義、即物思想、超現實技巧，是他永遠的現代性。

錦連，一個 50 年之後才翻譯出版自己 25 歲時的少作，歷史的定位必

須重新放回原來的軌道上去思考的一位詩人。有人從他的職業——鐵路、電報，思考「直線型」剛直的性格，簡潔、吝嗇如蜘蛛的電報型用字。有人從他的祖籍臺北三峽，長居地彰化，近年頤養天年的高雄，思考這樣的地緣變遷與人際關係，對其詩歌創作會有什麼樣的微妙變化。更多的人深入他的詩作中，探尋他的人道主義關懷、處事風範，釐清他的色彩運用習性等等，為他重估藝術的價值。但我們更相信，一位傑出的詩人是一座永遠挖不完的礦，《錦連研究資料彙編》不是第一鏟，也不會是最後一鏟，我們期待未來學者繼續挖掘的驚喜。

2015 年 9 月　明道大學開悟大樓

輯四◎
重要評論文章選刊

用詩記錄生命

◎錦連

　　我一直以孤單及緩慢的步伐，走過近半個世紀的寫作歷程。16 歲即在鐵路局服務，年少的我也充滿熱情的想參加國家考試，開創前程，然而戰爭突然結束，緊接而來全面地廢止日文報刊雜誌，使我陷入近似文盲的困境。現狀的改變以及生活的壓力，我只好放棄了上進的計畫。逐漸地，一面試圖學習中文，一面沉浸於圖書館中，由日文書籍吸收知識，成為青年時期生活的重心。在這段語言轉換的時期，充滿著心酸與無奈。因此，寫詩，對我而言，並非為了追求名利，我僅是默默地，小心地用那僅有的貧乏的中文記錄我的生命。

　　雖然在那個語言障礙的困難時期，為了想用一種非常陌生而生澀的語言去從事創作，卻因一直備受折磨和挫折而感到異常地沮喪和痛苦，然而我也清楚地了解，即使在那樣的日子裡，精神生活中如果沒有詩，我一定會更加痛苦和絕望。追求詩文學是我唯一的慰藉，如此而已。因為誠如有位前輩詩人曾說過：「沒有詩的生活，可能會感到非常空虛，但畢竟我們並不是絕對非做『詩人』不可的。」

——選自《笠》第 197 期，1997 年 2 月

牛津獎得獎感言

◎錦連

　　第二次世界大戰的結束，對我而言，實在是太突然了。在這之前，我是在物質缺乏，空襲掃射，隨時有死亡威脅的陰影下生活。當時我在被列為空襲主要目標的彰化火車站工作。因不能擅離職守，每日在需與死神搏鬥忍受死亡恐懼的環境下生存，我們的祖先來自大陸這種感覺，對於在普通家庭中成長的我而言，非但父母未曾提及，自己也絲毫無此感受。因此戰爭結束後，最令我有切身感受的，是從今以後無須被日軍徵調上戰場不會在戰場上當炮灰，也不會慘死於機關槍掃射下及炸彈的轟炸中。這種脫離死亡恐懼的喜悅及解放感，對我而言，才是戰爭結束最大的意義。

　　但是，日本投降的第二年，臺灣的國民政府全面禁用日文，因此曾企圖以熟練的日文參加高普考，改變自己前途的盼望，隨即破滅。面對全篇皆為漢文的報紙，非但不能全盤皆懂也不容易去了解，我能以形同文盲來形容自己，當然更遑論用中文寫作。無奈下，也只能購買並拚命閱讀戰後日本人所留下有關文學詩作思想各方面的書籍，或浸淫於圖書館的日文書籍中，亂讀群書，繼而自行以日文寫作，以慰藉我空虛寂寞的心靈。戰爭結束後，我並未燃起極大的希望，隨之而來的是社會的動盪不安，經濟崩潰，二二八事件，這樣影響重大的流血事件，令我更加失望更逐漸對前途失去信心。在根本排拒中文的心情下，直到經過七、八年後，因為在始終不能忘情文學的衝擊下，漸漸地嘗試用中文寫詩作。我相信自己有成熟的思想，對於人生社會人性，有我自己的感受，並自認自己的詩想應是很有分量。因此，大膽地用詩作來表現。但是在遣詞用字上顯得極為拙劣，又

是我最大的苦惱，所以我的青春時期，便在這種欲突破困境又屢次想中途放棄的挫折及無力感中打滾。

以甚不拿手且陌生的中文為工具所產生的作品，當然不可能期待有大量著作，雖然是字字斟酌的詩作，表面上看來，與戰後受傳統且熟練中文訓練的詩人所作的作品相比，顯然拙劣許多，然而，我所受的文學訓練與向來慣用中文，來自大陸或戰後成長的詩人來說，對於處於不同時代背景，所受生活體驗及歷史記憶完全不同的二者，根本不應該拿來比較，也無從比較。所以如果僅以簡單運用文字的好壞來論高低，原本價值觀就不同。但在我的記憶裡，戰時的困窘，死亡的陰影，突如其來的終戰，經濟混亂，二二八事件，八七水災，結婚生子，長達 39 年的白色恐怖，對這種完全無法適應的環境，時時刻刻，每一個場面，都鮮明的浮在腦海中，身處於如此複雜心情下，我仍用日文寫了數百首的詩作，而這些詩作是在不想發表及沒有發表園地，全然為自己而寫的情況下產生，自己整理後，現在看來，每一個階段的創作，皆是我真實人生的紀錄，沒有一點虛假，既真實又純粹。

我越來越確信，在詩的世界裡，若詩作中未說出真實內涵，可以說是靈魂出竅的空殼，只不過是所謂的「詩人不在場」的文字遊戲而已，而這也是我始終一貫的看法。努力廣泛的去閱讀非實用的書籍，來做腦筋的體操，充實思想，不斷的想要重新出發，這是不會墮入守舊主義唯一的方法。德國詩人烏蘭特就曾說過，不是從內心成長的人，其基礎是薄弱的。

在往日的懷念中，我的詩作裡實在很少有大中國傳統情感，但經過半個世紀多的歲月，今天能榮獲真理大學臺灣文學牛津獎，確實令我喜出望外，我由衷的感謝真理大學葉能哲校長，臺灣文學系主任陳凌教授，以及對我詩作肯定的詩壇前輩，各位評審委員，以及不吝給我溫暖友情的詩友們，尤其是在我充滿不如意及挫折的人生中，對於不擅理財及不長進，只追求文學的生活態度，始終有著寬大包容，努力了解並給予鼓勵的妻子，事實上在 1959 年八七水災之際，如果沒有她在搶救僅有的財物之際，仍不

放棄搶救當時不值一文的我的手稿，就沒有《守夜的壁虎》和《海的起源》等詩集問世，至今我仍可以懷抱著對寫作的熱情，以及能在眼力逐漸衰退之際，繼續我的創作，衷心的感謝她的支持，在此，願與她一起分享這獲獎的喜悅。

　　不是出自書香門第，又沒有顯赫的家世背景，我只是默默的跟隨著自己對詩的成情在寫作，事實上，因為我的中文表達能力很差，詩作又少，我一直不敢以詩人自居，但是經過五十多年後，我的詩作能得到詩壇的肯定，除了無比高興外，似乎可以開始相信，我自己可能可以成為一個詩人。

——選自阮美慧主編《錦連全集 12・散文卷》
臺南：國立臺灣文學館，2010 年 10 月

錦連詩觀

◎錦連

詩基本上是抒情的，只是有柔性的和硬質的抒情之分。

寫詩一直停留於感傷的哀怨情域，固然不值得鼓勵，但詩中如失去了某種 lyric（抒情味），那是致命的。

三百年來，現代科學已經達到它所追求的「定數」定律，但是精神的本質是不容許「定量」（或固定模式）這種觀念的。而屬於精神運作的詩，恰恰需要一種能打破固定觀念的逆向思考，或看似近乎荒謬的思維。因此我以為詩不應該著重於用字遣詞的深奧或精鍊，而是在探討如何運用這個本身就帶有一定意義的工具（文字）去尋找一種可能性，進而去建構新的美學。

我不注重可以吟誦的音樂性。我需要靠意象來推展情感。換言之，從時間性的抒情變成空間性的思維情感。去達成嶄新的審美境界。但我絕不反對任何人去寫任何他喜歡的詩，因為這是他的嗜好和自由。

我不懼怕受別人影響，為了成長我需要去面對並且加以消化。

——選自阮美慧主編《錦連全集 3・中文詩卷三》
臺南：國立臺灣文學館，2010 年 10 月

錦連

吝於吐絲的蜘蛛詩人

◎彭瑞金[*]

　　錦連（1928～），本名陳金連，詩人，「銀鈴會」同仁，也曾加入「現代派」，《笠》詩社發起人之一。出生於彰化市，畢業於鐵道講習所，因此，自日治時代即服務於鐵路局，直到退休為止。退休後，從事寫作、翻譯及教授日文。自稱因工作性質關係，不太參加文壇活動，只是默默地寫作。戰爭時期就開始寫詩，因發表的機會不多，大部分作品都是保存在自己的筆記本裡，戰後有一部分由自己譯成中文發表。大概由於詩人過分謙抑的個性，文學史家很少人提及他戰前的作品。其實，錦連在戰後仍繼續以日文寫詩，且寫了三百多首，1959 年遭八七水災損毀，經重抄得 284 首，遲至 2002 年 8 月才譯為中文《守夜的壁虎》出版。他不僅是日治時期臺灣詩香火的傳遞者，也是屬於「跨越語言的一代」，成為轉型成功的中文詩人。

　　幾乎和他同時代的文人沒有太大的差異，錦連自承年輕的時候，也接觸過社會主義的文學作品，也讀過中國左派作家如魯迅的作品，對魯迅文學同情窮苦貧困的人的創作觀，印象深刻。錦連也不諱言，他由於自己出生貧困，沒有受過良好的學校教育，所以抱持人道主義的立場寫作，作品特別關心受苦受害的人，並不是沒有道理的。1950 年代作品〈軌道〉一詩，廣為各界傳誦，成為他 1950 年代的代表作，「鐵軌」代表的受壓迫的意象，表達了詩人的悲憫心懷。這首詩形容軌道是：「被毒打而腫起來的，

---

*發表文章時為高雄左營高中國文教師，現為靜宜大學臺灣文學系教授暨臺灣研究中心主任。

／有兩條鐵鞭的痕跡的背上，／蜈蚣在匍匐　匍匐……／……匍匐在充滿了創傷的地球的背上，／匍匐到歷史將要湮沒的一天。」錦連有不少詩，都是像這樣的，屬於實際生活經驗的延伸，不過，詩人似乎特別在意那受壓抑的一端。錦連認為，只有真正吃過苦、受過難的人，才能真正了解窮人的苦楚，缺乏生活體驗的作品是空虛不實的。暗示他是把自己的詩文學紮根在現實生活的基礎上。

　　他用「文盲」來形容像他這樣的走過日治時代的詩人、在戰後的文學境遇，雖然最終還是克服了這些困難。其實，錦連在日治時代業已透過大量的文學理論書籍的閱讀，建立了自己的詩想和風格。進入實際創作階段之後，他認為「銀鈴會」和《笠》的同仁、文友對他的文學理念和詩創作，都有或多或少的影響。錦連說，文友中屬林亨泰讀過最多文學理論的書，常在談話中引述各派文學理論，但那些理論一點都不讓他感到驚訝，因為他也讀過不少。有理論基礎的創作，應是錦連詩的獨具特色，這與他一起出入「現代派」的林亨泰相同，他很容易透視了「現代派」虛矯脆弱的一面，雖然由於個性不同，他不像林亨泰嘗試引導「現代派」的走向，但他終究還是到《笠》這個方向來，證明他的詩信仰是獨立自主的。

　　錦連曾以蜘蛛吐絲形容自己的創作精神，而且還是一隻吝嗇的蜘蛛，旨在強調自己的作品量不多，或許現實並未提供給他良好的詩創作環境，是原因之一，但把寫詩看作蜘蛛吐絲織網般綿密多思，特別「珍惜語言」的詩人性格，才是主要原因。錦連雖然曾經從書籍、理論的閱讀上，接受過現代主義的洗禮，但並未沉迷其中，反而跳脫出來，只在技法上接受現代主義，本質上還是朝批判、寫實的目標走，寫的是有人體味、有汗臭、有人情喜怒哀樂的詩。然而，詩人似乎不只一次地提到，他的詩受到大環境的制約，並不是那麼肆無忌憚去表現自己、抒發自己的情感。錦連經歷二二八，「銀鈴會」也結束於政治力量的箝制、干預，戰後臺灣人的處境，他一定點滴在心頭，他的詩並沒有忘了反映這樣的臺灣人心境，例如：

彼此在私語著

多次挫折之後他們一直蹲著從未站起來

習慣於灰心和寂寞　他們

對於青苔的歷史只是悄悄地竊語著

忍受著任何藐視　誘惑和厄運

在鐵橋下　他們

對於轟然怒吼著飛過的文明

以極度的矜持加以卑視

抗拒著強勁的音壓

在一夜之間　突然

匯集在一起

手牽手

哄笑　然後大踏步地勇往直前

夢想著或許有這麼一天而燃起希望之星火

河床的小石子們　他們

只是那麼靜靜地吶喊著

——〈鐵橋下〉

　　詩人以鐵橋下的小石子，比喻始終蹲著站不起來的臺灣人，正是一個經歷日本殖民統治，又受到戰後時代洗禮的臺灣人內心傷痛的寫照。忍辱負重，然而沒有就此屈服，繼續吶喊抵抗，這也是詩人寫詩的心聲吧！

　　出版有詩集《鄉愁》、《挖掘》及《錦連作品集》等，日文詩也已自譯成中文出版《守夜的壁虎》（高雄：春暉出版社，2002 年 8 月），中、日文版各一鉅冊，近作則結集為《海的起源》（高雄：春暉出版社，2003 年 4月）。

——選自彭瑞金主編《臺灣文學 50 家》

臺北：玉山社出版公司，2005 年 7 月

父親生平誌

◎陳嘉惠*

父親陳金連先生，筆名錦連，出生於彰化市西門小西，然而心中永遠的故鄉，似乎是有著青山綠水拱橋阿祖的老家——臺北三峽。自小學五年級後，茅塞頓開的父親，對於讀書產生了無比的興趣，從此一生與書本為伍的他，日治時，藏身於圖書館中，終戰後，從日本人變成不會中文的文盲，而只會日文的他，在求知慾的熱情之下，跨越語言的障礙學會了中文，從年少到臨終都醉心於創作。新詩是他的最愛，他說過，短短的文字從中流露的是作家心中真實的感情，字裡行間自然閃動著詩作的色彩與香味。

父親 31 歲才和我母親王玉梅女士結婚，當時可真是晚婚，是個老新郎，同儕都羨慕他娶到美嬌娘。婚前協助照護弟妹，婚後孝敬父母、疼愛妻女，父親就是做任何事都全力以赴的人。最重要的是每一個生命的階段都全心愛護家人。

1996 年在我女兒名儀出生後，和母親一起來到高雄定居。他說「他鄉住久了就是故鄉」，終於他在熱情的高雄找到了文壇的溫暖，也在高雄告別了人生。

父親是個充滿正義感的人道主義者，一生最在意的就是活出真實誠實的人生。「說謊永遠會露出馬腳，唯有真實才能抬頭挺胸的站著」。看到虛假、偽善，他會毫不留情的斥責，因此也得罪了不少人，或許年紀夠大，也沒什麼可畏懼的。但，這就是錦連先生，一個真實的老頑童。父親也是

---

*錦連長女，高雄地方法院法官。

一個博學的人，隨時在充實知識，他認為一本書只要一個章節甚至一句有價值就值得了，因而不停的買書、看書，還為此受到母親小小的抱怨。看到他的字跡，就讓我想起他專注的神情。記得在我求學時期，甚至在我女兒求學中，他常說，如果我們像他一樣用功，不知道要考上幾個大學！是的，親愛的父親，的確如此。

歷經二次大戰對生命的恐懼，白色恐怖中失去朋友的哀愁，自由氣息中創作的喜悅，父親從不掩飾自己真實的情感，他的人生是何等的精采。品嘗過人生的高低起伏，晚年雖受洗腎之苦，但他創作的熱情仍舊不變，而妹妹驟逝，他也堅強的陪我們度過，身心受創，他畢竟累了！父親生肖屬龍，但他自詡為壁虎，今天壁虎累了，終於離開了牆壁，靜靜的掉落地面。我在父親的愛中成長，也相信父親是在家人的愛護中離去，但願父親乘願歸來，再繼續當我的父親，更別忘了和母親騎著腳踏車，載我和妹妹去八卦山下吃冰淇淋！

——選自《笠》第 294 期，2013 年 4 月

必也狂狷乎？真性情而已！
專訪錦連先生

◎林盛彬[*]

　　一生在鐵路局服務，鐵路成了錦連思考與入詩的材料，很多人稱他為「鐵路詩人」，其實，那只是他詩裡的生命場景；又因詩中「抑鬱」性的詞彙很多，而被封以「憂鬱詩人」，其實，他只是忠於生命的體驗，堅持真與誠的人格信念而已。

　　印象裡，在公開場合中，錦連先生並不多言，誠如他的詩所說：「貓呀／我愛你本身的孤獨／愛你本身默然的瞑想」（〈貓〉）。因此，搭火車南下鳳山拜訪前輩詩人錦連時，為了避免形式化、冷場，而漏掉一些真正屬於詩人生命的訊息，特地邀請記者廖怡君小姐同行，也問她對於一位愛詩、也寫詩的年輕世代而言，最想從前輩詩人身上獲得什麼訊息？專業採訪中通常會著重哪些問題？我一路上一面休息養神，也一直思索著如何讓喜愛「默然瞑想」的錦連先生盡情暢談。事實上，這些擔心都是多餘的，見面時，在幾句寒暄後，先生很自然地從個人的一生到對特定事理、人物的意見，侃侃而談，真實而有生命力。回來重聽錄音帶，在三個多鐘頭的訪談中，自己插進去的話語，只稱得上是幾個標點符號，也才了解先生有健談的一面。

漫畫年少

　　錦連本名叫陳金連，他父親原本住在臺北三峽關帝廟附近，經營茶

---

*發表文章時為淡江大學西班牙語文學系副教授，現為淡江大學西班牙語文學系副教授兼系主任。

園，因體弱不適種茶工作，遂到彰化鐵路局任職。1928 年，錦連就生於這個以八卦山聞名的城市。童年的錦連並沒有農村、昆蟲、花草的記憶和認識，所以在他的詩中很少看到這些東西。但他暑假回三峽的記憶：茶園、魚池、原住民在溪中刺魚等，卻讓他難忘，坦言那種生活是他最嚮往的。

由於父親在外工作，遂將田產證件及印鑑託給兄長之子代為收租。孰料後來經過一、二年都沒收到租金，回去探究原因，才發現田產都已被變賣，一夕間竟成了「無產階級」。由於錦連共有十個兄弟姊妹，他父親因恐慌而性情大變，信心喪失，而大哥則終日酗酒，從錦連詩中也看見這樣的生命體驗：

老爹是火爆漢子
大哥愛發脾氣兼酒鬼
老么他沒耐性青春時代魯莽行事

這是詩人在〈自傳〉詩中的描述，沒有半點美化、粉飾他的身世，從這裡也看得出錦連的生命與文學態度。錦連於日本公學校（小學）第一名畢業，同年獲市長獎的還有賴和的長公子賴洝先生，但先生謙稱賴洝畢業的學校比較好。由於家庭經濟條件所限，校方並沒有鼓勵錦連參加升學考試，而是問他想找什麼工作。當時錦連最希望的是到圖書館工作，哪怕是當工友，因為裡面有許多書可以看。不過，錦連又笑說，他並不像許多人那樣從小立志遍讀世界名著當作家，純粹是喜歡看漫畫書而已。但從他的〈追尋過去的時光──第一部·一九四一·臺北經驗〉中所述：

坐在小圖書室微暗走廊的矮凳
我興奮忘我地耽讀吉川英治的日文三國志
14 歲的我是個多愁善感的纖弱少年

可知那是錦連的謙詞。雖然拿著老師的推薦函到圖書館，可惜沒有職缺，只有帶著圖書館館長的覆函回去，但在老師與館長之間一來一往的誠懇與信任感，卻讓錦連感受很深。最後，老師介紹他去念「鐵道講習所」。那是學習滿洲鐵路的經營方式而設，在那裡從火車頭結構、橋樑修復、站務管理到電報無所不學。

汽笛、電報與文學

電報室是很重要的地方，日軍就駐在火車站，那時候美軍的飛機常來轟炸，每天機關槍掃射不斷；在這樣的工作環境裡，錦連深深觸及生與死的問題，也覺得很危險，而萌生轉行的念頭。其實，他最想從事的職業是當老師，在看過考試的簡章和相關資料後，胸有成竹地積極努力準備參加教師資格考。可是，歷史並沒有給他機會；第一年因戰局緊張停考，第二年日本宣布投降。國民政府接收臺灣後，宣布廢止日文，一切皆以中文為主，這些轉變不僅讓錦連成了「跨越語言一代的詩人」，也讓他的夢想完全成空。不過他自我調侃也很得意地說：「我會用日本密碼、摩斯密碼、中文和ㄅㄆㄇ密碼。」

退休時正值 55 歲盛年，很多人都勸他延退，因為當時在鐵路局除了局長外，他的薪資是最高的。錦連形容，那時他任電報室主任，一天只需蓋六個章，其他時間都很自由，喝咖啡看書報，偶爾不去上班也無妨。但他毅然選擇退休，做他想做的事，就是專心於文學工作。如他在〈我盼望在那種氣氛中過日子〉所說：

> 詩會以萬鈞之力衝擊我
> 如漩渦般把我的全身全靈捲進去
> 如颱風般把我吹去不可知的世界
> ……
> 我的詩想會突然的湧現——我盼望在那種氣氛中過日子

　　一生在鐵路局服務，錦連和汽笛、電報密碼與文學真的是「錦」密相「連」，鐵路成了他思考與入詩的材料。很多人稱他為「鐵路詩人」，其實，那只是他詩裡的生命場景。他的詩，是超越鐵道之上的：

　　一邊掛慮著自己不確定的前程
　　一邊掛慮著長在鐵橋下那一片芒草枯乾的
　　將會在我的歸路上出現的那淒涼河床景象
　　而往往要向宿命論傾斜的　我的──
　　我的腳本究竟被寫成什麼樣的結局？

──〈在月臺上〉

堅持真與誠的生命體驗

　　有些人分析錦連詩中「抑鬱」性的詞彙很多，而封以「憂鬱詩人」，其實，他只是忠於生命的體驗，堅持真與誠的人格信念而已：「有價值的，換句話說是真實的」；在詩中表達的不會溢出比現實經驗還多的描述，這也是他在此番訪談中多次提及的：詩人應該忠於自己，所以他實際生活有何表現和想法，他就說什麼話，對於他人自我溢美、說謊或前後不一的說辭與行為，他頗不以為然，但是，嫉俗而不必「憤慨」，其結果就是用自我調侃的方式以對，而讓人錯以為他非常「壓抑」、「憂鬱」甚至「自卑」：

　　我們總自以為應該屬於社會的菁英……
　　不　不！在那些文人墨客和士紳名人中
　　哪有我一席之地？
　　我只不過是無聊平庸又微不足道的一介庶民而已
　　　　──妻子呀　早餐的稀飯弄好了沒？

──〈庶民〉

這是他對名位表象的質疑和批判方式，既不否定偉人，也不自我否定，只是反對「造神」，認為人當名副其實罷了。他認為沒什麼不能原諒的，只要真誠地做個反省及交代即可，倘作家有愧於自己過去的言行，要嘛就別提，要提就說清楚，絕對不可刻意扭曲。在訪談中，發現他說話時，雖偶用疑問句，但語氣堅定，充滿自信，這自信應是來自於他內在的坦然；而且態度樂觀，樂觀不表示不悲不苦，而是對生命有相當深刻的體悟與了解！

求合理、真誠的文學信念

錦連先生在 1940 年代參加過銀鈴會，雖然他寫得勤，但都沒發表，銀鈴會的刊物一出來，見內容正是他所寫的類型，就寄了稿件，也登了出來，很自然地就成為銀鈴會的會員。1960 年代又成為笠詩社的創社會員。1964 年，吳濁流想辦《臺灣文藝》，就以餐會名義邀請了一些仕紳與會，在會中宣布他的想法，然吳先生基本上對現代詩是持反對的態度，雖然以「新體詩」之名給現代詩留了小小的版面，但錦連先生並沒有投稿，因為他覺得名不正，言不順。這也是稍後成立「笠詩社」，創辦《笠》詩刊的原因。在「笠詩社」發起人開會中，錦連從頭到尾都沒發言，至今都覺得成為發起人有點不符合資格，這似乎也是錦連個性的表現。

錦連自認書雖看得多，但是沒系統，很雜。其實他對知識並沒有偏好，唯不能忍受書中挾雜沙粒，尤其是文學家更應謹慎。所以，經歷讓人感動的事物時，他會寫下來；當他讀到不合邏輯，有違事理之處，也會把它記下來求證。譬如，日本時代在臺灣的井東襄，最近常被提起，但有不少是負面的印象，如酒品差、很難相處、個性怪怪的，甚至精神有問題。但錦連對井東襄的印象卻很特別。譬如，有一次井東襄為了葉石濤先生翻譯西川滿的作品而大惑不解，因為西川滿在日本時代是代表官方的作家，所以就專程搭機來臺向葉老「請益」。只是井東與葉老不認識，所以就請錦連帶他去見葉老。當葉先生解釋說，他的老師西川滿是個耽美主義者，彼

此理念雖不相同，但覺得那是臺灣文學的一部分，應該譯出來讓年輕人知道。井東襄聽後終於釋懷說：「這樣我就可以安心回日本了。」錦連感動於井東襄對事理的態度，而且認為他能寫出《大戰下的臺灣文學》這樣的作品，就可知其有相當深厚的理論基礎。不應該以他不好相處、個性怪怪的而全盤予以否定，何況兩者是不必然有關係的。

　　對於閱讀前輩作家的作品，錦連也是抱持求真的態度。他說郭水潭會短歌，臺南州長也愛短歌，所以郭備受照顧，並在臺南任職。但羊子喬在所編的《郭水潭全集》中談到，日本時代後期，有一次臺南地檢處請郭水潭過去，問他做為臺灣人的公務員，為何不改日本姓名，被認為思想有問題，而被關了幾個月。錦連提醒說，日本是法治國家，尤其是戰爭末期，若在街上亂吐痰、小便，或喝醉酒在街上亂逛，被抓進警局拘留，最多 29 天，這是尚未成為徒刑，若超過這日期，須經法院起訴判刑、上訴定案後，被判有罪才會被關。若被關了幾個月，那應該是有案底的，可能是作者在印象上與國民黨時代的做法重疊了。在日本時代若是被關幾個月，就表示是參與了不名譽案件所致。當時臺灣共產黨員蘇新和郭水潭是好朋友，郭出獄時，蘇新還去迎接他，若說是思想問題，何以郭有問題，而蘇新卻沒問題？錦連先生認為這種說法是有問題的，對活過那樣時代的人，這些似是而非的說法，看來是有點感傷。他強調，稱為文學家，要嘛就不要寫，要寫就該誠實，否則，就會像日人所說的：「可憐啊，已經超過傷心而變成滑稽了。」錦連自稱這是他的「缺點」，只要看到有瑕疵的地方，就會存疑不敢相信，這從他的詩也可得到印證：

　　並非特別喜愛動物
　　但最近我不太吃肉類

　　並非特別對魚有憎恨
　　但最近我常常吃魚類

並非特別喜歡平凡人
但最近我常覺得他們並不簡單

並非特別嫌惡偉大的人
但最近我常覺得他們都有點呆癡
……
可是活到 74 歲可能太久了
好惡之癖都年年增強而感到困惑
……
怎麼也無法改進而竟變成這個樣子
可敬的恩師和社會賢達呀　請多包涵多加原諒原諒吧

——〈賠罪〉

　　至於說日治時期禁止臺人說臺語，錦連的印象是太平洋戰爭之後，日本政府才要求推行他們的國語運動。在學校跟老師是用日語，在運動場上還是說臺語，縱有學生打架就要向老師檢舉某人說臺語，也是說說罷了，因為那時候學生根本就不敢跟老師講話，放學回家後還是講臺語。其他像有人在戰後說「終於可以痛快說臺語」、「日本時代受欺負不能說臺語」，他很難過聽到這樣的話，因為他當時並不覺得有那麼嚴重。就像國民黨的推行國語運動，下了課回家，誰管得了你要說國語或臺語。他強調文學家應該說真話，小說可以虛構，但一些歷史的東西不應該被扭曲，他還特別批評某些在歷史轉變中得利的人，「說日本時代被打壓、國民政府來了以後被打壓？日本時代除非是抗日，否則日人對那些受過中學教育的人是尊重、保護的，還有人說上街去找日本學生打架，變成事後英雄，這些都在說謊……。」錦連提了很多例子，但目的只有一個，那就是人的真誠。

珍藏的未刊手稿

彭瑞金教授形容錦連是「吝於吐絲的蜘蛛詩人」。就他以中文發表的詩作來說，的確不是多產。他自己也承認《笠》詩刊創刊後，到第六期才發表一首詩，實在是用中文寫作很困難。他學中文是靠著報紙上與日文漢字相似的字，一個一個學的，即使是現在，他大多仍用日文創作。至目前為止，已出版的詩集有《鄉愁》、《挖掘》、《錦連作品集》、《守夜的壁虎》、《海的起源》等，這些作品大都是以日文寫成再譯成中文。其實，以量來說，他未發表的作品並不比這些少。在拜訪中，錦連慷慨地把他珍藏的未刊手稿拿出來跟我們分享。都是些「經歷八七水災（1959 年）後，扣除已湮滅的部分，經過近一星期的曝曬，在不捨的心情下，再次謄寫而留存下來的」，有些稿件則清晰可見水的歷史「印證」。他是以日文在筆記本、電報紙背面寫作，有詩集、散文和小說；其中的長篇小說〈棄村〉乃敘說東勢八仙山開墾、棄村到二二八事件發生為止的故事。

錦連夫人回憶說，水災時，當時只顧著把他辛辛苦苦寫下來的稿件搬到二樓，竟忘了藏在衣櫃的金子、私房錢，結果統統泡湯了。錦連則說，大水後，是用放大鏡處理那些泡水稿件，看得出來的才翻譯，看不出來的就放棄了。我發現，更特殊的是一本 1949 年以日文寫成的全年日記，其中記有時代事件、詩人的時代感觸、詩人的青春與愛情等等，實在彌足珍貴，也希望先生能早日翻譯出版，以饗讀者。

錦連近年眼睛出血，錦連夫人在旁疼惜地補充，經常建議他寫寫就好，可以少看點書。錦連則轉移話題談目前正計畫寫《詩壇回憶》和小說《群相》。因為中文寫作較慢，所以先用口述的方式錄音，前者已錄了六、七卷 120 分鐘的帶子，後者也已錄了三、四十卷。當時混彰化火車站一帶的「鐵路掛」，大都是錦連小時候的玩伴，很多故事就是錦連跟這些朋友在酒酣耳熱之際，聽他們傾訴的親身遭遇，這些都是錦連記錄的內容。他對那些酒徒知之甚詳，對他而言，這些小人物率皆有情有義，有其可貴的真

誠之處。加上其他有關個人生涯、三峽的記憶、鄉下生活，以及他聽過、見過的事情，總共已有一百多卷；深深期待那些沒被水「曝光」的文學和這個「錄音」成果能早日顯影在讀者面前。

在三個半鐘頭的拜訪中，錦連先生所述內容包含極廣，本文限於篇幅，只能擇其要以顯其精髓：他，在現實世界，坦白率真；在文學世界，真誠無偽。或許可以用一句話來描述錦連這位詩人作家：必也狂狷乎？真性情而已！

——選自《文訊》第 233 期，2005 年 3 月

硬質而清澈的抒情
純粹的詩人錦連論

◎陳明台[*]

一

　　日本已故作家武田泰淳的名作《司馬遷——史記的世界》是詩人錦連愛讀的書籍之一，筆者的記憶中，那已經是十年以前的事了。詩人的眼中閃亮著異常熱烈的光芒，滔滔不絕地，談論著武田氏對司馬遷的評價，其中的一段：

> 司馬遷是被去勢，活在恥辱中的男人……日日夜夜啃嚙著難以忍受的恥辱而繼續活下來，而且抱著堅忍執著的意念不眠不休地創作他的《史記》，……許多的名著都是痛苦的產物，司馬遷所忍受的，刻骨銘心的痛苦卻是無可比擬的。活著即是恥辱這樣的苦楚，乃是致命的東西，讓任何人都束手無措。

當時，那一刹那，詩人的神情，確實令人難以忘懷。在現實生活中，錦連氏自然不必有，也不曾經歷過司馬遷的體驗和屈辱，重要的卻是，錦連氏能像武田泰淳氏一樣，深刻地理解司馬遷——亦即所有處於悲慘境遇中，受盡屈辱的人——的心靈深處，並且強烈地感動於那種忍耐逆境，轉化莫大的苦楚振作發憤，狂傲不屈的精神。錦連氏之所以自覺：「……精神生活

---

* 詩人、文史研究者。發表文章時為東吳大學中國文學系、靜宜大學通識教育中心人文科副教授，現已退休。

中如果沒有詩，我一定會更加痛苦和絕望。追求詩文學是我唯一的慰藉，如此而已……。」不斷地，在空虛和寂寞的人生中，堅持擁有詩作為精神糧食，或許就是根源於能夠忍受內心痛苦的煎熬，擁有類似上述司馬遷生命內裡燃燒的強韌意志吧！可以說，由此形成了詩人錦連獨特的，有所不為的潔癖，極端的自我節制，始終一貫追求詩的純粹心情。

然而，錦連氏絕對不是抑鬱終日，畏畏縮縮過活的詩人，反而極易讓我們感受到作為平易親切的一個人，內在樂天的，根植於大眾生活，積極入世的庶民感情，甚至帶有一種出自草莽的豪傑氣概，充滿生命力，具備反骨的俠氣，滔滔不絕雄辯的才能，他的氣質中，幾乎是混合了大量明朗和颯爽的要素，像磨得雪亮的剃刀一般，時時刻刻，顯露出硬質清澈的抒情性格，促使他輕而易舉地，發揮著他幽默的感性和鞭辟入裡的諷刺本領。

因此，縱然詩人錦連氏自己認為：「……我一直以孤單及緩慢的步伐，走過近半世紀的寫作歷程。」「……我自然一直蹲踞在詩壇上一個陽光照不到的角落。」[1]其實，他天生具有與眾不同的詩人風采與氣質，早足以證明他的踽踽獨行絲毫無關、無損於他成為巨碩發光體之價值和存在。

眾所皆知，錦連氏是屬於跨越語言的一代，1928 年出生的當代臺灣元老級詩人，他的詩作開始甚早，更經歷過戰後漫長的臺灣詩史過程，雖然稱不上是十分多產的詩人，從銀鈴會《潮流》、《現代詩》、《南北笛》、《好望角》、《現代文學》、《創世紀》、到《笠》詩刊等重要的詩刊、雜誌，都曾留下他的足跡。已經出版的詩集有《鄉愁》、《挖掘》、《錦連作品集》等。

二

錦連氏曾自謂日據時代即開始詩作生涯，而參加銀鈴會「……確實改變了我的人生，……現在回想起來，當時如果沒有與張彥勳兄主編的銀鈴

---

[1]錦連，〈自序〉，《錦連作品集》（彰化：彰化縣立文化中心，1993 年 6 月）。

會相遇，可以說，也沒有我的文學生涯。」[2]因此，在區分他創作演變的階
段時，也許可以把從戰中到銀鈴會的歷程，當作是他文學修業的一時期，
在此一時期，已初步塑造出他詩的風貌。或者在浪漫的情懷中呈示具象的
人間風景，或者在現實的觀照中孕含生命的思索，或者在節制的感性中表
現青春的哀愁，都顯示了明晰的心象，平實而飽滿的構成。

　　風打北方吹來
　　盯盯地望著天空
　　我的心隨著每一擊波濤
　　逐漸給叫醒過來
　　突然抱著胳膊
　　為何我會悲哀
　　分外明亮的天空

　　　　　　　　　　　　　　　　　　　　　　　——〈在北風之下〉

　　閉上書本丟棄筆
　　　睜開眼睛
　　　　我站了起來

　　我的面前
　　　聳立著一面耀眼的白壁
　　　　不許否定的現實的相貌……

　　　　　　　　　　　　　　　　　　　　　　　——〈無為〉

　　仰望著細雨濛濛的天空
　　老頭兒
　　噗噗地吐出煙絲的灰煙

---

[2]同前註。

小火車的嘆息
和陳舊煙管的渦形煙圈
輕飄飄地糾纏在一起

——〈寫生畫〉

〈在北風之下〉發表於銀鈴會出版的《潮流》，〈無為〉和〈寫生畫〉則同屬於戰後初期的作品。共通地，均以寄物陳思的方法，借外界的物（如白壁、書本、煙、小火車等）或自然風物（如天空、波濤、風等）來表達內裡的詩思，〈在北風之下〉是表現一種我與物的共感，季節（時間）變遷中的孤寂，〈無為〉則帶有哲理和思索的性格，陳述一種虛無的日常生活情緒，〈寫生畫〉則用遠近法，印象式的筆觸寫生客觀的風景，從外界的物象引發出自身（也是一般人易於體會的）的感傷。

通過這樣一段傾向浪漫抒懷的時期，《鄉愁》（1956 年，是他 1940、1950 年代詩作的集成）詩集的出版則劃分了另外一個階段，顯示出當時詩人求新求變和更加一層飛躍的渴望。收入集中的作品多為短詩形式，和隨後不久發表的前衛實驗創作相互輝映，令人感受到詩人鮮烈的知性，豐富的想像與多采的意象塑造。

西瓜——
　　紅的鮮豔之閃耀

水分——
　　從少女們雪白的牙齒間／
滴落下來

夜市——
　　真珠般的露水之氾濫

——〈夜市〉

一絲絲的
　　銀髮之鐵線網

一滴滴的
　　眼淚之圖案

　　　　　　　　　　　　　　　　　　　——〈雨情〉

蚊子也會流淚……

因為是靠人血而活著的

而　人的血液裡
有流著「悲哀」的呢

　　　　　　　　　　　　　　　　　　　——〈蚊子淚〉

有著
　　重量的悲哀

有著
　　期待著奇蹟的恐怖

　　　　　　　　　　　　　　　　　　　——〈妊娠〉

　　疲憊之極
我倒在床上而哭泣

　　我的淚
　　沁透了感傷的核心／

我——
我是個天才的
偽善物

　　　　　　　　　　　　　　　　　　　——〈我〉

〈蚊子淚〉中顯示人與物的哀憐，是對極為渺小存在的同情，帶有回顧自身的心情，〈妊娠〉呈示對生命敏銳的感覺，極端神經質而纖細。〈我〉既有自我憐憫也有自虐的情緒，在自我反省中表達了複雜的心理。這些訴諸詩人的癖性和感覺的作品，其實最能顯露出他精微小詩世界的風貌。而在前衛詩的實驗創作方面，他獨樹一幟的 Ciné Poème（影像詩）的詩作雖為數不多，如〈輾死〉、〈女的紀錄片〉，都生動有趣。納入此期的創作群中，則具有一種不同的意義，添加了異質的面貌。

　　經歷浪漫的、短詩型和前衛詩的試作，錦連氏詩風格的確立和成熟，應該是在 1960 年代以降，顯示出強烈之現實主義精神的時期，此一時期詩人參與「笠」詩社的創立和活動，剛好隨著《笠》詩刊的成長，呈示他個人圓熟的風貌。可比喻為從以往零落散在的金屬亮片形成連綿的豐饒礦脈的時期。對時代的強烈抵抗意識，對自身所背負歷史根源的思考，乃至人生恆久的鄉愁，現實的諦觀（凝視）和批判，充實了他詩的內涵，擴大了他詩的視野。立基於自身存在時空的詩主軸之探測，更深化了他作品的內奧世界。發表於《笠》詩刊第 6 期的傑作〈挖掘〉正是典型的例證。

　　　許久　許久
　　　在體內的血液裡我們找尋著祖先們的影子
　　　白晝和夜　在我們畢竟是一個夜

　　　對我們　他們的臉孔和體臭竟是如此的陌生
　　　如今
　　　這龜裂的生存底寂寥是我們唯一的實感

　　　晚秋的黃昏底虛像之前
　　　固執於挖掘的我們的手戰慄著
　　　面對這冷漠而陌生的世界
　　　分裂又分裂的我們底存在是血斑斑的

　　我們只有挖掘

　　我們只有執拗地挖掘

　　一如我們的祖先　不許流淚

這是〈挖掘〉一詩開始和結尾的兩段。以追尋祖先的影子作為起首，透過執拗的發掘行為——其實是無意義，徒勞的反覆行為——來呈示無比堅持忍耐的精神，引爆壓縮鬱積在內心深處的生命意志。這首詩投影了作者回顧自身根源的熱切渴望，和對生存現實空虛無奈的感受，詩中的水（原文：在流失的過程中將腐爛一切的水）和火（原文：在燒卻的過程中要發出光芒的火）的對比，正表達了作者對現實（即存在狀況）的絕望和批判。而「我們」一詞意指的共同意識，則擴大了作者個人的理念引申成為群體（土地共同體）的思考，交錯在詩中的過去和現在兩個時空座標，使詩中內孕的問題可以無限的延伸發展，成為深刻、嚴肅值得深思的龐大主題。在詩人創作的圓熟期，類似〈挖掘〉此種以人生、存在、現實為主題的作品（如〈鐵橋下〉、〈日夜我在內心深處看見一幅畫〉、〈沒有麻雀的風景〉、〈操車場〉等作品群），數量不少，可以視為是錦連氏延續至近期，代表性且具備重量感的深層作品。

三

　　錦連氏的詩風從較早期的浪漫傾向，經歷短詩型的強調知性，到近期依然維繫強烈的現實主義風格，雖然，可以作一明顯的區劃，但是，共通地，潛藏在他的作品內裡，成為精神底流的四大要素（特質），亦即硬質的抒情，纖細的官能感覺，追憶消逝的情緒，諷刺和批判的精神，才是構成他詩作的中核。

　　如作品〈序詩〉：

　　蠟光下

　　生命對永恆的愛獻上真摯的供養

　　朋友呀
　　自古以來神不曾住過教堂或條理之中

　　倘若有神
　　神必定存在於人類的溫柔的心中

是充滿溫情和關愛的詩篇，卻顯示出來極為硬質的抒情，絲毫未沉溺於流瀉的情緒之中。類似此種十分理性、冷澈的現代抒情，正是錦連氏詩有情世界的基本要素。因此，作為一個抒情詩人（錦連氏本質上是一個感情豐富的抒情詩人），他的詩與牧歌式的古老感傷的韻律是無緣的，像〈貝殼〉一首：

　　……
　　海何其廣闊
　　而希望卻何其渺小
　　在沒人知道的海灘
　　一枚貝殼曾經靜靜地　聆聽著波浪之歌
　　如此地
　　快樂　快樂的歲月被遺忘了

在優美流暢的抒情旋律中，孕含著詩人自我凝視的心情，自身和時空相互照應的意識，見不到空幻的唯美表現，又是一例。
　　如作品〈寂寞之歌〉：

　　深遠的痛癢的某處
　　許多未命名的存在都圍繞著構成的核

那裡……
苦於沒有綠素的茶葉堆積如山
　嫩
　柔
　紫黃
　白金
始源於簡陋結構的夢在徘徊

在這類似寂寞的慨嘆裡
你得舐吮口腔內壁的浪漫的渣滓

因為夜已過長
而且天還未亮

表現纖細的心理感覺，以豐富的色彩，塑造夢幻之夜晚氣氛，透過各種感官機能的發揮，構建出虛實相間，朦朧恍惚的詩境，讓讀者輕易地會墮入，極富魅力的感性世界，純粹是一訴諸感覺性的詩型。像〈修辭〉：

「無限」的字眼是空洞的，
好像喊著「永遠」一樣……。

我凝視你而知覺著現在，
這亦是尋得而又會失落一樣……。

詩中「……」的運用已顯示出不落言詮的餘韻，小巧的對比形式裡暗藏著抽象的、形而上的思考空間，靜待讀者去感知。這類的作品，在錦連氏的《鄉愁》詩集裡隨處可見，乃是詩人個人癖性的一種露呈，極為異質的東西。

　　如作品〈我的病〉：

　　我記憶裡的過去——
　　想起來我是經常如此的　週期性
　　從無法重見的車站出發
　　…………
　　我的哀愁無限地延伸著
　　甩開悔恨的過去到乾透了的沙漠去吧

　　而我的痛楚穿過空洞的心裡城鎮
　　將把哀愁撒散在像彎頭釘般敗北的路上
　　那裡時間早已停止
　　而只靜靜地流著永遠不語的絕望的
　　記憶的沙
　　如今我得在此等待　我只得在此等待不可

詩中充滿著追憶消逝歲月的情緒，此種懷念過去的情緒，即時間的感慨，對於詩人而言，並非只是映照現在自我的鏡子而已，它無寧是他自身人生過程的重現（經常如此地，週期性地）。所謂「記憶的沙」是「可以展望不熟識的四季風景／而載著希望和不安奔向下一站」的源頭，現在的時間則可能是「只得在此等待不可」的時刻，所以在虛無的人生中，記憶的沙——回顧過去的時間，即回顧在時空中消逝的情緒——對詩人而言，是一種極富意義的東西，過去涉及現存和未來的時間，因此，詩人得以在詩中寄託對人生、生命、時空無限的鄉愁，還有，對現實存在（也許只是鏡花水月般的幻夢）的希望與期待。這種追憶消逝的情緒，或許是時時淨化詩人的心情，強化詩人生命意志的活水吧！

昔日的挫折裡有著海鳥掠過的影子

在記憶的深處　我還記得

那海鳥兒打從不可知的方位歸來

帶著令人振奮和憂傷的訊息

…………

脫掉那些憂傷的頹喪的潮濕的衣裳

波浪沙沙地推　徐徐地退

波浪一波又一波地……而我必須回歸

回歸我的位置──那高亢的生活的現場

——〈回歸〉

忽然我從苛刻的人間劇場回來

…………

用清冽的溪水洗掉滿身儈氣

我投入於這幅令人嘆賞的風景

急忙調整呼吸與這世界的脈搏同步

我猛然醒悟了──剩餘的時間無多

我該有所作為！

我坐在堆積如山的火柴堆裡

耐心地點燃再點燃……

——〈出發〉

〈回歸〉和〈出發〉兩首詩，同樣地，讀得到詩人濃厚的追憶情緒，而此種洋溢著哀愁感的回顧情緒，並未引發詩人的感傷和頹廢的心情，反而轉化為堅強忍耐的意志（耐心地／點燃／再點燃……）和成為重新凝視現實的精神契機（而我必須回歸／回歸我的位置……）。基於此，則詩的完成即象徵了詩人自身精神重建的達成，也是詩人在現實生活中，用來對抗挫折

和敗北的方法！

如作品〈軌道〉：

被毒打而腫起來的，
有兩條鐵鞭的痕跡的背上，
蜈蚣在匍匐　匍匐……

臉上都是皺紋的大地癢極了。

蜈蚣在匍匐，
匍匐在充滿了創傷的地球的背上，
匍匐到歷史將要湮沒的一天。

透過簡單且具備創意的形象描寫，幽默地表達出人類面臨世界覆滅的大主
題，詩裡隱藏著強烈的諷刺精神，由於作者能巧妙地，運用短詩型來壓
縮、顯示出自精神內面的揶揄，也擴大了趣味的想像空間。

有人在車廂裡吐煙
涼風從窗外突入
煙的意志
慘澹地潰走了

發作時的
狂人的腦子之電流圖──潰退的隊形

──〈吸煙〉

這媽祖的臉
發著苦惱的黑光
（坐得太久了）

由香爐升起
思念的縷縷煙

歷史流過廟宇之上
依然——

裝著冷漠的
媽祖的臉的憂憂
（坐得麻木了）

——〈媽祖頌〉

〈吸煙〉借人的意志（潰退的隊伍），〈媽祖頌〉則以生理感覺（麻木、憂憂等）來引喻，如小巧的具象畫似地，都鮮明地捕捉、造型了特定的物象，賦予十足的反諷意義，產生調侃的效果，兩首詩不只給予刺戳了讀者神經的快感，在節制的短詩形式下，也令人充分感受得到諷刺詩的美感。

如作品〈沒有麻雀的風景〉：

鐵軌緊緊地綁住地球
高壓線爬滿了通至未來的路程
機車頭的集電弓發出裂帛的火花
唧命朝向未可知的方位奔馳的這頭怪獸
它們在監視　它們在威壓　它們在叱吒
整個風景似乎感知不吉祥的預感而哆嗦著

失落的樂園
已不再有麻雀回來了
少數偶爾在熟識的電線歇腳的也不敢久留
曾經成群的　一隻挨一隻鬧著玩的麻雀

　　牠們也隱隱地感到
　　被捆綁得透不過氣的地殼
　　從深處的內部隨時要裂開
　　要送出一股悲憤的岩漿

是表現經歷恐怖事件後，生存大地的悲慘模樣（從深處的內部隨時要裂開……），雖說以麻雀和樂園來象徵，卻很容易讓我們回憶起類似白色恐怖年代殘留的種種傷痕，也許作者是在詩中，透過暗喻，描繪自身曾經歷過的黑暗殘酷的現實風景，為時代狀況留下忠實的紀錄。失樂園的描寫也讓我們連想起日本的反骨詩人小野十三郎在軍國主義橫行時期，透過詩來記錄國土荒廢的景象。同樣地，在〈貨櫃碼頭〉和〈日夜我在內心深處看見一幅畫〉兩首詩，也是對現實體制暗中加以批判的作品：

　　畫面是承受著層層相疊的黑雲
　　和由四方匯集而不斷加重的雲層
　　雲層下有支撐著
　　天空看不見的重壓的無數手臂
　　和由八面趕來增援的許多手臂

　　看著這幅畫　我會隱約聽到
　　骨頭輾軋的聲音
　　手臂斷裂的聲音
　　身軀碎散的聲音

　　　　　　　　　　　　　　　——〈日夜我在內心深處看見一幅畫〉
　　……
　　從前這碼頭充滿著喧嘩和歡愉
　　碼頭的身軀因幸福而舒展著筋肉

碼頭的脈絡因希望而膨脹又鼓動

自從這來路不明的貨櫃堆積於這碼頭
它們遮斷了遙遠的水平線
使我們看不見燦然的日出和日落

颶風一次又一次地掃過
海浪一波一波地洗過這貞潔的碼頭
如今期望的瞳孔浮出魚白的哀愁
碼頭的臉孔淚痕斑斑

淒涼的碼頭颳起了血腥的狂風
無聲的哀號在貨櫃間漂散

——〈貨櫃碼頭〉

顯然地，〈日夜我在內心深處看見一幅畫〉一詩寫出處於政治高壓時代受難
者的形象，在重壓的惡夢中人們的痛苦呻吟，〈貨櫃碼頭〉則以加害者（貨
櫃）被害者（碼頭）的暗喻來批判存在現實時空中，蠻橫的政治權力。但
是，雙方共通地，在批判和失望之餘，都沒有放棄詩人內部存在的一絲希
望，致力追求光明和理想。〈貨櫃碼頭〉一詩將批判的心情轉而化為詩人的
內心的憤怒；「……這巨大的棺材／急需待運出海……」意圖葬送萬惡的根
源（棺木、貨櫃），尋求逃脫悲慘的現狀。〈日夜我在內心深處看見一幅
畫〉一詩則顯示堅持不屈的理念和理想；「……我依舊將日夜看見的這幅畫
／掛在期盼和貞潔的良心壁上……」，作為支撐活下來的信念。

　　總而言之，錦連氏的重要作品，都努力地在表現人生的主題。所謂
「……對存在的懷疑，不安和鄉愁，常使我特別喜歡一種帶有哀愁的悲壯
美……」，[3]他的詩，根源於對大至宇宙萬物，小至自身人生的虔誠與熱

---

[3]錦連自述，林亨泰執筆，「笠下影」專欄，《笠》第 5 期（1965 年 2 月），頁 6。

愛，進而去追尋一種富含悲壯的美，以及生活、生命之堅強意志。他的詩
包含清澈的抒情、纖細的官能感覺、濃厚的追憶情緒、批判和諷刺的精神
等等質素，經常透過明晰的心象風景，有意識而完整的形式構成來呈示，
時時令讀者品味得到新鮮而戰慄的感性與知性。在冷冽的觀照中注入了異
常熾熱的感情，即使在他每一首詩的字裡行間，沾染著人間的體臭，投影
了複雜的現實景象，他的詩卻依然是真正的「詩」，是他無垢無欲的精神表
現，絲毫不含任何雜質。

　　錦連氏，確實堪稱是當代稀少罕見的，純粹的詩人。

——選自陳明台《臺灣文學研究論集》

臺北：文史哲出版社，1997 年 4 月

存在的位置

錦連在詩裡透示的心理發展

◎李魁賢[*]

一、北風吼著吹過來

錦連在「詩人的備忘錄」第一節譯自日本詩人鮎川信夫〈現代與詩人〉一文中有一段說：「我們非知悉自己的位置不可。確知位置，必定是邁向目的的根本條件。」[1]

說來容易，實際上要確知自己的位置，不是一件容易的事。位置是相對於周邊關係而顯示，一般人以自己為中心觀察環境，很容易認定自己的立足點就是自身正當化存在的位置，這種內向性思維常忽略外在現實的客觀性存在。反過來說，從群體的範疇來界定個體的存在位置時，人往往會邊緣化。中心或者邊緣會隨著人的思考和概念以及實質條件，在游標上移動。

詩人是以抒情詩來探索他存在的位置。詩人艾略特認為：「抒情詩是詩人同自己談話或不同任何人談話的聲音。」似乎抒情詩只是內心的獨白，而這也是現代主義特別著重內向性思維的一種表達方式，不但只顧以自己存在的位置為中心，甚至以自己存在的位置就涵蓋一切，因此常會忽視外在條件。

其實，抒情詩不純然是水仙花式的獨語，毋寧說是一種內心尋求與外

---

[*]詩人、評論家。發表文章時為國家文化藝術基金會董事。
[1]《錦連作品集》（彰化：彰化縣立文化中心，1993 年 6 月），頁 140。原發表於《笠》第 36 期（1970 年 4 月）。

在世界對話的企圖。即使是「詩人同自己說話」時,那個「自己」可以視同代表「他者」。而「不同任何人談話的聲音」容易造成囈語,根本談不到可以「抒情」。

格雷厄姆・霍夫(Graham Hough)在〈現代主義抒情詩〉一文中提到:「我們不僅可以把各個詩人的抒情作品看作是心理發展的記錄,還可以把它們看作是使這種心理發展得以實現的實際手段。」[2]

易言之,抒情詩是詩人心理的投射,他的意識和無意識的交流,這是很難捉摸和概括的心理活動。但從歷時性的追蹤比較容易探求出詩人發展的軌跡。

錦連在最早發表於 1948 年的詩〈在北風之下〉開頭就寫著「嚮往碧藍的天空我立在屋頂上/分外明亮的天空裡/北風吼著吹過來」,把當時 20 歲少年對時局的敏銳性表達無遺。此後他一生的軌跡似乎就在晴朗與風暴的時代交會點上,承受著北風的吹襲。

本文以錦連為例,探求他創作的轉折,以及心理變化的不同面向,可看出臺灣新詩思想史的一個切面。由於錦連除詩外,很少論述文字,因此直接就詩作樣本進行考查。

二、龜裂終於跑遍了人們的心田

錦連出版過《鄉愁》[3]、《挖掘》[4]和《錦連作品集》[5],共得詩 81 首。後來 1994 至 2000 年發表和未發表詩 32 首,合計 113 首,可說是寡產詩人。

---

[2]引自馬・布雷德伯里和詹・麥克法蘭編;胡家巒等譯,《現代主義》(上海:上海外語教育出版社,1992 年 6 月)。

[3]陳金連(錦連),《鄉愁》(彰化:新生出版社,1956 年 8 月)。收詩 29 首,除〈雨情〉、〈女〉、〈虹〉三首外,後來均收入《挖掘》,另題目更動有:〈禮讚〉改為〈歌頌〉、〈夏〉改為〈夏天〉、〈煙〉改為〈吸煙〉。

[4]錦連,《挖掘》(臺北:笠詩刊社,1986 年 2 月)。收詩 56 首,後來全部收入《錦連作品集》。

[5]錦連,《錦連作品集》(彰化:彰化縣立文化中心,1993 年 6 月)。收詩 78 首,在目錄內漏列〈那個城鎮〉。

　　可是，錦連日文詩手稿在 1959 年八七水災受損後，得以辨認重抄的手抄本即有 284 首之多[6]，只有 28 首譯成中文收在上述詩集裡。易言之，有 256 首詩保存在日文手抄本內，一直未有中譯發表。因此，目前一般可以讀到的錦連作品大致上只有其創作量的三成，可以說大部分還未問世，也就是說錦連還沒有受到正確評估。

　　從錦連早期的詩作裡，很容易感受到年輕的心靈對外在世界和內在思維間的矛盾和對立，有銳利的敏感性。在〈遠遠地聽見海嘯聲〉中，一方面平靜的心靈似乎因聽見遠遠的海嘯聲「騷動」起來，另方面則在回想讀過的詩集，因深深感動而「顫動」不已。處在衝擊的「騷」動和內在感受的「顫」動形成對比，「動」能的強弱有明顯差別。

　　這種矛盾的對立有時是自身存在的，例如在〈老舖〉裡，只單純塑造這樣一個場景，一朵（紅）薔薇，和一位「白」髮老頭子，呈現強烈對比：植物與動物，紅顏與白髮，青春與暮年，生機與衰頹。然而，詩人試圖以薔薇的存在喚醒老人對美和活力的回應，質問：「是否想像著年輕的日子？」

　　由此顯示詩人錦連在矛盾和統一中尋求辯證，為人所樂道的〈腎石論〉是一個明顯的例：

腎石是由鹽分結成的——醫生說
腎石是由憂鬱與悲哀凝結而成的——我想

我想在夢裡
醫生和患者的對話
手術刀和詩人的筆尖的閃耀……

---

[6]錦連的日文詩創作在辨認重抄時未錄下寫作日期，在紀年性的追蹤上發生困難，但從第 274 首記載 1959 年，第 277 首標記 1960 年，第 278 首標記 1962 年，第 281 首標記 1963 年的順序推論，第 1 至 273 首應寫在 1958 年之前，也就是率皆寫在錦連 30 歲之前。所以從錦連 1948 年開始發表一首詩起，到 1958 年的十年間，是他創作的旺盛期。

　　「腎石」是統一的意象，然而透過科學家（醫生）的論證「腎石是由鹽分結成的」，和詩人（我）的想像「腎石是憂鬱與悲哀凝結而成的」，形成不交集的背離。科學的真和想像的真形成對立的矛盾。錦連在此把二律並呈，讓矛盾在統一場裡繼續存在：「我」繼續憂愁，「醫生」繼續向人生求證。「手術刀」和「詩人的筆尖」同樣閃耀，二者不偏廢，但在和平共存的境況下，正暗示著存在的割裂，真的生活和美的生活以平行線延伸著。

　　矛盾對立的平行線間距離拉短的時候，會接近重疊，形成近似統一的假象。在錦連最為人稱道的〈蚊子淚〉中寫著：

蚊子也會流淚吧……

因為是靠人血而活著的

而　人的血液裡
有流著「悲哀」的呢

　　「人血」和「蚊子淚」本來就沒有交集，要從人的悲哀（因）去推論吸人血的蚊子會流淚（果），看似簡單的邏輯。然而，由於被剝削的「人」和剝削的「蚊子」二者本身形成不能統一的矛盾，這種存在的狀態始終是割裂的，幾乎沒有妥協的餘地。而更加無法相容的是，在前題、求證、結論的三階段裡，出現的命題是「蚊子也會流淚吧」的虛擬性。虛擬性本來無法論證，所以假設的前題就難以成立。因此，蚊子淚不能與人血求得統一，可見錦連在此設下了「矛盾的統一」的陷阱。

　　另外一個陷阱是推論的逆轉，即詩中呈現的是結論、求證、前題的順序，「蚊子也會流淚吧」才是結論，可是結論出現不確定的懷疑口氣，仍然是虛擬性的成分，意即現實與預期不相容，那麼剝削者的蚊子對於被剝削的人的悲哀，不因為吸他的血而會流淚。這是很冷的反諷。

　　存在的割裂狀態有時透過觀察和思維，會形成糾葛或是交錯套合，錦

連在〈蟬〉裡把「極其感人地／拚命地在鳴叫」的一種生的喜悅，一下子反轉為「甚至是一種反抗」。由自我滿足狀態，顛倒成不滿足的反抗。這樣二者統一的表象，其實還是消滅不了現實矛盾的狀況。

這樣看來，似乎錦連早期作品呈現內向性優位，他著重在內心思維，以自己內在的觀點去詮釋外界物象，而且大多透示現代主義冷靜知性的特質。在 1950 年代，錦連思想的進步性和詩表達手段的精確性，如果當時能把大量日文詩譯成中文發表，會更令人刮目相看，可惜錦連把二百多首詩繼續冰凍至今，還不肯譯出公之於眾[7]。

從上舉〈蟬〉中，把蟬聲標舉為「一種反抗」，其實已顯示錦連更大的矛盾在於詩中採用隱喻想把真實心情「欲彰彌蓋」的困局，這或許就是他不太願意譯出作品的潛意識裡的一個因素。例如，他只能借助蟬聲抒發自己反抗的心情和意義，從迄今未公開的詩中尋覓，還可以有更多的發現。例如〈石頭〉一詩：

石頭有個性

石頭的表情
雖然死了但卻活著

石頭的生命
只有人類存在的長度而已

石頭不停地揚棄迫害

從「石頭有個性」的物象，觀察其雖死猶生的表情，反射到人的存在狀況，總結為石頭繼續在揚棄「迫害」。在肅殺的白色恐怖時代，「迫害」

---

[7]本文以下引用的〈石頭〉、〈示威遊行〉、〈記錄〉、〈劇本〉四首，是特別情商錦連自譯，首次發表，其餘未特別註明者均引用自《錦連作品集》。

是普遍存在於社會的風聲鶴唳景況，錦連之「不顧現實」適足以說明他內心的抵抗性，以外在物象迂迴曲折寫下象徵著人的處境。這種「矛盾的統一」的辯證運用，本身也呈現了從矛盾而趨向了統一的完成，這都是透過內心思維的成果。在詩中勇敢提出「反抗」和「迫害」的詩人，實在蓄積著很大的能量。

「矛盾的統一」不過是詩人內在思維和外在物象的整合，而對於外在現實的世界，尤其是異化的社會現實，詩人難以認同，在冷靜的觀察中，當時也只能採取大量隱喻的方式來表達，例如寫於 1960 年的〈龜裂〉：

> 蟬鳴季節　蟬不鳴
> 盛夏八月　風停歌聲也不響
> 有著情人的年輕傢伙額上起了深深的皺紋
>
> 蟬的悲鳴　如今只剩下在
> 頑童們拿著黏竿子和燈火
> 夜夜偷襲著林子裡的時候了
>
> 乾透了的心田來了洪水之後又乾涸
> 乾涸了的心田來了洪水之後又乾透
> 龜裂　終於跑遍了大地
>
> 比年輕傢伙的額上皺紋更深
> 比年輕傢伙的額上皺紋更深
> 龜裂　終於跑遍了大地

在蟬鳴的季節，對應於前舉〈蟬〉，是蟬「極其感人地／拚命地在鳴叫」的季節，可是蟬不鳴，甚至連被詮釋為「是一種反抗」的聲音也沒有，這是被強力壓制的隱喻，是違反自然律的，象徵著完全異化的社會，

對照於暴虐的「盛夏八月」，無風無歌，是令人沉悶的年代。「有著情人的年輕傢伙」正是青春歡樂的年齡，有充沛的愛和活潑的生命力，可是「額上起了深深的皺紋」，這是一種哀愁或是早衰的現象，異常的表徵呈現了整個大環境的死氣沉沉。

蟬沒有歡聲也沒有反抗的時候，只有被逮捕時的「悲鳴」。以「頑童」諷刺濫捕者或加害者，確實神乎其技，既頑劣又出於兒戲。額上的皺紋是雨淋日曬所促成，正如大地受到洪水和乾涸輪番肆虐造成的龜裂，而外貌的龜裂又深透到連「心田」也龜裂了。

這種外界和內在、外表和內心，全面龜裂的現象，實際上就是對外在現實不認同的表現。在 1950 年代裡肅殺的氣氛下，錦連除了使用「反抗」和「迫害」等強烈內心吶喊外，在詩素材的處理上也表達了對異化的社會結構以及統治形態，透露了不認同的心境。

更令人感到不可思議的是，在那風聲鶴唳的時代中，錦連竟然寫出會使人背脊發冷的〈示威遊行〉：

從行進中的無數人們中
想找出一位耶穌基督

可是耶穌基督
卻不在那行列中

耶穌基督
站在人類的最前頭而在十字架上斷氣

如今在行進的無數人們
卻是被趕來格爾格答的

為了要目睹
早就死掉的耶穌基督的屍首

　　錦連寫此詩後約 30 年，臺灣才真正出現了示威遊行。錦連寫的示威遊行是在他的內心進行的。此詩場景單純是耶穌殉難的一個鏡頭，然而錦連把它移到現實的社會來時，顯示群眾尋找、追尋一位革命領導人（耶穌基督）的迫切。可是領導人已殉難，群龍無首，頓失方向，而為了瞻仰耶穌的屍首，全部「被趕」往受難地格爾格答。「示威」除了和「反抗」、「迫害」一樣，錦連用來塑造詩中緊張的政治氣氛，宣洩他心中憤懣的情緒外，另一方面不無表達反諷和無奈的意味。如果「示威遊行」的目標和終點是走向受難地，則如此「示威」注定是幻滅的。而在領導人已死，缺乏繼承者的狀況下，遊行成為受難的最後旅程，然而在詩人心目中堅持這是一次示威遊行，保存在內心裡。這就是 1950 年代的臺灣青年接受現實的苦難，卻能堅持不服的內心意志力的紀錄，在內外矛盾的掙扎中，隱身在詩世界裡存活下來的生命。

三、這僵死的碼頭何時蘇醒

　　檢驗 1950 年代的臺灣詩壇，在《現代詩》組派以前和《創世紀》改版以前，以及《藍星》，充滿浪漫主義抒情調和現實主義戰鬥號角的時代裡，錦連詩中現代主義主知精神和節制的語言運用，類比於當時林亨泰高度同質性的詩風，顯示相當進步的姿勢。

　　現代精神是從懷疑開始的，而詩的形象思維常常是在與現實常態引起衝突時，採取反常的思考，對習以為常的概念造成修飾、變異或顛覆所致。錦連在〈影子〉裡寫到：

　　無疑是熟識的了
　　躊躇了一會兒
　　我回頭再仔細地看

　　無疑是熟識的了

　　我的影子

　　躊躇了一會兒

　　還是跟著我走

在極為日常性的現象和行動，忽然有躊躇的動作，顯示一種對現狀的省思，這是一種有意識的行為，但有時也會是無意識的反射，無論如何正表示了懷疑的態度，雖然「躊躇」的結果並沒有決裂，但已透露出遇到轉捩點。

　　「躊躇」其實牽扯著錦連矛盾的心理，常常在詩裡無意中透示想像的抑鬱心情，卻偶爾又以偷渡的方式冒出昂奮的語句激勵自己。1950 年代開始發表詩作的錦連，在轉捩點上一方面試探陰性的現代主義表現手段，另方面又表露陽性的現實主義端倪。

　　第一種傾向就如較早的〈軌道〉，把鐵軌想像是「被毒打而腫起來的／有兩條鐵鞭的痕跡」，可是又把許多枕木鐵軌轉化為「百足之蟲」的蜈蚣在地上匍匐。這種意象的塑造呈現詩人純粹內向性的思維，因而有重疊性的曖昧存在，而這種內造意象顯然看不出對外界的象徵或隱喻。

　　1950 年代現代主義運動在臺灣再度推動的時候，相對於林亨泰符號詩的立體主義企圖，錦連更是積極朝向超現實主義探險。他發表了〈女的紀錄片〉和〈轢死〉，標示電影詩（Ciné Poème），以分景鏡頭的方式只列出標題式或備忘式簡化到不可能再簡化的字句，而把聯想的線索全部打斷。例如〈女的紀錄片〉：「1.潛在著的賀爾蒙／2.萌芽／3.刺激／4.分離／5.結合／⋯⋯」。這種類分鏡的提示，內涵絲毫不加以發展，完全要由讀者自己去充填，這是吸引讀者參與創作的一種方式，在超現實主義的一種方法論上是走到很前端的手法，像法國詩人夏爾（René Char，1907～1988）等曾經進行過嘗試。

　　在〈轢死〉裡，把分鏡標題稍作形象化的描述，例如「1.窒息了的誘導手揮舞著紅旗／2.啞吧的信號手在望樓叫喊／⋯⋯」等等，其間的跳躍

性斷裂非常明顯。這種純內心思維的運作，顯然不期待讀者會有與作者所設定在分鏡中串聯起來的影像發展同樣的感受，或許錦連也根本不準備有任何的影像發展，這顯然擺出的就是不準備溝通的姿態。

在尚未發表的日文詩〈記錄〉、〈淚的秩序〉、〈那個街道〉等詩，在分鏡間卻有比較明顯的影像發展，就以〈記錄〉為例：

1.冰冷的冬季北風

2.種種雜音和它的波動

3.遠遠的歌聲

4.從熱滾滾的生活撒下來的色彩之輻射

5.枯草和泥土的香味

6.有淡淡鹹味的淚水

　　僅僅殘留於皮膚面的感覺就這樣地記錄下來

　　（夜似乎已經深了）

　　以像膜拜似的姿勢

他　一個乞丐趴伏在廊下的角落

　　　等待著

　　　……那樣地

　　　　等待著

分鏡似乎不是孤離的，而是繞著主題在烘托氣氛，整個寒冬下的困局，到了最後「一個乞丐趴伏在廊下的角落」，等待著，無法形容「那樣地／等待著」，整個哀愁感溢滿了鏡頭。

錦連由於不留寫作年代紀錄，且挑選日文作品譯成中文時也缺乏系統，難以作編年式的追蹤。如果按照創作心理推測，〈女的紀錄片〉和〈輾死〉可能寫在同一段短期間內，就像林亨泰寫作符號詩的情形一樣。

　　然而，錦連為什麼翻譯〈女的紀錄片〉和〈轢死〉，而捨〈記錄〉、〈淚的秩序〉、〈那個街道〉，二者在斷（前者）與連（後者）的結構有明顯差異性的作品呢？這種選擇的基礎在哪裡？是不是有策略性的應用？還是在現代主義運動潮流中無意識地往前衝刺的奔放感？

　　就在大約同時的〈劇本〉，則出現另一番表現手段：

鋼筆——一支會吐出可怕容量的痰水之煙斗
　　（但鋼筆不知不覺已生銹而腐朽了）

樹木——不斷迸出的煙火
　　（但樹木成長之後枯掉了）

煙——抱有意志的多形狀的浮游動物
　　（煙被風給吹散了）

天——破破爛爛在擴展中的大包布
　　（但天卻憑一時的情緒而固定下來了）

地——不安定而僅有的一張毛毯
　　（但地卻動也不動）

人——含有對未來的可能性之一塊炙熱體
　　（但人無論如何就是過去和現在的總和）

收場白——突然響起驟雨似的喝采
　　（但這是一點也不值得提起的）

對每一個分景鏡頭，都以一虛一實的場景去烘托。「虛」是以超越現實的斷接想像，去塑造一個虛幻無常的意象，如吐痰、浮游、破爛、不安、炙熱、驟雨，來指謂具象的鋼筆、樹木、煙、天、地、人等，在「意」與

「象」之間呈現飄浮的關係,帶有虛無飄緲的意味。然而,在括弧內的「實」景不但與分景標籤的鋼筆、樹木、煙、天、地、人,直接串聯,而且描述的現實,可以直接透過目視了解到生鏽、枯掉、吹散、冷靜、不動、今昔的累積等等實態。

如果再仔細推敲,可以發現鋼筆、樹木、煙,三節虛實相應和,最終呼應了幻滅的結局,但天、地、人,三節卻是虛實逆轉,由破爛到固定,由不安到不動,由炙熱到一種混合中道的總和。

在錦連最前衛的現代主義作品裡,同樣以割裂的意象去組合一個版圖時,他的手段仍然異常紛紜,由此可見錦連一再試圖創新,也盡力排除重複自己。

第二種傾向是與超現實主義背離趨勢的表現主義風格,帶有強烈的象徵意念,最常為人傳頌和引述的是〈挖掘〉。在詩裡執著的現實精神是不屈服,不認輸地追求火種,追求光明,追求人生和民族的理想,從祖先一直傳遞下來的傳統毅力。可是在執拗的挖掘中,碰不到期待的火,卻一再遭遇到水,象徵毀滅、腐爛。詩中加進了歷史意識,使得宿命性的執拗更為堅定。這類的詩裡,錦連運用的意象強烈表現出他的意圖。

在苦悶的時代裡,詩人不能只玩弄現代主義陰性的文字遊戲,錦連陽剛的聲音在〈貨櫃碼頭〉裡有特殊的表現。港口在早期是對外貿易的貨物集散地,也是人來人往的交通樞紐,又象徵著內外文化接觸的前哨交會點。碼頭也是陸地盡頭與海接壤的邊界,而貨櫃是現代運輸方式的一種變更。所以從詩題本身就隱喻著一個截然劃分不同時代的關鍵位置,雜揉著許多明喻和暗喻的意義在內。

對詩人來說,一開始寫著「從夢遊中醒來」的我,「佇立於這奇異的碼頭」時,在他本身的意識裡,正面臨了一個覺醒的時代。「夢遊」脫離了現實,對現實沒有回應,從這樣陰性的存在裡回到現實的碼頭,在創作意識上也到了一個臨界點。

「碼頭」可以隱喻著富於海洋氣味的基地,「從前這碼頭充滿著喧嘩和

歡愉／碼頭的身軀因幸福而舒展著筋肉／碼頭的脈絡因希望而膨脹又鼓動」，是一個有活力、積極進取、歡愉幸福的場所。可是「自從這來路不明的貨櫃堆積於這碼頭／它們遮斷了遙遠的水平線／使我們看不見燦然的日出和日落」，整個景觀改變了，「貨櫃」從貨物的容器（貨櫃和容器的英文都是 Container）衍化成霸占遠景的積合結構。

更不幸的是「淒涼的碼頭颳起了血腥的狂風／無聲的哀號在貨櫃間漂散／無助的願望漂散成無奈的灰塵／飛揚的自尊的殘滓布滿著文明腐爛的天空」。比喻的誇大性使碼頭象徵臺灣在白色恐怖時代的社會處境更形強化。最後筆鋒一轉，把「貨櫃」想像為「巨人的棺材」，驚悚的意象出人意外，而霸占碼頭的行動，也使得碼頭「僵死」，失去集散場的生活機能。

錦連此詩寫於 1984 年 4 月，距蔣介石逝世業已九年，在臺灣風俗已到了應該撿骨完全善後的年分。然而，「誰知道／這巨人的棺材要置放多久／這僵死的碼頭何時蘇醒」。

四、願天國之門永遠能為我們敞開

20 世紀下半的 50 年代，臺灣在危疑震撼中度過，內有白色恐怖，外有紅色恐怖，內外夾攻使臺灣人大多嚇破了膽，在集體無意識中，臺灣人成為無膽的民族，可是仍然有特製的人，不但有膽，而且特別膽大。從事民主運動的政治人物有許多人膽大心細，終於在前仆後繼的堅持下，成功地把臺灣推向民主國家的行列裡。

相對地，有些詩人是心大膽細，對臺灣抱有遠大的願景，但缺乏行動力，拘限在詩業創作上，把反抗的火力寄託在意象隱喻和象徵安排上。當然，詩人和一般國民一樣享受到民主的成果，而國家和社會條件的變化，也影響了詩人創作的態度和風格。

1987 年，臺灣長達 39 年的戒嚴解除，翌年蔣經國過世，瀰漫在臺灣天空的獨裁恐怖陰影開始煙消雲散，人性和尊嚴長期受到禁錮和扭曲的臺灣人民很多還不能自動調適，作家和詩人也有類似情形，外在壓力被解

除，有的人早已被壓縮變成侏儒。

　　錦連不算是多產的詩人，受限於語言的變化，使自己失去信心是最大的原因，從日文詩和華文詩產量的懸殊比例，即可見一斑。然而，經過相當長時間的停筆後，1994 年錦連重新出發，面目一新，與早期和中期的創作風格，題材有明顯的差異。

　　在自由氣氛的創作環境下，錦連詩的觸鬚伸向兩個方向：其一是帶有嘲弄和反諷的意味介入外在現實，另一是自身進入老境存在狀況的反思，他的語言也開始揮灑自如，不再拘謹，漸漸放任意識浮上表面。

　　錦連在〈也許〉[8]裡深切體會到「詩筆是劍／可以讓它沾滿了敵人的血／也可以在明月下欣賞劍光之美」。劍兼有惡和美的雙重效用，然而「在舞臺上作秀的可惡的傢伙垮了／你重重出擊的拳頭都撲了個空／因為沒有戰場沒有敵人」的時候，詩開始有遷惡揚善的轉換，「因為你的周圍已無敵人／而且是一片大好景色的陽光草坪」。錦連之所以往諷刺性轉進，是體認到戰鬥時代已經結束，不必打空拳重擊已經垮臺的「可惡的傢伙」。

　　當然，詩人對自己的心境有相當的理解和把握，以「手」的局部性暗喻自己的人格，他自許「這是一雙曾經拿筆為劍的手／也是揮拭過絕望和哀傷的手／也是輕輕撫摸過天真小孩的手／也是向極權和不義反抗過的手」（〈這一雙手〉[9]）。

　　諷刺詩的強烈表現從 1998 年開始，錦連在〈時代進步了〉[10]，引用英國作家 A・赫胥黎的話「諷刺也是一種文學」，強化自己的創作立場。他在詩中以「三字的比二字的多」諷喻「時代進步了」，所以「指揮官比士兵多／總經理比經理多／作文家比作家多／作詩家比詩人多／學問家比學者多／愛國者比烈士多」。這其實不是字數多而已，可以看出三字的指揮官，總經理、作文家、學問家、愛國者，是空頭或虛有其表的，二字的士兵、經

---

[8]錦連，〈也許〉寫於 1994 年 2 月 28 日，刊於《笠》第 180 期（1994 年 4 月）。
[9]錦連，〈這一雙手〉寫於 1996 年 4 月 18 日，刊於《笠》第 193 期（1996 年 6 月）。
[10]錦連，〈時代進步了〉寫於 1998 年 7 月 16 日，刊於《笠》第 207 期（1998 年 10 月）。

理、作家、詩人、學者、烈士，才是實體或實力派。因此，三字的比二字的多，是社會倒三角形結構的異化現象。

　　接著錦連列舉了社會構造變化中，上層構造衍生了：「××」義和團／「本土」火雞派／「文壇」膨風黨／「看人」煞油幫。而下層構造因上行下效的劣化現象自然就有：「鬥臭」異己組／「招軍」買馬組／「結黨」成群組／「暗中」較勁組／「笑裡」藏刀組／／「事後」勇士組／「虛張」聲勢組／「無節」搶旗組／「狂妄」自大組／「不學」有術組／／「免本」萬二組／「唯我」獨尊組／「吾黨」所宗組／「教主」自居組／「目空」一切組／／「互相」吹捧組／「臭味」相投組／「牽親」引戚組／「鑽營」門路組／「講究」交情組／／「急功」近利組／「顛倒」是非組／「諂媚」專精組／「腳踏」雙船組／「兩邊」通吃組。

　　用「組」的名稱顯然諷喻這些都是所謂黑社會的行徑。錦連輕輕點出了：Sayonara！所謂的「文壇」／Good-bye！所謂的「詩壇」。暗示了上述各項歸納的異化現象同樣出現在文壇和詩壇，在意識形態上應屬於上層構造的階層。而錦連接連以「所謂的」表示那不是實質的文壇和詩壇。

　　於是，錦連乾脆下定明顯的價值判斷

　　這是互相不信任的時代

　　這是注重不禮貌的時代

　　這是比賽耍嘴皮的時代

　　這是要提高分貝的時代

　　這是厚顏又無恥的時代

　　這是需要包裝和美化自己的時代

　　這是隨時都可以聲淚俱下的時代

　　這是眾人把良心拋給野狗啃食的時代

　　這是對自己過去的卑鄙言行無需懺悔的時代

　　這是……的時代　這是……的時代

所以……所以

　到了不忍心繼續列舉或是氣急敗壞的程度，於此用虛線代表了意猶未盡，甚至到詩的結局出現 Get out of Formosa 的重話。

　經過足足半個世紀，從耽心「北風吼著吹過來」，到眼見歪風席捲了整個臺灣社會，錦連的痛心終於在詩裡作出沉重的怒吼。

　錦連進入老年階段，在詩中開拓了揮灑自如的龐大空間，他不再斤斤計較意象的經營或語言的凝練這些細微末節，從早期謹言慎行，虛虛掩掩對統治結構和獨裁者的批判，到「明目張膽」向社會各階層異化行徑的抨擊，忿懣、怒斥的話都出籠了，甚至到了「口不擇言」，連外語也傾瀉而出。錦連從隱忍到奔放的心理過程，有惶恐、不平、期待、落空的種種曲離轉折，整整經過了半世紀的壓縮空間。這個心理變化有臺灣集體意識相當的抽樣代表性。

　錦連的諷刺詩也有直指正逆背反的社會現實倒置錯亂狀況，像〈石碑〉一詩[11]：

最大的撒謊者
說著最漂亮的話
並且
竟然也把它刻在石碑上！

最怯懦的偽善者
扮成最高貴的聖人
並且
竟然也把它刻在石碑上！

---

[11]錦連，〈石碑〉寫於 1998 年 1 月 20 日，刊於《文學臺灣》第 30 期（1999 年 4 月）。

最卑賤的騎牆派
喊著最激昂慷慨的口號
並且
竟然也把它刻在石碑上！

最酷愛勳章的人
常吐出恬淡無欲的言詞
並且
竟然也把它刻在石碑上！

　　所謂社會是非難斷，但詩人可愛的個性就是要探求真實，是其所是，非其所非，詩至少可以作成人性的最後判決書。詩中強烈的焦點著重在人性虛有其表的偽裝，卻又赫赫張揚其不合本質的存在面貌，造成社會價值錯亂。

　　在 20 世紀末的年代，錦連創作表現在諷刺詩的投入，除了上舉外，至少還有〈順風旗〉、〈男與女〉、〈短劇〉、〈勳章〉。最獨特的是〈一九九八‧臺灣歲末風情〉[12]。

　　這一首歲末風情，實際上幾乎就是世紀末風情。一種價值錯亂的現象透過一場選舉時「滿街五花十色的戰旗」中滿是候選人高蹈自我膨脹的口號，與市民俗世現實生活中的標語穿插比附，產生諧喻效果。例如下列摘句：

國會新領袖　望您再牽成
　（中華郵便　自動提款機）

活力　效力　新希望

---

[12]〈一九九八‧臺灣歲末風情〉長達 253 行，1998 年 11 月 30 日完稿，迄未發表。

　　　　（三姐妹檳榔城　24 小時專送）

　　改造國會　綠化臺灣

　　　　（黑白切　燒烤　擔仔麵）

　　要在不平等的人間　建立平等的人權

　　　　（請留通道　請勿停車）

　　昔日街頭戰將　明日國會鬥士

　　　　（有情酒店　帶進場帶出場　悉聽尊便）

　　強有力的問政　有效力的服務

　　　　（象牙　佛牙　黑貓　幼齒）

　　這裡只抽樣摘下六項，全詩類此洋洋灑灑竟然臚列 111 項比附，諷刺那些戰旗口號的虛假，許多顛覆性的暗示，在口號和標語（括弧內）虛實之間的對比手法，可以回想到上舉錦連早期作品的〈劇本〉的類似表現形態，不免暗示著〈一九九八・臺灣歲月風情〉也是一齣劇本，是一幕荒誕劇。詩中形如雞同鴨講的南轅北轍，卻有些拐彎抹角的脈路相通。使用如此帶有怪誕性諧謔的表現方式，是錦連逐漸發展出來的新創。

　　在這首長詩中，錦連作出了「因為要拯救可憐的我們／突然間眾多救世主一批一批地傾巢而出／為我們前途要拚死拚活幹到底了／我們除了感激感謝再感謝以外無以報答大恩大德」的嘲弄性評論。最為諷刺的是，本來安居樂業的升斗小民，卻被製造亂局的始作俑者以「救世主」的姿態要出面拯救，然而真正需要被拯救的人豈不正是自以為是「救星」的人嗎？

　　長詩的結語是「願天國之門永遠能為我們敞開，阿—門！」這句詩負載著不可實現性和可實現性雙重任務，一方面諷刺著我們真能獲得救星的拯救所期望結果（這是不可實現性），另方面卻是真情呼籲「全體出動拯救臺灣」衷心的願望（這是可實現性），而終於表現出發現「門」的喜悅之情。

五、我的腳本究竟被寫成什麼樣的結局？

　　錦連在歲入望七的時候，已頻頻在詩中反思人生的意義，也檢討自己的定位，這是對走過的人生道路自覺性的回顧，可是往往不期望地會感到人生像是一場夢：「夢裡我在似乎很熟悉又陌生的小巷子漫步」（〈小巷子〉），「夢裡我佇立於似乎很熟悉又陌生的山頂」（〈山頂〉）。

　　在〈當我即將要斷氣的時候〉[13]，詩人一再追問的是：

最後我的雙腳用力踩住的　究竟是地球的哪個地方？

最後我的雙眼所能展望的　究竟是世界的哪種情景？

最後以我的耳朵能聽見　究竟是宇宙的什麼聲音？

最後以溫馨的心情能夠回憶的　究竟是什麼？

最後還會讓我的良心感到不安的　究竟是什麼？

最後終於讓我想要寬恕的　究竟是哪一種恩怨？

最後還會被悔恨之情煎熬的　究竟是哪一椿事？

最後至少還能感到些許安慰和歡愉的　究竟是什麼？

最後尚且會讓我感到依依不捨的　究竟是什麼？

　　然而，最重要的是詩人開始「思索有一天我將前往的世界和我將留下的世界」。錦連最關心的是「我的腳本究竟被寫成什麼樣的結局？」對自己存在的位置嚴重關切，必然會重視做為人的本質，應該堅持什麼樣的面貌。

　　本文循路追蹤錦連在詩中記錄的心理發展，可以發現他已完成忠實於自己的腳本，他是一位具有批判性的真摯性詩人。

---

[13]錦連，〈當我即將要斷氣的時候〉寫於 2000 年 10 月 22 日，刊於《文學臺灣》第 38 期（2001 年 4 月）。

　　──葉石濤及其同時代作家文學國際學術研討會發表論文
　　　　　　　　　　　　2001 年 12 月 10～11 日

　　　　　　──選自彭瑞金主編《李魁賢文集 9》
　　　　　　　臺北：行政院文建會，2002 年 10 月

臺灣鐵路詩人錦連的現代美學

他的詩觀與對意象主義、圖象電影詩及超現實的實踐

◎張德本[*]

　　跨越日文與中文語言鴻溝的臺灣詩人錦連，以《守夜的壁虎》詩集[1]自我解碼，1952 至 1957 年，青年的錦連在 273 首作品裡，傳遞甚麼訊息？他在序文說：「半個世紀以前，從亂讀群書到寫詩……想要突破寫作上的老套和惰性，也曾有樣學樣嘗試過各種表現手法。」究竟他讀過那些書？根據錦連當年從圖書館借閱所抄錄的筆記，筆記簿是用「臺灣省交通處鐵路管理局電報紙」裝訂成的，錦連運用反面空白抄錄以下內容：

1.病　薔薇　三木露風[2]

2.春曉（六七調）　岩野泡鳴[3]

---

[*]臺灣現代詩人、跨領域整合研究文學評論家。

[1]錦連，《守夜的壁虎》（高雄：春暉出版社，2002 年 8 月），是錦連的第四詩集。

[2]三木露風（1889～1964），日本詩人，出身兵庫縣，少年即致力詩歌創作，十幾歲就專心文學活動，讀早稻田、慶應大學但都中途退學，1907 年與相馬御風、野口雨情等人創早稻田詩社。1909年發表第一詩集《廢園》，接著以詩集《寂寞的曙光》、《白手的獵人》獲得聲譽。1914 年結婚開始接近基督教，任函館 Trappist 修道院講師。與川路柳虹、西條八十、山田耕作等人組成提倡「反自然主義」的同人誌《未來》和其後的《高踏》為據點活動。發行《幻夢田園》、《良心》、《信仰的曙光》、《神與人》等雜誌。著有《三木露風詩集》、《象徵詩集》、《詩歌之道》、《日本天主教史》等，並參與由鈴木三重吉主持的「紅色馬」為中心的新童謠運動。三木從明治至大正時代，與北原白秋一起活躍，建立「白露時代」的抒情詩人。雖從口語自由詩出發，卻漸漸用文言自由詩方式表現象徵性、宗教性心象。其敘情詩深受永井荷風等人的稱讚。晚年離開創作，住東京因車禍去世。

[3]岩野泡鳴（1873～1920），日本詩人、小說家、評論家。兵庫縣出生，明治學院專修學校畢業後就讀仙台東北學院，1899 年在大津市療養肺病，並當英語教師。1903 年與前田林外、相馬御風等人創刊《白百合》開始寫詩、小說。1907 年繼承父業經營公寓，與租屋人發生戀愛引起家內不和，為此赴庫頁島從事罐頭事業，失敗回東京，一再重演與多數女性的關係，離婚和戶口變更，後罹患傷寒去世。著有詩集《夕潮》、《悲戀悲歌》，評論《神祕的半獸主義》、《新自然主義》，小說《藝伎小竹》、《耽溺》等。從庫頁島回京後發表「泡鳴五部作」：〈放浪〉、〈斷橋〉、〈發展〉、〈喝

3.海浜独唱　室生犀星[4]

4.秋の歌　ポール・ヴエルレーヌ（保羅・魏爾崙；川路柳虹日譯）[5]

5.月　指環　白鳥省吾[6]

6.おえふ（七、五）　島崎藤村[7]

7.海　浦原有明[8]

8.海辺の秋　生田春月[9]

---

[4] 毒藥的女子〉、〈邪魔附體〉。並翻譯《Plutarch 英雄傳》。
室生犀星（1889～1962），日本詩人、小說家。石川縣出生，被父母遺棄過著戀慕生母心靈創傷的
幼年時代。小學時就常向報社投稿詩和俳句，12 歲小學輟學，當過金澤地方法院工友，20 歲後到
東京漸漸在文藝雜誌發表作品。做北原白秋的門生時與萩原朔太郎交往中，真正進入文學活動。
29 歲出版《愛的詩集》，《敘情小曲集》問世後發表多篇小說，曾獲「讀賣文學賞」、「野間文學
獎」。室生幾乎以獨學完成詩業，最討厭沒有詩心的人，是大正昭和期的文學重鎮，與詩人大手拓
次（死後作品始被發現出版）和萩原朔太郎，被稱為白秋門下三傑，他的抒情詩的純真性影響當
時及後世的詩人頗大。

[5] 保羅・魏爾崙（Paul Verlaine，1844～1896），法國象徵派詩歌主將，早年加入塞納河左岸拉丁區
咖啡館，成為高蹈派（帕爾那斯派）的信徒，1866 年自資出版《土星人詩集》，收詩 40 首表現巴
黎的灰暗生活，流露濃重的憂鬱和頹廢的情調。1869 年第二詩集《遊樂圖》問世，收詩 21 首，
在羅浮宮畫展啓迪下，以精細筆觸描繪多情善感的人們在遊樂時的種種遐想與風情。巴黎公社革
命時他站在起義者一邊，擔任公社新聞主任，公社失敗後流亡外地，從 1871～1873 年與韓波多次
旅居倫敦與布魯塞爾，兩個同性戀者在詩與官能中交會，終因以槍誤傷韓波判刑兩年。1874 年發
表〈無題浪漫曲〉是詩作的高峰，他的詩以富有音樂性而著稱，他一再聲稱：「萬般事物中首要的
是音樂」，「詩歌創作只有若明若暗，才會耐人思索尋味，模糊和清晰在詩中相互結合，集中體現
在「詩的藝術」中的理念，被視為象徵主義詩歌的綱領，對象徵主義的影響深遠。川路柳虹
（1888～1959），日本詩人、美術評論家。出身東京，本名誠。東京美術學校畢業，嘗試日本最初
的口語自由詩，帶給詩壇很大的衝擊。著有詩集《路傍之花》、《波浪》等。

[6] 白鳥省吾（1890～1973），日本詩人，宮城縣出生。早稻田大學英文科畢業。受惠特曼影響的「民
眾詩派」代表詩人，展開獨自的詩論，留下數量龐大的詩集、民謠集、評論集、童話、童謠。詩
集有《世界的一個人》、《大地之愛》等。

[7] 島崎藤村（1872～1943），日本詩人、小說家，1891 年畢業於明治學院，接觸基督教和西方文
化，為《女學》雜誌翻譯介紹英國詩歌，1893 年認識北村透谷，共同創辦《文學界》雜誌，1897
年發表《若菜集》，1898 年寫《一葉集》、《夏草》，1901 年出版《落梅集》，1904 年合輯為《藤村
詩集》。長篇小說《破戒》（1906 年）、《春》（1908 年）、《家》（1911 年）、《千曲川素描》、《新
生》、《嵐》、1929 年出版《夜明け前》（《黎明前》）被視為日本自然主義文學的代表作品。明治維
新後自由民權運動達到高潮，日本詩歌吸收英、德等詩歌的優美清新氣象，開始近代自由口語詩
體的嘗試，北村透谷的《楚囚之歌》在文辭上有新突破，表現浪漫主義特色，藤村繼承發展此特
色，把浪漫主義詩歌推向高峰，成為日本近代詩的確立者。

[8] 浦原有明（1876～1952），日本詩人，東京都出生，經歷父母離異，考舊制一高失敗後，1895 年
返回歷代祖先故居佐賀（九州），1897 年再赴東京。最初寫小說，1898 年發表〈大慈悲〉、〈南蠻
鐵〉，1902 年出版第一詩集《草わかば》（嫩葉），接著《独絃哀歌》，1905 年代表作《春鳥集》，
1908 年出版《有明集》，其他有詩集《有明詩集》、評論《飛雲抄》、隨筆《野ざらし》等。

[9] 生田春月（1892～1930），日本詩人，鳥取縣出生，本名清平。寄居生田長江家期間學會德語，爾
後努力做海涅的翻譯和研究。歌詠純情心靈的苦悶，詩風感傷虛無。詩集有《象徵的烏賊》、《靈
魂之秋》，小說有《相倚的心靈》。38 歲時搭乘「菫花號」在航行瀨戶內海時投海自殺。

9.思ひ出よ　アルフレッド・ミュッセ（阿弗列特・謬塞）[10]

10.雨の唄　ポール・ヴエルレーヌ（保羅・魏爾崙；上田敏日譯）

11.漫ろ歩き　アルチュール・ランボウ（阿瑟・韓波；上田敏日譯）[11]

12.愁の室　メーテルリンク（梅特林克）[12]

13.室内庭園　北原白秋[13]

---

[10]阿弗列特・謬塞（Alfred de Musset，1810～1857）是法國浪漫派詩人、劇作家。16 歲成為以兩果為首浪漫主義文藝社成員，被戲稱為「頑皮的小孩」，1830 年第一本抒情詩集《西班牙與義大利故事》問世確立詩人的地位。1832 年發表第二詩集《洛拉》，詩中充滿憂悶、頹廢、厭世之情，完全失去早年明麗熱愛生活的光彩，1836 年在《世紀懺悔兒》中這種情緒更表現無遺，1835 年他與喬治桑中止愛情關係，寫下〈夜歌〉抒情詩，失意、哀傷、複雜心理自然流露，是法國浪漫主義抒情詩中最動人的詩篇。

[11]阿瑟・韓波（Arthur Rimbound，1854～1891），法國詩人，十歲能以詩文寫作，16 歲因拉丁文詩作震驚全校，1870 年開始詩的旺盛創作，流露現實不滿，歌頌法國大革命時期的英雄，1871 年巴黎公社時期寫〈巴黎的狂頌〉、〈巴黎戰爭的歌〉讚頌公社的暴風雨賦予巴黎崇高的詩意。痛斥凡爾賽的劊子手是青灰色的蛆蟲，憎惡資產階級的現實，公社失敗後帶著〈醉舟〉詩稿與魏爾崙同遊英國，兩年後回鄉寫作〈地獄的一季〉告別詩歌。韓波短暫的一生，現存詩作 140 首，是16 至 19 歲間完成，早期詩作追求形式美，中期詩作用寫實表現現實的不滿與反抗，後期詩作具明顯象徵主義色彩，以模糊和明晰交錯，深刻呈現複雜的內心世界。上田敏（1874～1916），日本詩人、評論家、英語學者，出生於東京築地。家世名門，祖父曾帶領福澤諭吉赴歐。東大英語科畢業後在研究所受小泉八雲等人的指導，一邊教書。年輕時翻譯拜倫的詩和海外文學批評，1899 年出版第一本著書《耶穌》。接著出版《最近海外文學》、《みおつくし》、《航路指標》、《文藝論集》，1904 年發表代表作《海潮音》收錄魏爾崙、波特萊爾等海外詩人的作品 57 篇，被公認為日本譯詩集的最高傑作。其他有譯詩集《牧羊神》，批評集《鏡影錄》、《詩聖但丁》，小說《うずまき》、《漩渦》等著作。與森鷗外發行雜誌《萬年艸》，並與永井荷風、石川啄木、馬場孤蝶、生田長江等人交往。在「三田文學」歷仕顧問，對以後的象徵派詩人蒲原有明和薄田泣菫等人產生極大影響。是日本象徵詩運動的先覺者。

[12]梅特林克（Maurice Maeterlinck，1862～1949），比利時戲劇家，1886 年前往巴黎認識詩人韓波，參加象徵主義運動。早期劇作有《闖入者》、《群盲》（1890 年）、《室內》（1903 年），主要描寫死亡和黑暗的恐怖，說明人類無法抵抗厄運的來臨，屬於默劇。20 世紀初作者思想巨變，從神祕悲觀主義中解脫，認識人類可以反抗命運，後期創作的《莫娜・瓦娜》、《聖安東尼的顯靈》（1919 年）、《青鳥》（1908 年），六幕劇體現對生活理想的追求，對純潔愛情和光明前景的讚美，其中藉助兩兒童追尋青鳥，說明真理和自然規律是可以掌握，人類幸福是存在的。1911 年因此劇上演成功而獲諾貝爾文學獎。一次大戰間他在義大利活動為被侵略的祖國奔走呼號，戰後寫了不少散文集如《大祕密》（1921 年）、《白蟻的生活》（1927 年）、《螞蟻的生活》，比利時國王封他為伯爵。二次大戰間流亡美國，戰後返歐，1949 年病逝法國尼斯。

[13]北原白秋（1885～1942），日本詩人、歌人，出身九州福岡縣世家，進傳習館中學、早稻田大學英文科預科，但都中途退學，天才早熟十幾歲就開始創作詩和短歌，以與謝野鐵幹、晶子主編的《明星》或雜誌《スバル》（昴）為舞臺發表詩歌。1909 年出版處女詩集《邪宗門》，另著有歌集《桐の花》、《雲母集》、《雀の卵》，詩集《思い出》（回憶）、《真珠抄》等。晚年參加鈴木三重吉在 1918 年創刊的兒童文學雜誌《赤い鳥》，在童謠和民謠方面發揮才能，出版童謠集《蜻蜓的眼睛》，民謠集《日本の笛》。1930 年以後主持短歌雜誌，發表歌集《白南風》、《黑檜》。自明治～昭和三代，活躍的國民性詩人，耽美派的代表詩人，被選為藝術院會員，以豐富語詞歌詠異國情緒或感官，影響萩原朔太郎和室生犀星。

14.秋　三木露風

15.おくめ流星　島崎藤村

16.千曲川旅情の歌　島崎藤村

17.春の朝　ロバアト・ブラウニング　（羅伯特・布朗寧；上田敏日譯）[14]

18.水無月　テオドル・ストルム　（提歐多・施篤姆）[15]

19.水浴女人　堀口大學[16]

20.秋刀魚の歌　佐藤春夫[17]

21.アントニーとクレオパトラ　ホゼ・マリア（荷西・瑪莉亞；內藤濯日譯）[18]

---

[14]羅伯特・布朗寧（Robert Browning，1812～1889），英國詩人，自幼博覽群書，14 歲偶讀雪萊詩作，喚起他從事詩歌創作的慾望。一生寫大量的詩與詩劇，重要作品有《帕拉塞爾薩斯》、《斯特拉福德》、《皮柏走過》、《紋章盾上的汙點》等，詩集《戲劇抒情詩》、《戲劇羅曼史》、《男人與女人》，無韻體敘事長詩二萬多行〈指環與書〉。布朗寧心理描寫以意識流的手法在英國詩史上是一種創新，他繼承 17 世紀英國玄學派詩人的某些風格，同時又給 20 世紀美國詩人艾茲拉・龐德（Ezra Pound，1885～1972）等人以相當大的影響。他所創造的「戲劇獨白」形式，在詩中引人注目。

[15]提歐多・施篤姆（Theodor Storm，1817～1888），德國小說家、詩人。早年曾從事蒐集整理民歌、格言、傳說和童話，創作一些頗富田園色彩的抒情詩，1848 年參加家鄉胡蘇姆反對丹麥統治的起義失敗後流亡普魯士，認識屠格涅夫。1852 年中篇小說〈茵夢湖〉發表贏得很大聲響。他的作品大都描寫戀愛、婚姻題材，情感纏綿重渲染撲朔迷離的氛圍，構成獨特浪漫抒情的風格。

[16]堀口大學（1892～1981），日本詩人、翻譯家。東京本鄉出生。1910 年進慶應義塾大學文學部預科，第二年退學，跟隨任外交官的父親去墨西哥，1925 年回國，曾在比利時、羅馬尼亞等海外各地生活，其間開始創作活動，出入與謝野鐵幹主持的新詩社，認識佐藤春夫，結成終生莫逆。此後特別喜歡法國文學，1918 年出版譯詩集《昨日之花》、《失われた宝石》（失落的寶石）、《サマン選集》，1925 年發表代表作《月下の一群》。詩創作有《月光與小丑》、《寫在水面上》、《新小徑》、《人類之歌》、《黃昏彩虹》、《砂之枕》等詩集。另有全譯《韓波詩集》及 Paul Morand（1888～1976）《夜ひらく》（《在夜裡綻放》）等小說。法國超現實主義的介紹者，不但譯詩也以富有知性且新鮮的感覺創作詩，影響文壇深遠。《月下の一群》收錄高克多等近代詩人作品的譯詩集，媲美上田敏的《海潮音》。1957 年成為藝術院會員，獲頒文化勳章。

[17]佐藤春夫（1892～1964），日本詩人、小說家，和歌山縣出生。中學時就向《明星》、《スバル》（昴）投稿。慶應預科中途退學後專心從事文學活動，發表《愚者之死》，1917 年結識谷崎潤一郎，加快創作，翌年以收錄了〈田園的憂鬱〉等作品的《病める薔薇》（生病的薔薇）初登文壇。拜生田長江和永井荷風為師，與謝野鐵幹、晶子和堀口大學及谷崎潤一郎都給他很大的影響。1930 年圍繞谷崎潤一郎夫人的戀愛風波。著有《殉情詩集》、《都會的憂鬱》、《退屈讀本》、《無聊讀本》等，在詩、小說、隨筆等多領域活躍。《魔女》和《心驕れる女》（驕傲的女人）以後步調趨於緩慢，二次大戰後留下詩集《佐久之草笛》、長篇小說《晶子曼陀羅》、傳記《永井荷風傳》等。擅長散文詩、隨筆，洋溢詩情的敘情性浪漫派作家，建立了一個時代。歷任芥川獎評選委員，被選為日本藝術院會員，獲頒文化勳章。

[18]內藤濯（1883～1977），日本的代表性法國文學學者，以《星星王子》的翻譯者享有盛名。熊本

22.（安東尼與克麗奧佩特拉）

23.詩の道　河井醉茗[19]

24.妻を呼ぶ　上忠司

25.貝殼　三好達治[20]

26.夏艸　三好達治

27.梅檀　三木露風

28.雨　菱山修三[21]

29.火星が出ている　高村光太郎[22]

　　從筆記內容可知錦連閱讀，日本明治以降迄昭和時代現代詩人的作品，並透過日譯了解浪漫主義時代，法國、英國、德國、比利時詩人的作

縣出生，東京大學法文科畢業後，歷任第一高等學校、東京商業大學、昭和女子大學教授。70歲時翻譯《星星王子》，並留下關於《星星王子》的幾本書。

[19]河井醉茗（1874～1965），日本詩人，大阪出生，本名又平。「文庫派」的詩人，以簡明溫雅的詩風，開拓了口語自由詩的新領域。1930 年創辦雜誌《女性時代》，對女性詩人的培育有相當的貢獻。著有詩集《無線弓》、《霧》等。

[20]三好達治（1900～1964），日本詩人，大阪出生，家中從事印刷業，曾有段時期過繼他人為養子。1915 年入陸軍幼年學校，以士官候補生身分到朝鮮上任。後來進東京三高、東大，1928 年法文系畢業。學生時代與桑原武夫、丸山薰、河盛好藏、小林秀雄、中島建藏、掘辰雄、北川冬彥等人交往。由外村繁等人創刊的《青空》為舞臺，發表〈乳母車〉等作品，以 1930 年出版的第一詩集《測量船》確立文學地位。1934 年《四季》創刊後，做為四季派的代表詩人，出版詩集《春の岬》、《艸千里》、《一點鐘》、《閒花集》及詩人論《萩原朔太郎》，並翻譯 Fabre 的《昆蟲記》。詩集《駱駝の瘤にまたがって》（騎在駱駝的駝峰）獲頒藝術院賞。「讓太郎入睡／太郎的屋頂雪下著／讓次郎入睡／次郎的屋頂雪下著」是他有名的代表作。

[21]菱山修三（1909～1967），日本詩人，出生於東京，東京外語學校法語科畢業，早稻田大學法語講師。最初在堀口大學主編的詩誌發表詩作，加入《四季》為同人。1931 年出版處女詩集《懸崖》，作品都以散文詩的形態寫成，在當時的詩壇非常獨特，令人耳目一新。他追求並實踐了「批評」與「詩」的同一性。大岡信曾說他的散文詩對詩壇衝擊頗大，當代詩人多少受其影響。根據這種方法論上的自覺而創作的作品，顯然與其他「四季」的抒情詩，較具某種異質的形上思維。詩集有《荒地》、《望鄉》、《豐年》、《夢之女》、《恐怖時代》、《不信的時代》等。

[22]高村光太郎（1883～1956），日本詩人、雕刻家，東京出生。在雕刻家父親影響下長大，1897 年入東京美術學校，學生時代就在文藝誌《明星》發表短歌，1902 年畢業後學籍留在該校研究科，1906 年赴歐美留學，在紐約、倫敦、巴黎學習美術、雕刻。1909 年回國後投入頹廢派的世界，著手創作活動，以文藝誌《昴》為舞臺發表作品，1914 年出版第一詩集《道程》，與長沼智惠子結婚，致力翻譯惠特曼和羅丹。後來經過妻子發瘋，自殺未遂和死亡的戰時下，顯示對戰爭的協力態度。智惠子死後，1941 年出版詩集《智惠子抄》，次年被推為日本文學報國會的詩部會部長。戰後在舒散的花卷市過獨居生活，謝絕被推舉為藝術院會員，對讚美戰爭的自我反省著有《暗愚小傳》和《典型》（讀賣文學獎得獎作品），另有《大いなる日》（偉大的日子）、《叔叔的詩》等作品。他是確立口語自由詩的大正時代代表性詩人，理想主義的詩風寫出簡明又帶有男性氣質的作品。《智惠子抄》是從戀愛時代到她的去世，歌詠妻子智惠子的愛的詩集。

品。根據錦連口述:「當時臺灣報刊所登的詩作,覺得不如從圖書館所借閱的詩水準來得高。」以這樣高標的尺度,錦連自然對自己所謂的習作抱持嚴格審慎的態度。既熱衷於世界文學水平的追求,又猶豫自己習作的不成熟,再加上中文生疏的發表困境,錦連躊躇的個性,使其早年創作旺盛期的作品,錯失時機遲至半世紀後的今天纔與中文世界的讀者首度見面。

《守夜的壁虎》遲來問世,雖然錯過當年發表後與讀者互動的機會,但今日審視其藝術美學與形上思維,仍令人有歷久彌新相見恨晚的驚奇。錦連閱讀筆記中有一首〈妻を呼ぶ〉:

　　　妻子忙著準備晚餐
　　　我在　春天來了
　　　一片庭院裡長得很茂盛的草　我在割
　　　割草強烈的草香　我聞
　　　讓我想到往日懷念的回憶
　　　回憶裡心很溫柔　心情變愉快地
　　　叫我妻子
　　　洗澡的水已經燒好了嗎?
　　　現在是春天暖和的序幕
　　　泡完澡微熱我們夫妻的心
　　　今夜山的那端會不會上升朦朧的月亮

　　　　　　　　　　　　　　　──錦連口述日譯;張德本中文筆錄

作者上忠司是一位日本詩人,當時在基隆任公務員,錦連讀過他的詩集《その日暮しの中から》(在平凡的生活當中)深受感動。後來他將上忠司的一句詩「能夠聽到從遙遠的地方傳來的海潮聲」做為詩題,寫出這首〈遠遠地聽見海嘯聲〉:

　　把燈關掉而躺下來

　　從臥房窺見十六夜的月亮

　　月亮透過蚊帳射進來

　　映照著小小破窗的框子

　　蒼白的光線撫摸著面頰

　　把手伸出去

　　就白白地在黑暗中夢幻般的浮現

　　平靜的心靈

　　不知為何忽然騷動起來

　　我似乎遠遠地聽見海潮聲

　　我在想著剛才讀過的一本詩集

　　在純白的書頁上跳躍的文字

　　耽於瞑想的詩人的容貌

　　我的心靈

　　因深深的感動而打顫著

　　月亮仍在高空耀耀

　　我獨自一人在想著那本詩集

　　我的心靈還在深深的感動中顫動不已

　　猶如……

　　〈遠遠地聽見海嘯聲〉，潮音依稀敘說錦連對日本詩學的感動，掀起他探索詩藝浪潮所源起的世界文學大海……

一、揭開詩的面紗

　　從上列筆記初步檢驗，可以明瞭早期錦連的文學閱讀，已和日本詩為主的世界文學接軌。日本經由大正民主時期，所引進的歐洲各種自由前衛藝術流派思潮，當時的知識分子只要有心都能接觸受其薰習。錦連在邊工

作邊自修下，開始詩的創作並嘗試詩論的翻譯，他曾翻譯篠田一士的〈關於語言〉[23]，其中談到：

> 一個言語絕非僅僅帶著一個固定的意味。任何簡單的言語都有二個以上的意味，而且對某個言語我們常常能夠重新發見我們自己的意味。……自認詩作品僅有一個意味而拋棄其他可能的意味是愚蠢的，並且也不能說是讀詩作品的正確態度。讀詩作品，我們之會往往陷於這種觀念的遊戲，說是詩作品本身要求著它，勿寧說是我們將在日常生活上，習慣地被逼就一個言語中心須去選擇一個意味的行動的邀請……。要慨歎觀念的遊戲，不如為了新的世界經驗，拋棄我們的日常習慣去對言語的理法作一番深思才對吧。

錦連深深自覺「習慣」造成老套與惰性，是藝術的僵化墮落，是詩的死亡。青年錦連失去愛情，掀開詩的面紗，挫折的生命體認孤獨，詩與文學的追求成為他療創的藥方。他認為〈詩就是……〉：

> 探照燈一閃
> 最初的震動從遠處傳來
> 震動加速地變快
> 就發生湧泉般的噴出
> 那時一切感覺神經頓止
> 全部官感沉潛於唯一的 motion 之中
> 於是
> 如同科學者在混合藥液
> 全然嶄新的現象在透明的試管裡上升

---

[23]錦連，《錦連作品集》（彰化：彰化縣立文化中心，1993 年 6 月），頁 159。

有顏色　有香味
神祕和愉悅冒煙燃起
把那些幻影凝聚起來
就會產生一連串的思想
詩便是——
這最初的震動所釀成的
蠻橫無章的一種旋律

　　詩人敏銳的探照燈與外界的震動交會，產生統一融合的 motion，意象與心象透過混合，產生化學變化的幻影，就是一切詩的根源。最初的震動往往違反理則，跳脫習慣，雖然蠻橫不能以章法規範，但自成一完足的旋律系統。他對靈感的看法表現在這首〈無題〉：

靈感
猶如有什麼高漲起來般地發生

它
與具有彈力的一切現象結為一體

扭成一團的力士的屁股
像快要漲破的豐滿女人的乳房

　　錦連談及季紅的一篇詩論曾說：「有的詩人會說，我沒有靈感，我沒有辦法寫。如果有靈感才能寫詩，不就像廟裡的乩童？有靈感的時候就附身，沒有靈感的時候就退乩，詩人真的那麼簡單啊？季紅如此說，詩人就像是蝸牛有著觸角。我則認為自己像是蜘蛛結網在那裡，靜靜地搜尋一種和內心可以結合的觸動。內在的東西又是如何出來的？那是經驗了許多，

思考了許多，醞釀在裡頭恰好有一個媒介，引起火花。」[24]靈感是觸媒的火花震動有彈力，像力士的屁股與快漲破的女人乳房。

有關詩的誕生，錦連認為：「從難以得償的欲求中／我的詩被醞釀出來」，詩是欲求的轉化與出口，「我的心只要有詩的泉水湧出／就讓我來歡喜並且哀傷吧」，欲求「獲得難以得手的東西時／我會感到滿足而詩卻會滅亡」，[25]詩的本質在詩人將「欲求」與之相互辯證的結論是滅亡。詩的文字、思想、藝術指涉的有限性，一落入語言的詮釋與結構關係，就形成一種固定的僵化，語言一經說出，詩的底片一經曝光，語言的局限讓詩不能翻新，這就是詩的死亡。

詩剛誕生的「一剎那」像一切生命註定死亡。那「一剎那」是因為詩的文字、藝術思維被結構定型。究竟詩還未誕生之前，錦連如何面對這〈一剎那〉：

讓白紙一直擺在那裡
哦　對寫詩感到恐懼的一剎那

是白的單色過於強烈的緣故
對謙虛的白色示威感到畏縮的一剎那

白紙未呈現的世界無限廣闊，詩只是大時空中某一點生命的幾行文字，講的、說的、觸及的永遠沒有未講的、未說的、未觸及的來得周圓完整。就像佛典所說：手中的枯葉，永遠沒有樹上的綠葉那麼多。詩的「有限」如何與白紙背後的虛空廣邈世界對決，這是寫詩感到恐懼的一剎那，廣大未被言詮的世界藉白紙的謙虛，向誇張詭飾膨脹的詩句示威，這是有限感到無能而畏縮的一剎那，錦連的哲學知性已經觸及詩與生命的形上本

---

[24]引用自錦連口述答覆陳鴻森的提問，2002 年冬。
[25]錦連，〈詩與滅亡〉，《守夜的壁虎》，頁 286。

質。從形上本體看一切的〈修辭〉：

　　「無限」的字眼是空洞的
　　好像喊著「永遠」一樣

　　我凝視你而知覺著現在
　　這亦是尋得而又會失落一樣

　　所有的「修辭」一脫離本質就淪為浮泛，像「無限」、「永遠」般的空
洞不切實際。「現在」感覺已經凝視抓牢了，可是面對「未來」，「現在」仍
會失落。詩人理解「修辭」的不定性與有限性，同時也深刻體會生命無常
的宿命。
　　從〈詩就是……〉、〈無題〉、〈詩與滅亡〉而〈一剎那〉、〈修辭〉，錦連
不停以生命的哲思演繹，掀開層層詩的面紗，逐漸觸探詩與生命互動的
〈美學〉：

　　它在穩靜的理念中燃燒
　　它以密度在謙虛中燃燒
　　悲戚的風景裡那錯亂中的純粹
　　純粹的蒼綠被分離並為了燒卻而被留下的
　　它……

　　在平原的角落
　　　就以出生時的那種姿勢
　　　　狗跪拜　而咆哮的疲倦之後
　　　　　凝固成叛逆的過剩熱氣

　　啊啊　性慾的蠢動終於被檢出來了

　　（究竟悲哀是什麼

　　　　我怎麼能夠了解的呢？）

　　舉起手　要創造美學的它

　　是要告知開始的──又要！

　　首段詩人以星球天體的屬性，敘述「創世紀」氛圍的口吻說：大道的宇宙本體是在穩靜中燃燒，理念抽象無形不可說，天體以各自的密度沉默地燃燒，大道不語，密實無漏。大道不著相的風景，有著令人悲戚的純粹，蒼綠象徵生命的存在，燃燒是生命與天體的本能，蒼綠的生命在燃燒與再生中被留下，它……就是所謂的美學。

　　次段在平原的角落象徵人類的原生動物性，以初生時的那種嬰兒的姿勢，生命的動能像狗跪拜咆哮疲倦之後，凝固成叛逆的過剩熱氣，生命的精力、慾望、熱能尋求出路，叛逆的歷程途經美學的叢林。

　　三段啊啊，美的動能是性慾的蠢動，終於被佛洛依德心理分析檢視出來，可是這能說出究竟生命的悲哀是什麼？詩人依然不盡了解！

　　末段誰？不可知的什麼？舉起手要創造美學的它，是要告知什麼的開始，又要──永遠反覆輪迴。

　　錦連的美學大宇宙似道家的「太上大道」，生命的小宇宙動能部分接受佛洛依德的慾望論，但他還是不滿地質疑「究竟悲哀是什麼」？是「孤獨」嗎？

　　錦連在《笠》詩刊第 5 期「笠下影」專欄中，曾自述詩觀：「我是一隻傷感而吝嗇的蜘蛛。」

1. 傷感──對存在的懷疑，不安和鄉愁，常使我特別喜愛一種帶有哀愁的
　　悲壯美（當然也不妨含有一些冷嘲和幽默的口吻）。

2. 吝嗇──我珍惜往往只用一次就褪色的僅少的語彙（身上的錢既少，就

不許揮霍的）。

　3.蜘蛛──為了捕捉就得耐心等待（並非等著靈感的來臨）。

　　傷感，是詩人敏銳的本質，存在懷疑與不安的精神狀態，是其思維創作的心理動能。吝嗇，是詩人對語言、詞彙及詩藝的節制與簡約，是詩學內部的凝歛，創造出硬質的抒情（註：陳明台語）與知性。蜘蛛的耐心等待，不祈求靈感是冷靜的觀察，縝密地結網不做勉強的無疾呻吟。

　　錦連最初的詩觀就已確立明晰嚴謹的自我要求。冷嘲、幽默的口吻在1993 年以後的作品集《海的起源》[26]更是充分揮灑。

　　在《美麗島詩集》的〈詩觀〉他說：「……我願在平凡的生活現場中，用平凡的語彙寫出忠於自己的，同時也包括對我們生存的環境表現出一些批判性諷刺性，甚至逆說性的東西」。

　　錦連的詩大體上都由生活的現場聚焦，以現實的火車站為據點，周圍的庶民生活樣態與情境，成為他關切的焦點之一。沒有艱澀的語彙，批判是因為理想，諷刺是因為求真，逆說的追求是因為厭惡因襲，虛假與老舊的習慣模式是詩最大的敵人。

　　在《笠》第 15 期錦連發表以下的看法：「電燈為什麼會亮？如果有人這樣問無知的人會說：『不知道』，可是懂得一點電氣學的人就會滔滔不絕地告訴你。然而真正有研究的大科學者是絕不會嘮嘮叨叨地給你說明的，他可能會說『我也不知道。』最可怕的是一知半解的人。這是一位批評家曾經在他的《文藝批評論》裡所做的一個結論。只說『不知道』當然不能算是一個批評，但對真理的謙虛的態度，則是好的批評家所應具備的資格。那麼現在如果有人問『詩究竟是什麼？』的話，我們該怎麼回答呢？如果我們同意而且確信藝術是一種追求，那麼便沒有人會去聽信那些自認無所不懂的大師們之講道和傳授了。」

---

[26]錦連，《海的起源》（高雄：春暉出版社，2003 年 4 月），第五詩集。

　　錦連認為藝術是一種不斷的追求，謙虛是面對美、批評、真理的態度，失去謙虛就不具備詩人的資格，因為天下沒有無所不懂的大師，所以他反對權威，藝術沒有權威，大師是另一種僵化。

　　在《笠》第 20 期「詩的問答」裡錦連談論「發現新的詩語」：

編者先生：我相信您絕不是認為寫詩，有什麼專用而方便的特殊語言，因而若不使用那種語言，便不能成為詩的前提之下，故意提出這個問題來使人困惑的吧？事實上，從來根本沒有存在過所謂什麼「新的詩語」或「舊的詩語」。

詩並非內容或靈感的問題，而是語言的種種機能的問題。詩所使用的工具是文字，與其他藝術所用的工具截然不同，它也可以用來寫散文。散文必須求達意，但詩卻需要通過語言去建立與實用毫無關係的一個精神世界，一個新的秩序。所以它所講究的並不是表面的，通信用的那種語言，而是內面的語言的情緒機能，或則說是一般通信以外的機能。

我們讀一首詩所受的反應，與其說是論理的，倒不如說是對生理機構發生回響的一種直覺性的衝激。這種直覺性的無須經過說明的衝激，我認為是語言的機能經過作者的敏銳而細心的探索之後，謹慎地被安排在一種「新的關係」之時，語言的意味、音感、回響、強弱和表情所互相牽引反射而產生的……

當我們完成一首詩時所使用的語言，頂多我們只能對那一首是「新的詩語」，而寫另一首詩的時候，在第一首作品使用過的那些語句，已被完全解體為平常的語言而失去「詩語」的作用。所以必須要從新出發去追求，發現語言的「新的機能」才行。

編者先生：您提出的題目是故意設下的一個巧妙而危險的陷阱，我願意把「發現新的詩語」硬改為「發現語言的新機能」來提出上述的解答。

最後我必須承認我只懂得極少的語彙（vocabulary），因此我非珍惜它而來謹慎的使用不可，一方面對許多頗為流暢的詩句，我的確始終有著一

種驚嘆和惋惜的感覺。事實上它的一首詩，常常是足夠成為我的好幾首詩的素材。

　　錦連認為詩並非內容或靈感的問題，而是語言的種種機能的問題。發現語言「新的機能」是詩追求的終生任務。他自認只懂得極少的中文語彙，反而造成他詩的用語謹慎節制，避免掉「詩即美文」的惡習。他發現語言在一首詩中的極限性，同時也發現語言可在另一首詩所無限延伸的新內涵。

　　2002 年以口述回答陳鴻森的問題時說：

> 我是屬於這樣的，不擅長理論，我有消化理論，但是我沒有辦法講給人聽，我自己是自然使用，不是說我現在要用「超現實」的方式、「寫實主義」的方式，或什麼等等，我不是這樣，我是所有心靈可以講的東西都濃縮在其中，遇到了媒介就迸出來，就像是天線，接觸到了就出來。
>
> 所以和遇到靈感才能寫詩的方式是不一樣的，所以寫詩的人一定要讀很多書，雜七雜八地念，那是非實用的學問，所以我就很龐雜地念書，可是我沒有辦法告訴人家，當時寫詩是用什麼方式寫，不是什麼「超現實」、「達達主義」的手法云云，理論我讀過，我有感覺的我知道可以嘗試，可是要我說就不行。
>
> 像是我的詩有一些新的手法，像電影詩啦！也不是我刻意要學這種手法來寫，我不是一般說的大詩人，應該說我是冷靜的觀察者，冷靜思考的人，有時候寫出像詩的東西，我是這樣的。
>
> 我看過很多書，而「現代主義」我不要去定義它，但那個手法我是有感覺到的，我覺得新鮮，很銳利，對「美」有一種特殊的觀念，有從基本要去推翻的感覺，我就試試看這樣。
>
> 我自己一直覺得美就是一種關係，這種關係就好比說我桌上有一本書，放在正中央，如果我放了一只杯子，那個空間又不一樣，現在檯燈在左

邊，如果我把檯燈拿到上頭去這又不一樣了，所以這是安排的關係，所以我就用語言來安排，這樣就造成一種新的美感，我想這樣是現代主義。

二、意象的聚焦

錦連閱讀詩論詩作，消化理論自然運用，雖然並非有特別意識要去採用何種手法寫詩，但是研讀其早期作品，可以發現因為中文生疏，能運用的語彙較少，反而使他更壓縮詩的內在能量，形成聚焦而簡潔的意象表現。鐵路詩〈軌道〉上的「火車」被轉換為「蜈蚣」意象是典型的代表之一。其他如〈夜市〉、〈檬果〉、〈石碑〉、〈腎石論〉、〈蚊子淚〉、〈影子〉、〈腳〉、〈母親和女兒的照片〉、〈澡堂〉、〈石頭〉、〈角膜炎〉、〈謎〉、〈閃電〉、〈蓋章〉、〈有個雨天〉、〈Esperanto〉……等作品，都能發現含有豐富的意象銳度。

錦連翻譯高見順〈有關詩的手記〉，其中有一段話：「詩產生於與自己毫不相關的對象之關係中。換言之，造出與無關係的事物之關係時，詩即告誕生。詩乃存在於其關係之中。」[27]意象與意象間連結的新關係，化合成詩的新情境。這首〈夜市〉充分實踐上述的論點，意象簡潔明確，一箭射中生活本質的核心，明快犀利的透視，餘味無窮。

西瓜——
　紅的鮮豔之閃耀。

水分——
從少女們雪白的牙齒間，
滴落下來。

---

[27]錦連，《錦連作品集》，頁169。

夜市——

真珠般的露水之氾濫。

　　西瓜的紅與少女的齒白是一組對位意象，從水分跳接真珠般的露水是
意象的位移，露水熬不過陽光，短暫性的夜市氾濫社會庶民，短暫如露水
的幸福，幸福的動感從少女們雪白齒縫滴下短暫滿足口腹的西瓜汁，「西
瓜」、「水分」下的標點符號——具有汁液滴落的圖象指涉，幸福珍貴如
珠，短暫如露，把握當下擁擠的群眾像露水之氾濫。觀照夜市如人生的底
層，有形上思考，有生命關懷，又能藉西瓜紅光對映少女白齒，凝聚幸福
甜美意象，淑世情懷裡，含有精準的美學追求。全詩氛圍頗與美國詩人威
廉・卡洛斯・威廉斯（William Carlos Williams，1883～1963）的代表作
〈紅輪推車〉神似：

The Red wheel barrow	紅　輪　推　車
So much depends	那麼多依靠
upon	在上面
a red wheel	一部紅輪
barrow	手推車
glazed with rain	變鈍滯淋雨
water	水
beside the white	旁邊一些白
chickens[28]	雞

——張德本試譯

---

[28]引自 Richard Ellmann, *The New Oxford Book of American Verce,*(New York: Oxford University Press, 1976).

　　「手推車」的鈍滯承擔生活的重負,「夜市」的氾濫釋放庶民的能量,
紅色輪子對映白雞;紅色西瓜襯托少女白齒,原不相關的意象,產生新的
結構張力,雨水淋刷生命中時間的殘酷,生活分秒進行著,露水的短暫象
徵生命可貴如真珠,急切掌握平凡生活裡一絲稍縱即逝的幸福。

　　〈夜市〉縮影眾生,意象跳躍的發想,不遑多讓美國詩人艾茲拉・龐
德(Ezra pound,1885~1972)的〈在地鐵車站〉:

In a Station of the metro	在地鐵車站
The apparition of these faces in the crowd;	幽靈的臉在人群中;
Petals on a wet, black bough	花瓣在濕漉暗黑的樹枝上[29]

——張德本試譯

　　「幽靈」、「人群」、「花瓣」、「樹枝」,四種意象交錯互涉,群眾的擁擠
「地鐵」與「夜市」同然氾濫,人群聚散如花魂們共生在地鐵站、樹枝
上、夜市裡、「露水」與「花瓣」都有因緣短暫際會的意涵,掌握難以掌握
的稍縱性,運用簡約的意象跳接新的情境,錦連與兩位大詩人算是旗鼓相
當。

　　六月靜夜的〈老舖〉中[30],薔薇在花瓶裡不動,旁邊白髮老頭托腮,視
線獃獃釘在街上,是否想像著年輕的日子?時光靜靜不停溜過「薔薇」與
「白髮老頭」對比的意象間。錦連對「時間」的敏感,長期處於內在壓力
的逼迫狀態,這與「孤獨」二者一體兩面,都是他形上思維的重要課題。
被擬人移情的〈蟬〉:

　　他們在鳴叫
　　極其感人地

---

[29]錦連,《錦連作品集》,頁 169。
[30]錦連,《守夜的壁虎》,頁 114。

　　拚命地在鳴叫

　　它——
　　甚至是一種反抗

　　反抗生命被時間決定，拚命、感人糅雜哀傷的荒謬，人、蟬共鳴難逃類同的宿命，鳴叫是唯一證明存在的掙扎。生命在時間中被位移的滄桑感，表現在〈母親和女兒的照片〉：

　　照片裡的女兒成為人妻的時候
　　母親就會變成滿臉皺紋的梅干婆婆
　　人妻成為滿臉皺紋的梅干婆婆時

　　母親的骨骸就在土中開始腐化

　　滿臉皺紋的梅干婆婆往生的時候
　　照片就會變成 Sepia 的暗褐色

　　「女兒」、「人妻」、「母親」、「梅干婆婆」四位一體的身分意象，在時間的遞嬗裡先後完成，從首行的照片到末行的照片變成暗褐色，世代終始循環，生存與骨化的歷程，被詩的情境壓縮出時間的逼力，Sepia 用做墨水或水彩尤指舊時印照片用的顏料，深褐色幻浮照片上，彷彿殘留人生曾經活過的薄淡血氣。「照片」捕捉剎那的記憶，人卻企圖延展未來把記憶雕刻在〈石碑〉上：

　　石碑是乾淨的
　　古老的面容上
　　找不出些時間的繼起

它是
建立之初就被人遺忘
如人類的出生和死亡一般……

「乾淨」象徵一切難逃被時間清洗過,記憶的面容再怎麼古老終被風化磨消,模糊的空白自生自滅著人類的集體宿命,石碑是記憶面對終極被遺忘所樹立的無奈掙扎。處身時間的碾壓,錦連對生命有敏銳的觀照,〈蚊子淚〉:

蚊子也會流淚吧……

因為是靠人血而活著的

而　人的血液裡
有流著「悲哀」的呢

人的肉身由母體的血中降生,活著往往要付出血淚,豈只蚊子靠人血而活,人類共業的歷史不是血跡斑斑嗎?蚊子嗜血象徵人殘酷貪婪,誰能察覺「悲哀」在彼此的血液中流著?「蚊子」、「人血」、「悲哀」意象藉流動而共生以簡御繁的張力。詩人對生命悲哀的關懷也表現在〈腎石論〉:

腎石是由鹽分結成的──醫生說
腎石是由憂鬱與悲哀凝結而成的──我想

我想在夢裡
醫生和患者的對話
手術刀和詩人的筆尖的閃耀……

　　醫生治療人身的結石，詩人思考人心的結石，「腎石」被象徵為人類身心的淤結，詩人筆尖銳利切入生命核心的憂鬱與悲哀，化解凝結昇華成詩歌光彩的閃耀如醫生的手術刀，人承載太多世間的憂鬱與悲哀，詩不也是另一種「腎石」嗎？詩人的思維銳利如〈閃電〉：

> 彎彎曲曲的路
> 彎彎曲曲地
> 思索　一直向前進
>
> 思維
> 銳利的閃電尖頭
> 力盡而到達天際之時
>
> 天
> 無限大的天
> 如大海般碧藍

　　歷史來路曲折擺盪，人類思索從生命歷程的矛盾中不斷修定方向，思維雖然銳利如閃電的尖頭，但思維的「極限」，卻像閃電「瞬間」終要消失於廣邈的天際，人力的有限究竟超越不了天的「無限」領域，宛如碧藍大海裡輕輕劃過一條消失的白浪。思考終極的滅絕，生命將面臨動搖，錦連以「當下」的掌握表現生命的〈青春〉：

> 黃金色的
> 被情焰激起的雌狐狸
>
> 褐色的
> 因快被充沛的精力給脹破的雄獅

　　用力踩踏的三輪車伕的毛毛腿
　　隨風飄蔽大耳環的黑髮的波浪

　　活力表現在三輪車伕的踩踏中，車伕褐色的毛毛腿，如一隻快給充沛精力脹破的雄獅，青春聚焦在車上波浪黑髮飄蔽大耳環的女子，如雌狐狸被金黃色的情焰激起，「雄獅」牽引「雌狐狸」，「毛毛腿」律動「黑髮」的飄浪，意象交感動物「性」諧愉的聯想。「性」是生命延續的源泉，詩人有他探索的〈經驗〉：

　　形而上學裡的
　　所謂經驗……

　　不語的
　　嘴唇與嘴唇碰著

　　他發現了夠寂寞的　女人的她
　　她發現了夠寂寞的　男人的他

　　生命抽象的辯證，屬於形上領域，切身活著才是經驗的本質，做為肉身的人類，做為精神的人類，生命恆常以「不語」回答它的存在，嘴唇與嘴唇碰著，男女用「不語」驗證「寂寞」的肉體虛空，相互發現彼此精神孤獨的生命奧義。生命是因為「寂寞」、「孤獨」而延續……嗎？錦連漢譯乾武俊的〈現代的意象〉[31]，其中談到：

　　在他的詩中，行與行之間的空白實在太少太少了……。
　　感知名稱以前的……換句話說，將纏住於一切生活上的附屬物剝光，使

---

[31] 錦連，《守夜的壁虎》，頁 141。

事物本身一絲不掛……。

它有時與一個風景、一個精神相遇而突然變為具體的形象……。

錦連實踐上述的論點，在詩作中追求感知名稱以前的，行與行之間廣大的空白世界，這種極致的手法表現在〈角膜炎——二行詩〉：

在近代精神的尊嚴裡

痛癢開始了

「角膜炎」跟「近代精神」有甚麼痛癢的關聯？人類歷程對抗飢餓、瘟疫，曾與神權、君權鬥爭，西方產業革命科學昌明，新興資本家結合帝國主義擴張勢力，因政經、種族……等衝突，將全人類捲入空前浩劫的戰爭，至今愈演愈烈，幾乎永無寧日。「近代精神」就是以人「存在」的尊嚴，批判、質疑、顛覆、解構一切人為建構的機制、體系之價值。「蘇聯瓦解共產主義崩潰，驗證人類不能無私；資本主義氾濫全球，確認人類貪婪無窮。」類此反省的自覺，常被保守的既得利益者視為反動的病原徵兆，像「角膜炎」需要被隔離。

「眼睛」是靈魂的視窗，「角膜」顯影外界景象的媒介體，兩者象徵人的「觀點」，因外界異常變化的刺激而「發炎」，「痛癢」喻指生命「存在」的感覺，人類在「發炎」中自我省覺，於是「近代精神」的理性，逐漸感染擴散開來，詩人以「角膜炎」的痛癢和「近代精神」隔空跳接意象，蘊藏在兩行詩背後耐人尋味的空間力量實在不容忽視。

錦連漢譯乾武俊的〈詩與記錄影片〉[32]，其中有一段：

即物，當然是歌的否定。「物（Dinge）。我一說這句（聽得見麼？）一種

---

[32] 錦連，《守夜的壁虎》，頁 144。

靜寂也就是圍繞著物的靜寂就會應聲而生。一切的動作停止而產生了輪
廓。」（羅丹）
里爾克於 1907 年的演講中曾如此說過。物本身，本來就在它的內部帶著
完結性——靜止性。因此它是以眸子捕捉，而絕不是以歌所能捕捉的。斷
絕了傷感的，在即物性的作品背後發亮的批評性的詩人的眸子。

　　羅丹對「物」的內部凝視，影響里爾克的詩作〈豹〉[33]，錦連的意象大
多也從「即物」切入內觀，再互攝建立新的關聯，自然釋放能量張力。就
像羅丹讓雕塑《手》置於天地光之間，手的內部與時空交感深刻的手的形
象——生命的意象。錦連對生的逆思則表現在〈腳〉：

　　死人的腳是冰涼的
　　宛如蠟製標本般白皙又苗條
　　死人的腳掌　那精細的線條

　　像祭典似的葬禮
　　興高采烈的小鑼大鼓的節奏
　　像要跳動起來的死人的腳　蠟像的腳

　　死人的腳冰涼傳遞靜寂，腳掌白皙線條精細像蠟製的雕塑，詩人透視
死亡從靜止的停格感應死的力量，自成一寂隔的世界。小鑼大鼓喧鬧外
圍，滿足存活者冗繁的祭儀，荒謬著節奏躁動的人間，自成一誇浮的世
界。活人始終在吵亂中迎送不可抗拒的死亡，詩人從辯證「寂隔」與「誇
浮」的剎那間，領悟死亡的極致背面彷彿蘊涵抽象的可能再生。錦連從

---

[33]里爾克（Rainer Maria Rilke, 1875～1926），出生於布拉格，1902 年在巴黎初晤雕刻家羅丹
（Auguste Rodin），1903 年出版《羅丹論》，1905 年 9 月接受羅丹邀請擔任祕書工作，1906 年 5
月與羅丹爭吵而離職。1907 年出版《新詩集》收錄了 1903～1907 年的作品，在第二卷扉頁，題
獻給「偉大的友人，奧古斯特‧羅丹」。〈豹〉是收在《新詩集》的最早的一首。以上資料參照
Hans Egon Holthusen 著；李魁賢譯，《里爾克傳》（臺北：田園出版社，1969 年 3 月），第五章。

「即物」內視死與生的曖昧臨界，除了探觸形上義諦，外觀則從「即物」思索族群的現實處境。看看他如何品味〈檬果〉：

> 有
>
> 　保持色彩的固執性
>
> 有
>
> 　民謠般的土著氣味
>
> 黃的
>
> 鮮黃的
>
> 隨著汗水而滲出的有色人種的鄉愁與夢

　　宰制者切割剝削檬果，品嚐從被殖民土著所掠奪來的異國情調氣味，黃種人的固執、保守、認命……，鮮黃的果肉甜汁從被壓迫吞噬的歷史軀體上滲出汗水，泛黃著族群流離的鄉愁與自決的夢，「檬果」的色彩、氣味及「汗水」的物理性，刺激詩人敏銳的思維省覺族群的宿命。

三、圖象詩與電影詩的試驗

　　「圖象詩」（Pattern Poetry）是法國詩人阿波里奈爾（Guillanme Apollinaire，1880～1918）提倡所謂「字畫詩」（Calligrammes），企圖突破文字的意涵極限，在詩中表現視覺的立體圖形意味。文字與圖象的臨界相互跨越彼此融合，在詩的前衛領域產生立體主義，繪畫則表現在歐洲 1950 年代「眼鏡蛇畫派」（COBRA）對「文字畫」的主張運用象形文字做為繪畫符碼。[34]這種文字與繪畫的跨領域整合傾向，遙遙成為 20 世紀末後現代

---

[34] 「眼鏡蛇畫派」是 1948 至 1951 年發展在丹麥、荷蘭、比利時及其他北歐地區的美術運動，以三國首都 Copenhagen、Brussels、Amsterdam 原名字首組成。該運動受超現實主義等的影響，主張揚棄西方傳統文藝復興的美學價值，強調吸取原始文化、斯堪地那維亞神話、非洲藝術、海洋部落藝術、民間藝術、素人藝術、兒童繪畫、精神病患作品、東方書法、楔形文字做為創作的新動力。強烈反對形式與規範，掙脫媒材局限，凸顯創作主題。該畫派成員作品首次在阿姆斯特丹市立美術

主義解構的先聲之一。

　　錦連在 1950 年代中期，開始短暫的圖象詩創作，明顯表現的作品有〈火車旅行〉、〈搬家的家當〉、〈布魯士舞曲〉。〈火車旅行〉已在〈臺灣鐵路詩人錦連的鐵路詩〉[35]裡討論過，以下試著分析〈搬家的家當〉：

　　以 M
　　和 Y
　　和 g 的
　　亂七八糟的姿態
　　　有個男子靜止（睡著）不動

　　《假設》……如果車子突然停了
　　　　　　　　體積過大的這些家當
　　《預測》……會解體而分離散亂吧

　　搬家時各類家當，以「M」的擁擠，「Y」的伸張，「g」的堆疊重壓的姿勢擠在貨車中，捆工隨車像睡著般靜止不動。假設車子突然停了，預測體積過大的家當會解體而分散離亂吧！M、Y、g 的字母象形意涵發揮指涉機能，「家當」象徵的家庭組成，在假設和預測中隱喻家庭的沉重負荷與成員分合離聚的可能無常性，靜止的男子，是因家累的負擔疲倦地睡著呢？或是家庭的壓力太大不敢隨意動彈？形似的圖象和人生現實的內涵完整融會，產生視覺與思維的共振雙效。

　　另一種舞蹈旋律以符號表記節奏，呈現在視覺的圖象裡，看〈布魯士舞曲〉：

　館舉行，結果引發觀眾暴動。
[35]張德本，〈臺灣鐵路詩人錦連的鐵路詩〉，《文學臺灣》第 47 期（2003 年 7 月），頁 189。

數不盡的時間的腳之並排
　　　　……還有

熟人和不相識的人與熟人和不相識的人
　　　　　　……還有

終於向花蓮港出發的心願和蝴蝶
　　　　　……還有

和薄倖又幸福的死去的發明家熱烈握手
　　　　　　……還有
被遺棄於遙遠地平線盡頭的大海的倦怠
　　　　　……還有

　　詩人最關心生命的主宰者——「時間」,「……」表記布魯士（Blues）舞的節拍,在舞會中並排數不盡的腳,舞步……進行著;人生的舞會熟人與不相識的人擦肩交錯舞步……進行著;青春遠揚的心情要出發蝴蝶飛舞著願望,舞步……進行著;愛情是令人生幸福,令人生薄倖,令人生死去活來的發明家,與人人熱烈握手,舞步……進行著;失去愛情被遺棄的地平線,青春遙遠的盡頭有人生大海的倦怠,舞步……進行著;還有人生的舞步……循環進行著,生命的節奏像……（Blues）舞步,舞會縮影人生的大海,倦怠之後還有數不盡的時間的腳,重新開始繼續並排……起舞。

　　「圖象詩」是詩的文字向圖象跨界,「電影詩」（Ciné Poème）是詩運用電影鏡頭意象聚焦的表現手法。法國詩人尚‧高克多實驗的《詩人之血》[36]與西班牙超現實主義導演路易士‧布紐爾的《安達魯之犬》[37],則是

---

[36]尚‧高克多（Jean Cocteau,1889〜1963）,法國詩人、評論家、畫家、戲劇家、小說家,《詩人之血》是他 1930 年導演的作品。與 1950 年的《奧菲》、1960 年的《奧菲遺言》（*Testament of Orpheus*）合稱奧菲三部曲。《詩人之血》中,一座雕像要詩人穿過一面鏡子,詩人說:「人不能穿透鏡子啊!」雕像回答:「恭喜你,你的詩說人可以穿過鏡子,你卻不信!」詩人於是穿過鏡子,進入另一個世界。

企圖在電影的影像蒙太奇（Montage）連接中建構詩的視覺情境。錦連在
1957 年 1 月 1 日《現代詩》第 16 期上，發表〈女的紀錄片〉正式標舉
（Ciné Poème），率先開始一系列「電影詩」的試驗。〈輾死〉曾在〈臺灣
鐵路詩人錦連的鐵路詩〉一文中論過，是他第二首標舉電影詩的試驗詩
作，發表在 1959 年 10 月《創世紀》詩刊第 13 期，創刊五週年〈里爾克專
號〉上，其他如〈劇本〉、〈主人不在家〉、〈寂寞〉、〈記錄〉、〈眼淚的秩
序〉、〈那個城鎮〉等都有類似的表現企圖，以下試分析〈女的紀錄片
——Ciné Poème〉：

1.　潛在著的賀爾蒙

2.　萌芽

3.　刺激

4.　分離

5.　結合

6.　以驚人的速度

7.　充實

8.　膨脹

9.　飽和

10. 爆發

---

[37]路易士·布紐爾（Luis Bunuel，1900～1982），西班牙超現實主義電影導演。《安達魯之犬》（*Un Chien Andalou*），是他與畫家達利 1928 年在巴黎合拍的實驗作品，17 分鐘黑白短片，使用貝多芬、華格納的音樂和探戈舞曲，完全沒對白，揚棄傳統敘述故事的手法，開場由一隻手將女子的眼球用剃刀割開，不僅對角色攻擊，也對觀眾攻擊，用不連串的夢境，反理性的表現，探討人類潛意識的心理世界。

11. 紅潤

12. 怒放

13. 花　　凋謝了

14.The End

　　1.賀爾蒙是生命潛在的動能；2.生長；3.敏感；4.成熟；5.性愛；6.兩性互動；7.、8.陽根與女陰的感覺；9.、10.陽根的頂點；11.、12.女陰的高潮；13.性的生命之花、凋萎；14.結束一個循環。〈女的紀錄片〉14 個分鏡多以單詞為意象，推演生命的緣起、成熟、男女交歡之演化歷程，分鏡間聯想空間廣大，神似於法國導演亞倫‧雷奈的《廣島之戀》[38]片頭男女交纏呈現軀體局部特寫那幕，也可以說是錦連對意象主義衍伸另一種實踐風貌。艾略特（Thomas Stearns Eliot，1888～1965）1953 年在一次演講中提到：……現代詩歌的起點，是 1910 年左右倫敦的一個名為「意象主義者」的團體。……意象派（Imagism）詩學的核心主張是：絕對精確的呈現，不要冗詞贅語，以清晰、準確、高度濃縮的意象，凝練曉暢的語言，用短句反覆演奏，表現現實廣闊的主題和內心情感狀態，由七位青年詩人，包括 E.龐德、F.S.弗林特、D.H.勞倫斯等，在短短 8 年（1912～1920 年）發動意象派運動，開創英語詩歌的新紀元[39]。前述錦連早期系列「意象主義傾向」的詩作與「電影詩」正廣義在實踐著意象派的理論。他幼年對故鄉三峽、祖母、父親的孺慕印象呈現出〈眼淚的秩序〉：

[38]亞倫‧雷奈（Alain Resnais，1922～2014），出生於法國，少年時曾學習戲劇表演，1942 年進電影高等學院（I. D. H. E. C），1945 年退學，拍攝紀錄短片《梵谷》、《高更》、《格爾尼卡》、《夜與霧》等，《廣島之戀》（1959 年）、《去年在馬倫巴》（1963 年）則是震驚全世界的成名作。《廣島之戀》是他的第一部劇情長片，以時空交錯複雜轉換過去與現在的心理情境，獲坎城影展特別獎等六項國際獎項。
[39]孫紹先、周寧主編，《外國名詩鑑賞辭典》（北京：中國工人出版社，1989 年 12 月），頁 861。

1.像是打冷顫發抖的我的手腳臉面和他的手腳臉面

2.明顯地被鄉愁和生前的祖母相連的哀感情緒染紅的父親呀

3.跟著頭髮稀疏的他的腳跟行走的有乾涸湖泊的故鄉小山路

4.隨著轉彎隨著上坡逐漸漲滿逐漸洋溢的痛癢

5.或者是蕁麻疹或者是膨脹

6.越來越厲害的對潰決的預感敗北的預感而哭泣的（那是少年的日子）

7.向礦車沿著山麓急馳的記憶遠處滑行的一條點線

8.風吹過

9.回想起輕微的飢餓感

10.它立即飛到眼球深處的無可奈何的仰慕並停滯又溶化了

與〈女的紀錄片〉使用簡潔明快短句單語不同，此詩鏡頭句法伸長，加強細節敘述，由外景與內心交互影響，衍展全詩情境。鏡頭 1.、2.、3.描寫手腳臉面、鄉愁、祖母、父親、故鄉外界的景象，鏡頭 4.由外景轉入內在心象的呈現，鏡頭 5.、6.內在情緒的緊張與潰決哭泣，那是少年的日子點出情境的現場，鏡頭 7.、8.由內心又投視外景，鏡頭 9.、10.外景又激盪內在的輕微飢餓感，眼淚停滯眼球深處而溢出。全詩節奏由外→內→外→內層層反覆壓縮情景交感，內部力量充沛。從愛情生命探索錦連的心理世界一直藏著〈那個城鎮——給苗栗・羅浪兄〉：

1.那是帶有強烈色彩的一直延伸的柏油路

2.那是樸素的因而是沉重且有彈性的悅耳的客家腔調

3.那純真的夢在清冽的河水裡奔馳而閃耀著破碎

4.隨風搖曳的草　草　野草和燒熱的河床的亂石

5.三輪車疾馳的鈴聲和活塞般的飛毛腿

6.吊橋上月亮羅曼蒂克地歪斜著

7.摯友的美好的回憶在河畔迴盪

8.濃霧的深夜通至遙遠天堂的兩排筆直的街燈

9.強風颱過的林子裡碎散的夢是落到海裡的棉花

10.接連著眼淚　接吻　白晝和夜的片刻和片刻

11.胃腸承受了過剩的酒精和友情的灌漑

12.邊撒上市場噪音邊吃豬肝

13.騎腳踏車兜風的街樹　薰風和紫色山脈

14.輕羅的下襬在秋風裡搖盪的一個傍晚

15.那曾經是我啜泣著離開的城鎮

　　錦連說他的第一本詩集《鄉愁》，是由羅浪幫忙出資，1950 年代婚前的錦連經常從彰化到苗栗拜訪女友 K 與羅浪。K 是錦連一生失落的遺憾，《守夜的壁虎》傷感與失戀的詩約占四分之一，〈化石——給 Kin〉、〈舊照片——給 Kin〉[40]是其代表之一，「錦連的戀愛詩」將另以專文討論。《羅浪詩文集》在五十幾年後的新世紀終於問世[41]，書中的某張照片，應該能稍稍尋到一絲錦連曾經失落的美麗時光，〈那個城鎮〉的光影烙印在錦連一生的心理城鎮中，影像一幕幕意識流地聚焦，鏡頭波動記憶的大海……

　　電影詩的短句鏡頭僅試驗在〈女的紀錄片〉、〈輾死〉，長句鏡頭則經常被錦連使用，〈那個城鎮〉是錦連早期電影詩試驗的階段分野之作，此後中止四十幾年，直到 1999 年發表〈追尋逝去的時光——第一部‧一九四一‧臺北經驗〉[42]，纔又開始另一階段電影詩系列的創作。包括〈臺灣 discovery〉、〈荒謬的真實〉、〈雌‧雄〉、〈海‧山〉、〈那個男子〉、〈追尋逝去的時光——第二部‧一九四二～一九四三‧臺北經驗〉、〈S 氏〉、〈Mr. Lee〉、〈吾友〉等，用電影詩回顧昔日記憶之〈海的起源〉：

---

[40]錦連，《守夜的壁虎》，頁 310、312。
[41]羅洁泙，《羅浪詩文集》（苗栗：苗栗文化局，2002 年 12 月）。
[42]錦連，《海的起源》，頁 43。

　　白天

　　情緒的水分必定會蒸發

　　於是　記憶要結晶

　　夜裡

　　記憶悄悄的融化──

　　海便如此而形成

　　錦連這首詩發表在 1957 年的《今日新詩》，做為第五詩集的命名，隱隱象徵他逐漸融化一生記憶的結晶，正以微型回憶錄的電影詩模式，追尋人生碎散的光影。〈小巷子〉[43]寫於 1994 年春，已經透出這些訊息：小巷子在很熟悉又陌生的夢中，走過煩悶的少年時代，流動庶民樸素愉快的鄉音，走過歸鄉的遊子，幸福在分合離聚間悄悄磨破，善良單調生活的聲音曾響過，人們交談的迴音如今何在？小巷子有點感動的微溫，那是流逝歲月裡所遺忘寶貴的東西。

　　在〈追尋逝去的時光──第一部・一九四一・臺北經驗〉，錦連緩緩走過淡水河堤，眸光移過觀音山稜線，河面暮靄舊黃舢舨順流航向夕暉，母親臥病的倦容，弟妹們幼小不安的眼神，忍不住鄉愁悲涼而啜泣，他找到自己是個在人海茫茫都市裡發愁的 14 歲懦弱少年。

　　歲末日軍突擊珍珠港，〈大本營發表〉戰報軍歌響徹全市，穿國防色團服的人匆匆來去，人們都陶醉於皇軍捷報，學生不懂什麼是戰爭卻知道每月八日是天皇大詔奉戴日，每天都要向東方宮城遙拜，愛國婦人會找人幫縫千人針，皇民奉公會宣傳部長是臺灣聞人的後裔，錦連找到自己是個懵懂不經世事的 14 歲青澀少年。

　　從大橋頭晃到三重埔大龍峒，遍走永樂市場第一劇場大稻埕，由太平町走過有日本刀劍店的一排平房到西門町，望望吉野館和兩三家戲院的海

---

[43]錦連，《海的起源》，頁 18。

報照片過過癮，穿過醃齪小巷溜進古老龍山寺，夾在乾癟抽煙打盹的老人中，坐在小圖書室微暗走廊的矮凳，興奮忘我耽讀吉川英治的日文三國志，錦連尋回自己是個多愁善感的 14 歲纖弱少年。

憲兵站崗乃木館肅靜，總督府宏偉誇示森嚴廣場往往空盪無人，本島人居住的大稻埕處處聞到發霉的封建氣味，日人商店和公家機構較多的城內精華似小巴黎，去摩登的菊本百貨公司試乘電梯，進去寬敞廁所看抽水馬桶拿幾張衛生紙回去，新公園盛裝情侶們並肩漫步附耳低語，錦連找到自己是個毫無目的四處打轉的 14 歲傻傻少年。

在〈追尋逝去的時光——第二部‧一九四二～一九四三‧臺北經驗〉[44]，錦連棲身在彎腰才能進出的三角形閣樓，老嫗臉色蒼白和當女工的養女住在正對面一張陳舊眠床，小開帶一隻警犬是天真女工初夜的男人，之後小女工髮型衣裳變得越花俏，老嫗每天做豐盛飯菜母女逐漸有說有笑，原先純真膽小每天扭捏跟窮學生照面的小女工，舉動顯得妖豔變成大膽敢以目光直視人們，錦連發現自己從此變成時常被性幻想所苦惱的 15、16 歲自戀少年。

租房的巷子雜亂住幾個抱嬰兒的有夫私娼，公會堂廣場展示皇軍的戰利品，從南洋擄獲敵人的戰車機關槍砲彈軍服，麥帥夫人的高跟鞋涼鞋好幾十雙，觀眾嘆息指點數落奢侈的美英鬼畜，秋冬寒冷陰濕心情總不舒暢，矮房屋頂臺灣磚瓦長青苔貧窮男女進進出出，錦連尋找自己是個 15、16 歲空肚子四處閒蕩情感脆弱的憂鬱少年。

在太平町消防隊前撿到零錢立即跑到斜對面冰淇淋店，徘徊於下奎府町新起町大正街大稻埕西門町及淡水河一帶，圍觀消防蓄水池男屍的群眾中有我在，永樂市場內伸出細嫩手掌讓命相師算卜的臺灣衫婦女中有我在，深夜感傷叫賣聲回響街上淡水線火車輪聲隆隆通過，好奇闖進後站的古董店魁梧老頭瞪了我幾眼，錦連尋找 15、16 歲的自己只是像一隻漫無目

---

[44] 錦連，《海的起源》，頁 182。

的徘徊大街小巷的病態野狗。

　　常經過書店卻從未進去，隨風傳來江山樓嫖客和藝旦的嬉笑聲，和著胡琴唱戲的尖亢聲調響徹冷颼的夜空，車子學生很少行人會中斷好長一段時間，陌生臉孔的生活城市經常瀰漫不安，兩、三個人呆立招呼站好像不在乎公車何時來，臺北住著不熟悉人群讓人心中沉悶，錦連找到 15、16 歲的自己經常在寂寞憂傷中被鄉愁折磨。

　　除了自己的鄉愁外，錦連還關心他人的鄉愁，在這首〈那個男子——故事詩〉：

從日本東北的偏僻村落
那個長工　帶著簡單包袱在基隆碼頭下船

因飢荒不得不棄鄉離村的那個長工
隻身渡海來到新殖民地臺灣

1920 年代坐上基隆到臺北的火車
一路凝視兩條鐵軌下了要當鐵路局道班工的決心

他相信有這樣堅硬鐵軌的地方
一定一輩子能養活自己

揮舞鐵鎬在抽換枕木的那個男子
邊仔細確認路線狀況邊步行到緊鄰車站的那個男子

在大肚溪鐵橋上工作的那個男子
一直注意因河水暴漲的橋墩水位　那個男子

從此以後　那個男子不知變成怎樣？
已經經過了將近一個世紀　那個男子不可能還活著

在哪裡告別人生　被埋在何處？

那個男子粗獷的身軀　容貌　舉止動作　手勢

它還留在這空氣中　風景中　這歷史的影子中

　　錦連跨越時代、種族、歷史的洪流，關切日本人在臺灣任鐵路道班工人的處境，從人道悲憫人類處身歷史共同的鄉愁，詩人對時空的蒼涼感與不忍人之情溢於言表。在〈吾友〉[45]一詩裡，錦連熄燈闔上眼睛，靜聽"Ave Maria"，視網膜上浮現一個個忽聚忽散的朋友身影，有 17、18 歲志願去太平洋當軍隊工友沒回來的朋友，有罹患瘧疾早逝的朋友，有架設高壓電不慎觸電全身冒煙墜死的朋友，有忍不住毒癮吞大量鎮咳劑猝死的朋友，有因肺病被迫留職停薪貧困窒息亡故的朋友，有被卡車撞倒留下妻小在悔恨中死去的朋友，有被列車快速通過強風搧到頭部重撞鐵軌不治的朋友，有爬上大樹想鋸斷伸出牆外樹枝意外落地致死的朋友，有妻子難產早死孩子小兒麻痺被卸貨卡車壓死自己酒精中毒五臟萎縮去世的朋友，最近一個癌症一個中風另一個只剩二顆門牙傳達這消息在電話裡笑說暫時不辦同學會的他，如今在中部山區熬煉增進性慾的草藥與八隻狗為伴度日，錦連回想公學校同學及一位文學前輩心頭湧上生命莊嚴的無常感，把"Ave Maria"的音量放到最高。他的文學前輩詩人小說家〈S氏〉：

他所寄住的日式宿舍

窗明　巷道寧靜　空氣清爽

溫厚而經常帶著些許寂寞表情的S氏和夫人

以低沈的語調平靜地述說文學的S氏

有一天突然對哭鬧不停的五、六歲養女

---

[45]錦連，《海的起源》，頁165。

以瘦大的巴掌用力打了兩三下耳光而臉色大變的他

長期被貧困和不治的肺疾所折磨的Ｓ氏這舉動
他被逼到甚至情緒失控毆打這可愛孩子的那種心靈的絕境了

發出怪異叫喊的細高身瘦的他
在莫名的激動中全身直發抖

夫人含著眼淚低下頭　我不由得轉移視線
小女兒還一直抽泣了好久好久

那種無法形容的Ｓ氏的激情
對無法抗拒的無情命運發洩的悲憤

有時想起那情景我心裡難過得真想哭泣
那種怎麼也無法活下去的人格高尚的Ｓ氏

此事會讓我甚至想隨時都可以和全世界為敵
這種　真是無奈的激情有時會使75歲的我失眠

他死的很淒慘　夫人與我商量之後再婚　最近過世了
那天真的小女孩長大後　如今在哪裡過著什麼樣的生活我也不知道

Ｓ氏的遺稿現在全部都留在我的身邊
想像著Ｓ氏的筆跡容貌　這些遺物在我心中是多麼地沉重

Ｓ氏是「銀鈴會」成員施金秋，曾在醫院藥局工作，後轉任國小事務員，日治時期即以日文創作小說、詩在報刊上發表，因染上肺疾被迫留職停薪生活陷入困頓，貧病交逼折磨命運步向絕境，終因病重不治含恨離世。施氏作品風格感傷幻思充滿人生未竟的理想，錦連至今談起施氏際遇

仍然激動悲切不已，他曾著文〈記銀鈴會二三事——朱實與施金秋〉[46]，與施氏夫婦及友人的合照也收錄在詩集《守夜的壁虎》裡，最近已完成施氏文稿的翻譯、編輯，不久即將問世。施氏一位早夭的文學追夢者、生活挫敗者，曾經卑微活在臺灣社會的某個角落，可能早被世人遺忘，毫無留下任何蹤跡，但他畸零身世的記憶卻活在錦連幽深的腦海，只有錦連對友情的真摯，或許能讓施氏的遺作在臺灣文學的雪泥上重現一絲鴻爪。

　　錦連對友誼的深情表現在〈Mr. Lee〉[47]，他的第一詩集《鄉愁》由李子惠寫序，也就是小說家李篤恭「拖著沉重腳步　在野地小徑行走　他記得在這小徑曾遇過一位新寡少婦　垂頭喪氣　走走停停　消失於暮靄中　秋風吹散他亂蓬蓬的頭髮　皺紋的臉上浮顯莫名的憂凄　呆楞楞地依靠一棵樹幹　他想著這風景裡那個憂傷的寡婦身影　人們說他可能是位詩人但必定也是個瘋子我想他就算是個瘋子　但應該是一位詩人　他有時屈指算算然後嘴邊泛起一絲絲神祕的笑　有時停下來從口袋裡抽出一根香菸和一本翻爛了的小聖經……

為無法排遣激情你常毫無目的地跋涉山野……撿回腳受傷落在路邊的小麻雀給牠擦軟膏餵食傷癒後帶去山上放生　有時你邊寫東西邊流淚　有時我看見你的睡臉還留著淚痕

有時你看著報紙　以日語和臺語破口大罵　有時如同孩子天真無邪的表情講出離譜的大笑話　你曾經告訴我多麼期盼能夠再遇到那位寡婦　綣偎在她溫暖的懷裡盡情地放聲大哭　我唱 Ave Maria 時你會合著唱　唱到一半你會忽然沉默不語　不想讓我看見眼睛流淚而低下了頭　暴躁的脾氣裡一直期盼著一些溫柔和安慰的話語　你在煩惱痛苦中　等待著聖母瑪莉亞或逝去母親的聲音　眼前的這個風景和那個寡婦　幻影裡的那位寡婦和這個風景　你如今　住在八卦山背側的安養院圍牆裡　我如今　想不出任何能慰問你的最好詞句　深夜　我從南部鳳山的公寓十樓窗口　向黯淡的天空

---

[46] 錦連，《文學臺灣》第 2 期（1992 年 3 月），頁 20；第 48 期（2003 年 10 月），頁 100。
[47] 錦連，《海的起源》，頁 196。

在內心裡吶喊 Mr. Lee！寬恕他們吧聖經說過『因為他們是不知道的』。」詩人李篤恭，一位英文教師，行徑異質與俗世格格不入，在臺灣文壇的邊陲地帶自生自滅，錦連回憶他的率真、狂熱、柔稚、脆弱，也屬大多數文人的真性情，俗世常人們是永遠不會理解不會知道的！運用你、我對位的方式，喻人自喻的無奈中，隱藏嘲諷。

從〈眼淚的秩序〉到〈Mr. Lee〉錦連發展出敘事力很強的長鏡頭，緩慢、深沉、灰暗、內滲氛圍感染，彷彿日本導演小津安二郎[48]的影像，由榻榻米高的低鏡位，昏濛中時光的滄桑感流過，無常人間冷暖幽微的情愫，在詩句間默默定格。錦連記憶的結晶逐漸融化出人、事、時、地、情的浪花……

四、逆思現實——超現實的實踐

強調詩要在生活現場，錦連曾寫出系列有關庶民的生活詩；對時空絕對的命定力量生命存在的敏感，使錦連探討系列形上思維的詩作；為求開啓新的表現手法，在現實的基礎上，錦連嘗試超現實的創作，他曾選譯飯島耕一〈超現實主義詩論序說〉[49]的一部分：

> 近代是個幻滅的時代。當浪漫派的詩人們，陶醉於翔天的想像力中，而憧憬著遙遠的那個幻滅之時代一過，其幻影瞬即被打落。天空雖仍有星星的清靜，但地上卻到處有騷動。這被詩人認為不外是典型的夢與現實的背叛。於是超現實主義者便企圖將被撕成碎片的夢與現實，再度合而

---

[48]小津安二郎（1903～1963），生於東京，1923 年入松竹，1929 年開始拍攝日本中下階層日常生活主題的庶民劇，二次大戰期間隨軍派赴新加坡拍宣傳片，觀賞許多沒收來的美國好萊塢的電影，日本戰敗，他淪為戰俘，半年後遣返日本。戰後拍攝《東京物語》（1953 年）、《東京暮色》（1957 年）、《早安》、《浮草》（1959 年）、《小早川家之秋》（1961 年）、《秋刀魚之味》（1962 年）。《彼岸花》（1958 年）獲藝術暨文部大臣賞，1959 年獲藝術院賞，《秋日和》1961 年獲亞洲影展最佳導演，1963 年他被選為藝術學院會員。小津熱愛生命，對鏡頭中的人物悲憫深情，終身沒娶，一生只和母親生活，他沒擁有的東西都跑到他的影片裡發光，西方評論者說他是最日本的電影大師。
[49]錦連，《錦連作品集》，頁 201。

為一，給幻滅奪回夢，於是想像力便成為超現實主義的第一個探求目
標。於是如象徵主義之認為音樂至上，超現實主義即奉 Imagination 為至
高，而且是站在「現實」之上。超現實主義的精神——自動記述法，雖
然是厄運和失敗的連續，但其所追求的精神自由，絲毫也沒有減少其價
值。……自動記述法是揭發人類的真正內部的方法　也是要剝奪離不開
習慣性的世俗的偽善性之方法。我們不能忽略它不僅僅是技法，同時也
是方法——為求把握真理的精神的定位法，甚至是一種倫理態度。「直接
的生」才是超現實主義，也就是自動記述法所欲發現的標的，也可以說
是以不透過習慣性的眼光或意識等媒介，而重新打結與一切事物的關係
為其理想。

　　超現實主義（Surrealisme）運動，做為達達派發展的分支，1920 年代
興起於法國，迅速傳遍歐洲。「超現實主義」一詞由法國詩人 G・阿波里奈
爾所杜撰，1924 年法國詩人安德列・布魯東發表第一篇〈超現實主義宣
言〉，在佛洛依德心理學和柏格森的哲學影響下，布魯東主張思想應突破邏
輯與理性的局限，深入到被現實生活壓抑忽視的潛意識夢幻去，這也是詩
的使命，因為超越現實之外，在無意識深處，隱藏著另　種新的知識，有
待詩人拿到陽光下結晶。
　　超現實主義主張無意識創作，其極端便是所謂「自動書寫」，詩人只管
將頭腦中閃現的各種離奇古怪的形象按照夢境的浮現形式，原原本本地寫
出來，不進行任何理性與邏輯的組織。這樣詩就能夠結合「兩個遙遠的現
實」，即夢與現實的辯證的融合。[50]
　　歸納錦連在 1950 年代中葉嘗試超現實手法約有近三十首的創作，〈大
廈〉、〈軌道〉、〈嬰兒〉、〈死與紅茶〉、〈時與茶器〉、〈金字塔之夢〉、〈聲
響〉、〈油畫〉、〈菌和風景〉、〈雲和地球〉、〈馬頭〉、〈月亮與山〉、〈吸煙〉、

---

[50]孫紹先、周寧主編，《外國名詩鑑賞辭典》，頁 834～835。

〈春天〉、〈主人不在家〉、〈寂寞〉、〈熱的發明〉、〈劇本〉、〈夏〉、〈嘔吐〉、
〈黃昏〉、〈黃昏和貧血〉、〈飢餓〉、〈方程式〉、〈思考……〉、〈蒼蠅〉……
等是其代表。對時間超乎敏感的錦連，將時間的抽象存在具體表現在〈時
與茶器〉：

　　一塊綠青色的憂鬱
　　莊嚴地
　　坐鎮靜靜的室隅

　　只用了臉部肌肉表示匆忙的「時」
　　「時」往流著

　　忽然
　　茶器猶如醒來似地
　　搖擺著走出去了……

　　時間在茶葉的焙製中，一片茶葉靜靜舒展時間的巨流在水中，綠青色的
春光莊嚴地流逝，溶釋憂鬱的滋味，一片茶葉一瞬間像溶開一個人一生的臉
部肌肉，由皺紋而追回昔日的光滑，沉默的時間像茶器忽然醒來大搖大擺無
法抵擋走出去了，以茶葉擬人臉，以一瞬間對映時間的洪流，時間的禪境彷
彿暫時被詩人活捉。至於對時間與人類的辯證則寫出〈金字塔之夢〉：

　　他正在做夢
　　夢見把球形的地球
　　改造成類似金字塔那樣的東西

　　首先
　　他把「人類」放置在三角形的底部

然後把「時間」和「時間」無限地堆疊起來

最後他用心細想卻不知所措

但他終於想出一個絕妙的辦法

在那三角形的塔頂樹立起一支十字架吧……

然而這時他夢醒了

結果

地球一如原樣還是球形的

　　歷史的進程，文明的累積一如人類在時間中的夢境，夢想在地球上留下輝煌的遺跡，締造記憶的榮光，夢想狂妄能改變一切，金字塔、長城埋壓難以計數的人類生命，在時間與時間的堆疊中難逃風化的宿命，一切卻似乎不曾改變，金字塔猶如人類共同建構的大墳塚，塔頂樹立十字架是人類共業的救贖嗎？究竟人類與地球真正的主人是誰？那是什麼樣的狀況，當〈主人不在家〉：

1.玄關（張開口的石虎）

2.小徑（月明之夜的白色溪流）

3.沙發（抱著啤酒桶跌個屁股著地的一隻熊）

4.金庫（一大塊煤炭）

5.衣架（爛醉如泥的章魚的手腳）

6.電鐘（陶醉於太古夢境的貝殼貨幣）

7.電扇（在發笑著的假面具）

因為主人不在家……

遊戲正要開始了

　　除了每行簡短的分鏡外，分鏡下括弧內的「意象」，是以超現實的聯想

推演新的視覺。玄關、沙發、金庫……等靜態的家具，都因超現實的聯想而動態化，石虎、溪流、醉熊、煤炭、章魚的手腳、貝殼貨幣、太古夢境的時空、發笑的面具，要遊戲怎樣的人生劇本呢？主人不在家的自由空間有多大呢？錦連超現實的戲碼所呈現的現實，出自怎樣的〈劇本〉：

　　鋼筆——一支會吐出可怕容量的痰水之菸斗
　　　　（但鋼筆不知不覺已生鏽而腐朽了）

　　樹木——不斷迸出的煙火
　　　　（但樹木成長之後枯掉了）

　　煙——抱有意志的多形狀的浮游動物
　　　　（煙被風吹散了）

　　天——破破爛爛在擴展中的大包巾
　　　　（但天卻憑一時的情緒而固定下來了）

　　地——不安定而僅有的一張毛毯
　　　　（但地卻動也不動）

　　人——含有對未來的可能性之一塊炙熱體
　　　　（但人無論如何就是過去和現在的總和）

　　收場白——突然響起驟雨似的喝采
　　　　（但這是一點也不值得提起的）

　　七個分景鏡頭，括弧裡是「實」的敘述，破折號——以下是「虛」的超現實聯想。鋼筆書寫大量的「廢話」，像痰水氾濫，像不斷迸出煙火的菸斗，人炙熱的握著筆，記錄過去和現在的總和。天固定，地不動，樹成長枯掉，煙火的意志被風吹散，人與自然的生命變動在不動的天地間之處

境，這種有限生命對決無限天地的必然敗北與潰壞，值得驟雨響起喝采嗎？〈主人不在家〉、〈劇本〉是以超現實聯想結合電影詩的手法來表現，錦連在第一詩集《鄉愁》裡〈大廈〉、〈軌道〉、〈嬰兒〉、〈吸煙〉等作品，就已開始超現實的嘗試，〈軌道〉尤其突出，前已論及，〈嬰兒〉[51]一詩「跳動著肉球」「七原色的哄笑」滴落閃耀……漩渦放散，光與影的彈力與磁性，跳動象徵嬰兒的活力，肉球形喻嬰兒的彈性，光影七彩烘托生命的彩色。〈大廈〉[52]以「銀色的直角之片翼」姿態矗立，而空間被聯想為另一片翼的喪失，空虛永遠占領著，大廈的實與天空的虛，相互填補對應，大廈像「一條花紋整齊的紗布　懸掛在蒼穹毫無表情的垂下」，就把抽象的對應具象化。

　　《守夜的壁虎》自〈軌道〉一詩開始呈現超現實的傾向，詩集後半部大體上自 284 頁〈有個雨天〉起，至 381 頁〈蒼蠅〉（二）止[53]，錦連較大規模的超現實手法的追求在此中進行實驗。以下擇要逐首討論，〈雲和地球〉：

患了天然痘
而變成凹凸不平又心情浮動的患者呀

把蓋上的軟綿綿的羽毛被

推開
蓋上
又
蓋上
推開

---

[51]錦連，《挖掘》（臺北：笠詩刊社，1986 年 2 月），頁 24。
[52]錦連，《挖掘》，頁 21。
[53]《守夜的壁虎》共收同題名〈蒼蠅〉詩二首，228 頁命為「蒼蠅」（一），381 頁為「蒼蠅」（二），以示區別。

病情可不容易好轉耶

「地球」被超現實聯想為患了天然痘表面凹凸不平又心情浮動的患者,「雲」是蓋在患者身上的羽毛被,一下推開,一下蓋上,冷熱失調,不容易適應的變局啊!最後一段單行「病情」隱指人類在地球的文明痼疾中是不容易痊癒呀!超現實的遊戲裡有現實的嚴肅指涉。〈馬頭〉:

風在吹
高個子的香蕉樹
在點頭行禮

像拉著載貨的車子
波克波克行走的馬一樣
上下搗動的脖子和長長的馬臉
香蕉的葉子在行禮點頭

記憶裡
鈴璫叮鈴叮鈴地響著

「香蕉樹」在風中搖晃,像載貨的車子,「香蕉葉」形似「馬的長臉」,上下搗動的脖子拉著貨車,趣味的聯想在記憶風中的鈴璫聲裡響起。〈月亮與山〉:

從滅絕的地層深處
被挖出來的
像有缺角的刀刃般
生鏽的
沒有秩序的

罹患天花的巨大鋸子
——龍的化石在發亮

月亮和山
位於掉了漆的球形竿頭
如靜物畫般在安定的位置上

「山脈」起伏的崢嶸走勢被聯想成巨大鋸子生鏽沒有秩序，月亮如缺
角的刀刃，幽遠的蒼空如滅絕的地層深處，月亮照耀的山脈像龍的化石在
發亮。詩人從掉了漆的竿頭發揮想像力，剝落不完整的漆痕，像山脈高低
起伏，與月亮完成一幅靜物畫。〈雲與地球〉、〈馬頭〉、〈月亮與山〉三首都
是藉物象的變形聯想產生超現實的美感。〈春天〉：

橫放窗邊的手
清澈成青色

有伴隨著輕微飢餓的幸福感
和因對漫長的靜止厭煩而向著某種事物的衝動
靜悄悄地　細胞一個個地覺醒起來了

手橫放春天的窗邊，像綠色植物的清澈，對長冬靜止的反動，渴望陽
光溫暖幸福的飢餓生命，細胞一個個傳遞覺醒的訊息。前段外景的意象，
後段內在抽象的感覺，內外交感著春天。〈熱的發明——往苗栗途中〉：

一個男子
把巨大的鐵錘
揮起又揮下
滾滾地

　　幽遠的白雲從腳底下湧起
　　不久他在杳渺的雲海上

　　於冷卻的結晶海上
　　迸發出火花
　　正要創造出熱來

　　視覺中物象的瞬間重疊，刺激詩人產生聯想，鐵錘揮擊下迸出火花，產生熱度，遠處的白雲錯覺中男子的腳底站在雲海上，雲海結晶錘擊火花的熱氣。空間錯置產生超現實的趣味。〈夏〉：

　　重新在腦袋裡構成的牛的內臟
　　伴隨著趨於窒息的時間之流
　　累積以悶悶的思念開始
　　而意圖啼叫的　那些……
　　類似鴉片的吐瀉和噴泉的誘惑
　　意圖啼叫而啼叫的　那些……
　　竟不像牛的音壓

　　焦躁的加濃使內臟崩潰了
　　黃色濃汁的氾濫
　　在起伏打滾而流涎著的街道　轉輾
　　不安的熱　轉輾

　　首段，夏天悶熱的街道，牛流涎走過，詩人將目睹的景色做超現實的聯想：腦海裡累積時間流動過的窒悶的思念，像牛的內臟填滿思考的腹部？人的頭部？次段，思念意圖啼叫，啼叫不像牛的叫聲的音壓，像上癮的鴉片，無可救藥的誘惑如噴泉。末段，焦躁的思念加深使腦中如牛的內

臟崩潰，氾濫出黃色濃汁，夏天的焦熱，人的不安與牛的流涎，街道轉
輾，四者合為一體。呈現超現實的曖昧、混淆、幽微不易捉摸的功能。內
在潛意識不但藉外界具體的物象呈現，同時也彰顯內外臨界的意涵與情
境。

　　類似的手法也表現在〈黃昏〉：

　　　遠遠從被決定了的未定位置寄到的信息
　　　是拖著戰慄性尾巴的一條香氣

　　　低下了頭因暗淡的紫色思念而哽咽的愛情記憶
　　　沒有把握地無限量的溢出來

　　　一條蚯蚓的我　爬回那信息滑過來的路
　　　投身於綠青的涼冷情焰中

　　　不多久溜出那煙囪而把將升上天空
　　　被解體四散的我的無數關節塗成一片漆黑

　　首段，詩人接到從未定位置寄來被決定命運的信息戀人的香氣依然留
在信上，拖著戰慄結局的尾巴，次段，悲泣失戀的愛情記憶，無法控制，
三段，詩人超現實聯想自己是蚯蚓，爬回那信息滑過來的路，投身憂鬱冷
卻的情焰裡，末段，情焰的火燃燒，蚯蚓的軀體被焚毀，如煙四散解體的
關節，溜出煙囪升上天空，黃昏漸暗將它塗成一片漆黑。蚯蚓的無數關
節，溜出情焰的煙囪冒升解體四散的煙，「黃昏」構築詩人失戀的漆黑心
境。

　　在〈黃昏和貧血〉[54]中，黃昏是「輕微的腦貧血那一瞬間」「在杳渺記
憶的一個角落湖泊是靜悄悄的」「看似很柔軟的一根芒草」「正架起一座長

---

[54]錦連，《守夜的壁虎》，頁352。

橋」「它剛剛做完眾神要度過的準備」，湖泊、芒草可能是記憶，也可能是想像，長橋、眾神度過確定是超現實的聯想，芒草度過眾神，能救度黃昏過後黑夜舞臺上漫長的人生嗎？太陽悄悄退場後，生命如何自處？抽象的潛意識如同夢境，透過超現實聯想轉換出具體的意義，從中提升出形上思維的層次。超現實是其藝術策略，現實纔是主要的標的。

詩人藉每天都在看的（一幅有蘋果的油畫），表現抽象的感覺〈飢餓〉[55]：「很快就會想要把它吃掉的」「然後嘛　這些日子甚至也感到食慾大增」「嚇壞了吧」，油畫上的蘋果，在實物上是可以食用，但在畫中成為抽象的存在，如果「沒有伴隨著涼冷的寂寥」的理性冷靜，飢餓的威力巨大，很抽象看不到，從想像裡要把畫中蘋果（虛幻）吃掉，以虛對虛，矛盾相互辯證出飢餓的實感。超現實手法，表現具體現實感功效這是強力的例證。至於什麼是生活情節在超現實中推演的〈方程式〉：

從撲粉的香味和悶人的草叢熱氣的方程式——女人。

遺失掉的有裂痕的紅寶石。

……和口紅一起把口水吐出來吧。

關於節制生育的切合實際的技術。

意識遠方的聲音從演說結束的時刻折回。

一邊欺騙一邊尊敬異性的假裝外表。

結婚（哦　互相了解的偉大詐術呀）。

在碼頭向上岸的外國人講企鵝話的那個印度少年的唇髭。

猶豫屢次變成雨水快從鋼筆尖滴下而閃爍。

這首詩在每一句最後都加上罕用的句點，用意何在？錦連曾漢譯過篠田一士的詩論〈關於語言〉[56]，其中有一段話：「句點是盡量節制言語的多

---

[55] 錦連，《守夜的壁虎》，頁353。
[56] 錦連，《錦連作品集》，頁160。

義性，以期便於日常性的目的而設的。然而多數現代的詩人都不使用句
點。這乃是為求將言語從一義性的日常式的服務中解放，使言語本身的潛
勢力能舒暢地開花而所作的努力。」篠田認為詩人不用句點，是為了發揮
言語的多義性，錦連在此用句點，反而是為了加強言語各自凝聚的意象。
第一行「撲粉的香味」「悶人草叢熱氣」喻指幽會的親暱氛圍，女人與異性
戀愛的情境，第二行青春的紅寶石因戀情的變質而產生裂痕，甚至嚴重到
失去珍愛，第三行滿腹委屈如口水和妝扮修飾的口紅一起傾吐，第四行迴
避生育負擔的談論，第五行愛情的追求演講結束，求愛的聲音遠離，第六
行兩性互動的政治學，第七行婚姻本質的質疑，第八、九行超現實的兩性
心靈世界疏離如外國人的言語世界，難以溝通。「方程式」演進兩性互動的
變化關係，用近乎嬉謔的超現實想像，來表現真實不易改變的慣性模式。
錦連在超現實的夢境呈現另類的〈思考……〉：

思考正趨於夢境
向叫埔里的山地蛇行的巴士
非得預想衝突事故不可的這種暑熱
蛇行的流汗
有對慘禍的可怕的期待
和其未知的一角接連的對情人的欺瞞
（不可能有承諾——）
嚥下唾沫之後在美乃滋上頭滴上檸檬汁
一滴……二、三、四、五滴
思考醒過來　卻又漸入夢境

　　巴士蛇行在夏天的熱汗中，詩人將夢與醒之間的臨界，整合出對愛戀
與隱瞞的本質之感官情境。第一行由清醒漸入夢境，第二行巴士顛簸向埔
里蛇行，第三行天氣酷熱預言衝突的發生，第四行現實行車的彎迴與夢境

的熱汗，第五行衝突不可預期的恐懼，第六行欺瞞的夢境與真實的戀情相互背叛，第七行愛在真實中的不確定，第八、九行那種不確定的滋味酸酸甜甜曖昧不明，第十行清醒的是夢境嗎？沉睡的是思考嗎？這種醒睡交替的書寫方式接近「自動書寫」，潛意識的心理幽微可能被超現實地挖掘出來。

五、結論——現代的接收與傳遞

　　現代主義藝術思潮像摩爾斯電碼傳遍 20 世紀的世界，向前終結古典、浪漫、傳統寫實的結構窠臼，往後開啓後現代解構、顛覆、後設的精神可能。錦連做為生命的報務員，敏銳感應接收這些訊息，透過詩的藝術追求傳遞這些訊息，在感傷的情緒中發現凝聚意象的淬煉，從生命的支點辯證時空的形上本體，由真實生活歷驗超現實奇想的冒險，對一生來路的反省，對人世虛矯的批判，對人間溫情與理想的堅持，發展出鏡頭娓娓陳述的「電影詩」，令人彷彿看過瑞典導演柏格曼〈野草莓〉[57]式的生命凝省歷程，這些詩的書寫方式，足夠讓那些為解構而解構刻意打亂文意章法的詩汗顏住手！也可以讓那些一生以死守土地、人民神主牌為榮的詩醒醒腦門！更能令那些玩弄美文自溺疏離情結為典範的詩顯得裝腔作勢！錦連不愧是現代詩的使徒，可說是「銀鈴會」最後一顆閃耀的響鈴！

　　臺灣新文學發軔於 1920 年代，詩人水蔭萍（楊熾昌）於 1933 年在臺南與李張瑞等人成立「風車詩社」，鼓吹超現實主義[58]，在當時以寫實主義為主流的文壇而言，算是臺灣新詩邁向現代詩進程上第一次前衛性的運動，楊氏等詩人倡導實踐的超現實主義，後續的臺灣本土詩人究竟有那些

---

[57] 《野草莓》是瑞典導演英格曼・柏格曼（Ingmar Bergman，1918～2007）1957 年的作品，透過伊沙克・伯格老醫生的一段旅程，揭開回憶和夢境的面紗，探討生命中隨時間消失的寶貴意義，該片獲 1958 年柏林影展金熊獎。柏格曼的《夏夜微笑》、《第七封印》分獲坎城影展審查員特別獎，《處女之泉》、《穿過黑暗的玻璃》都得到奧斯卡金像獎最佳外片。《芬妮與亞歷山大》更得到奧斯卡金像獎四項大獎。他的電影充滿對生命的形上思維，梅特林克對他有很深的影響。

[58] 羊子喬，《神祕的觸鬚》（臺南：臺南縣文化中心，1995 年 6 月），頁 180。

繼起實踐者？有那些具體的詩作？與楊氏可能同時期的陳周和之外，詹冰的《綠血球》[59]可能隱藏一絲訊息，錦連上述系列超現實傾向的詩作，在1950 年代中葉產生，從整個臺灣現代詩發展史來觀察，應該透露一種不可忽視的價值與意義。臺灣現代詩學的論述對他要如何準確衡估呢？

——本文發表於「福爾摩莎文學錦連詩作學術研討會」
真理大學臺灣文學系主辦，2004 年 11 月 7～8 日

---

[59]陳周和，〈廣闊的海〉，見羊子喬、陳千武主編，《光復前臺灣文學全集 10》（臺北：遠景出版社，1982 年 5 月），頁 139。詹冰，《綠血球》（臺北：笠詩刊社，1965 年 10 月）。

論錦連在臺灣早期現代詩運動的表現與意義

◎阮美慧*

壹、前言

　　《笠》於 1964 年成立之後，馬上為匯聚戰後本土派詩人的一個重要陣地。從戰後到《笠》成立之前，臺灣本土詩人的考察與研究，是一個十分值得仔細爬梳的課題，因為，他們正是一群在「歷史夾縫」中求生存的一代，其中《笠》第一代「跨越語言一代詩人」，即是在這樣的歷史時空下，委曲、挫折地走過黑暗的歷史長廊。

　　現今，大多數的評論者，多拘泥於他們如何跨越語言的障礙；或因無知於他們戰後喪失「語言」工具，重新學習「國語」的困境，而將其寫作「去歷史脈絡化」，誤認其詩文表現粗糙。這樣的論述，要个太過強調外在環境對「跨越語言一代」詩人的影響；要不即是完全漠視歷史的軌跡，純粹就詩作來加以判定，這些評述，是有值得商榷或重新評估的地方，因為，雖然戰後他們必須重新學習一套新的語言工具；但他們大多生於 1920 年代左右，正值日本殖民臺灣最盛的時期，相較於更早一輩如賴和、楊守愚等人，他們的日語教育是執行得更徹底，日文成為他們對外溝通的重要工具。他們大多借用日文去思考、閱讀、書寫，透過日文去吸收許多現代詩學的養分，如日本戰前昭和時期，現代詩發展已有《詩與詩論》（1928～1931）的前衛詩派表現，如安冬西衛（1898～1965）、西脇順三郎（1894～

---

*發表文章時為東海大學中國文學系助理教授，現為東海大學中國文學系副教授兼系主任。

1982）、北園克衛（1902～1978）、春山行夫（1902～1994）、崛口大學（1892～1981）、三好達治（1900～1964）等詩人的理論與詩作，早已蔚為大觀，他們與西方「現代主義」幾乎同步發展，提出頗具改革的「現代詩」理論，其理論「否定抒情詩，主張以知性的詩為中心，作為詩論、詩法的改革；並實踐超現實性的詩作」[1]，另外，像高橋新吉（1901～1987）、萩原恭次郎（1899～1938）等所推行的達達主義、未來主義、立體派運動，以及中野重治（1902～1979）、壺井繁治（1989～1975）等推動的普羅列塔利亞（プロレタリア）、安那其主義（アナーキズム）詩運動，都在戰前昭和時期引起不少的回響。

　　換言之，對臺灣「跨越語言一代」詩人而言，戰前他們已透過日文去吸收「現代詩學」的養分，對「現代詩」的表現並不陌生。故戰後他們因語言而被迫成為瘖瘂，但對現代詩學的認知並不遜於，甚至更早於戰後來臺的詩人們，可說他們在日治時期早已具備「現代詩」的基本觀念，並且已接觸到各種「現代詩」的表現技巧及理論。如詹冰在 1940 年代，就有許多知性、計算，重視形式的作品，像〈Affair〉（1943 年）、〈水牛圖〉（1945年）、〈山路上的螞蟻〉（1945 年）等。

　　因此，1956 年紀弦成立「現代派」，提倡現代詩運動，在其六大信條中，標舉「橫的移植」，強調「我們是有揚棄並發揚光大地包容了自波特萊爾以降一切新興詩派之精神與要素的現代派之一群」[2]，這對「跨越語言一代」詩人而言，並非「新鮮事」；但戰後多變的歷史時空，使他們無法在戰後文壇上發聲，更凸顯出「跨越語言一代」詩人心情的矛盾與悲哀。然而，他們因對西方或日本現代詩學已有粗略的認知，因此，當紀弦推動「現代詩」運動時，「跨越語言一代」立即能夠給予回應，據林亨泰回憶說：

---

[1] 吉田精一、分銅惇作編，《近代詩鑑賞辭典》（東京：東京堂，1995 年，18 版），頁 9。
[2] 紀弦，〈現代派信條釋義〉，《現代詩》第 13 期（1956 年 2 月），頁 4。

現代派企圖以加深「自我意識」來增加「批判性」的強度，除此之外，
在詩方法的可能性上另闢蹊徑，而純粹在「方法論」的「自覺」上有所
斬獲者，應該是林亨泰吧！早在運動發起之前，他在第 11 期的《現代
詩》（1955 年秋出版）季刊上已發表了〈輪子〉這樣的詩作品，……現代
派運動之後，更展開以〈房屋〉為首 13 篇「符號詩」的嘗試實驗。[3]

　　從林亨泰的論述中，可以推知「跨越語言一代」詩人，他們透過日文
的吸收，對於現代主義的認知，是早於大陸來臺詩人，他嘗試許多實驗的
作品，標舉新的「形式主義」作品，之後，還成為紀弦「現代詩」運動的
理論旗手[4]。而「跨越語言一代」詩人受到現代主義思潮洗禮，除了林亨泰
之外，像詹冰、陳千武、錦連、張彥勳、蕭翔文等，也都可看到這樣的文
學軌跡，如《笠》在創刊號（1964 年 6 月）刊載〈笠下影——詹冰〉，其
中即提到詹冰〈五月〉一詩，獲得日本現代詩人崛口大學的青睞：

　　〈五月〉一詩為堀口大學推薦作品，於 1943 年 7 月刊登在日本東京《若
　　草》雜誌上，並曾引起日本詩壇的注目，一時成為日本詩壇評論的對
　　象。

　　　　　　　　　　　　　　　　　　　　　　　　　　　　——頁 8

　　這證實他們對詩的掌握並非是粗糙、平淺，而只是礙於「語言」跨越
困難，使他們的詩學發展受到中斷或扼傷。然而，早期曾參與過「現代
派」運動的笠詩人有：林亨泰、白萩、錦連等人；但日後論述「現代詩運
動」時，常被提及則只有林亨泰及白萩二人，錦連則較少被言及，林亨泰

---

[3]林亨泰，〈臺灣現代派運動的實質與影響〉，《見者之言》（彰化：彰化縣立文化中心，1993 年 6
月），頁 285～286。
[4]林亨泰，〈關於現代派〉，《現代詩》第 17 期（1957 年 3 月）；〈符號論〉，《現代詩》第 18 期
（1957 年 5 月）；〈中國詩的傳統〉，《現代詩》第 20 期（1957 年 12 月）；〈談主題與抒情〉，《現代
詩》第 21 期（1958 年 3 月）；〈鹹味的詩〉，《現代詩》第 22 期（1958 年 12 月）五篇。

曾是紀弦「現代詩」理論的建構者；白萩因早慧獲得中國現代詩獎，且參與過《現代詩》、《藍星》、《創世紀》編輯，自是可以理解；但三人在早期現代詩運動期間，就前衛作品的實踐，錦連在質與量並不會亞於前二者，為何甚少被言及？是否林亨泰、白萩與大陸來臺詩人，所提倡的「現代主義」詩學，與錦連所強調的有異？致使錦連與日後論述者所認定的早期「現代詩運動」[5]關係淡薄。

真正檢視西方或日本「現代主義」的發展脈絡，本身都不曾擺落其「運動」的性格，「現代主義」不僅在形式上對抗傳統，強調形式創新與實驗而已，更重要的是，在實存的意識中，就個人內在性的解剖，撥開外在的虛假與作態，同時對社會現實提出批評與諷刺。以此，對照臺灣戰後的「現代詩」運動，臺灣早期「現代詩」的發展，恰巧忽略了「現代詩」的積極性與運動性，較重視形式上的表現，如奚密所言：

> 1950、1960 年代臺灣超現實詩和法國超現實的最大的差別在於前者並沒有以文學改革作為社會改革藍本的企圖。[6]

然而，「跨越語言一代」詩人，早以日文吸收多樣性的「現代主義」思潮，在 1964 年「笠」成立後，從其作品，可以見到他們與「現代主義」詩學的關係[7]，如陳千武〈雨中行〉（1961 年）：

一條蜘蛛絲　直下

---

[5] 林亨泰先生曾將臺灣「現代詩運動」分為前、後兩期，認為「臺灣現代派運動經歷 13 年，前三年是以《現代詩》季刊為主導的『前期現代派時期』，而後十年則是以《創世紀》季刊為主體的『後期現代派時期』。」參見〈臺灣現代派運動的實質與影響〉，《見者之言》，頁 281。

[6] 奚密，〈邊緣、前衛、超現實──對臺灣 1950、1960 年代現代主義的反思〉，《現當代詩文錄》（臺北：聯合文學出版社，1998 年 11 月），頁 163。

[7] 可參見拙作〈「笠」與現代主義：笠詩社成立史的一個側面〉，宣讀於國立臺灣師範大學，「笠詩社學術研討會」，2000 年 9 月 23 日。收入陳鴻森編《笠詩社學術研討會論文集》（臺北：學生書局，2000 年 9 月）及《笠》第 225 期（2001 年 10 月）。

二條蜘蛛絲　直下

三條蜘蛛絲　直下

千萬條蜘蛛絲　直下

　　　包圍我於

——蜘蛛絲的檻中

被摔於地上的無數的蜘蛛

都來一個翻筋斗，表示一次反抗的姿勢

而以悲哀的斑紋，印上我的衣服和臉

我已沾染苦鬥的痕跡於一身

母親啊！我焦灼思家

思慕妳溫柔的手，拭去

纏繞我煩惱的雨絲——

——《混聲合唱》，頁 81

　　此詩以「蜘蛛絲　直下」並排，捕捉從天而降的雨珠，蜘蛛絲與直下中間的空白，具體呈現雨珠降落地面翻飛而起的情景，在形式、意象的安排上，有其獨到敏銳性，其次，以詩人實存的哀愁連結外在自然景象，以「雨」與蜘蛛絲、柵檻相結合，象徵人被現實所纏繞、監禁的困境，水花飛濺而上印在詩人的身上，成為悲哀的斑紋，然而，每一滴水珠自地面上彈起，也有如一次反抗的姿勢，於是，悲愁與苦鬥沾染詩人一身，最後，詩人以抒情悠緩的情調，回歸到生的最根源處，拭去心中的煩惱與憂思。其作品與大陸來臺詩人風格不同，除了形式表現之外，更具有深刻的現實義涵，這從錦連早期的詩作及詩觀，可以得到一些蛛絲馬跡，錦連早期的詩有形式表現鮮明的電影詩、符號詩等；卻也有對現實內面解剖透視的作品，呈現現實人生的寂寥與哀愁。

　　是以，當今我們在討論臺灣戰後詩史的問題時，也應以更開闊的視

野，來爬梳不同詩人社群的根源性問題，以對等而非對立的立場，來書寫戰後詩史，使戰後詩學的版圖呈現豐富多元的面貌，同時也可修正較為偏頗的意見，如洛夫指《笠》：「他們對語言的駕御多欠純熟，故句法不夠精鍊，詩中缺乏張力。他們敏於觀察而滯於想像，他們能體驗生活，但就詩論詩，如何使詩既具真摯性而又富超越性，亦如習武功的高手，如何使思想的內功由強勁而富魔力的語言打出，則仍需一番磨練」[8]；李魁賢指早期現代派詩人「吸收西洋現代詩的技巧，固然有助於表達上的多樣化，幾乎使整個詩壇脫胎換骨，可惜在飢不擇食的情況下，連觀念、意識、內容、詩想全盤移植的結果，使臺灣詩毫無保留地奉獻為西化殖民地」[9]，相信這是臺灣詩壇之幸！

貳、形式的創新與實驗

面對戰後「跨越語言」的艱困，錦連較其他同為「跨越語言一代」詩人更甚，他因長期在彰化鐵路局獨立密閉的電報室工作致使學習語文的機會及能力相對減少，與同期的林亨泰、詹冰等為學校教師的身分，更感到語言轉換的艱辛，他說：

> 我從 16 歲（1943 年）至 55 歲申請提前退休為止，一直是在彰化火車站電報房（彰化驛電信室）服務。前前後後將近 38 年的歲月裡，由一個卑微的報務員經過對我而言相當艱澀的中文升格考試及格，升等至電報管理員（電信主任），在戰亂時代，向著不可逆料的茫茫未來。[10]

正因語言轉換的不易，錦連曾自述自己是「一隻傷感而含齒的蜘蛛」[11]，意指戰後因跨越語言的關係，使他喪失了最基本書寫與閱讀的能力。所謂

---

[8]洛夫，〈序〉，《中國現代文學大系·詩·第一輯》（臺北：巨人出版社，1972 年 1 月），頁 22。
[9]李魁賢，〈笠的歷程〉，《笠》第 100 期（1980 年 12 月），頁 38。
[10]錦連，《守夜的壁虎》（高雄：春暉出版社，2002 年 8 月），頁 2。
[11]〈笠下影──錦連〉，《笠》第 5 期（1965 年 2 月），頁 6。

「吝嗇」則是他對「語言」的態度，他說：「我珍惜往往只用了一次就容易褪色的僅少的語彙」[12]。因此，戰後錦連以「一種非常陌生而生澀的語言去從事創作」[13]，由於，有限的「詞」無法達「意」，就像他在〈修辭〉一詩所說的：「『無限』的字眼是空洞的／好像喊著『永遠』一樣……／我凝視你而知覺著現在／這亦是尋得而又會失落一樣……」（《守夜的壁虎》，頁296），對於如何將現實外在的感觸，轉化成貼近適用的語言，對錦連早期的文中寫作能力而言，的確是具有挑戰性。

而環顧 1950 年代「現代詩運動」的推展，其目的急欲打破傳統、陳舊的表現方式，標舉「使用新的工具，表現新的內容，創造新的形式：這就是新詩之三新；三新齊備，是謂之現代化」[14]。在這樣的時代氛圍下，「跨越語言一代詩人」透過日文較早吸收到許多西方或日本的「現代詩」詩論及作品，接觸到許多形構新奇、具創新的詩作，而加以學習或仿作。是以，1950 年代「現代詩運動」提倡寫詩要有「新的工具」、「新的內容」、「新的形式」的狀況下，「跨越語言一代詩人」在語言轉換困難、詞彙不豐的時候，對於追求形式新穎、實驗的作品，自會加以學習模仿，而有「形式」特色、實驗風格的詩作，並不難理解。如林亨泰有以「形式」為重的詩作，嘗試以各種不同手法創新詩的可能性，如刊載於《現代詩》的「圖象詩」、「符號詩」：〈輪子〉（第 11 期，1955 年秋季），〈房屋〉、〈鷺〉（第 13 期，1956 年 2 月），〈第 20 圖〉、〈ROMANCE〉、〈騷音〉（第 14 期，1956 年 4 月），〈車禍〉、〈花園〉（第 15 期，1956 年 10 月）、〈進香團〉、〈電影中的佈景〉（第 17 期，1957 年 3 月）等。白萩的〈流浪者〉等作品，皆為早期「形式詩」的代表之作，廣被人論及。

2002 年，錦連出版中、日版對照詩集《守夜的壁虎》，收錄他 1952 至 1957 年作品，據他自述這些是「在那個時期，想要突破寫作上的老套和惰

---

[12]同前註。
[13]錦連，〈自序〉，《錦連作品集》（彰化：彰化縣立文化中心，1993 年 6 月）。
[14]紀弦，〈社論二：誰願意開倒車誰去開吧〉，《現代詩》第 11 期（1955 年 7 月），頁 89。

性,也曾經有樣學樣嘗試過各種表現手法」[15]的作品,這樣的寫作動機,正說明那個時期,寫詩極欲創新的心情及時代的風潮所趨。現今在《守夜的壁虎》中,可以較完整看到錦連 1950 年代詩作的面貌,除了「發出滿載著無奈的呼喊和愛恨交集的訊息」[16]的作品之外,還有「形式」表現創新具實驗性的作品。這些作品正值 1950 年代「現代詩運動」提倡之際,但卻有許多形式內容表現極佳的作品被忽略。其因在於:這些作品因未出土而被埋沒在歷史的塵埃中;另外,也攸關評論者在論述時,特定選取採樣固定的對象,致使許多的作品不易被發覺,使得錦連在「現代詩運動」的過程中被忽視。如今錦連已將他 1950 年代的作品重新整理出版,這些作品不僅只是「一個平凡青年,在平凡的生活中所寫下的庶民事物感懷」而已[17],同時也書寫了 1950 年代詩壇發展現象,應該重新將它們放在 1950 年代「現代詩運動」的脈絡來檢視,豐富臺灣戰後「現代詩運動」的面貌與價值。

　　錦連早期的「形式」作品,較為人知曾收錄在其他詩集中的,有〈女的紀錄片〉(發表於《現代詩》第 16 期,1957 年 1 月)、〈輾死〉(發表於《創世紀》第 13 期,1959 年 10 月)等,收錄在《錦連作品集》(彰化縣立文化中心,1993 年)之中,另外在 1950 年代作品集《守夜的壁虎》,初次見到的有〈劇本〉(頁 334)、〈主人不在家〉(頁 327)、〈記錄〉(頁 336)、〈眼淚的秩序〉(頁 351)、〈那個城鎮〉(頁 356)等(以上各首見《守夜的壁虎》)一系列的「電影詩」,以〈化石〉(頁 310)、〈火車旅行〉(頁 324)、〈布魯士舞曲〉(頁 364)、〈搬家的家當〉(頁 326)等(以上各首見《守夜的壁虎》)表現立體形式的「圖象詩」,這些詩作在形式表現,具有開創性的意義,它的被整理、出現之後,當可對臺灣早期「現代詩運動」,有重要的增補與開創,因此,是不該被忽視的。[18]

---

[15]錦連,〈自序〉,《守夜的壁虎》,頁 2。
[16]同前註。
[17]錦連,〈自序〉,《守夜的壁虎》,頁 4。
[18]如學者丁旭輝在其論著《臺灣現代詩圖象技巧》(高雄:春暉出版社,2000 年)一書中提到:「在臺灣現代詩中,圖象詩的寫作源遠流長,由早期的詹冰、林亨泰、白萩、洛夫、羅門、非馬,到

　　檢視錦連形式表現手法新穎的作品，相較於純粹就物象意象出發的作品而言，錦連更開創出如同「蒙太奇」手法的「電影詩」，利用單格的「畫面」剪接、連續，創作出具有故事性或情節發展的作品，在構思畫面的連接性時，使「故事」或「情節」有一種戲劇的張力，在靜謐、沉默的閱讀中，展現作品深厚的思考。如〈輾死──Ciné Poème〉一詩：

1 窒息了的誘導手揮舞著紅旗

2 啞巴的信號手在望樓叫喊

3 激──痛

4 小釘子刺進了牙齦

5 從理念的海驚醒而聚合的眼眼眼睛

6 染了血的形態的序列

7 齜牙的輪子停住了

8 一塊恐怖

9 在輪子與輪子間

10 太陽轟然地墜落了

11 所有的運動轉換方向

12 大地震顫的音響和密度的聲浪

13 圈圈縮小

杜國清、蕭蕭、羅青、蘇紹連、杜十三、陳黎、羅智成、陳建宇，到林燿德、羅任玲、顏艾玲等」（頁1～2），在其研究「圖象詩」的對象中，即忽視錦連在早期「圖象詩」的寫作及貢獻。

14 麻木的群眾仰望著

15 有些東西徐徐上升　然而

16 灰塵似的細雨從天上落下（人們想到淚珠以前）

—— 《錦連作品集》，頁 88

　　錦連由於長時間服務於鐵路局，因此，在現實生活裡，火車、鐵路常成為他注視的一個極大的意象[19]，如〈操車場〉、〈軌道〉等代表作，錦連能以原始性的語言，利用對火車、鐵軌深刻地觀察，呈現出龐大的詩作主題。此詩，錦連以 16 個單格的畫面，將鐵路信號與列車調度碰撞的外象變化，透過詩人內在細微的心象想像，捕捉了在現實中對生命的觀照。黑暗中，原本單調、機械性的列車與列車、列車與鐵軌之間的碰撞、磨擦的景象，頓時成為深刻的「意義」展現，震撼在偌大的操車場上。鐵軌「激」——的磨擦聲響徹雲霄與列車「痛」——的碰撞聲頓重沉厚，內化成人肉體的生理反應，「小釘子刺進了牙齦」一種尖銳、撕裂的疼痛感，使人感到驚悚、恐怖。「染了血的形態的序列／齜牙的輪子停住了／一塊恐怖」，描寫事件的發生「死亡」的畫面逼視，所有死亡的氛圍，在輪子與輪子之間，緩緩地移動、渲染，直至所有的聲響逐漸遠去，留下一片死寂與麻木無知的群眾，「有些東西徐徐地上升／灰塵似的細雨從天上落下」，最後，詩人以極為詩意的畫面，讓生命的哀傷在濛濛的細雨中紛飛。錦連的「電影詩」雖在「形式」上具有創新性；但卻能擺脫許多徒具形式遊戲詩作的弊病，而有其豐富的思考及想像。另外，〈女的紀錄片——Ciné Poème〉，同樣以電影分節慢動作式的手法，立體地刻畫女性嫵媚動人而又令人易感的形象。

---

[19] 因為錦連的詩常與鐵路、火車等意象有關，因此，這方面的詩作也就格外引人注目，如張德本有〈臺灣鐵路詩人——錦連的鐵路詩〉，刊載於《臺灣文藝》第 47 期（2003 年 7 月）。

1 潛在著的賀爾蒙

2 萌芽

3 刺激

4 分離

5 結合

6 以驚人的速度

7 充實

8 膨脹

9 飽和

10 爆發

11 紅潤

12 怒放

13 花　　　凋謝了

14 The End

　　詩中以青春美好的女性為對象，女性因動情激素的萌芽、刺激，激化她內在纖細易感的情思，與渴望愛情的降臨。當女性與所愛的人接觸的剎那間，內在的熱情與反應，全部壓縮在瞬間的結合後，展現女性情感的爆發力，而在愛情的滋潤下，女性顯得嬌羞美豔，如同綻放的花朵一般殷紅。此詩，錦連並不只庸俗地在展現女性柔媚的情懷而已，而是當情感的

爆發力趨於平緩，所愛之人再度離去，女性等待與哀愁的形象也同時躍然
紙上，令人對女性的自覺意識有深刻的沉思與反省。錦連的「電影詩」，常
以「畫面」的方式，去建構詩的豐富意涵，挖掘詩的內在本質，在早期形
式表現盛行的臺灣詩壇上可謂獨樹一幟。

另外，錦連的「符號詩」，同樣也跨越了「形式」的局限，在新穎創新
的外在形式結構下，其實是蘊藏著極為敏銳的思維，透過符號的排列，加
深所要言詮的生命觀照。如〈火車旅行〉：

疾馳的

　黑色原木

裸露的

　　×

　　×

　　×

　　×

　　×

　　×

　穿過舞孃們的胯襠間

●

命中標的

○

穿過標的

　　　指

　　　向

　　　寬

　　　廣

的
長
長
一
條
線

—— 《守夜的壁虎》，頁 324～325

　　詩中以黑色原木的火車頭在鐵軌上疾駛，帶動整列火車向前邁進，穿過「●」黑暗深邃的山洞，象徵男性陽剛有力的陽具，「穿過舞孃的胯襠間」，進入到女性陰柔幽深的陰道，觸動人類最深的靈魂深處，開啟生命的律動，展現一種原始生命的媾合與完成，當「○」火車奔馳穿越山洞，在長長的直線指標指引下，邁向寬廣、漫長的生命方向，一切人生的困頓、挫折，在原始生命的孕育後，找到了存活的力量及生命的出口。此詩的形式與內容上達到高度的和諧感，擴大「符號詩」的表現層次，使「符號詩」的內涵湧現溫潤多重的意義，不像一般「符號詩」的表現，只重視形式的安排而太過於乾澀、簡約。

　　除了在整首詩的結構安排外，錦連也喜用獨白的方式，增補詩的意涵，或許錦連以括弧旁白或「……」的方式，正顯示他因跨越語言困難，在有限的詞彙中，無法充分表現內心細密的情感，因此，以省約的方式，填充未盡之言，他曾說自己是一隻「傷感而吝嗇的蜘蛛」，正說明自己在語言使用上的挫折與感傷。但相對而言，這也造成詩在形式上的特殊安排及表現，猶如中國山水畫的留白，所謂「言有盡而意無窮」，增加作品的餘韻。如〈寂寞〉：

　　感動（因血球群濃縮所引起的心臟之負荷）
　　淚水（過剩的水分之溢出）

　　綠色（色素沉滯的結論）

　　愛情（生理性的欲望和傳統性的美化作用之製品）

　　　今天我感覺寂寞

　　　　　如同存在徐徐地在溶解般

　　　　　　　　寂寞

　　　　　　　　　　　　──《守夜的壁虎》，頁 328

　　錦連的詩向來以明晰、冷硬的風格著稱，如陳明台分析其詩，說他
是：「硬質而清澈的抒情」詩人[20]。此詩雖是描寫內心的一種無以言說的感
受，但極極簡地抽取人內在許多情感反應加以羅列，在括弧中冷靜、知性
地分析每一種反應的原因。表面上人的情感流露，似乎只是生理反應而
已；但人存在即有生之哀愁，「寂寞」即是人存在的普遍性情感，在血液中
流動的「寂寞」不時會滲透而出，使人感到生命的寂寥。此詩如同錦連在
〈蚊子淚〉一詩所展現的意涵：「蚊子也會流淚吧……／因為是靠人血而活
著的／而人的血液裡／有流著『悲哀』的呢」（《錦連作品集》，頁 9），人
共同的「悲哀」之感，藉由蚊子吸人血，而凸顯出人存在的本質性。詩的
最後一段，可以看到詩人易感敏銳且對美耽戀的心，詹冰曾在其詩集《綠
血球》後記中說：「追求美的時候，我的血管裡彷彿在流著綠血球。」[21]
「綠色」、「愛情」連結「寂寞」，正是詩人善感、多愁的一種特質表現。

　　綜上所述，錦連早期具形式主義的創新之作，或因時代風潮，或因語
言跨越困難，然有不凡的表現，除了在形式別出心裁之外，更重要的是，
他並非只耽溺在形式的遊戲之中，反而利用形式去加強內容的深意，提高
形式與內容的表現層次，呈現對生命的一種深厚觀照。這樣的作品，放在
1950 年代臺灣「現代詩運動」的脈絡來檢視，與目前常被人論及的作品，

---

[20]陳明台，〈硬質而清澈的抒情──純粹的詩人錦連論〉，《臺灣文學研究論集》（臺北：文史哲出版
　　社，1997 年 4 月）。
[21]詹冰，〈後記〉，《綠血球》（臺北：笠詩刊社，1965 年 10 月），頁 92。

如林亨泰〈風景〉、詹冰〈水牛圖〉、白萩〈流浪者〉等，可謂毫不遜色，同時，這些作品也可豐富 1950 年代臺灣「現代詩」運動發展的面貌，使臺灣「現代詩」運動呈現更綺麗、繁複的景象。

參、另一種詩觀的呈現與建立

1950 年代「現代詩」形式的實驗與創新，錦連留下了許多珍貴的作品，豐富了早期「現代詩」形式表現的內涵。然而，錦連除了「形式」表現鮮明的作品之外，另有許多詩質綿密、知性冷靜的作品，如〈鐵橋下〉（1950 年代）、〈軌道〉（1950 年代）、〈火柴〉（1960 年代）、〈挖掘〉（1969 年）、〈龜裂〉（1972 年）、〈操車場〉（1976 年）、〈沒有麻雀的風景〉、〈貨櫃碼頭〉（1984 年）、〈日夜我在內心深處看見一幅畫〉（1987 年）等。這些作品都寫在臺灣解嚴之前，其詩不僅在意象上鮮明深刻，內容上更是具有濃厚的臺灣歷史意識，深刻地反省人生實存境況，即使今日讀來仍令人震撼不已。這些作品與形式主義的作品迥異其趣，呈現詩質豐厚、硬質的特色，成為錦連主要的詩學特色，建立起他獨特的個人風格。這樣的結果，除了與他隸屬本土派詩人的身分，具有鮮明的臺灣意識之外，也與他所主張的詩觀有密切的關係。因為，他們都是深感語言被剝奪的「跨越語言一代」詩人，這種切身之痛，使他們對詩的語言的掌握及詩的美學趣味，與大陸來臺或接受國語教育長大的一代，在精神表現上非常不同。

這樣美學趣味的差別，自 1960 年代笠詩社成立更為明顯，凸顯出一為以大陸來臺為主的「現代派」詩人；另為「本土派」詩人，由於，兩者的經歷與詩觀不同，因此，詩壇也逐漸浮現出兩種不同詩美學的陣營，這兩種不同詩美學的發展，分別來自兩個不同的文學球根與社會脈絡[22]。其表現，約略可概分為二：一為就詩的形式技巧不斷琢磨推進，為臺灣現代詩在形式表現上，做出一定貢獻的《現代詩》、《藍星》、《創世紀》等大陸來

---

[22]此說指外在客觀條件的差異，如：語言障礙、政治氣氛、本土勢力的凝聚等，使得戰後被刻意壓抑的現實精神，有重新與現代派作品並行的可能。

臺詩人；另外，是以平實樸素的語言，強調詩的內容要與社會現實密合，
並且具有批判性的《笠》本土派詩人，他們各自就自己的處境與詩觀，發
展出不同的詩學主張。

這樣的現象，無獨有偶的，在日本 1920、1930 年代的詩壇上也有同樣
的現象，可略加比較。當然，日本與臺灣的現代主義，各自有不同的發展
背景與脈絡。1920、1930 年代是日本現代主義蓬勃發展的時代，詩壇上最
明顯可見的是，前衛、現代派，與社會、無產派，其中並存「超現實主
義」與「新即物主義」兩種不同詩學主張，前者為注重個人內在世界的探
索，形式表現鮮明；後者為注重外在客觀的現實，強調知性冷靜，這兩種
不同的文學風格在同一時空交會，遂產生許多文學的火花與影響，與戰後
臺灣詩壇的風格相仿。村野四郎（1901～1975）在〈我國的新即物主義與
超現實主義〉中曾云：

> 昭和初期的詩壇，可以看到這樣兩個新的並且相反的文學理論，同時被
> 介紹及展開，兩者並存是個不可思議的年代。……新即物主義是面對表
> 現主義的狂熱，所產生「冷卻思考的結果」，同樣的超現實主義也是經過
> 表現主義，從中所產生的文學；但更進一步地加以轉變，就這一點兩者
> 是相異的。[23]

由此，可以看到不管是「超現實主義」或「新即物主義」，兩者皆通過
對「表現主義」的變形與修正，各自就兩個不同的極端發展，一方是經過
「冷卻思考」的新即物主義，講究知性、冷靜的詩觀；另一方是「更進一
步」的超現實主義，強調挖掘個人內在經驗、追求形式實驗與創新。這樣
的詩學發展，在日本也曾經引起不同詩觀的詩人的論爭，如原本是日本昭
和時期現代主義大本營的《詩與詩論》的同仁北川冬彥、神原泰、三好達

---

[23] 村野四郎，〈わが国の新即主義と超現實主義〉，《今日の詩論》（東京：寶文館出版社，1952 年），
頁 97。

治等，因不滿《詩與詩論》脫離現實太遠，而退出該社另籌組《詩・現實》
（1930 年 6 月～1931 年 6 月），在編輯後記說：「我們必須著眼現實。那種
認為只有藝術才能脫離現實而存在的說法，只不過是一種幻想。讓我們著
眼現實、創造現實吧！」[24]從 1950 到 1970 年代，臺灣詩壇的詩風轉折，正
如《詩・現實》編輯後記所言，是從超現實主義回歸到「著眼現實、創造
現實」的現實詩學。而臺灣早期現代詩運動，也存在著兩種不同的詩學主
張，從錦連詩學活動的表現，可以作為臺灣戰後詩學現象的映現，一方面
既有形式實驗、創新風格的作品；另外也有就歷史意識、生存實況、社會
秩序、民族精神等，開創知性、冷靜，著重詩質內涵與意義的作品。

　　而錦連這樣兩種詩的精神的表現緣由，在於：早期身陷在語言轉換的
困境上，嘗試以「國語」寫作「現代詩」，在詞彙表達困窘及時代風尚的趨
動下，有形式風格鮮明的作品，以電影、繪畫的方式的語言，彌補文字能
力的不足。另一方面他也從日文吸收日本先進的現代詩發展概況，注入自
己詩的體質，強化現代詩的感悟，1970 年代開始，連續翻譯日本近現代詩
人的詩論，加強臺灣詩論的闕如，在《笠》開闢「詩人的備忘錄」[25]，此
外，他也受到笠詩社集團意識的影響，故在語言使用上，偏向樸實、敘
述，沒有多餘的形容詞或虛詞，去修飾語言的華麗性，而以大量的實詞，
去書寫所要表現的物體、情感、思想等。在詩的寫作上，從外在現實或自
然中，建立物象與心象之間「新的關係」，重新連結使「新的關係」具有一
種和諧性。而這種「新的關係」，若無法推新、突破，則詩人所使用的語
言，就容易失去平淡或無味之感。柯律芝（S. T. Coleridge，1772～1834）
曾稱這種建立新關係的機智為「直接的快感」，即是在於說明語言的原始性
機能，藉著詩人喚醒語言新的生命。錦連以敘述、淺易的語言，仍可令人
感到一種閱讀上的快感，即是他更強調語言的原始性與反諷性，著重詩的

---

[24]羅興典，《日本詩史》（上海：上海外語教育出版社，2002 年 11 月），頁 165。
[25]錦連從《笠》第 36 期（1970 年 4 月）開始著手翻譯「詩人備忘錄」，共翻譯過鮎川信夫、乾武俊、江藤淳、片桐讓、足立康、篠田一士、谷川俊太郎、高見順、菅野昭正、岩田宏、武滿徹、寺山修司、黑田三郎、吉本隆明、大岡信、飯島耕一、清岡卓行等人的詩論。

思想展現，使詩的內涵達到厚實、嚴密的特性。

除了上述的經歷、身分等因素之外，1960 年代錦連與陳千武從《笠》第 6 期（1965 年 4 月）開始，陸續著手翻譯村野四郎的《現代詩を求めて》（社會思想社刊行，1957 年）[26]，錦連對日本詩人村野四郎的詩學主張，也因譯介而加以吸取，其詩觀與村野四郎的詩觀似乎有許多可以印證之處。在翻譯、介紹的過程，村野四郎著重對「物」存在的凝視，挖掘物象深層、背後的意象與義涵，它是「一種計算」，知性、冷硬的詩風，與抒情、浪漫、想像的表現方法相異，這樣的詩論，不僅是個人詩學的趣味，更是藉此修正當時臺灣現代詩壇瀰漫在形式技巧的弊病，而強調內斂、知性的表現論。有關村野四郎的詩論介紹，首推他與小林武七、笹沢美明於 1931 年創刊《新即物性文學》詩雜誌，主張對客觀存在對象的把握，以冷靜、知性的現實風格為發展方向，最值得一提。其次，村野四郎更有《體操詩集》，是針對新即物主義實踐的詩作。此外，他亦是修正日本 1920、1930 年代過渡的表現主義，提倡詩要能在日常生活中，重新建立新的語言關係的一人。他曾在〈一個詩人的獨白〉中說：

> 時下最風行的許多新奇的詩，無論怎樣也不能說它是正常的文章。那些發瘋似的奇妙的文章的捻弄法，可以說正是耽迷於那種難懂性的最好的佐證了。如此廉價的自大感和不知覺或自炫博學的虛飾主義（Snobisme）是我不屑為伍的。我寧願以平易的語言之極為自然的配合（平易的方法）來盡可能做出複雜而廣闊的暗喻的感覺世界吧。[27]

就村野四郎這樣的評論，與 1960 年代臺灣詩壇的現象若合符節，如曾

---

[26] 村野四郎，《現代詩を求めて》（東京：社會思想社刊行，1957 年 11 月），後來由洪順隆翻譯出版《現代詩的研究》（臺北：大江出版社，1969 年 2 月），再版則改名為《現代詩探源》（臺北：文史哲出版社，1984 年）。陳千武先生則譯為《現代詩的探求》（臺北：田園出版社，1969 年 3 月）。

[27] 村野四郎著；陳千武、錦連合譯，〈一個詩人的獨白〉，《笠》第 7 期（1965 年 6 月），頁 45。

經走過「現代派」的笠詩人白萩，對當時的詩壇現象，也不禁高喊：

> 視之今日詩壇，多少慚慚，多少蒼白虛弱，在「深淵」中多少呻
> 吟。……駕著無韁之馬，呼吸著、空虛、飄渺、頹廢，立在空白地帶，
> 穿著漢唐的戲裝。等夢醒了，戲散了，竟然你也沒有了，沒有個人的存
> 在。沒有人的存在，沒有意志的位置，虛偽，虛偽。[28]

　　不管是村野氏或白萩的批評，都顯示詩遠離了現實精神，純粹就詩的
形式表現，或只挖掘個人的內在經驗，容易致使詩淪為語言的遊戲，或個
人心中的夢囈，詩完全喪失傳達情感、思想的功用，只成為隨意戲耍的工
具。對此，錦連也進一步提出：

> 詩人坐在很別緻的咖啡室，口銜煙斗，仰望精巧花紋的天花板，耐心等
> 待靈感的來臨，時而有時裝表演式的做作，或故弄玄虛，當然是他們的
> 自由。但我生怕聽不到從生活體驗中迸出的，作為所謂「時代見證人」
> 的，屬於他自己的聲音。[29]

　　詩是與表現時代精神，記錄時代情感的方式之一，當詩人只專注在藝
術技巧的鑽研，而忽略到詩內涵的拓展時，詩就逐漸走向僵固、死亡的境
地，無法獲得讀者的共鳴。上述引文可見，錦連呼應村野四郎的主張，清
楚地看到臺灣當時詩壇的弊端，藉此反省自己詩的實存境況。錦連身為
「跨越語言一代」詩人，自有其歷史宿命的哀愁，他認為自己「一直蹲踞
在詩壇上一個陽光照不到的角落」[30]，他沒有華麗豐富的中文辭藻可供揮
霍，僅有少數有限的字彙可堪斟酌，若就詩的表現，那些「形式主義」的

---

[28] 白萩，〈魂兮歸來——臺灣詩壇回顧（一）〉，《笠》第 2 期（1964 年 8 月），頁 13～14。
[29] 錦連，〈時裝表演和咖啡派〉，《笠》第 70 期（1975 年 12 月），頁 1。
[30] 錦連，〈自序〉，《錦連作品集》。

作品，以圖象或簡單的語言，表現詩的立體性的詩，其實是更利於錦連戰後「跨越語言」的困境，何以錦連不留戀此種表現風格，而屢屢以新的語言機能，開展出詩質深厚的作品？這與他對詩的「語言」有深刻的了解所致，在《笠》第 20 期（1967 年 8 月）「詩的問答」專輯中，就如何發現新的詩語的問題中，他認為：

> 語言的機能經過作者的銳敏而細心的探索之後，謹慎地被安排在一種「新的關係」之時，語言的意味、音感、回響、強弱和表情所互相牽引反射而產生的。我們完成一首詩所使用過的語言，頂多我們只能對那一首是「新的語言」，而寫另一首詩的時候，在第一首作品使用的那些語句已被完全解體為平常的語言而失去了「詩語」的作用。所以必須要從新出發去追求，發現語言的「新的機能」才行。[31]

　　錦連以原始性的語言，作為捕捉詩意象能力的展現。他認為寫詩並非要以華麗、修飾的文字為之，而是要能在日常生活中，就詩人的敏銳、機智去獲得新的語言機能，所謂「詩是一種語言的藝術，而非文字」，即是強調詩的語言的創新、連結，而非承襲既定的文字意象，如余光中、鄭愁予在 1960 年代所標榜的「新古典主義」作品，如〈蓮的聯想〉、〈情婦〉、〈錯誤〉等，即是借用了中國古典詩詞原有的一種抒情、柔美、清雅的風格，以既定的文字意義，引起讀者的共鳴，而非創新一種詩的語言秩序。而詩的語言到底要為何？村野四郎在〈詩的語言與日常用語〉中表示：

> 應用總括的習慣性的一時方便的語言，畢竟不能表現複雜微妙的人心所創出的詩的世界。只以修飾語言就能成為詩的這種想法是，詩尚逗留在雄辯學的範疇裡的舊式的想法。在今天詩的語言和日常用語的分別，絕

---

[31]「詩的問答」，《笠》第 20 期（1967 年 8 月），頁 43～44。

不是以語言的修飾或不修飾而可以做到的。而應該以深邃的語言機能的使用分別。[32]

村野四郎以為詩的語言，有別於日常生活用語及修飾性用語，而是一種新的「發現」、「創造」，自思想意識的表面指向更深奧的地方滲透，而喚醒被遺忘的事物底層，回歸到它的根源性，重新賦與事物新的機能。錦連對於詩的語言及詩的寫作，也談到：

我一直處於一方面羨慕那些文法嫻熟，語彙豐富的人，而一方面有點惋惜他們對詞藻幾乎是揮霍的一種矛盾心理中。……因此我願在平凡的生活現場中，用平凡的語彙寫出忠於自己的，同時也包括對我們生存的環境表出一些批判性諷刺性，甚至是逆說性的東西。[33]

由此可知，錦連擺脫了詩言的裝飾，從現實生活中去對抗語言的通俗性與傳達的功能，而深入到語言的內底去挖掘詩的元素，建立出一種知性、批判的詩學風格，這樣的語言風格，更印證了錦連作為詩人的態度與精神。

另外，小野十三郎（1903～　）對現實自覺性的批判與省思，也對錦連及《笠》，提供許多詩的參照。小野氏戰前曾是《赤與黑》的同仁，其思想立場偏向「安那其主義」及「馬克思主義」，提出「短歌抒情之否定」[34]，認為現代詩要對短歌、俳句等一般性、通俗性的特性加以抵抗，強調「抒情的科學」，其詩論認為：

詩人要能深深自覺現代詩的獨自要素，且能夠被大眾所看見。韻律即是

---

[32]村野四郎，〈詩的語言與日常用語〉，《笠》第 6 期（1965 年 4 月），頁 26。
[33]笠詩社主編，《美麗島詩集》（臺北：笠詩刊社，1979 年 6 月），頁 224。
[34]陳千武、陳明台合譯，《日本文學名作系列‧散步之歌》（臺北：圓神出版社，1987 年），頁 181。

一種批評。在抒情的科學中完全融和「批評」即所謂政治性的諷刺詩，並非是狹小的範圍，而是對其他各式各樣詩的流派，開出美麗的花朵。[35]

　　小野氏的詩觀，著重現實精神、批評意識；而非以詩人個人情緒做出發，過度強化主觀性情感的表現法，如其作品「風景詩」系列，從自然景象中剖析出現實人生的痛苦與淒涼，詩風冷靜、知性，如〈葦的地方〉一詩：

> 陽光洋溢的早期
> 風狂吹的黃昏
> 鐵
> 在枯葦彼方可以看見
> 電氣在吐著煙
> 而明日依然煙會冉冉上升
> 人住在這平原上
> 什麼也望不見
> 可笑的
> 我的歌聲迴蕩著

──選自《日本文學名作系列·散步之歌》，頁 13

　　詩中雖以風景起始，但詩人所關注的並非是外在自然景物，而是要進一步刻畫現實生活的景象，詩人對現實生活觀照後，殘存在詩人內心的情感衝動，冷卻、轉化成對周遭風景的陳述，呈現重工業地區荒涼的風景，及對現實的一種批判精神。此說，相對於臺灣早期現代詩的論述，有極其顯著的差異。如葉維廉在〈詩的再認〉云：

---

[35]吉田精一、分銅惇作編，《近代詩鑑賞辭典》，頁 70。

現代詩的真義之一即在重新發掘自我，而且用前人未有過的近乎瘋狂的
情操集中於這個自我的表現上。因而在一首發自巨大的孤獨的詩之中，
不管其意象是否多於靜態的、動盪的、凌亂的、夢的、記憶的，更甚至
屬於精神之貧乏的，它們都在不斷的為這個「孤獨」作證，為「自我的
表現」服役。[36]

　　所謂瘋狂的自我表現，在於詩人寫詩，以一種靜態式的思維，將個人
經驗、知識的認知加以延伸，而將「我」封閉在現實社會之外，純粹做形
而上存在的思考，這樣的詩學表現，不僅容易陷入蒼白、虛無的無力感；
更無法針對現實問題，提供任何助益的提升力量，而這正是臺灣早期現代
詩表現的一大特徵。有鑑於此，錦連與《笠》的詩風走向，會逆轉早期純
粹就形式表現，而內容思想薄弱的表現法，轉而追求注重現實、知性、內
斂的詩風。如錦連〈澡堂〉：

　　裸體和裸體
　　純粹和純粹
　　這裡是天堂

　　一如往昔
　　人類的垢膩
　　溢出澡堂　流入歷史的水溝

　　一如往昔
　　虛偽和汙水
　　滲入土壤　成為文明的肥料

　　　　　　　　　　　　　　　　　　　　——《守夜的壁虎》，頁 210

---

[36]葉維廉，〈詩的再認〉，收入於洛夫等編《中國現代詩論選》（高雄：大業書店，1969 年 3 月），頁
　91。

　　詩人就客觀的物象「澡堂」，抒發一種對歷史、文明的知性省思，同時暗含對歷史的功過、文明的演進的質疑與批判。此詩雖是錦連戰後初期的作品，略顯文字簡淨、意象單薄；但他能就表面的物象，結合個人對龐大主題的深刻思考，給予作品一種文本的重量。

　　綜上所述，早期臺灣詩壇因過度遠離現實，致使錦連在形式技巧鮮明的作品之外，另外樹立出一種冷靜、客觀的詩風，有別於臺灣「現代派」詩人的發展，同時，為當時的詩壇注入異質的元素，成為《笠》共同重要的發展主軸，啟發年輕一代的詩人。

肆、詩作的開創與實踐

　　錦連早期形式表現的詩作重新整理出版，使得臺灣現代詩的表現注入了更豐富的色彩，在形式表現上呈現更多元、繁複的景象，同時，也使戰後臺灣詩的寫作往前邁進一步，在形式與內容的表現上更加成熟，擺脫新詩在戰後初期階段的生澀。但錦連除了這類形式風格強烈的作品之外，更令人稱道的應是，早期在巨視觀點的凝視下，所開展出具有臺灣精神的作品，這些作品在臺灣尚未解嚴前，隱微有力的成為日後臺灣歷史記憶、時代精神、族群意識等的紀錄與表現，在臺灣早期的詩壇上，具有不凡的意義。它代表另一種詩傳統的紹繼及另一種詩美學的建立，與早期現代詩運動強調實驗、創新的詩作風格，大異其趣。如〈軌道〉（1950 年代作品）：

　　　　被毒打而腫起來的
　　　　有兩條鐵鞭的痕跡的背上
　　　　蜈蚣在匍匐　匍匐……

　　　　臉上都是皺紋的大地癢極了

　　　　蜈蚣在匍匐
　　　　匍匐在充滿了創傷的地球的背上

匍匐在歷史將要湮沒的一天

──《錦連作品集》，頁 63

　　此詩，乃是詩人將現實生活中，在鐵路局工作所深刻經驗到的外在物象「軌道」，與內在的心象「鐵鞭的痕跡」相連結；飛馳的火車如「蜈蚣匍匐」，達到一種和諧、完整的意象。在詩的內涵上，詩人則注入了對於實存境況的沉思，與戰後臺灣歷史的悲運或個人生存的哀愁相結合，擴大深化詩的意涵。這樣的詩作放在 1950 年代反共詩歌當道；或早期現代詩運動的實驗之作的脈絡下，饒有豐富深刻的意義。相較紀弦 1950 年代同樣思索人生處境的作品〈存在主義〉（節錄）：

圖案似的

標本似的

　　一隻蜥蝪

（中略）

平貼在我的窗的毛玻璃的

那邊，用牠的半透明的

胴體，神奇的但醜陋的

尾巴，給人以不快之感的

頭部，和有著幼稚園小朋友的人物畫風格的

四肢平貼著，

　　圖案似的

　　標本似的

　　　一隻蜥蝪

──《六十年代詩選》，頁 79

　　兩者不僅在表現上大為相異，在詩的義涵上也各自有異。此詩以「蜥

蜴」作為存在意義的敘寫，透過我之眼去觀察蜥蜴的存在，蜥蜴靜靜地平貼在毛玻璃上，既被人觀看也觀看著芸芸眾生，藉此凸顯人存在本質的寂寥。此詩相對於錦連 1950 年代的作品，表現錦連早期詩的寫作，另有一種詩的況味，它不似實驗作品形式新穎；但內容卻豐厚、深刻，值得細讀品賞。其詩意可以是個人生存實境的反思；也可以含納歷史、時代精神，擴大、加深主題的義涵，使詩的意義具有多重的層次感。另外在〈鐵橋下〉（1950 年代作品），同樣描寫戰後臺灣人民集體的歷史命運：

彼此在私語著
多次挫折之後他們一直蹲著從未站起來
習慣於灰心和寂寞　他們
對於青苔的歷史只是悄悄地竊語著

忍受著任何蔑視　誘惑和厄運
在鐵橋下　他們
對於轟烈怒吼著飛過的文明
以極度的矜持加以卑視

抗拒著強勁的音壓
在一夜之間　突然
匯集在一起
手牽手
哄笑　然後大踏步地勇往直前

夢想著或許有這麼一天而燃起希望之星火
河床的小石子們　他們
只是那麼靜靜地吶喊著

——《錦連作品集》，頁 32～33

　　在委曲、挫折的年代裡，時代的容顏沉鬱而哀傷，人們只能隱忍、等待時機的到來，猶如曙光穿越幽暗的長廊。此詩，除了描寫個人生命的困境外，更以知性、清澈的詩風書寫臺灣歷史的命運，表現戰後臺灣人民所生存的實境，壓抑而失望。然而，此詩並非只陷溺在悲傷哀傷之中，最後，值此之際，唯有大家手牽手、心連心，才能走過歷史的悲情，迎向光明的未來，因此，最後詩人懷抱「夢想著或許有這麼一天而燃起希望之星火」。就語言風格來論，錦連所運用的語言文字，並非華麗典雅，而是平淺易懂的語言，然而他的詩卻常令人有一種閱讀的充實感，在於他能把外在的物象與內在的心象巧妙連結，且賦予深厚的詩意，如以「鐵橋下」與「河床的小石頭」兩者之間，建立一種新的語言機能，象徵在威權的體制下，人們如同在橋下的小石頭，感到灰心而失望；但卻也隨時提高警覺，具備抵抗、批判的姿勢，希望能夠「匯集在一起／手牽手，哄笑　然後大踏步地勇往直前」。此詩的意境與錦連〈火柴〉（1960 年代作品）的詩意相仿，也是以這樣的背景，創造新的意象，以「火柴」乾瘦的形象，象徵受難的身影，如同「裸著的腳跟烙印很深／那些木偶喊救的聲音淒涼／那些木偶掙扎的面容絕望」，在點著又滅了的意象中，代表著現實生活不斷遭受橫阻，最後，「把火柴一齊點燃／照耀黑暗／把火柴一齊點燃／風雨淋漓之夜太長──」（《錦連作品集》，頁 97），以星星之火可以燎原的魄力與氣勢，點亮黑暗迎接光明與希望。

　　錦連早期扣緊現實境況、歷史意識、生存寂寥等書寫風格的表現，之後，成為《笠》重要的發展風格之一，如李敏勇、陳鴻森等「戰後世代」詩人，對父叔輩的戰前經驗的認識與了解，或是對臺灣歷史意識的建立，許多是從前輩作家的作品與人格典範而來，像李敏勇〈戰俘〉（1973 年）、〈種子〉（1977 年）、〈暗房〉（1983 年）、陳鴻森〈魘〉（1973 年）、〈歸鄉〉（1982 年）等，如李敏勇的〈種子〉則與錦連上述的作品，有異曲同工之妙。

不要讓意志腐爛

潛藏在泥土裡
我們頑強的心
已經快要免於一季冬長長的欺壓

是春天為我們開門的時候了

雪的酷冷曾經成為水的滋潤
泥土的暗黑是養分
沒有什麼能剝奪我們希望的

一定會遇見陽光

當門開啟的時候
記得相互傳達重見天日的喜悅
以及溫暖

——《混聲合唱》，頁 581

　　李敏勇的埋在深土底下的「種子」與錦連在鐵橋下的「小石頭」、乾瘦的「火柴」，在詩的意象與義涵上是可以相互置換的，換言之，都代表在委曲、高壓的時代，仍保有一顆熱情、希望的心，這樣的精神與態度是與臺灣的歷史命運相疊，凸顯臺灣的歷史軌跡。相較早期同樣走過「現代派」的詩人如林亨泰、白萩等早期詩作，如林亨泰〈秋〉（1955 年）：

雞，
縮著一腳在思索著。

而又紅透了雞冠。

所以，

秋已深了。

　　　　　　　　　　　　　　　　　　　——《混聲合唱》，頁 116

　　〈秋〉詩展現了林亨泰對意象捕捉的別出心裁，將原本毫無關聯的
「深秋」與「雞冠」，利用「獨立思索」而使腦部充血的關係，重新給予有
機的連結，而達到一種意象的和諧性，顯現詩的知性思慮。這樣的詩作，
在意象的捕捉上，的確有值得稱道之處；但在意義的深化則略顯不足，無
法在廣袤的主題思想中，獲得一種詩意的厚實與飽滿。

　　從以上作品分析，錦連早期詩的寫作風格，除了具實驗的作品之外，
他更有注重現實精神、歷史意識的詩作，這與錦連個人的身分、經歷有莫
大的關係，此外，錦連在建立自己詩觀，認為詩要能逆說現實事物，使其
具有批判性、諷刺性的精神，因此，在其作品實踐上，顯現出硬質、清
澈、知性的詩風，有別於大陸來臺詩人的作品，於戰後現代詩運動中注入
異質的現代詩的元素。

伍、結論

　　錦連於 2002 年整理出版其 1950 年代的作品，坦然地面對過去自己詩
的軌跡，在此詩集，我們可以見到錦連的詩有更多元的展現，有形式鮮明
的現代主義作品；有表現知性冷靜、詩質冷硬的作品；也有表現個人抒情
哀愁、感傷自憐的作品，不一而足。然而，若將這些作品放在 1950 年代臺
灣詩壇的發展脈絡，並不遜色，且可以豐富「現代詩運動」，形式表現鮮明
的內涵。

　　此外，錦連更建立出不同於「現代詩運動」所倡導的詩論，他因個人
的經歷、身分，及透過翻譯與作品實踐，建立一套知性、冷靜的詩觀，且
以樸實、敘述的語言，開創出具備臺灣歷史意識、主體精神的作品，這些
作品不僅凸顯錦連個人獨特的風格，也成為《笠》詩人集體風格的要素，

影響《笠》更年輕一輩詩人，共同標舉出臺灣的現實詩學，成為戰後有力
的在野詩學。

──選自《淡水牛津臺灣文學研究集刊》第 7 期，2004 年 12 月

生存困境的掙脫

試論錦連詩作裡的「悲哀」

◎莫渝[*]

一、詩的出發

　　大約二戰結束後數年，錦連的詩文學活動，才有明確的紀錄。1949 年初，他先接觸「銀鈴會」的鋼版油印刊物《潮流》，一位女同事告訴他可以在 3 月 15 日前投稿。於是他「謄寫了十首短歌，12 句俳句和七篇詩……向雜誌投稿或請斯道前輩批評自己的作品，是生平第一次」（錦連，2005：40）。很快地，「有點擔心的我的作品三首詩（〈小小的生命〉、〈在北風之下〉、〈遠遠地聽見海嘯聲〉）也被登出來」（錦連，2005：52）。這些作品登載在 4 月 1 日的《潮流》第二年第一輯，為該系列雜誌最後一次出版，排序第五冊（林亨泰主編，1995：36）。先看〈在北風之下〉的全詩：

　　嚮往碧藍的天空我立在屋頂上

　　分外明亮的天空裡

　　北風吼著吹過來

　　是因為冬天的來臨而發怒

　　或者為漸近逝去的秋覺得惋惜

　　帶著莫大的悲哀

　　發出喊聲

[*]本名林良雅，詩人。發表文章時為聯合大學臺灣語文與傳播學系兼任講師、《笠》詩刊主編，現為聯合大學臺灣語文與傳播學系兼任講師、《笠》詩刊社務委員。

北風吼著吹過來

汗濕的臉頰
被尖銳的風凌辱的初夏的山
以及
初秋時散步走過的林蔭路
都在沙塵中哆嗦
在南方平原的彼方

雲層叫風給颳到一邊
在灰色的陰影中
為著死的預感而嘟噥不已

風打北方吹過來
盯盯地望著天空
我的心隨著每一擊波濤
逐漸給叫醒過來
突然抱著胳膊
為何我會悲哀
分外明亮的天空啊
你冷然望著四季的悲哀
完全是一雙認命的寂寞眼神
分外明亮的天空啊
你究竟在思索什麼[1]

---

[1]張彥勳，〈探討「銀鈴會」時代的重要詩人及其創作路線〉，《笠》第 111 期（1982 年 10 月），頁
41～42。有括號加註：（此詩以日文刊於銀鈴會《潮流》春季號 38 年 4 月 1 日，張彥勳譯），頁
38，即 1949 年。據《錦連作品集》（彰化：彰化縣立文化中心，1993 年 6 月），頁 4，標注 1948
年，似乎有誤（出入）。

　　這首詩 28 行，不規則地分四段。第一段，從外景入手：因為嚮往碧藍的天空，我登上屋頂，站立著觀望，時值暮秋初冬，北風挾帶著悲哀怒吼狂嘯地吹來。第二段，自我介紹，我來自南方平原，夏天時爬過山，初秋走過林蔭路，僕僕風塵中，臉頰微微汗濕。第三段，僅三行，由於北風狂吹，雲層都被遠離中天，邊緣呈顯陰灰，帶著「死的預感」，（天空依舊分外明亮）。第四段，風從北方一直吹過來的，我望著天空，逐漸清醒，悲哀油然而生，頓感「天空」以認命的寂寞眼神望著悲哀的四季，不禁問「天空」：你究竟在思索什麼？這樣的探問，彷彿質詢自己，在風雲際會的此刻，你（我）究竟思索什麼？能做些什麼？

　　詩中，出現三次「分外明亮的天空」及三個「悲哀」，這是詩藝的忌諱。詩，為最精簡的語言藝術，豈容如此重複浪費？讓我們檢視它們出現的狀況，第一次「分外明亮的天空」（在第 2 行）屬肯定句，作者（我）對天空晴朗景色的直覺反應；第二次（在第 24 行）和第三次（在第 27 行）集中於同一段，都屬質疑的呼喚，這時的「天空」，不盡與第一次出現的「天空」同義，有「無語問蒼天」的「天」的隱義，作者連續質疑這個「天」：以宿命眼神漠視「四季的悲哀」，「究竟在思索什麼」。至於三個「悲哀」，第一個是肯定句，加諸「北風」的形容詞，還冠上「莫大的」，可見作者對「北風」有極度的感應。第二個與第三個，集中於末段，第二個（在第 23 行）屬自我內斂檢認的懷疑：我悲哀，「為何我會悲哀」？第三個（在第 25 行）同第一個一樣，加諸「四季」的形容詞。

　　21 歲的文藝青年錦連，首次發表的這篇作品，標示著幾層意義：一、宣示自己的文學身分；二、藉此與前輩或同好文人親近；三、表明自己思路方式與文學趨向。試著循此繼續檢討。

　　在此之前，錦連閱讀文學書刊、寫作，接受同事讚美與批評：「拿給湘雲小姐看，她只是連聲讚美。除了鄭其土指出的對話不自然以外，總之，這是失敗之作」（錦連，2005：25）。碰巧見到《潮流》後，對當時 1949 年初的文壇環境，錦連提出的看法：「自從日文遭禁以來，一直在想，日本文

學的愛好者是否都已窒息，頗感孤獨的我為什麼都沒有機會碰到這種雜誌；然而在自己身邊有一群同樣熱情追求精神糧食的人存在，我竟然完全不知。啊啊！我發現多麼歡喜的事呢！我發現多麼棒的夥伴。一直在孤獨中生活的我，怎麼可能不加入《潮流》。」（錦連，2005：38）。有了心中追索仰慕的文學夥伴與團體，「隨信附寄一萬元會費加入《潮流》的『銀鈴會』」（錦連，2005：48）。等到作品刊登出來，自己的「文學身分」確定，也引來《潮流》主要同仁朱實的「突然來訪……因休假回家，順便帶《潮流》的《潮流・第二年・第一輯》來給我」（錦連，2005：52）。這兩項都是原本可以預期且實現的效益。

　　第三項，表明自己思路方式與文學趨向，則歸這首詩詩藝所呈顯的脈絡。在未發表詩作之前，錦連已自行摸索一些時日，這篇作品居然有如此較長篇幅的鋪陳，起承的銜接，段落的發展，形成完整的結構。作者由景生情，對外景的確實描繪，如「我立在屋頂上」，若由某些劣筆接續，可能出現流於口號式的文句，但錦連沒有掉入陷阱。相對於外界北風的「悲哀」，內在心境有所呼應，兩者搭配合宜。首度一出手，即有這樣明朗還引人思維的現實主義作品，誠屬難得。同時刊登的另一首詩〈遠遠地聽見海嘯聲〉（錦連，1993：6～7），一樣值得稱許：19 行不分段一氣呵成的詩。「我」熄燈準備就寢，漆黑裡，窺見農曆十六夜的明月，映照窗框，移動的蒼白光線撫摸臉頰，用手去揮發，感覺有某樣東西浮現，原本「平靜的心靈」，忽然騷動不安，似乎可以聽見遠遠的「海嘯聲」；隨即安靜下來，「我」回想剛剛閱讀的詩集，沉迷於那位詩人（待查）的容顏，且為詩句感動。作者意欲告訴的是他的閱讀，抑使他心靈不安的「海嘯聲」？姣美的文學情境與現實的騷動之間，有無糾葛或交集？詩作末行「猶如……」，作者沒有講完，留下刪節號，是未明的伏筆。

　　只有短時間的興奮，隨著「銀鈴會」的解散[2]，缺乏園地發表，錦連仍

---

[2]張彥勳：「終於在 1949 年（民國 38 年）春天完全結束了會務運作，從此消失在文壇上」，見張彥勳，〈銀鈴會的發展過程與結束〉，林亨泰主編，《臺灣詩史「銀鈴會」論文集》（彰化：磺溪文化

繼續閱讀，寫日文詩，同時，學習中文。再出現臺灣詩壇上，已是 1955 年了，他轉轍[3]順利，中文詩投稿《現代詩》季刊[4]。這時的錦連，從現實主義向現代主義靠攏[5]。1956 年 2 月，紀弦主導「現代派的集團」宣告正式成立，錦連列名「現代派詩人群第一批名單」83 位之一[6]；同年八月，在家鄉彰化市出版第一本中文詩集《鄉愁》，集錄 29 首詩，大都十行以內的小詩，現代主義下的產品。1961 年，現代主義《六〇年代詩選》出版，錦連為 26 位作者中臺灣籍六名之一。1964 年，「笠」創社創刊，錦連為 12 名發起人之一。遲至 1986 年 2 月，錦連才出版第二部詩集《挖掘》。1993 年 6 月，上述兩冊詩集連同新作品合成《錦連作品集》，由彰化縣立文化中心出版。2002 年 8 月，將 1952 至 1957 年間家藏自存的日文詩，分日文版和自譯成中文版兩冊同時出版，取名《守夜的壁虎》。2003 年 4 月，集合大部分新作及一些舊作出版《海的起源》，七月，刊行日本語詩集《支點》。

　　錦連的寫作歷程，出現過高峰期。1950 年代的錦連參與現代派活動，有意氣煥發的神采。出版詩集《鄉愁》之後，似乎匿跡[7]。時寫時歇，以及早期日文詩寫而未發表，至晚年才出土問世，錦連似乎潛藏著詩創作歷程的盲點。閱讀其詩作的文本，瀏覽其詩活動起伏的顯與隱，本文嘗試抽取其困境的質素，探求其蹉跎歲月之因，並理出文學家面對困境如何自適。

協會，1995 年 6 月），頁 31；同一書，頁 64，林亨泰：「在經過 1949 年的摧殘後」。是解散、結束、與摧殘，都指向 1949 年四六事件。
[3] 早期有「跨越語言的一代」稱呼由日文書寫轉為中文書寫的一批日治時期成長的詩人作家。對「跨越」一語，莫渝以火車軌道的轉轍器為例，曾撰〈轉轍或跨越〉乙文，刊登《文學臺灣》第 53 期春季號（2005 年 1 月）。
[4] 附錄一、錦連早期詩作刊登《現代詩》索引，提出另一看法，認為「轉轍語言的一代」較合理。
[5] 此處「靠攏」，無任何褒貶義，可指寫作方向的轉轍，由初期的現實主義，向現代主義傾斜。
[6] 紀弦主編《現代詩》第 13 期（1956 年 2 月），「現代派詩人群第一批名單」依姓氏筆畫排列，錦連排第 78 名。
[7] 匿跡，指詩作少發表（包括寫作），即使參與「笠」詩社的創社創刊。1986 年出版詩集《挖掘》（彰化：新生出版社，1986 年 2 月），共 56 首詩，轉載自詩集《鄉愁》（彰化：新生出版社，1956 年 8 月）者有 26 首。新作與歲月不成比例。

二、錦連「悲哀論」的型塑

　　再回看錦連最初發表的兩首詩：〈在北風之下〉與〈遠遠地聽見海嘯聲〉，它們都歸屬現實主義範疇下的作品。兩首詩的背景一白日，一夜晚；白日出現的是「北風」與「分外明亮的天空」，夜晚出現的是「海嘯聲」與「十六夜的月亮」。寫作當時，「北風」和「海嘯聲」是否意有所指的隱喻？不得而知。針對前一首，李魁賢引錄開頭三行詩，說：「把當時 20 歲少年對時局的敏銳性表達無遺。此後他一生的軌跡似乎就在晴朗與風暴的時代交會點上，承受著北風的吹襲。」（李魁賢，2002：79），李魁賢指稱的是 1948 至 1949 年間，在中國戰場上國共鬥爭失利的中國國民黨軍敗退至臺灣，可能影響臺灣政局的大變動；如此看待「北風」，「海嘯聲」何嘗不也是同類「騷動」的暗示。

　　是因為感受「時局的敏銳」，導致文藝青年錦連萌生「為何我會悲哀」的自問嗎？除了外界原因，主要因素應該在己。〈在北風之下〉乙詩出現三個「悲哀」，前後兩個悲哀是外界事物：北風和四季，中間第二個純屬在己：「為何我會悲哀」。

　　我為什麼會悲哀，直接的吶喊，詩人想向誰索取答案？

　　「悲哀」一詞，似乎是潛藏錦連內心的元素，是他創作歷程中無法排遣驅除的元素。初期現實主義的詩如此，1955、1956 年活躍於現代主義風行時的作品亦如此。請看：

蚊子也會流淚吧……

因為是靠人血而活著的。

而，人的血液裡，

　　有流著「悲哀」的呢。[8]

——〈蚊子淚〉

　　本詩從假設前提「蚊子也會流淚吧……」進行推論（其實是先有結論，再尋求理由）。而證據「人的血液流著悲哀」，也是假設。兩個假設，由「靠人血而活」來支撐，顯然有點自言其是。但就詩意傳達的訊號，這首詩完成了現代主義排除敘事具備精鍊的「感染」效果。這首短詩，原本不被注意，或許因為「淚」、「悲哀」等不夠「主知」，在 1990 年之前甚少受到詩選集編者的青睞[9]。近來，一再被朗吟，被討論，算是錦連的名篇代表作。談論者包括詩歌演唱家趙天福、莫渝、利玉芳、李魁賢、應鳳凰、陳明台、岩上等[10]。

　　人，「生年不滿百，常懷千歲憂」[11]，個體生老病死的煩憂，外界環境加諸的壓力，種種懷憂與困境的糾纏，遺傳性格的張顯，型塑了人生取向。糾纏每個人的悲哀也不盡相同；總歸之於不如意者十之八九，處處感受到彌漫在天地間難遣的「萬古愁」。錦連這首小詩僅四行卻分三段，隱含著一股無以名狀的悲鬱。把「悲哀」當作人的本質，是由兩段式的邏輯推演而成：蚊子吸「悲哀人」的血，因而流悲哀淚。從這樣邏輯推演：「人的本質是悲哀，血液自然有悲哀的成分；吸人血的蚊子，自然也吸取了悲哀」，詩人猜測蚊子的淚一樣含著「悲哀的成分」。生活，也許可以不必獨抱「悲哀」，人類何以只流著「悲哀」的血液？無以言說，個性使然，個體偏愛導致，也就是作者悲觀心理的移情、投射。

<hr />

[8] 錦連，〈蚊子〉，最初刊登《現代詩》第 13 期（1956 年 2 月），頁 22；收進詩集《鄉愁》，改題〈蚊子淚〉，排序詩集之首。

[9] 僅收進鍾肇政著《本省籍作家作品選集・10・新詩集》（臺北：文壇社，1964 年 10 月）。鍾肇政係掛名，實際編輯作業為剛創社出刊《笠》成員中桓夫、林亨泰、錦連、趙天儀、古貝五人負責。該書入選 95 位臺籍詩人，作品 300 餘篇，厚 496 頁，為戰後臺籍詩人作品第一次大集合。

[10] 附錄二、〈蚊子淚〉的解讀摘要。

[11] 佚名，〈生年不滿百〉，《古詩十九首》：「生年不滿百，常懷千歲憂。晝短苦夜長，何不秉燭遊。為樂當及時，何能待來茲。……」

再看稍晚的一首詩：

有著，

重量感的悲哀。

有著，

期待著奇蹟的恐怖。[12]

——〈妊娠〉

　　妊娠，即婦女懷孕。新婚婦懷孕，既喜又羞也有恐懼害怕的心理。這
首詩很輕巧地傳達孕婦的驚喜的雙重心理。作者選用的語詞似乎偏重負
面，「奇蹟的恐怖」還有平衡的等質：「奇蹟」值得盼望，「恐怖」寧可閃
避；「重量感的悲哀」，卻有加強語氣的壓迫，而且置放前端，造成先期的
惶惶。以「妊娠」為詩題，似乎為著擺脫俗稱「懷孕」、「孕婦」的用語，
讓中性的醫學名詞搭上現代主義的主知、知性、冷靜的思維。懷孕，為什
麼會有「悲哀」？究竟擔心什麼？是孕婦擔心？抑詩人替孕婦擔心？
　　接著，看比〈妊娠〉又晚的另一首：

腎石是由鹽分結成的——醫生說。

腎石是由憂鬱與悲哀凝結而成的——我想。

我想在夢裡，

醫生和患者的對話，

手術刀和詩人的筆尖的閃耀……。[13]

——〈腎石論〉

[12]《現代詩》第 11 期（1955 年 7 月），頁 90。
[13]《現代詩》第 14 期（1956 年 4 月），頁 47。

　　醫學名詞「腎結石」，簡稱「腎石」。這篇〈腎石論〉，作者取醫生與患者（詩人）成雙線平行的對話，各自解說病理。醫生從生理角度認定，有其客觀具體學理的依據；詩人（患者）純主觀的想像，以心理立場，認為由「憂鬱與悲哀凝結而成」，即俗稱「鬱結」、「塊壘」。按西醫說法：「腎結石是尿液中的礦物質結晶沉積在腎臟裡形成顆粒。」按中醫說法：「鬱結或塊壘是憂鬱與悲哀凝結而成。」兩者並置，是沒有交集的平行線。因此，這是一首合成的詩，作者硬將不相干的兩物，企圖藉矛盾的統一，達到詩的驚奇效果。作者還假託是夢境對話，對話也互相摩擦出「閃耀」的火花。詩的目的達到。比較可注意的是，「悲哀」再度出現。在這首詩，「悲哀」附著於心理的立場，是作者內心狀態的呈現。

　　檢視錦連重新出發的這三首詩，人為什麼悲哀？懷孕為何「有著重量感的悲哀」，推想「腎石是由憂鬱與悲哀凝結而成的」，這些跟「為何我會悲哀」一樣，都是針對人生感到焦慮引發的定論。神學家思想家田立克說：「文學與藝術在它們創作的內容與題材上，都引用焦慮作為它們的主題。」（胡生譯，1989：37），又說：「焦慮乃實有覺察到它本身有虛無可能的一種狀態。……焦慮乃是虛無存在之覺醒。」（胡生譯，1989：37）錦連的「悲哀論」實際上可以說是虛無與焦慮的衍生。上述幾首詩，大體上是作者個體自發意識的流露及形成的困境，類似的作品尚能在下列詩句見到：

> 那是無法醫治的我的病
> 那種疾病纏繞著我的一生
> ……
> 沿著模糊而無助的山脊
> 我的哀愁無限地延伸著
> ……
> 而我的痛楚穿過空洞的心裡城鎮
> 將把哀愁撒散在像彎頭釘般敗北的路上

——〈我的病〉,《錦連作品集》,頁 26～27

〈我的病〉完整暴露錦連「悲哀論」的極點:心靈／精神疾病纏繞一生、哀愁無限延伸、哀愁撒散在敗北的路上。

> 連空氣都欲睡的夜半
> 我亦孤獨地清醒著
> 守著人生的寂寥……

——〈壁虎〉,《鄉愁》,頁 8

壁虎是詩人夜間值班的夥伴,學習的榜樣,共守「人生的寂寥」。

> 嗶吧嗶吧　嗶吧地
> 渺小的生命們爆裂蹦開
> 灰塵似的屍體紛紛飛落到我的手背
> 然而由於心中湧起的
> 殘忍但卻有點悲戚的微笑
> 我的面頰不由得僵硬起來
>
> 因為我忽然發現
> 人類跟這類飛蛾並沒有兩樣……

——〈蛾群〉,《錦連作品集》,頁 122～123

從「蛾赴燈火」的現象,領會「人蛾」等值的存在事實,此項哲理跟〈蚊子淚〉中的「人蚊」血液交流的意義相通。

> 今天又在陌生的小鎮下車

像隻狗

在彎曲了手臂和軀幹的街道

……

我緊緊地感觸到

生命被不可抗拒的哀愁的風圈

緩慢而確實地逼向死亡

我又能期望碰到新奇的可親的溫暖的一些什麼？

——〈趕路〉，《錦連作品集》，頁 119

　　詩題〈趕路〉，可以明指前往較遠的目的地，中途累了，休息歇腳一會兒，再繼續往前走；也可以暗喻人生之路，覓工作定居，再搬家覓工作定居，重演但不見得重複的「趕路」。整首詩的氣氛是灰沉、低迷、感傷、悲觀的，生活在現實底層的人。作者更認定宿命，他還是像狗一樣跟蹌地「趕路」，時時感受「生命被不可抗拒的哀愁的風圈／緩慢而確實地逼向死亡」。田立克說：「陷身於焦慮狀態中那種『孤立無援』的現象，我們從一般動物與人類身上，都可以觀察得到。在此情況下，通常它所表現的形態是：茫無目標，反應不當，以及缺乏意向性。」（胡生譯，1989：38）這段話，也從〈在月臺上〉一詩末段得到印證：

一邊掛慮著自己不確定的前程

一邊掛慮著長在鐵橋下那一片芒草乾枯的

將會再我的歸路上出現的那淒涼河床景象

而往往要向宿命論傾斜的　我的——

我的腳本究竟被寫成什麼樣的結局？

——〈在月臺上〉，《海的起源》，頁 23

　　以上抽樣列舉個體性格讓錦連深感虛無悲哀的詩例，可以歸為個體意

識的困境。至於外界加諸的壓力，如時局變遷、社會動盪，可稱為群體意識下的困境。錦連〈詩觀〉有這麼一段話：「我對寫詩沒有什麼特別的動機。也許少年時代的過剩傷感、自憐、多病、害羞、孤獨和遠離家鄉等等，以及光復前後的迷失和徬徨，使藉讀書逃避現實的我，不知不覺地誤入了寫詩的迷途。」（笠詩社主編，1979：224）前半，說明了個體的困境；後半，道出群體的困境：「光復前後的迷失和徬徨」，包括語言轉轍重新學習的困境[14]。底下，抽樣列舉這類群體意識下困境的一些詩例。

　　被毒打而腫起來，

　　有兩條鐵鞭的痕跡的背上，

　　蜈蚣在匍匐　　匍匐……

　　臉上都是皺紋的大地癢極了。

　　蜈蚣在匍匐，

　　匍匐在充滿了創傷的地球的背上，

　　匍匐在歷史將要湮沒的一天。

──〈軌道〉，《鄉愁》，頁 18

　　具備多輪的冗長列車，等同於百足蜈蚣，爬行於隆起腫脹的鐵鞭上；腫脹的鐵鞭也似滿臉的皺紋，都是蜈蚣匍匐的結果，「杞人憂天」或心懷人道情操的詩人，自然擔心創傷累累的地球不堪負荷。起筆，由「被毒打而腫起來的」一行切入，將主題「鐵軌」扮演受害者的身分，暗示著與作者相同的心思──人生「苦旦」的角色。「被毒打」更意味著外界強加的無形壓力。

---

[14]錦連在回憶文章〈我所認識的羅浪〉說：「戰後他頓時陷入『語言轉換』的困境，那種苦楚和無奈，我也是感同身受。」見羅浩洴，《羅浪詩文集》，（苗栗：苗栗縣立文化局，2002 年 12 月），頁 4。

彼此在私語著

多次挫折之後他們一直蹲著從未站起來

習慣於灰心和寂寞　他們

對於青苔的歷史只是悄悄地竊語著

忍受著任何覬視　誘惑和厄運

在鐵橋下　他們

對於轟然怒吼著飛過的文明

以極度的矜持加以卑視

抗拒著強勁的音壓

在一夜之間　突然

匯集在一起

手牽手

哄笑　然後大踏步地勇往直前

夢想著或許有這麼一天而燃起希望之星火

河床的小石頭們　他們

只是那麼靜靜地吶喊著

──〈鐵橋下〉，《錦連作品集》，頁 32～33

　　在政治嚴峻的時空，受到迫害屈辱後，人民失聲噤聲，只能私語竊語，像鐵橋下「河床的小石頭們」。為何將地點安置在鐵橋下？除了作者熟悉的職業工作點外，鐵橋是二元化的空間場域。列車行走陸面軌道，都會發出隆隆響聲，經過鐵橋，由於橋下空曠，響聲更巨大，暗喻壓迫者的強勢；相對的，橋下河床的小石頭們，不僅無聲，還得承受莫大噪音的侵害洗腦。這是一篇受害者無言的吶喊。然而，究竟能發揮多少效果，無從預估。

從夢遊中醒來

忽然發覺我佇立於這奇異的碼頭好久

在這空曠的碼頭

在這平坦的大祭壇上

放置著一排排笨重笨重的貨櫃

從前這碼頭充滿著喧嘩和歡愉

碼頭的身軀因幸福而舒展著筋肉

碼頭的脈絡因希望而膨脹又鼓動

自從這來路不明的貨櫃堆積於這碼頭

它們遮斷了遙遠的水平線

使我們看不見燦然的日出和日落

颶風一次又一次地掃過

海浪一波又一坡地洗過這貞潔的碼頭

如今期望的瞳孔浮出魚白的哀怨

碼頭的臉孔淚痕斑斑

淒涼的碼頭颳起了血腥的狂風

無聲的哀號在貨櫃間漂散

無助的願望漂散成無奈的灰塵

飛揚的自尊的殘滓布滿著文明腐爛的天空

這巨人的棺材

急需待運出海

然而──

誰知道

這巨人的棺材要置放多久

這僵死的碼頭何時蘇醒

　　──〈貨櫃碼頭〉,《錦連作品集》,頁 40～42。1984 年 4 月作品

　　「碼頭」這場域,是人員與貨物進出的重要地點,是繁榮或凋敝的表徵。作者在這首詩裡,出現相對立的形容:奇異的碼頭、空曠的碼頭、貞潔的碼頭、淒涼的碼頭、僵死的碼頭等。原本單純的景觀,因外界加入「屠殺」、「特權罷占」等,引發碼頭變色,呈現不同時空有不同的感受。巨型貨櫃堆放碼頭,「急需待運出海」,卻不離開,強勢占據／占領特定空間。這首〈貨櫃碼頭〉跟〈日夜我在內心深處看見一幅畫〉(錦連,1993:20～21)有相似的義涵,前者係怨懟的抗議,後者為悲憫的同情,都是外界群體意識下的哀愁。

　　錦連曾以「我是一隻傷感而吝嗇的蜘蛛」形容自己的創作思維,這傷感、吝嗇、蜘蛛構成了寫作三面向。蜘蛛,是他的靈感論,「耐心等待」獵物般的靈感湧現;吝嗇,為方法論,創作節制,不濫情,懂得節制;傷感,則是他的創作精神(心理)。他說:「傷感──對存在的懷疑,不安和鄉愁,常使我特別喜愛一種帶有哀愁的悲壯美(當然也不妨含有一些冷嘲和幽默的口吻)。」[15]岩上在〈錦連詩中的生命脈象訊息與意義〉說:「在錦連前期的詩作裡,充塞著哀愁、痛楚、孤獨、寂寥、煩惱、不安、反抗、悲哀的情緒,直接與他當時所處的時代背景與工作的環境關係密切,可以說他的作品隱藏著時代的惡露和詩思密碼交感的存在信號,而呈現了個人與社會群體的焦慮」(岩上,2007:281～282),亦吻合錦連的寫作心理壓力。晚年的錦連也坦然承認「我一直踞於庶民現實世界的一個角落,發出滿載著無奈的呼喊和愛恨交集的訊息」(錦連,2002:3)。

　　悲哀是人的本質,是錦連「悲哀論」的主軸,它的型塑,除肇因上述個體與群體意識外,由於他深讀日本詩文,是否受日本傳統美學「物の

---

[15]林亨泰編,「笠下影」專欄,錦連自述詩觀,《笠》第 5 期(1965 年 2 月),頁 6。

哀」的影響，有待進一步求證。儘管他是讓悲哀掌控思維的詩人。

三、錦連如何掙脫

　　在錦連的詩觀裡，提到蜘蛛，他並無以蜘蛛作詩的實例。倒是美國詩人惠特曼（Walt Whitman，1819～1892）的短詩〈無言的綴網勞蛛〉，可以說是創作的好例子，兩段十行的詩：「一隻無言堅忍的蜘蛛，／我看見牠孤懸在小小的崎岬上，／看見牠如何為了探測廣亙的周匝，／牠自體內吐射出細絲一縷一縷又一縷，／永遠地吐織，永遠不疲倦地加緊吐織。／／而你呵我的靈魂，你站立之處，／被無際的太空所圍繞、隔離，／你不停的冥思、探索、投擲、尋求連結諸多領域，／直到你所需要的橋樑建立，直到那延展性的錨穩住，／直到你投擲的遊絲攀著某地方，啊我的靈魂」（吳潛城譯，2001：203）。第一段，讚賞蜘蛛的永遠不疲倦地吐織，第二段反求自己，希望能攀勾住定點，以利繼續拓展。

　　錦連也有自己的定點，作為詩／絲的延伸，這個作品是〈支點〉：

　　　圍住他的一切都形成肅靜的秩序

　　　一個個的我在移動時
　　　　秩序散亂位置就會改變
　　　一個個的我在停止時
　　　　一切都會大為緊急地在新體系上占位

　　　　　　我就如此確信吧

　　　那麼就　　在那支點上
　　　我究竟要站或不站呢？……

　　　雖說做為染色劑血液在祭典上是不可欠缺的　　　但卻……
　　　　　　　　　　　　——〈支點〉，《海的起源》，頁 6。1959 年作品

　　秩序的變動與否，關鍵在「我」，我是支點。詩人創作的基點，以自我為中心，外界事物圍住「我」，都隨「我」移動或靜止而改變，我「悲哀」，萬物跟隨「悲哀」。「悲哀論」固然是錦連創作的元素，跟代表作〈蚊子淚〉同時，錦連有一首同題詩：

蚊子呀
你一定是吸飽了人類的血而醉得無法飛起來了吧

可能……

蚊子呀
你根本不曉得我的血是因為愛情而在熊熊地燃燒的吧
　　——〈蚊子——苗栗詩抄之一〉，《守夜的壁虎》，頁 305。1950 年代作品

　　同樣吸血，這隻蚊子似乎是作者豢養的寵物，餵牠血，還跟牠講悄悄話，盼望這隻寵物能感受主人血液裡有熊熊燃燒的「愛情」。跟此詩類似義涵，日治時期鹽分地帶詩人莊培初，筆名青陽哲，有首詩〈壺〉：「在什麼時候變得很冷的這壺裡／有什麼戀情可以投下／來裝些酸棗吧／那是不管用的／這壺裡需要一些戀情」。[16]莊培初這首〈壺〉，他不要在「壺」裡裝添看得到摸得著的實用品，他要放入抽象的精神層次的「戀情」。酸棗是食品，可填補食欲，詩人要的是另一層次的解渴止飢——戀情。愛情與麵包孰重？因人而異。詩人借〈壺〉言說對愛戀的期待。回到錦連的這首詩，這隻蚊子不再流著悲哀的淚，因為牠的加害者（恩主）流的不是悲哀淚，而是熊熊的愛火。情愛能改變人生的色彩。

　　同時間（1950 年代），錦連寫了兩首內容迥異，心境截然不同的〈蚊子〉，也寫了兩首孕婦詩，除上引的〈妊娠〉，請看：

---

[16]莊培初著；林芳年譯，〈壺〉，《光復前臺灣文學全集‧10‧廣闊的海》（臺北：遠景出版社公司，1982 年），原刊載《臺灣文藝》第 3 卷第 2、3 號（1936 年 2 月），日文書寫，林芳年譯成中文。

女人呀
因妳懷了孕
懶腰和眸瞳
充滿妖媚豔麗的亮光

女人呀
因妳懷了孕
如野獸般美麗又怪傷感

　　　　　——〈懷孕的女人〉,《守夜的壁虎》,頁 292。1950 年代作品

　　此詩結尾雖有「傷感」之語,畢竟被全詩「妖媚豔麗的亮光」壓住。

　　在〈妊娠〉詩裡,作者直言:「有著重量感的悲哀」,此詩,掃除陰霾;在另一首〈重量感〉:「這種重量——歡愉和有難於形容的感傷／這種豐盈的重量感／當我雙手抱著嬰兒的時候」(錦連,2002:255。1950 年代作品)。

　　就上述檢討兩組同時期同題卻不同表現技巧的詩作來看,錦連應該不全然是讓悲哀掌控思維的詩人。或許可以這麼說,當「愛情」來臨的時刻,以及有愛情結晶——嬰兒時,傷感灰色的人生增添些許粉紅色,錦連會暫時排除困境,不吟唱悲歌。

　　心理諮商師黃龍杰認為「相對於抗憂鬱劑和抗焦慮劑這些生物化學藥劑,詩詞似乎可以是一種心理社會藥物,更接近『心病心藥醫』這句俗語裡的『心藥』,或至少是一種藥引,可利用來活化團療中某些治療性因素。」(黃龍杰,2004:230)錦連自家提煉的「藥引」,除了情愛的滋潤,閱讀或書寫是另一種方式,如筆下的「反抗」聲音:

他們在鳴叫
極其感人地

拼命地在鳴叫

它——

甚至是一種反抗

——〈蟬〉，《錦連作品集》，頁 8[17]

　　將內心的不滿愁緒，化作文字，紓解鬱悶舒緩心情。再如前引〈鐵橋下〉的末段：「夢想著或許有這麼一天而燃起希望之星火／河床的小石頭們他們／只是那麼靜靜地吶喊著」，藉橋下石子的聚集，將挫折後的隱忍寄託夢想，期待「希望之星火」重現。同樣是文字書寫的情緒發洩，文學療治的「藥引」。

四、結語

　　1940 年代，成長與正成長中的臺籍詩人群，致力於日文詩創作或發表數量可觀者，當屬林芳年、詹冰、錦連三位[18]。林芳年名列鹽分地帶北門七子之一，詹冰在 1960 年代將 1940 年代的部分日文詩翻譯成中文出版《綠血球》乙書，順利贏得「前衛精神」的封號。錦連中文詩的寫作與發表，雖然走在詹冰前面，於 1956 年與「現代派」結合，並出版詩集，但藕斷絲連的文學活動，詩中流露的哀嘆，是否連帶折損其詩壇位置與詩藝價值？

　　詩文學的閱讀與寫作都是在「寂寞」中進行，一首〈寂寞之歌〉的結尾，錦連說：「因為夜已過長／而且天還未亮」（錦連，1993：85），茫茫長

---

[17] 錦連，《錦連作品集》，頁 8，或《守夜的壁虎》（高雄：春暉出版社，2002 年 8 月），頁 115。同題發表於《現代詩》第 14 期（1956 年 4 月），詩原文為：「蟬／在鳴著／拼命地——／／這尚且是一種反抗！」

[18] 林芳年（林精鏐，1914～1989），據〈林芳年略年譜〉1935 至 1943 年「在臺灣各日刊報紙及文學雜誌發表新體詩 300 多首。」見《林芳年選集》（臺北：中華日報社，1983 年 12 月），頁 426。詹冰（1921～2004）言：「雖然有二十多年的詩歷，但其中有近於十年的空白時代（自民國 40～50 年），所以新詩作品不到 400 篇」，見《綠血球》（臺北：笠詩社，1965 年 10 月），頁 94。錦連，詩集《守夜的壁虎》是 1952 至 1957 年日文詩的翻譯，共 271 首，至於 1952 年之前，整理中，參見附錄三、莫渝電話請教錦連簡要紀錄。另據李魁賢記載：「錦連日文詩手稿在 1959 年八七水災受損後得以辨認重抄的手抄本即有 284 首之多」（李魁賢，2002：80）。

夜，詩人守候詩。〈我盼望在那種氣氛中過日子〉有如此詩句：「詩是從心靈的孤獨中產生的／詩是在苦悶中凝視自己時產生的／詩是對人類愛的匱乏感到寂寞時產生的」（錦連，2003：152）。錦連回顧自己的寫作也說：「在已經無人想用日文寫作，或是完全放棄用日文寫作的時期，仍埋首自我創作，並且不斷想要『重新出發』，這種堅持，卻也是我到了 75 歲的今天，還勉強寫詩的原點。」（錦連，2002：2）我們肯定錦連在寂寞與堅持所進行的文學志業，見識了他從「悲哀論」出發的創作思維。

由於內斂人格的悲哀質素，形成了個體困境；而 1950 至 1980 年代臺灣政治社會局勢增添了外在的壓抑拘束，引發集體困境，為此，錦連在其文學歷程中的寫作與發表（包含出版），時疾時歇起伏顯隱。直到晚年，言論鬆綁，自由開放且多元，他一方面創作加快，另一方面將早期封存珍藏的大量日文詩親自翻譯，出土問世，彷彿急欲彌補曾經斷裂的河堤，這樣省悟的作業，終於驚豔文學界，詩人錦連「老而彌堅」之譽不逕而走。

多年前，莫渝在〈笠詩人小評〉中，提及錦連的詩「精淬而內斂的含蓄，散發珠貝般迷人的知性之光」（莫渝，1999：94），這個簡評是偏頗的，僅僅側重現代主義的錦連。其實，錦連一直並行著現實主義與現代主義兩股寫作方向。倘若其詩作能建立確切的編年體，那麼，閱讀錦連將會有更完整更清晰的脈絡。

參考書目：

· 錦連，《鄉愁》（彰化：新生出版社，1956 年 8 月）。

· 錦連，《挖掘》（臺北：笠詩刊社，1986 年 2 月）。

· 錦連，《錦連作品集》（彰化：彰化縣立文化中心，1993 年 6 月）。

· 錦連，《守夜的壁虎》（高雄：春暉出版社，2002 年 8 月）。

· 錦連，《海的起源》（高雄：春暉出版社，2003 年 4 月）。

· 錦連，《那一年——一九四九年錦連日記》（高雄：春暉出版社，2005 年 9 月）。

· 笠詩社主編，《美麗島詩集》（臺北：笠詩社，1979 年 6 月）。

• 林亨泰主編，《臺灣詩史「銀鈴會」論文集》（彰化：礦溪文化學會，1995 年 6 月）。

• 莫渝，《笠下的一群──笠詩人作品選讀》（臺北：河童出版社，1999 年 6 月）。

• 李魁賢，〈存在的位置──錦連在詩裡透示的心理發展〉，《李魁賢文集 9》（臺北：文建會，2002 年 10 月），頁 78～104。

• 應鳳凰，〈錦連的〈蚊子淚〉〉，《臺灣文學花園》（臺北：玉山社出版公司，2003 年 1 月），頁 217～221。

• 黃龍杰，《心理治療室的詩篇》（臺北：張老師文化公司，2004 年 2 月）。

• 陳明台，〈導讀〈蚊子淚〉和〈軌道〉〉，《美麗的世界》（臺北：五南圖書出版公司，2006 年 1 月），頁 110～113。

• 岩上，〈錦連詩中的生命脈象訊息與意義〉、〈錦連和他的詩〉，《詩的創發》（南投：南投縣文化局，2007 年 12 月），頁 277～303、304～312。

• 保羅・田立克（Paul Johannes Tillich）著；胡生譯，《生之勇氣》（臺北：久大文化公司，1989 年 10 月）。

• 惠特曼（Wale Whitman）著；吳潛誠譯，《草葉集》（臺北：桂冠圖書公司，2001 年 10 月）。

附錄一、錦連早期詩作刊登《現代詩》索引

序號	篇名	刊物	頁碼
＊	〈古典〉	《現代詩》第 10 期（1955 年夏季）	頁 61
＊	〈農曆新年〉	《現代詩》第 10 期（1955 年夏季）	頁 61
＊	〈女〉	《現代詩》第 10 期（1955 年夏季）	頁 61
＊	〈夜色〉	《現代詩》第 10 期（1955 年夏季）	頁 61
＊	〈三角〉	《現代詩》第 11 期（1955 年秋季）	頁 90
＊	〈妊娠〉	《現代詩》第 11 期（1955 年秋季）	頁 90
＊	〈石牌〉	《現代詩》第 11 期（1955 年秋季）	頁 90
＊	〈大廈〉	《現代詩》第 11 期（1955 年秋季）	頁 90
＊	〈檬果〉	《現代詩》第 11 期（1955 年秋季）	頁 90
＊	〈情緒〉	《現代詩》第 12 期（1955 年冬季）	頁 140
＊	〈蚊子〉（即：蚊子淚）	《現代詩》第 13 期（1956 年 2 月 1 日）	頁 32

＊	〈死與紅茶〉	《現代詩》第 13 期（1956 年 2 月 1 日）	頁 32
＊	〈我〉	《現代詩》第 13 期（1956 年 2 月 1 日）	頁 32
＊	〈雨情〉	《現代詩》第 13 期（1956 年 2 月 1 日）	頁 32
＊	〈嬰兒〉	《現代詩》第 14 期（1956 年 4 月 30 日）	頁 47
＊	〈蟬〉	《現代詩》第 14 期（1956 年 4 月 30 日）	頁 47
＊	〈關於夜的〉	《現代詩》第 14 期（1956 年 4 月 30 日）	頁 47
＊	〈修辭〉	《現代詩》第 14 期（1956 年 4 月 30 日）	頁 47
＊	〈腎石論〉	《現代詩》第 14 期（1956 年 4 月 30 日）	頁 47
＊	〈虹〉	《現代詩》第 14 期（1956 年 4 月 30 日）	頁 47
（以上〈蟬〉除外，餘 19 首，收進《鄉愁》，《鄉愁》共 29 首詩。			
＊	〈女的紀錄片〉	《現代詩》第 16 期（1957 年 1 月 1 日）	頁 11
＊	〈簷滴〉	《現代詩》第 20 期（1957 年 12 月 1 日）	頁 29
	〈寂寞之歌〉	《現代詩》第 22 期（1958 年 12 月 20 日）	
註：詩刊頁碼，係以一年排序，一年四期，每期約三十餘近四十頁。 　　＊莫渝藏書			

2007 年 12 月 20 日，莫渝製

附錄二、〈蚊子淚〉的解讀摘要

1990 年以來，〈蚊子淚〉一詩陸續被提到，試依序簡述之：

1.詩歌演唱家趙天福在多次藝文聚會合演詩吟唱。

2.莫渝，〈悲哀的本質〉，《國語日報》，1996 年 10 月 6 日，5 版。簡析錦連〈蚊子淚〉。

3.利玉芳：「蚊子也會流淚？這是虛構的。蚊子是靠吸人的血而活著，這是明確的，可是世間也有悲苦的人，他們流著悲傷的血液，萬一吸了悲傷血液的蚊子，如果牠有靈性的話，也會同情人類的。詩的解讀應該如此簡單而已！」

　　——〈溫暖的心：欣賞錦連的詩〉，《臺灣新聞報‧西子灣副刊》，2001 年 9 月 13 日。

4.李魁賢：「『人血』和『蚊子淚』本來沒有交集，要從人的悲哀（因）去推論吸人血的蚊子會流淚（果），看似簡單的邏輯。」

——〈存在的位置——錦連在詩裡透示的心理發展〉,《李魁賢文集 9》（臺北：文建會,2002 年 10 月）,頁 82。

5.應鳳凰:「寫詩的『敘述者』隨在表面上的猜測『蚊子也會流淚』,其實文字背後曲折婉轉,似乎也同時感嘆著,為什麼好多吸著別人血的人類反而不會流淚呢?」

——〈論錦連的短詩〈蚊子淚〉〉,《國語日報》,2002 年 11 月 5 日,5 版。收進《臺灣文學花園》（臺北:玉山社出版公司,2003 年 1 月）。

6.陳明台,〈導讀〈蚊子淚〉〉,《美麗的世界》（臺北:五南圖書公司,2006 年 1 月初版）。

7.岩上:「錦連對存在的卑感,有很多直述語言的傳送,〈蚊子淚〉則採用轉折的語法表現,使人活著的悲哀如秋蟬的喘延聲波,音符更為淒切!」

——〈錦連詩中的生命脈象訊息與意義〉,《詩的創發》（南投:南投縣文化局,2007 年 12 月）,頁 295。

附錄三、莫渝電話請教錦連簡要紀錄

時間:2007 年 12 月 20 日（四）10:00

1.1949 年春,開始與「銀鈴會」《潮流》接觸,首次發表。

確認張彥勳,〈探討「銀鈴會」時代的重要詩人及其創作路線〉,錦連〈壁虎〉詩的發表刊物時間待查證。

2.1949 年後,學習中文。之後,發表中文詩。當時有《旁觀雜誌》容許日文寫作稿件,會另請人譯成中文。曾發表詩,同期刊登郭水潭的一篇散文。

3.《那一年——一九四九年錦連日記》於 1949 年 10 月 15 日提到:《作品集·第二輯》,係手抄日文詩。

4.1952 年之前的日文詩,已整理,打字中,包括《過渡期》和《群燕》,尚未披露。

2008 年 4 月 9 日

──選自蕭蕭、李佳蓮編《錦連的時代──錦連新詩研究》

臺中：晨星出版社，2008 年 12 月

錦連：臺灣銀幕詩創始人

銀鈴會與銀幕詩影響下的錦連詩壇地位

◎蕭蕭[*]

一、前言：孤獨是詩

錦連（陳金連，1928～）出生於彰化，成長於彰化，長年工作於彰化，16 歲從鐵道講習所電信科中等科畢業，即進入鐵路局彰化火車站服務，直到 1982 年從鐵路局彰化電報房退休，人生的黃金歲月都與彰化息息相關。但是一提到彰化新詩人，不是談及創作臺灣第一首新詩的追風（謝春木，1902～1969），就是論述臺灣史詩之祖的賴和（1894～1943）；即使同樣是「跨越語言的一代」，「銀鈴會」的關鍵人物，指向林亨泰（1924～），「笠詩社」的代表人物，也以林亨泰為指標。職場上錦連長期窩居在小小的電報房，詩壇上卻也同樣蜷縮在濕冷的角落裡，即使後來移居高雄，高雄的太陽也只是偶爾照射到錦連的詩作上。

李魁賢（1937～）曾經指出：「檢驗 1950 年代的臺灣詩壇，在《現代詩》的組派以前和《創世紀》改版以前，以及《藍星》充滿浪漫主義抒情和現實主義戰鬥號角的時代裡，錦連詩中現代主義之精神和節制的語言運用，類比於當時林亨泰高度同質性的詩風，顯示相當進步的姿勢。」[1]高度同質性的詩風裡，在林亨泰的盛名下，錦連往往被讀者所忽略了，但他卻顯示相當進步的姿勢。

---

[*]本名蕭水順。發表文章時為明道大學中國文學系副教授，現為明道大學中國文學系國學研究所講座教授兼人文學院院長。
[1]李魁賢，〈存在的位置——錦連在詩中透示的心理發展〉，真理大學臺灣文學系編《福爾摩莎文學·錦連詩作學術研討會論文集》（臺北：真理大學，2004 年 11 月 7 日），頁 7。

　　詩評家郭楓（1933～）更洞悉「同質性詩風」中微細的差異：「在『跨越語言的一代』詩群中，錦連與林亨泰、詹冰（1921～2004）等三個人，彷彿相似的風貌：詩作的主題基本上以自我世界為中心；詩作歷程的演化，都經過『戰中期』的浪漫抒情、『五〇』的現代主義洗禮、『解嚴後』的現實歌吟。然而，透過風貌的表層去窺視，錦連在本質上與林亨泰、詹冰有很大的不同；這不同的本質是，錦連終生孤獨，孤獨吟唱著浸透了寂寞之感的生存、生活與生命。」[2]這樣的孤獨感，不同於自然主義者梭羅（Henry David Thoreau，1817～1862）將心開向自然的孤獨，1845 至 1847年梭羅在華爾騰湖畔離群索居兩年，寫出令人流連不已的《湖濱散記》（*Walden*），1850 至 1861 年間他從小木屋搬回康考特（Concord）市中心，仍然關心自然生態，留下超過 200 萬字的日記手稿當見證。梭羅認為保持獨處是有益身心的：「孤獨並非以一個人與他的同伴之間距離多遠來衡量。在劍橋學院擁擠的空間中，一個真正用功的學生是如同沙漠裡的苦行僧一般孤獨的。」[3]然而不可忽略的是即使隱居在華爾騰湖畔，為了抗議美國政府支持奴隸制度，梭羅因而拒繳人頭稅而被關了一天，甚至於寫出了有名的"Civil Disobedience"（〈和平抗爭〉），甚而影響了後來甘地（Mohandas Karamchand Gandhi，1869～1948）[4]、金恩牧師（Martin Luther King, Jr.，1929～1968）[5]所提倡的「不合作反抗運動」。錦連其人其詩，在這點上卻又與梭羅的精神相會通，人是在孤獨狀態中，心卻不與社會相疏離。

　　「順著感情過無意義的生活，往往會讓自己的思考和行為，無法做出善惡的判斷。不！可以說是處於習慣性的無感覺狀態。這不是純屬惰性的

---

[2]郭楓，〈守著孤獨、守著夜、守著詩——錦連篇〉，真理大學臺灣文學系編《福爾摩莎文學・錦連詩作學術研討會論文集》，頁 43。

[3]梭羅，〈孤獨〉（"Solitude"），梭羅著；林玫瑩譯，《孤獨的巨人：梭羅的生活哲學》（臺北：小知堂文化公司，2002 年 7 月），頁 21。

[4]莫罕達斯・卡拉姆昌德・甘地（Mohandas Karamchand Gandhi，1869 年 10 月 2 日～1948 年 1 月30 日），帶領印度人以不合作運動對抗英國殖民政權，印度人尊其為「聖雄」。

[5]馬丁・路德・金恩（Martin Luther King, Jr.，1929 年 1 月 15 日～1968 年 4 月 4 日），著名的美國民權運動領袖，1964 年獲得諾貝爾和平獎，有金恩牧師之稱。

生活嗎？可是有時也會去正視自己，這時什麼妄念也不會讓我煩心，甚至
會讓人透過平靜的諦念，非常鮮明地去回想離去的身影。此情此境，感覺
到我喜歡孤獨的生活。走出去跟很多陌生人擦肩而過，一直在街上漫步。
一直——這是我唯一的慰藉。」[6]錦連早期的日記（1949 年）如實顯影自己
生活的孤獨感，「跟很多陌生人擦肩而過」的同時，他卻也「非常鮮明地去
回想離去的身影」，他是孤獨而不疏離的社會中人。

　　美裔加拿大學者非力浦・柯克（Philip Koch）[7]曾釐清與「孤獨」之意
相近的詞彙，他認為：「寂寞中的人會渴望別人的慰藉，隔絕中的人會意識
到別人和自己空間上的距離，希望保持隱私的人會防範別人的窺探，疏離
的人感受到別人的敵意或排擠。」這些人的意識無不受到「別人」的約
制，都是一種「我中有他的意識」（consciousness of self-in-relation-to-
other）。但孤獨的狀態則沒有這一層約制，在兩極性結構中，「別人」的那
一端固然不存在，「我」的那一極也會悄然隱退。所以他給「孤獨」所下的
簡要定義：「孤獨，就是一種與別人無交涉的意識狀態。」[8]孤獨者處在一
種完全自由、完全自然、完全自在的空間裡，不與外人、外物有所交涉，
以這樣的觀念來看錦連的孤獨感，檢驗他的三首〈孤獨〉同名詩應該十分
有趣。

　　第一首〈孤獨〉首次出現在《錦連作品集》（1993 年）中，註明是
「戰後初期作品」，詩中主角是第三人稱的「他」，第二次出現在《守夜的
壁虎》（2002 年），詩中人稱改為第一人稱的「我」，其餘文字不變。

　　他曾經在夕陽即將西沉的

　　荒涼的平原上走著

[6]錦連，《那一年——一九四九年錦連日記》（高雄：春暉出版社，2005 年 9 月），頁 45。
[7]非力浦・柯克（Philip Koch），生於美國威斯康辛州麥迪遜市，先後求學於康乃爾大學、加州大學
（柏克萊校區）和華盛頓大學。現為加拿大公民，愛德華王子島大學哲學系教授。
[8]非力浦・柯克（Philip Koch）著；梁永安譯，《孤獨》（Solitude），（臺北：立緒文化公司，2004
年），頁 63～64。

尋訪著一個陌生人
孤單而蹣跚地走著

沒有遇上要尋找的人
拖著疲憊的腳和無依不安的心
卻還抱著一線希望
在怪寂靜的荒野上
孤獨而呆呆地走著

離鄉背景的孤獨和寂寥
深切地湧上心頭

──如今和那一天相似的心思
重現於他的胸懷
從他的雙眼
就是再掉下了眼淚
又有什麼不可思議？[9]

　　這首〈孤獨〉以外在身影的孤獨襯托內在心思的孤獨，時間設定為夕陽即將西沉的時刻，空間設定為開闊的荒涼平原，其人是離鄉背井的異客，其事則為尋訪陌生人而未遇，其情不免傷感落淚，其數則一再重複出現，時空極大而個人極小，以這樣的情境訴說孤獨的你、我、他，籠絡住整個人類的孤獨心思。

　　第二首〈孤獨〉寫於 2000 年 9 月、日本北海道千歲市立醫院病房，詩前引錄松尾芭蕉（Matsuo Basho，1644～1694）的詩句：「病倒於旅途，我的夢在荒郊裡流竄」，呼應寫詩時的遭遇與心境。

[9]錦連，〈孤獨〉，《錦連作品集》（彰化：彰化縣立文化中心，1993 年 6 月），頁 30～31。又見《守夜的壁虎》（高雄：春暉出版社，2002 年 8 月），頁 4～5。

　　孤獨　孤獨是什麼？

　　孤獨就是獨自呆立於海角
　　白天默然地思索著什麼
　　夜裡就不停地緩緩旋轉又旋轉
　　向幽暗的天空和黝黑的海面投射青白交替的亮光
　　並一再撫慰這寂靜的城市卻只謙卑地暗示其存在
　　那個從病房窗口能遙望的白色燈塔

　　孤獨　孤獨是什麼？
　　孤獨就是晨光微現的冷冷空中
　　留下像有什麼意思似的航跡
　　以對人間俗世毫不在意的表情歇腳於屋頂或電線
　　隨興轉換視線或方向呱呱啼鳴的曉鴉
　　牠們細嚼著與穿過我內心的空洞相似的淒涼
　　互相傾訴著愛和哀愁的那種無奈的身影[10]

　　在這首詩中，錦連創造了兩個傑出的意象，一是「從病房窗口能遙望
的白色燈塔」，向幽暗的天空和黝黑的海面投射青白交替的亮光；一是「隨
興轉換視線或方向呱呱啼鳴的曉鴉」，牠們有著和我內心相似的空洞和淒
涼。這兩個意象，其實已在暗示「孤獨是詩」的意涵，白色燈塔的指引作
用，曉鴉報憂的譏刺功能，正是錦連寫詩的內在動力；燈塔投射的是青白
交替的亮光，曉鴉啼鳴的是和我內心相似的空洞和淒涼，這兩個意象一樣
暗示著錦連詩作的陰冷色調。
　　這首詩以自問自答的方式完成，間接暗示「溝通」無望，人總是陷入
自言自語的淒涼中，詩的功能、作用或許也未必能發揮出來。不過，如果

---

[10]錦連，〈孤獨〉，《海的起源》（高雄：春暉出版社，2003 年 4 月），頁 66～67。原載於《文學臺灣》
　　第 37 期（2001 年 1 月）。

沒有讓自己在空間上或時間裡保持孤獨，或許也未必能激發出心靈詩意，那就更遑論詩的功能與作用。「因此，如果要使頭腦起最大的作用，如果一個人要發揮最大的潛能，似乎就必須稍微培養獨處的能力。人類很容易疏離自己最深處的需要與情感。學習，思考，創新，與自己的內在世界保持接觸，這些全都要藉助孤獨。」[11]錦連藉助孤獨讓自己成為一位「思考型」的詩人，所以他的第三首〈孤獨〉，推出「孤獨是詩」的命題。

寫於 2001 年的第三首〈孤獨〉，強調「孤獨是一種熱情／是一種追究／是一種宗教／是絕對的命題」，「那是唯獨願意為它殉情的人所擁有的一種美／孤獨是詩！」[12]交互表達：孤獨是詩、是美，詩也是熱情、追究、宗教、絕對的命題，錦連將孤獨推向哲理的思考，孤獨、詩、哲學，三者等高。

這樣獨具孤獨感的詩人曾經出版五部詩集：《鄉愁》（彰化：新生出版社，1956 年 8 月）、《挖掘》（臺北：笠詩刊社，1986 年 2 月）、《錦連作品集》（彰化：彰化縣立文化中心，1993 年 6 月）、《守夜的壁虎》（高雄：春暉出版社，2002 年 8 月，此書有相對應的日文版詩集《夜を守りてやもりが……》）、《海的起源》（高雄：春暉出版社，2003 年 4 月，此書有相對應的日文版詩集《支點》）。60 年以上的創作生涯，這樣的創作量不算多，何況其中前四部作品有許多詩作重複出現，而《守夜的壁虎》是青年期的作品，遲至 50 年後才出版，雖讓人驚豔，卻也不免踽踽獨行的命運。但在這種「詩是孤獨」的處境中，錦連的異采卻值得我們去挖掘。

二、錦連：銀鈴會最後加入的會員

錦連是「銀鈴會」最後加入的一位同仁，其時錦連虛歲 22 歲，是最年輕的一員。對錦連而言，參加「銀鈴會」是刺激錦連走上詩創作最有力、

---

[11] （英）安東尼・史脫爾（Anthony Storry）著；張嚶嚶譯，《孤獨》（*Solitude*）（臺北：知英文化公司，1999 年 10 月），頁 35。

[12] 錦連，〈孤獨〉，《海的起源》，頁 116～118。原載《文學臺灣》第 41 期（2002 年 1 月）。

最直接的驅動力，如果沒有銀鈴會的刺激，或許就不會有 1952 至 1957 年《守夜的壁虎》那樣旺盛的創作生命。

　　銀鈴會在臺灣新詩史上，是繼 1933 年超現實主義「風車詩社」之後的第二個現代性強的新詩社團，主要成員是以朱實為核心的臺中一中校友、臺灣師範學院同學及彰化地區文學愛好者，成立於 1942 年 4 月，結束於 1949 年「四六事件」。一般將 1942 年 4 月至 1945 年 8 月日本無條件投降為界，稱為「銀鈴會」前期活動，此時油印發行的刊物稱為《ふちぐさ》（《邊緣草》），態度謙卑。日本無條件投降後至 1949 年，銀鈴會同仁自主意識抬頭，不顧政局、社會趨勢、文學界的低迷與暗淡，反而更積極而勇敢地重振旗鼓，招收新兵，以《潮流》命名同仁油印雜誌，有著領導時代思潮的自我期許，自 1948 年 5 月開始，採季刊方式發行，一年間共出刊五期，成為戰後臺灣第一本（中日文混合）詩雜誌[13]。朱實、張彥勳（1925～1995）、林亨泰是其中最重要的領導者，詹冰、錦連則是後期加入的知名新同仁。

　　詹冰於 1948 年 1 月參加銀鈴會[14]，錦連則晚至 1949 年 3 月 28 日「隨信附寄 10,000 元會費加入《潮流》的銀鈴會。」[15]在最近出版的錦連 1949 年日記本《那一年——一九四九年錦連日記》中，十多次詳細記述 22 歲的文藝青年錦連對《潮流》雜誌及其主要負責人朱實的憧憬與崇敬。如 3 月 7 日第一次發現同仁雜誌《潮流》，他的感動是：「啊啊！我發現了多麼歡喜的事呢！我發現了多麼棒的夥伴。一直在孤獨中生活的我，怎麼可能不加入《潮流》。」（頁 38），其後五天 3 月 12 日錦連就「謄寫了十首短歌，12 句俳句和七篇詩」，投稿《潮流》春季號，自承這是他生平第一次投稿（頁 40）。3 月 15 日的日記提到「綠炎、朱實、子潛、有義、微醺、淡星等似乎有長期文學經驗的人不少。讀這些前輩們的作品，深感自己的無力

---

[13] 林亨泰，《臺灣詩史「銀鈴會」論文集》（彰化：礦溪文化學會，1995 年 6 月）。
[14] 根據詹冰詩集《實驗室》（臺北：笠詩刊社，1986 年 2 月）書後〈詹冰年譜〉，詹冰於 1948 年 1 月參加銀鈴會，詩作品發表在《潮流》（張彥勳主編）。
[15] 錦連，《那一年——一九四九年錦連日記》，頁 48。

（不如）」（頁 42～43）。

　　4 月 2 日同是彰化人的朱實因休假回家，順道造訪錦連，這是錦連第一次見到朱實，他對朱實的第一印象：是個「溫厚沉著的人」（頁 52）。其後四天臺灣師範學院（今臺灣師大）發生「四六事件」，朱實牽連在內，避居僻處，錦連在 4 月分的日記有 11、12 處提到《潮流》，興奮之情不減，擔憂之心亦增，4 月 28 日的日記記載：「收到紅夢兄的信，說要暫停集稿。」（頁 64）這封信或許就是一般談論銀鈴會活動結束於 1949 年 4 月的原因。不過，在錦連《那一年──一九四九年錦連日記》中，銀鈴會 5 月分還出版過《會報》第二期、第三期，甚至於 7 月 21 日躲藏在鄉下的朱實突然返家，還跟錦連等人說「《潮流》還是要暫時停刊」（頁 103），顯示實質性的同仁聯繫、交換閱讀，還在持續中，只是不再出版有形的文字資料，免得成為執政當局鉤索羅織的具體證據。

　　根據《那一年──一九四九年錦連日記》的日記，錦連所接觸的銀鈴會同仁，先後有王湘雲、紅夢（張彥勳）、陳素吟、黃彩雲、朱實、春秋（朱實之弟朱商秋）、施金秋（施學運）、子潛、淡星（蕭翔文）等人。林亨泰則未出現在那一年的日記裡，但在 6 月 5 日這一天他向朱實借閱了林亨泰的日文詩集《靈魂的產聲》，在詩作欣賞上終究有所碰撞[16]。銀鈴會同仁中，錦連其時尚未認識林亨泰，其後朱商秋又遠赴臺北彰化銀行，這時，彰化中山國小的教師施金秋是他在彰化唯一的詩友，錦連說：「施先生年約三十，可能是當時銀鈴會同人當中年紀最長的。」在〈記銀鈴會二三事──朱實與施金秋〉文章中，錦連曾提到他去探望患有肺病的施金秋，金秋先生拿出朱實離臺前夕寫在他筆記本上的詩給錦連看，錦連心中感受複雜：「我僅有的兩位詩友，一位隨時可能因病而會從這個世界消失，另一位則已離開他所熟悉的故鄉，而留下來的我無助又孤獨。」[17]即使有銀鈴會這樣的同仁團體，錦連心中的孤獨感似乎一直揮之不去。

---

[16]錦連，《那一年──一九四九年錦連日記》，頁 85。
[17]錦連，〈記銀鈴會二三事──朱實與施金秋〉，《臺灣詩史「銀鈴會」論文集》，頁 121。

　　不過，錦連是一個用功至勤的詩人，根據《那一年——一九四九年錦連日記》書後所列出的〈附註〉，那一年間閱讀了包括《現代日本詩人論》、《現代日本詩史》、《現代詩人全集》等 57 本書籍，接觸了菱山修三、萩原朔太郎、白鳥省吾等人的作品，創作了包括第一首〈孤獨〉在內的九十多首詩作[18]。曾經出版過錦連專論的張德本（1952～），則根據錦連用「臺灣省交通處鐵路管理局電報紙」裝訂成的筆記本所記錄的，當時從圖書館借閱書籍所做的筆記，洋洋灑灑列出 28 部詩集，做了 21 個詳註，確認錦連閱讀「日本明治以降迄昭和時代現代詩人的作品，並透過日譯了解浪漫主義時代，法國、英國、德國、比利時詩人的作品。已和日本詩為主的世界文學接軌。」[19]

　　因此，論述「銀鈴會」在臺灣新詩史上的地位，以彰化籍的詩人而言，朱實的精神領導地位、林亨泰的理論舖陳功力，是不能不著墨的地方，但是如果缺少錦連的大量詩作做為佐證，「銀鈴會」的傳承功能也就會大打折扣。特別是錦連於 2002 年出版 50 年前的詩作，2005 年出版《那一年——一九四九年錦連日記》，更為這段歷史起了鉤沉升隱的作用。

　　錦連的創作有三次高潮期，第一次可以稱之為「銀鈴會時期」：是指參加「銀鈴會」後的九年間（1949～1957 年），錦連創作了《守夜的壁虎》、《鄉愁》、《挖掘》、《錦連作品集》裡的大部分作品，但未能公之於世，之後因為白色恐怖的陰霾與跨越語言的艱難，有極長一段時間荒廢詩業，留下大白，遺下大憾。直至 1964 年《笠》詩刊創立後的「《笠》詩刊時期」，做為發起人之一的錦連，努力克服語言障礙，試著以漢字撰寫新作，並翻譯自己或日人的日文詩作及詩論，此時適值中壯年的創作鼎盛期，理應有大規模的盛舉，惜其數量無法與銀鈴會時相比，1960 年代中期正是臺灣現代主義、超現實主義風行之時，錦連冷眼旁觀，既未將自己 1950 年代初期

---

[18]錦連，《那一年——一九四九年錦連日記》，頁 175～185。
[19]張德本，〈臺灣鐵路詩人——錦連的現代美學〉，《鐵路詩人錦連論》（臺北：臺北縣文化局，2005 年），頁 36～41、108～116。

所作之現代主義日文詩大量譯出，亦未沿襲 1950 年代初期現代主義之餘習大量翻製，因此其知名度無法與其他同屬跨越語言的一代如陳千武、林亨泰等人相比，僅偶爾讓人驚豔於《現代詩》、《創世紀》之一隅，最是讓識者扼腕。錦連創作的第三次高潮，則是 20 世紀 90 年代退出《笠》詩刊，移居高雄以後，詩作大量增加，以《文學臺灣》為發表之主力場，可以稱為「《文學臺灣》時期」，此一時期，錦連更著手整理 1952 至 1957 年所寫日文詩作，自譯為中文，以中日兩種文字同時出版 50 年前舊作《守夜的壁虎》（中文）、《夜を守りてやもリが……》（日文）[20]，集結 1964 年以後的新作為《海的起源》（中文）、《支點》（日文）[21]，識與不識，眼睛同時為之一亮。

如是以觀，「銀鈴會」時期的錦連創造了他這一生最引人矚目的作品 271 首，自作自譯為《守夜的壁虎》，而《守夜的壁虎》也因而成為「銀鈴會」同仁創作力最佳的見證，榮耀著「銀鈴會」的歷史光芒。

三、錦連：銀幕詩精采的創始詩人

最能榮耀錦連、「銀鈴會」、甚至於臺灣新詩史的錦連作品，應屬錦連所獨創的「Ciné Poème」（一般翻譯為「電影詩」，本文為與「銀鈴會」的「銀」字相呼應，譯之為「銀幕詩」），最早標舉為「Ciné Poème」之作的是〈女的紀錄片〉與〈輾死〉，可能是臺灣最早的兩首銀幕詩，至少是最早標示銀幕詩的作品。這兩首銀幕詩可以視為意象詩（單一鏡頭）的連續播放（連續鏡頭），因而形成連續性動作，串成情節、演出故事，這兩首詩之所以感人、動人，就在於連續性動作、鏡頭所組合成的「小說企圖」，以及串連其間、屬於讀者可以介入的想像空間。

以〈女的紀錄片〉看：

---

[20] 錦連，《守夜的壁虎》（中文）、《夜を守りてやもリが……》（日文）（高雄：春暉出版社，2002 年 8 月）。

[21] 錦連，《海的起源》（中文）、《支點》（日文）（高雄：春暉出版社，2003 年 7 月）。

1. 潛在著的賀爾蒙

2. 萌芽

3. 刺激

4. 分離

5. 結合

6. 以驚人的速度

7. 充實

8. 膨脹

9. 飽和

10. 爆發

11. 紅潤

12. 怒放

13. 花　凋謝了

14. The End[22]

　　每一句編一個號碼，下空一行，自成段落，頗似一個慢鏡頭緩緩掃過再接一個鏡頭，將女人成長的歷程疊上花蕊綻放的速度，幽雅展開，先是女性賀爾蒙的內在作用慢慢在體內起了變化，如花樹度過漫漫冬日蓄勢萌芽，接著要有春陽、春風、春雨的外來刺激或滋潤，才能轉向特寫內在的

[22]錦連，〈女的紀錄片〉，原載於《現代詩》第 16 期（1957 年 1 月），後收入錦連詩集：《挖掘》，（臺北：笠詩刊社，1986 年 2 月），頁 44～46；並見於《守夜的壁虎》，頁 282～283。

細微變化——無法以肉眼窺見的分離與結合，此後才是一般人所見到的
「驚人的速度」，7、8、9、10 的鏡頭是含苞待放的各種英姿，最為撩人，
到了紅潤、怒放，雖是花的盛極之時，卻也是必衰之始，因而，「The
End」既是影片的結束，也未嘗不是女人璀璨一生的終了。這是純情版的女
人的一生。當然，每一鏡頭之間，讀者（觀眾）可以自由參與，所以也有
人將此片當作是兩性互動的性愛片，認為 7、8 是陽根與女陰的感覺，9、
10 是陽根的頂點，11、12 是女陰的高潮，此片在「推演生命的緣起、成
熟、男女交歡之演化歷程，分鏡間聯想空間廣大，神似於法國導演亞倫‧
雷奈（Alain Resnais）的《廣島之戀》片頭男女交纏呈現軀體局部特寫那
幕。」[23]將紀錄片解讀為激情片，豐富詩之原有內涵，呈現詩的無限可能，
正是鏡頭緩緩掃過所企圖引發的視覺暫留效應。
　　再以〈輾死〉來看攝影角度的應用，十分耐讀。

1. 窒息了的誘導手揮舞著紅旗

2. 啞吧的信號手在望樓叫喊

3. 激——痛

4. 小釘子刺進了牙齦

5. 從理念的海驚醒而聚合的眼眼眼睛

6. 染了血的形態的序列

7. 齙牙的輪子停住了

8. 一塊恐怖

[23]張德本，〈臺灣鐵路詩人——錦連的現代美學〉，《鐵路詩人錦連論》，頁 75。

9.　在輪子與輪子之間

10.　太陽轟然地墜落了

11.　所有的運動轉換方向

12.　大地震顫的音響和有密度的聲浪

13.　圈圈縮小

14.　麻木的群眾仰望著

15.　有些東西徐徐地上升　　然而

16.灰塵似的細雨從天上落下（人們想到淚珠以前）[24]

　　被腳踩過叫做「蹂」，被車輪壓過叫做「躪」，所以，〈躪死〉是死亡車禍紀錄，詩的戲劇性遠勝於〈女的紀錄片〉，鏡頭的變化加多了。

　　一般而言，電影有五種基本鏡頭角度，即：1.鳥瞰角度（bird's-eyeview）；2.俯角（high angle）；3.水平角度（eye-level）；4.仰角（low angle）；5.傾斜角度鏡頭（oblique angle）。錦連在這首詩中用了許多水平視線的角度，以便敘事交待，如鏡頭 1，這是寫實主義者常用的角度，「寫實主義的導演通常會避免極端的角度。他們喜歡水平視線的角度，約離地五至六呎，也就是接近一個旁觀者的真正身高。這些導演企圖捕捉被攝物的每個鏡頭。」[25]當然，水平視線鏡頭（eye-level shots）的角度比較缺乏詩的戲劇性，所以錦連刻意加上主觀的「窒息了的」，讓「窒息」與「揮舞」產生矛盾性的對比——既已窒息，何能揮舞？

---

[24]錦連，〈躪死〉，原載於《創世紀》第 13 期（1959 年 10 月），後收入錦連詩集：《挖掘》，頁 47～49；未見於《守夜的壁虎》。
[25]（美）路易斯・吉奈堤（Louis D. Giannetti）著；焦雄屏譯，《認識電影》（*Understanding movies*）（臺北：遠流出版公司，2007 年，初版六刷），頁 33。

　　接下來的鏡頭 2，錦連立即轉用仰角，帶領讀者（觀眾）望向高處的「望樓」——望樓原是為了從高處遠望，便於及早發現問題的鐵路設施。望樓離地面有一段距離，說話的聲音地面不一定聽得見，所以此詩用「啞吧的信號手在望樓叫喊」來表示望樓的人員看見車禍時的焦急。就電影學（Filmology）而言，寫實主義者希望觀眾能忘記攝影機的存在，而形式主義者卻希望觀眾能注意到它的存在。「形式主義導演較不在乎被攝物的清楚度，但必須能捕捉到被攝物的精髓，極端的角度會造成扭曲，然而許多導演認為扭曲現實的表面更加真實——是一種象徵性的真實。」[26]錦連此處所用的仰角鏡頭，就是這種形式主義導演所喜歡應用的特殊角度。

　　鏡頭 1 與鏡頭 2 是同一時間從不同的地點、不同的角度，試圖阻止車禍發生（揮舞著紅旗，在望樓叫喊），但無法阻止的焦急鏡頭。鏡頭 3 至鏡頭 10 則是車禍發生時，不同角度、不同區塊的分離鏡頭：如鏡頭 3 的「激——痛」，「激——」是模擬剎車聲「巜一」的長聲及其痕跡，「痛」則是模擬車子相撞的巨大聲及因而產生的巨大疼痛；[27]鏡頭 4 以小釘子刺進牙齦的影像，喚醒劇痛感；鏡頭 5 以疊字的「眼眼眼睛」疊合出被驚嚇的路人的眼睛；鏡頭 6 又回到車禍現場，血從不同的地方流出來的樣子；鏡頭 7 是空轉的車輪停住了；鏡頭 8 特寫車禍最悲慘之處，「恐怖」原是抽象的感覺，以「一塊」這樣的量詞「量化」它，使其具象化；鏡頭 8 是寫實的鏡頭，輾死之所在；因此馬上佐以鏡頭 9 之非現實景象，頗似進入完全黑暗的死亡場景。

　　回顧鏡頭 3 與鏡頭 4，鏡頭 8 與鏡頭 9 這兩處，竟是「蒙太奇」（Montage）鏡頭的應用，「蒙太奇」是法文「Montage」之音譯，其義同於英語的「Editing」（剪輯），「Montage」原是建築學名詞，安裝、拼合、組織、構成之意，電影工作者則拿來指稱將兩個不相干的鏡頭同時呈現（安

[26]同前註。
[27]張德本認為：「〈輾死〉將鐵路信號與列車調度的輪子碰撞聲，結合內在心象轉折與外向的變化，內外象間緊張切換的聚力，呈現內觀與批判的效應。」所以，「鏡頭 3 激←→擬聲輪子摩擦軌道，痛←→擬聲列車銜接叩合的聲響」也值得參考。同註 23，《鐵路詩人錦連論》，頁 18。

裝、拼合、組織、構成）在銀幕上，原來不相干的鏡頭竟然會相互干預、相互涉入，因而產生無法預料的新關係。[28]正所謂「兩個蒙太奇鏡頭的對列不是兩數之和，而更像是兩數之積。」[29]20 世紀 20 年代蘇聯蒙太奇學派的愛森斯坦（Sergei Mikhailovich Eisenstein，1898～1948）還曾以漢字為喻，解說蒙太奇的原理：如將「口」和「犬」並置，應該只有狗嘴之意，漢字的結合卻會有「吠」的新意義產生；將「口」和「鳥」並置，應該只有鳥嘴之意，而「鳴」的新意義因而產生；「口」字不變，「犬」和「鳥」的圖象變換，產生了「吠」和「鳴」的不同變化。[30]所以，沒有鏡頭 4 出現的鏡頭 3，可能給人噪音的厭惡感，沒有鏡頭 9 出現的鏡頭 8，只是車輪與車輪並排的寫實鏡頭。但當兩個「鏡頭」同時出現，車禍的「場景」，無言的疼痛，竟在兩個「鏡頭」之外游移而出。此外其他各鏡頭之間，都可以因為這種不同的組合產生不同的感覺。

　　「蒙太奇使鏡頭彼此相連而迸出意義的火花。一個微笑本身難以看出意義，但在夜以繼日的開會後，一個主持人微笑的特寫鏡頭就深具意義。」這是書寫《電影閱讀美學》的詩評論家簡政珍，對蒙太奇並置鏡頭的神奇作用提出詩學上的解釋，因而證明了詩與蒙太奇的相互啟發，因為「詩將時間的長短重新調整，詩也將不同的空間加以組合。詩正如電影的蒙太奇，它剪輯現實。」[31]錦連〈輾死〉這首詩所剪輯的就是他工作攸關的鐵軌、平交道附近所發生的死亡車禍事件，但錦連不採取寫實主義路線，多傾向形式主義風格，在詩中的銀幕構圖上常「賦予暗示、象徵、比喻的使命」[32]，即以此詩而言，到了詩之最後，鏡頭 13 與 14 採用鳥瞰角度，15

[28]鄧燭非，《電影蒙太奇概論》（北京：中國廣播電視出版社，1998 年 7 月），頁 5～14。
[29]愛森斯坦（Sergei Mikhailovich Eisenstein，1898～1948），〈蒙太奇在 1938〉，《愛森斯坦論文選集》，轉引自鄧燭非，《電影蒙太奇概論》，頁 236。
[30]劉森堯，〈愛森斯坦蒙太奇理論中的文學要素〉，《天光雲影共徘徊》（臺北：爾雅出版社，2001 年 5 月），頁 403～404。
[31]簡政珍，〈詩和蒙太奇〉，《電影閱讀美學》（臺北，書林出版公司，2005 年，增訂二版二刷），頁 175。
[32]同前註，頁 264。

與 16 即改用水平或仰角,「有些東西徐徐上升」,讀者不一定確知那是什麼,但在「灰塵似的細雨從天上落下」出現時,一樣落入隱隱約約的愁緒中。類似這種鏡頭角度的轉換,具象、抽象的輪替,現實、超現實的互涉,現實主義與形式主義鏡頭的間次交雜,〈轢死〉之後的錦連銀幕詩常常出現。這是 20 世紀 50 年代的臺灣,錦連在 25 與 30 歲之間,臺灣電影尚未起飛,甚至於舉步維艱,紀弦的《現代詩》剛剛創刊(1953 年 2 月 1日),真正銳利的詩論尚未出現,但錦連的詩已經以鏡頭(意象)在讀者心之銀幕呈現,更善用電影技巧,首創相連的蒙太奇鏡頭以激迸意義的火花,顯現臺灣詩壇早期的「現代性」,「現代性」使其詩質瀰滿。

被余光中譽為「新現代詩的起點」[33]的羅青,寫出被稱為臺灣「後現代主義宣言詩」〈一封關於訣別的訣別書〉(1985 年,《自立晚報》副刊)的羅青,遲至 1985 年元月才撰述〈錄影詩學之理論基礎〉,1988 年才出版整本《錄影詩學》詩集,他說:「錄影詩,在理論上,可以動用所有與錄影相關的機器語言技巧及思考模式;但同時,也可以保存相當的傳統語言手法。錄影詩,並不一定要以錄影帶為其最終發表的形式,其重點,還是以文字印刷為主,可以閱讀,可以朗誦。這是詩在手法上的拓展,精神上的改變,把 20 世紀科技在中國社會裡所產生的影響,在詩中具體地反應出來。」[34]這樣的手法拓展,精神改變,錦連是在 20 世紀 50 年代的臺灣就已揮舞起來。

四、銀幕詩影響下的錦連特色

「蘇聯蒙太奇學派」的庫勒雪夫(Lev Kuleshov,1899~1970)、普多夫金(Vsevolod Pudovkin,1893~1953)、維爾托夫(Dziga Vertov,1896~1954)、愛森斯坦,都努力將蒙太奇提升到哲學、美學或知識論的層次。法國主要的現象學家莫里斯・海洛龐蒂(Maurice Merleau-Ponty,1908~

---

[33]余光中,〈新現代詩的起點〉,《幼獅文藝》第 232 期(1973 年 4 月)。
[34]羅青,〈錄影詩學之理論基礎〉,《錄影詩學》,(臺北:書林出版公司,1988 年 6 月),頁 274。

1961）也區辨出一種「配對」（match），這種配對不僅是電影媒體和戰後世代之間的「配對」，而且也是電影和哲學之間的「配對」，他說：「電影特別適合用來彰顯心智和身體的結合、心智和這個世界的結合，以及作為一種表達自己的方式，哲學家和電影創作者具有某種程度的共同存在本質，並具備某一特定世代的世界觀。」[35]電影可以和哲學「配對」，可以提升到哲學的層次，詩更可以達至這樣的高度。基於這種體認，本節將著力於錦連詩作在銀幕詩的影響下所呈現的詩質及其人生哲學厚度。

　　錦連的作品依其出版的詩集可以區隔為兩大重要的創作階段，一是1952 至 1962 年，包括前四部詩集《鄉愁》、《挖掘》、《錦連作品集》、《守夜的壁虎》的絕大部分，以及第五部詩集《海的起源》前九首詩，都在這十年間完成，是他創作的高峰期，〈女的紀錄片〉與〈轢死〉就是這時期的作品。另一個重要階段是《海的起源》的主要寫作時期 1994 至 2002 年，共 90 首詩，次高峰。如果依「現代性」而言，第一階段的錦連其實已完成詩的創造性與衝刺力，其後的放緩、放空，應是可以想見的事。因此企圖以〈女的紀錄片〉與〈轢死〉的銀幕詩體系，串起錦連詩作的全貌，也就不算是狂妄之舉了。

　　就錦連銀幕詩的發展進程，可以縮結為下列四事：

（一）心靈投射下的靜物延伸

　　靜物素描或攝像，一直是美術、攝影愛好者的基礎工程，這樣的白描功夫，其實也是文學工作者最基本的實力展示。詩人之所以選擇這種動物、植物、器物，甚或景物作為書寫的模特兒，正是他內在幽微心理的外爍。出版於 2002 年的錦連早期詩集《守夜的壁虎》，選擇壁虎當作詩作的主象徵，在寫作的當時或計畫出版的時刻，都可以看出錦連孤獨心靈悠然出竅。

---

[35] 羅伯‧思譚（Robert Stam）著；陳儒修、郭幼龍譯，《電影理論解讀》（*Film Theory: An Introduction*）（臺北：遠流出版公司，2006 年，初版二刷），頁 116。

　　守著夜的寧靜

　　不轉眼珠的小壁虎

　　以透明的胃臟

　　靜聽著壁上的大掛鐘

　　連空氣都欲睡的夜半

　　我亦孤獨地清醒著

　　守著人生的寂寥……[36]

　　　　　　　　　　　　　　　　　　　　——〈壁虎〉

　　「守著夜」是錦連長期在鐵路局電報房輪值夜班的工作形態;「不轉眼珠」是錦連專注事物或時事的處事態度;「透明的胃臟」是真實的壁虎寫真,也顯示錦連生活中以真示人,痛恨「偽善者」,錦連在許多詩中一再檢討自己或批判他人的「偽善」。[37]心理學家強調:一個人在兒時學會過度順從,他們所學到的生活方式是符合別人的期望,取悅別人,不得罪別人,因而建立一種「虛偽的自我」,這種人只是在適應,不是在體驗這個世界。[38]「偽善」,錦連一生中最深惡痛絕,不批判不痛快之事,因此這裡特別強調,連動物的胃臟(生活之所依)都是透明的。

　　「靜聽大掛鐘」又回到值夜班工作實況,卻也是時間流逝的感觸與無奈。整首詩刻意突出壁虎深夜靜靜守候,實際透露的是自己清醒的孤獨與寂寥。

　　至於感傷,錦連選擇了情人留在手帕上的口紅印,突出而醒目:

　　留在手帕的

---

[36]錦連,〈壁虎〉,《鄉愁》(彰化:新生出版社,1956 年 8 月),頁 8。《挖掘》,頁 15。《錦連作品集》,頁 55。《守夜的壁虎》,頁 181。

[37]如〈偽善者〉(《守夜的壁虎》,頁 25)、〈我〉(《守夜的壁虎》,頁 76~77)、〈乞丐〉(《守夜的壁虎》,頁 212~213) 等詩,都在批判偽善。

[38]安東尼‧史脫爾著;張嚶嚶譯,《孤獨》(Solitude),頁 25。

紅色中的

最美的溫柔和熱情的哀傷的痕跡

最後的離別之夜

啜泣著擦下來的

口紅[39]

——〈感傷〉

　　這兩首詩顯現錦連重視鏡頭的「聚焦」效果，在萬籟俱寂的無邊黑夜中選擇一隻小小的壁虎，在素白的手帕上凸顯離別的口紅印，都是影像處理高手才有的經驗。同樣是紅色的掌握，感傷時以啜泣的口紅印聚焦那「最美的溫柔和熱情的哀傷的痕跡」，蓋章時卻以紅色的印泥暗喻鮮紅的血，但印章專屬的功能——「名字」卻無法彰顯（無論怎麼蓋／你的名字顯現不出來／／無論怎麼著急／那裡只有你鮮紅的血而已）。[40]名字所代表的是一個人的身分、地位，卻在最該顯露自己的印章裡也被鮮血似的印泥所模糊。

　　與紅色同屬暖色系統的黃色，也不免於這種愁緒的渲染。錦連看見檬果（芒果）時專注於檬果的黃，而不是甜美的汁，即使是汁，也是經由人體滲出自己所屬的黃色人種的失望與期望（鄉愁與夢），從具象的「汗」提升為抽象的「憾」。

有

　保持色彩的固執性

有

　民謠般的土著氣味

---

[39]錦連，〈感傷〉，《守夜的壁虎》，頁304。
[40]錦連，〈蓋章〉，《守夜的壁虎》，頁264。

黃的

鮮黃的

隨著汗而滲出的有色人種的鄉愁與夢[41]

　　　　　　　　　　　　　　　　——〈檬果〉

　　如果將錦連 30 歲以前所寫的這首〈檬果〉（1952～1957 年），與同樣出生於 1928 年的余光中所寫的〈芒果〉（1989 年）相比，余光中所看見的芒果已是臺灣農民多次改良後的品種，所以有著「撲鼻的體香」、「豔紅而豐隆的體態」，詩之最後是「懷著外遇的心情，我一口／向最肥沃處咬下」[42]，可以想像那種愉快、滿足的神情，相對的，錦連卻在固執性與土著氣味中為黃色人種的鄉愁與夢擔著心。

　　從動物、衣物以至於果物，錦連所聚焦的都是體積極小的個體物，所貫穿的情緒不外乎哀愁與孤獨，這種靜物與孤獨的圖象呈現，一直是錦連詩作的原調與基礎。

　　〈壁虎〉是壁虎（象）加上人的寂寥（意），〈感傷〉是口紅加上人的離別，〈檬果〉是芒果加上人的鄉愁。「物」加上「人」因而有「事」發生，有「事」繼而有「故事」、有「畫面」、有「小說企圖」、有「戲劇情節」、有「電影場景」，如是逐步演化而成銀幕詩。〈蛾群〉是這種說明性強的「場景」：

一個燈泡

爬滿著成千的飛蛾

我熄燈而拿著廢紙點了一把火

把那熾烈的憤怒

插進最密集的

---

[41]錦連，〈檬果〉，《鄉愁》，頁 2。《挖掘》，頁 9。《錦連作品集》，頁 43。

[42]余光中，〈芒果〉，《安石榴》（臺北：洪範書店，1996 年 5 月），頁 28～29。

可惡可恨的這一伙起閧的群體中

嗶吧嗶吧　嗶吧地

渺小的生命爆裂迸開

灰塵似的屍體紛紛飛落到我的手臂

然而　由於心中湧起的

殘忍　但卻有點悲戚的微笑

我的面頰不由得僵硬起來

因為我忽然發現

人類　跟這群飛蛾並沒有兩樣……[43]

──〈蛾群〉

　　這首詩以極多的畫面播送飛蛾撲火、屍體飛落手臂、人臉上表情詭異多變，已經從單純的靜物安頓，進一階到連續的事件安排，只是散文式的敘述多了一些，概念式的結語淺了一點，無異於一般詩作。但這首詩顯示錦連寫實主義的手法，敘事性的水平鏡頭運轉，具足功力，拍攝出有聲有色的「場景」給讀者（觀眾）閱讀、觀覽。

　　由「場景」之呈現，轉而為「鏡頭」之轉換，是現代電影導演所熱中的，〈記錄〉這首詩倒真的提供了此一觀點的真實紀錄。

1.冰冷的冬季北風

2.種種雜音和它的波動

3.遠遠的歌聲

4.從熱滾滾的生活撒下來的色彩之輻射

5.枯草和泥土的香味

---

[43]錦連，〈蛾群〉，《挖掘》，頁 80～81。《錦連作品集》，頁 122～123。《守夜的壁虎》，頁 100～101。

6.有淡淡鹹味的淚水

　　僅僅殘留於皮膚面的感覺就這樣地記錄下來

（夜似乎已深了）

　　以像膜拜似的姿勢
他　一個乞丐趴伏在廊下的角落

　　　等待著
　　………那樣地
　　　　　等待著[44]

　　　　　　　　　　　　　　　　　——〈記錄〉

　　前面六個分鏡鏡頭，比起〈女的紀錄片〉、〈輾死〉的單純視覺意象，顯然又豐富多了。鏡頭 1 是觸覺，鏡頭 2 是聽覺加觸覺，鏡頭 3 是聽覺，鏡頭 4 是（超現實的）觸覺加視覺，鏡頭 5 是嗅覺，鏡頭 6 是味覺。五感通覺，無一缺漏。這六個鏡頭是屬於近距離的皮膚特寫，鏡頭慢慢拉開，其後不加標號的鏡頭則為中景或遠景，冷冷鳥瞰著人世間悲慘的一隅。因此，可以將前一組稱為「內記錄」，後一組稱為「外記錄」，景中有景，記錄裡猶有記錄，錦連的銀幕詩因而有了完整的、分鏡式的發展軌跡，由靜物繪本慢慢延伸出連環影像。

（二）鏡頭逼視下的人物暗喻

陰沉
　　太濃
　　　窒息性的固體的憂鬱

---

[44]錦連，〈記錄〉，《守夜的壁虎》，頁 336～337。

　　從歪斜的桌子上
　　　從翻倒了的一隻茶杯的腹部
　　　　緩緩流出

　　有傳奇性的故事
　　　說是
　　　　曾經有人在此啜泣⋯⋯[45]

──〈靜物〉

　　這是錦連的詩〈靜物〉，他將「靜物」定義為「窒息性的固體的憂鬱」，彷彿任何靜物都可以隨時說出一段哀傷的故事，譬如一段影片：一隻翻倒的茶杯，茶水緩緩流出──有聲的翻倒的動作，無聲的流出的動作，這背後會有一段啜泣的傳奇。物的演出，總是連接著人的故事。

　　文學紮根土地，也挖掘人性，所以所有的影像之作無不以「人」為主角，即使是以「物」為主角，也無不以「人」為影射的對象，或以「人」為隱喻的基礎，如錦連詩作的〈蚊子淚〉[46]強調的是人類血液中無可豁免的悲哀，〈蚊子──苗栗詩抄之一〉[47]強調的是人類血液中熊熊燃燒的情愛。因此，赤裸觀看錦連鏡頭逼視下的人物，以影像呈現的人物較諸其他詩作更為栩栩如生，其中隱約的暗喻才是錦連詩作的靈魂，值得逼視。

　　先觀察很早出現的分別以老阿婆與老頭子為模特兒的兩首詩，剛好形成值得深思的對比。〈老阿婆〉以寫實主義的方式娓娓敘說，彷彿不帶一分感情而哀傷隱藏在其中：「是一樁夜車裡的事／／白鬢髮二三根／面容憔悴的／慈祥的老阿婆／／讀大學的／獨生子猝死／所以千里迢迢／從老遠的家鄉趕來／／以悲傷的口吻／如此告訴我的／可憐的老阿婆／／少年的那

---

[45]錦連，〈靜物〉，《挖掘》，頁 39。《錦連作品集》，頁 81。
[46]錦連，〈蚊子淚〉，《鄉愁》，頁 1。《挖掘》，頁 8。《錦連作品集》，頁 9。《守夜的壁虎》，頁 150。
[47]錦連，〈蚊子──苗栗詩抄之一〉，《守夜的壁虎》，頁 305。

一天／要還鄉的／夜車裡的一樁事」。[48]藉難以體會死亡、孤獨的少年，去襯托老阿婆深沉的悲哀。

這種人生旅程的孤獨，常常在錦連詩中不經意流瀉出來，〈旅愁〉這首詩就是藉自己在火車鑽進山洞時，怕窗口颳進來的煤灰，以手帕掩住整個臉龐的身影，疊合了「被放逐的人」、「被押解至西伯利亞的流放罪犯」、「和親人訣別、離開村莊、孤單地踏上漂泊之旅的人」，[49]糾結著全人類的旅愁在一個動畫中，映現出「無故人」的千里孤獨與悲哀。

另一首老頭子的悲哀，以〈老舖〉命名，以一朵紅色的薔薇對比白髮的老頭子，花瓶裡的薔薇動也不動，白髮的老頭子動也不動，但青春豔麗的活力與老邁呆滯的枯朽震撼著讀者的視覺。場景拉遠：一個老舖子，時間點設計：六月冷靜的夜晚。一幅靜靜無言的畫面，是孤獨的悲哀，是青春的哀悼。

夜靜的老舖

　　有一朵薔薇

旁邊

白髮的老頭子托著腮幫

把視線獃獃地釘在街上

花瓶裡的薔薇動也不動

老頭子

是否想像著年輕的日子？

六月的　冷靜的夜晚[50]

　　　　　　　　　　　　　　　　——〈老舖〉

---

[48]錦連，〈老阿婆〉，《守夜的壁虎》，頁 18～19。

[49]錦連，〈旅愁〉，《錦連作品集》，頁 34～35。《守夜的壁虎》，頁 14～15。

[50]錦連，〈老舖〉，《挖掘》，頁 11。《錦連作品集》，頁 51。《守夜的壁虎》，頁 114～115。

同樣是對比，〈腎石論〉只以醫生的話「腎石是由鹽分結成的」與詩人的話「腎石的由憂鬱與悲哀凝結而成的」做對比，形成「手術刀和詩人的筆尖的閃耀」[51]的意象，未見畫面，成效不如有著故事性的〈老舖〉動人。

從〈女的紀錄片〉之後，錦連銀幕詩中常常出現男與女的對手戲，如〈男與女〉、〈雌・雄〉即是，此處以〈青春〉一詩為例：

　　黃金色的
　　被情焰激起的雌狐狸

　　褐色的
　　因快被充沛的精力給脹破的雄獅

　　用力踩踏的三輪車伕的毛毛腿
　　隨風飄蔽大耳環的黑髮的波浪[52]

詩中男女以三組對映畫面「黃金色／褐色」、「雌狐狸／雄獅」、「毛毛腿／黑髮波浪」，共同築造青春形象，最後男性以三輪車伕的姿態載送大耳環觀光，保住新女性的平衡地位。但對女性的狂野，錦連一向以野獸之牙稱之，如〈女〉這首詩：「她笑了！／神祕的表情破壞了光線的調和。／／閃耀而純白的牙。／／是一隻，／／充滿反抗的噴火動物。」[53]詩中有著調侃、戲謔、敬而遠之的意味。將老人組與青春組人物做一比較，錦連的人物性格，向灰暗色調傾斜，對弱勢族群寄以無限同情，仍然依循著孤獨心靈，踽踽而行。

（三）光與影之外的想像空間

錦連的銀幕詩可以區分為兩類，一是抒情性濃的作品，如〈眼淚的秩

---

[51]錦連，〈腎石論〉，《鄉愁》，頁 10。《挖掘》，頁 17。《錦連作品集》，頁 57。《守夜的壁虎》，未選入。
[52]錦連，〈青春〉，《守夜的壁虎》，頁 297。
[53]錦連，〈女〉，《鄉愁》，頁 15。

序〉、〈那個城鎮〉；一是思考性強的作品，如〈劇本〉、〈寂寞〉等詩。

抒情性濃的作品敘事性亦強，因此也就缺少光與影之外的想像空間，如〈眼淚的秩序〉：「1.像是打冷顫發抖的我的手腳臉面和他的手腳臉面／2.明顯地被鄉愁和生前的祖母相連的哀感情緒染紅的父親呀／3.跟著頭髮稀疏的他的腳跟行走的有乾涸湖沼的故鄉小山路／4.隨著轉彎隨著上坡逐漸漲滿逐漸洋溢的痛癢／5.或者是蕁麻疹或者是膨脹／6.越來越屬害的對潰決的預感敗北的預感而哭泣的（那是少年的日子）／7.向礦車沿著山麓疾馳的記憶遠處滑行的一條點線／8.風吹過／9.回想起輕微的飢餓感／10.它立即飛到眼球深處的無可奈何的仰慕並停滯又溶化了」。[54]這首詩是悲哀的情緒如何醞釀而流出眼淚的細膩過程，在外在的親情因素，有眼睛腫痛的局部描述，有過去的悲傷記憶，鏡頭依序而下，時近時遠，時古時今，但不需要保留讀者想像空間。把它視為一般抒情作品亦可。

〈那個城鎮〉亦然，這首詩在《挖掘》詩集中未標示編號，且有「給苗栗‧羅浪兄」的副題，顯然以一情／一景的切割畫面為苗栗留下記憶，句與句間未必是連續性的鏡頭，也未必有連續性的情節，因此在《守夜的壁虎》中去掉副題，加上標號，鏡頭彷彿有了順序，情節尚存，情誼猶在，但故事性不強，因為不曾為讀者留下想像空間，讀者可以參與的地方不多。[55]這兩首詩純屬個人私密之情，雖以影片的方式處理，卻非成功之作，原因都在於：光與影之外，缺少想像的空間。

詩與電影，都需要導演能引導觀眾到某個玄想的空間，任由伸展。

思考性強的作品，「現代性」強的作品，甚至可以發展出數度空間。如〈主人不在家〉之詩題所示，心情放輕鬆，製作小品電影一般，敢於遊戲，反而產生極佳效果：

1.玄關（張開口的石虎）

---

[54]錦連，〈眼淚的秩序〉，《守夜的壁虎》，頁351。
[55]錦連，〈那個城鎮〉，《挖掘》，頁82～83。《守夜的壁虎》，頁356～357。

2.小徑（月明之夜的白色溪流）

3.沙發（抱著啤酒桶跌個屁股著地的一隻熊）

4.金庫（一大塊煤炭）

5.衣架（爛醉如泥的章魚的手腳）

6.電鐘（陶醉於太古夢境的貝殼貨幣）

7.電扇（在發笑著的假面具）

因為主人不在家……

遊戲正要開始了[56]

　　前面的七個編號，可以當作文學裡的七個譬喻句：玄關如張開口的石虎，小徑是月明之夜的白色溪流；或是電影裡並置的七組分鏡：沙發與抱著啤酒桶跌個屁股著地的一隻熊，金庫與一大塊煤炭。如是等等。不同的是，任何譬喻句都可能只有一個意思，但並置的兩個分鏡卻有許多不同的蒙太奇效果，如沙發與熊，有的人會想成休閒的環境，有的人會因而有被抱的想望，有的人會有家暴的恐懼，如是等等。這其間的差異來自讀者不同的成長環境、文化背景、想像能量，詩的豐富性也隨著不同的心境產生不同的光影變化。

　　這首詩最後「主人不在家」的「主人」是指封建的宰制心靈。敢於解於心靈的宰制，所有快樂的遊戲才算開始，所謂「現代性」云云，這是其中重要的因素。主人不在家，讀者才能是主人。詩的戲劇舞臺是否立體化，就看讀者有多大的主宰空間。

　　〈搬家的家當〉，主人也不在家，家具成了主角。〈主人不在家〉與〈搬家的家當〉，這兩首詩與一般以「人」為「主」的戲劇拉開了距離，不在人與人之間縈繞，減少了人與人之間恩愛情仇的摩擦，一如童話世界，可以想像的空間也就加大了。

---

[56]錦連，〈主人不在家〉，《守夜的壁虎》，頁327。

　　人與家具，都是實有的存在，但錦連的銀幕詩在處理抽象感覺如「寂寞」時，也採取分割鏡頭，似斷又連，似連又斷，詩在斷與連之間、斷與連之外，分外值得細思。

> 　感動（因血球群濃縮所引起的心臟之負荷）
> 　淚水（過剩的水分之溢出）
> 　綠色（色素沉滯的結論）
> 　愛情（生理性的慾望和傳統性的美化作用之製品）
>
> 　　今天我感覺寂寞
> 　　　　如同存在徐徐地在溶解般
> 　　　　　　　寂寞[57]
>
> 　　　　　　　　　　——〈寂寞〉

　　以四個心理與生理互相解構的句子，讓讀者接受：寂寞就像是任何事物、任何萬有、任何存在，慢慢溶解、慢慢消逝、慢慢折磨，既無法避免、也無法改變，更無法阻斷。這四個互相解構的句子，如「感動」一詞，是心理學名詞，指心感應於外物而有所激動，但錦連以身體的物理現象「因血球群濃縮所引起的心臟之負荷」加以解釋，雖合乎心理醫學常識，但也解構了「感動」一詞的感動值；如「愛情」，多令人心馳神往的美好世界，但在「生理性的慾望」、「傳統性的美化作用」的解構下，卸下愛情的神祕面紗。但是相反地，當生理作用有所變化時，未嘗不是一種令人「感動」的「淚水」，或者讓人心靈沉澱的「綠」。同時，上一組的兩個分鏡還在視網膜上暫留，下一組又已出現，如此交互糾纏，可能相互解構，卻也可能相互建構之時，擴充了詩的無限可能。

　　〈劇本〉之詩，可以為這一節「光與影之外的想像空間」做一綜合性

---

[57] 錦連，〈寂寞〉，《守夜的壁虎》，頁 328。

的演出，在「正、反、合」似的圖象辯證與思想辯證裡，世界，在錦連的銀幕詩中透露深邃的哲思。

鋼筆——一支會吐出可怕容量的痰水之菸斗
　　　（但鋼筆不知不覺已生鏽而腐朽了）

樹木——不斷迸出的煙火
　　　（但樹木成長之後枯掉了）

煙——抱有意志的多形狀的浮游動物
　　　（煙被風吹散了）

天——破破爛爛在擴展中的大包巾
　　　（但天卻憑一時的情緒而固定下來了）

地——不安定而僅有的一張毛毯
　　　（但地卻動也不動）

人——含有對未來的可能性之一塊炙熱體
　　　（但人無論如何就是過去和現在的總和）

收場白——突然響起驟雨似的喝采
　　　（但這是一點也不值得提起的）[58]

（四）言與動之外的真實意涵

錦連是一個思想性強的詩人，他靜靜守候人生，觀察社會，在銀幕詩中以言與動演出，但其背後卻有深度的意涵。早期在〈蛾群〉詩中發現「人類跟這群飛蛾並沒有兩樣」，〈於八卦山〉詩中感觸：「螞蟻的世界和人

---

[58]錦連，〈劇本〉，《守夜的壁虎》，頁 334〜335。

類的世界究竟有何差別？」[59]他往往從弱小動物的遭遇中憐憫人類的處境。就以〈輾死〉這首詩來思考，長期鐵路局的工作錦連為什麼留存平交道死亡車禍事件，車禍的意義何在？車禍的真實意涵何在？是不是可以像南方朔導讀 2006 年諾貝爾文學獎得主奧罕・帕慕克（Orham Oamuk，1952～）的小說《新人生》所說：「『公路』和『車禍』在這部小說裡是重要的象徵。這裡的『公路』就和稍早前新潮的『公路電影』相同，把公路寓意為生命或文化的覺醒過程，而『車禍』的碰撞，則當然意謂著文化的碰撞。」[60]錦連出生於日治時期的彰化，臺灣傳統在地的文化、日本文化，從小影響著他，1949 年以後同種同文但不同語的儒家文化又衝擊著他，在鐵道與公路發生車禍的暗喻，是不是也告訴我們這種異文化相互碰撞的火花，會是另一個新文化的火種或禍種？哪一條鐵道或公路可以引領我們走向覺醒之路？

近期的作品錦連喜歡探討「死亡」，同樣以〈劇本〉為名的散文詩，就上演了一齣「不願意被人懷念」的孤獨死亡劇：

因為用盡了人們的隱密的愛——佇立於凌亂的墓碑林立的野地　有個駝背老人嘴裡咕嚕著　「我不願意被人懷念　我只希望被人遺忘」　偶爾秋雨忽地掃過　雨點從老人的腮鬍滴落下來　雨停　從雲間露出微弱的晨曦映照著水滴和微紅的墓碑　下顎一直發抖的老人　舉杖指向天邊的一角　把種種懊惱憂懼自滿和欣喜的日子　推至遙不可及的忘卻的世界　在這無垢的時刻　人們還沒睡醒當中　在這極為寧靜的時段……忽然有一股由衷的跪拜欲求湧起　他那憔悴的面頰露出孤寂的微笑　然後在磨得發亮的冰冷鐵軌上　在把載滿了秋天裝飾的森林邊緣繞個大圈而來的白銀的鐵軌上　他緩慢地躺下　而等待即將到來的淒壯瞬間……他仍深

[59]錦連，〈於八卦山〉，《守夜的壁虎》，頁 110～111。
[60]南方朔，〈一則大型的國族文化寓言〉，奧罕・帕慕克（Orham Pamuk，1952～）著；蔡鵑如譯，《新人生》（*Yeni Hayat, The New Life*）（臺北：麥田出版公司，2007 年，二版一刷），頁 10。

信著愛和光明　太陽升起　太陽轟然地墜落了

似有誦經的聲音從薄暮的野地微微地悲涼地傳來[61]

　　但錦連並不是人生旅程中的怯懦者，他詩中的批判性十分強烈，一方面從人類可笑的行事中感嘆人性，一方面也對這種可笑又可悲的行為予以嘲諷。〈短劇〉這首詩可以看出這種嘲諷與悲憫的雜糅，故事雖單純，衝突、對比的鏡頭卻極具震撼力，現實與夢境的虛實呼應又豐富閱讀的趣味性，可以當作是經典的電影詩。

　　腰腿不穩的一隻棕色病狗走在前面
　　宛如走在伸展臺的時裝模特兒
　　交叉著後腳一拐一拐地晃著尻股往前走
　　忽然──
　　狗在乳白色的跑車旁駐足
　　舉起一條後腿向輪胎嘩嘩地撒了一泡尿

　　這時　推開名貴轎車的前扉
　　穿著銀色高跟鞋的嬌豔女郎
　　伸出羚羊般修長纖細的腳
　　肩吊著名牌手提包婉然地從車內下來
　　然後　昂首以模特兒的誇張姿勢
　　一擺一擺地晃著身子沿著巷道走去

　　狗閃在路旁出神地望著女郎
　　我緊接在後　茫然地看著她和狗
　　望著望著──

---
[61] 錦連，〈劇本（散文詩）〉，《海的起源》，頁28。

側臉感到微熱的晨曦
半醒半睡的夢境裡
我在詫異中慢慢地覺醒過來

定神一看
我驚訝地發現
滿架上的書籍裡
似乎未曾讀過這麼富有詩意的情景——
女郎消失了
狗也失去蹤影

然而
視網膜的餘像裡
仍然——
有一擺一擺的女郎
有一拐一拐的病狗
還有一擺一拐的我[62]

　　時髦而名貴的裝扮、有著模特兒身姿的女郎，腰腿不穩、一拐一拐的病狗，這是絕大的對比，絕大的對比之間卻是「我」的存在。「我」是一個什麼樣的存在？在名媛的眼中，我的存在會不會如同一條病狗，視而不見？而在病狗的世界裡，名貴的跑車也不過是牠撒尿的地方，那麼，我的位置又在哪裡？在這樣的一齣短劇裡，人的價值與地位，生命的尊嚴與存在的意義，正是錦連逼使讀者思考的地方。
　　銀幕詩是重視視覺的，這首詩裡，病狗——棕色，跑車——乳白色，高跟鞋——銀色，極盡色彩之舖陳，這是重視意象、重視鏡頭的詩人所不

---

[62]錦連，〈短劇〉，《海的起源》，頁 63～65。

願意疏忽的。

　　即使是單一鏡頭，如〈傑作〉[63]這首詩，我們看到叉開雙腿、挺立身子，咬緊牙根、滲出血來的雙唇（特寫鏡頭「紅色的血絲」在此），讓我們有鐵與血的深刻印象，這是想阻擋現實的的挺立鏡頭，自有其意涵，錦連認為這就是「比死亡更有尊嚴的」傑作。「尊嚴」，正是支撐錦連孤獨詩風的那一根脊梁。

　　　　在近代精神的尊嚴裡
　　　　痛癢開始了[64]

　　　　　　　　　　　　　　　　　　——〈角膜炎——二行詩〉

　　小小的角膜發炎，小小的角落發炎，就是精神尊嚴的創痛，錦連從這樣的紅腫處，以清晰的影像，多重的鏡頭，捍衛人性的尊嚴。

　　甚至於，捍衛臺灣的尊嚴，為臺灣用力地打下「銀幕詩」第一鋤！

　　　　那是比懼怕更為莊嚴的一種自覺
　　　　對血液不曾停止滲出的人類心靈的創傷記憶
　　　　重新湧起感動淚水的現在
　　　　唯有此時此刻　踏出柵欄
　　　　在這臺灣還只有僅少的人敢為的
　　　　站立於那荒蕪的野地
　　　　偷偷但卻用力地打下第一鋤吧[65]

　　　　　　　　　　　　　　　　　　　　　　　　——〈第一鋤〉

---

[63]錦連，〈傑作〉，《守夜的壁虎》，頁241。
[64]錦連，〈角膜炎——二行詩〉，《守夜的壁虎》，頁251。
[65]錦連，〈第一鋤〉，《守夜的壁虎》，頁376～377。

五、結語：詩是尊嚴

　　錦連，一個 50 年之後才翻譯出版自己 25 歲時的少作，歷史的定位必須重新放回原來的軌道上去思考的一位詩人。有人從他的職業——鐵路、電報，思考「直線型」剛直的性格，簡潔、吝嗇如蜘蛛的電報型用字。有人從他的祖籍臺北三峽，長居地彰化，近年頤養天年的高雄，思考這樣的地緣變遷與人際關係，對其詩歌創作會有什麼樣的微妙變化。更多的人深入他的詩作中，探尋他的人道主義關懷、處事風範，釐清他的色彩運用習性等等，為他重估藝術的價值。

　　本文則從他少年時代參加「銀鈴會」的緣由始末，論述這一時期的創作何以造就他的藝術高峰，並以他所始創的、最早出現的兩首「電影詩」（銀幕詩）〈女的紀錄片〉與〈轢死〉，作為論述的主軸，尋找錦連詩作在銀幕詩影響下的特質，得出四項結論：1.是錦連擅長以小動物或小物件，投射自己心中的孤獨感；2.是錦連的人物性格，向灰暗色調傾斜，對弱勢族群寄以無限同情，依循著孤獨心靈，踽踽而行；3.是錦連常以「正、反、合」似的圖象辯證與思理辯證裡，在銀幕詩中透露深邃的哲思；4.是錦連是一個思想性強的詩人，孤獨是他常常顯露的身影，但「尊嚴」卻是支撐錦連孤獨詩風的那一根脊梁。

　　所以，「銀鈴會」與「銀幕詩」是真正肯定錦連雙贏地位的最好指標；錦連的詩壇地位就在「銀鈴會」與「銀幕詩」的雙重影響下奠立穩固的礎石。

參考文獻

錦連作品集（依出版時間序）

・錦連（陳金連），《鄉愁》（彰化：新生出版社，1956 年 8 月）。
・錦連，《挖掘》（臺北：笠詩刊社，1986 年 2 月）。
・錦連，《錦連作品集》（彰化：彰化縣立文化中心，1993 年 6 月）。
・錦連，《守夜的壁虎》（中文）（高雄：春暉出版社，2002 年 8 月）。

- 錦連，《夜を守りてやもりが……》（日文）（高雄：春暉出版社，2002 年 8 月）。
- 錦連，《海的起源》（中文）（高雄：春暉出版社，2003 年 4 月）。
- 錦連，《支點》（日文）（高雄：春暉出版社，2003 年 7 月）。
- 錦連，《那一年──一九四九年錦連日記》（高雄：春暉出版社，2005 年 9 月。）

中文書目、篇目（依作者姓名筆畫序）

- 余光中，《安石榴》（臺北：洪範書店，1996 年 5 月）。
- 李魁賢，〈存在的位置──錦連在詩中透示的心理發展〉，真理大學臺灣文學系編，《福爾摩莎文學‧錦連詩作學術研討會論文集》（臺北：真理大學，2004 年 11 月 7 日）。
- 林亨泰，《臺灣詩史「銀鈴會」論文集》（彰化：磺溪文化學會，1995 年 6 月）。
- 南方朔，〈一則大型的國族文化寓言〉，奧罕‧帕慕克（Orham Pamuk，1952～）著；蔡鵑如譯，《新人生》（*Yeni Hayat, The New Life*）（臺北：麥田出版公司，2007 年，二版一刷）。
- 張德本，《鐵路詩人錦連論》（臺北：臺北縣文化局，2005 年）。
- 郭楓，〈守著孤獨、守著夜、守著詩──錦連篇〉，真理大學臺灣文學系編《福爾摩沙文學‧錦連詩作學術研討會論文集》（臺北：真理大學，2004 年 11 月 7 日）。
- 詹冰，《實驗室》（臺北：笠詩刊社，1986 年 2 月）。
- 劉森堯，《天光雲影共徘徊》（臺北：爾雅出版社，2001 年 5 月）。
- 鄧燭非，《電影蒙太奇概論》（北京：中國廣播電視出版社，1998 年 7 月）。
- 簡政珍，《電影閱讀美學》（臺北：書林出版公司，2005 年）。

中譯書目（依作者姓名字母序）

- 安東尼‧史脫爾（Anthony Storry）著；張嚶嚶譯，《孤獨》（*Solitude*）（臺北：知英文化公司，1999 年 10 月）。
- 梭羅（Henry David Thoreau）著；林玫瑩譯，《孤獨的巨人：梭羅的生活哲學》（臺北：小知堂文化公司，2002 年 7 月）。
- 路易斯‧吉奈堤（Louis D. Giannetti）著；焦雄屏譯，《認識電影》

（*Understanding movies*）（臺北：遠流出版公司，2007 年）。

・奧罕・帕慕克（Orham Pamuk）著；蔡鵑如譯，《新人生》（*Yeni Hayat, The New Life*）（臺北：麥田出版公司，2007 年，二版一刷）。

・非力浦・柯克（Philip Koch）著；梁永安譯，《孤獨》（*Solitude*）（臺北：立緒文化公司，2004 年）。

・羅伯・思譚（Robert Stam）著；陳儒修、郭幼龍譯，《電影理論解讀》（*Film Theory: An Introduction*）（臺北：遠流出版公司，2006 年）。

——選自蕭蕭、李佳蓮編《錦連的時代——錦連新詩研究》

臺中：晨星出版社，2008 年 12 月

錦連詩作的白色美學

◎李桂媚*

一、前言

　　本文擬以「錦連詩作的白色美學」為研究主題，以錦連的中文詩集為觀察對象[1]，試圖探究錦連詩作對白色此一色彩意象的經營與表現，此研究議題的生成，主要導因於下述幾點思考：

　　第一、選擇以臺灣新詩的色彩意象為研究對象，在於色彩之於文學作品的美學價值猶待開發。在西洋美術史的脈絡裡，越是重視形式的畫派就越強調色彩的表現，大抵而言，從文藝復興以至寫實主義，此時期的繪畫是內容重於形式的，自印象派以降，現代美術則轉向形式重於內容，因而越是後期出現的藝術流派越是著重表現手法，色彩的經營便是其重心之一；反觀文學，整個思潮的演進順序雖與藝術發展相似，但色彩在文學作品中所發揮的作用卻是內涵大過於形式的。黃永武在評價古典詩的色彩設計時，即曾言：「色彩字在詩中的價值，不啻是繪彩設色的外表工夫，還可以透視詩心活動的內層世界。」[2]由此可見，色彩在詩中扮演的角色實不容小覷。再者，蕭蕭論及古典詩歌的色彩時，則進一步指出現代詩和古典詩一樣充滿色彩，其認為：「以色彩激引讀者視覺，再進而觸發意識聯想，以

---

* 發表文章時為臺北教育大學臺灣文化研究所碩士生，現為大葉大學公關事務中心辦事員。
[1] 錦連已出版的中文詩集包括：《鄉愁》（彰化：新生出版社，1956 年 8 月）、《挖掘》（臺北：笠詩刊社，1986 年 2 月）、《錦連作品集》（彰化：彰化縣立文化中心，1993 年 6 月）、《守夜的壁虎》（高雄：春暉出版社，2002 年 8 月）、《海的起源》（高雄：春暉出版社，2003 年 4 月），計五本。
[2] 黃永武，《詩與美》（臺北：洪範書店，1987 年 12 月），頁 21。

達成情意交流、感染的效果，古今詩人似乎有志一同。」[3]然而，相對起古典詩歌的色彩研究成果，現代詩雖色彩斑斕，色彩相關研究卻乏人問津，不免有遺珠之憾，本研究即有感於色彩意象之於文學作品的特殊性，以及現代詩色彩研究的待開拓，因而選擇以臺灣新詩的色彩意象為觀察的對象，期能洞悉色彩意象在新詩中的人文意涵與多元表現。

第二、選擇錦連詩作為研究範圍，在於錦連詩作的色彩美學仍待彰顯。錦連擁有豐富的創作量，以其詩作為觀察對象的相關評論卻顯得匱乏，對此，李友煌便曾感嘆：

> 過去，有關錦連詩作之介紹或評論性文章，數量並不多，……而有關錦連詩作的學術性論文，則更寥寥可數，目前只有東海大學中文所阮美慧的碩士論文《笠詩社跨越語言一代詩人研究》、李魁賢的〈存在的位置──錦連在詩裡透示的心理發展〉、成大臺文所碩士生王萬睿的〈現代性：從壓抑與反思的歷史開始──試論錦連詩中「火車」意象的現代意義〉、同所碩士生李敏忠的〈存在的震顫──評錦連五〇年代「即物」詩的抒情優位〉，以及張德本的〈臺灣鐵路詩人──錦連的鐵路詩〉五篇。[4]

時至今日，除了前述五篇學術研究外，後續研究尚有：李友煌的學位論文《異質的存在──錦連詩研究》、真理大學臺文系召開的「錦連詩作學術研討會」[5]、張德本撰寫的《臺灣鐵路詩人錦連論》，以及其他散見於報章雜誌的評介文字。[6]然而，相關評介以介紹性文章居多，有關錦連的學術

---

[3]蕭蕭，《青紅皂白》（臺北：新自然主義公司，2000年6月），頁200。
[4]李友煌，〈異質的存在──錦連詩研究〉（成功大學臺灣文學研究所碩士論文，2004年6月），頁3。
[5]該研討會論文可參見真理大學臺灣文學系編，《福爾摩莎文學：錦連詩作學術研討會論文集》（臺北：真理大學，2004年11月7月）。
[6]學術性論文有：陳采玉，〈錦連青年時期詩語言之特色〉，《高苑學報》第10期（2004年7月），頁187～197；阮美慧，〈論錦連在臺灣早期現代詩運動的表現與意義〉，《真理大學臺灣文學研究集刊》第7期（2004年12月），頁23～48；李友煌，〈時代的列車──臺灣鐵道詩人錦連〉，《高市文獻》第18卷第1期（2005年3月），頁67～99。介紹性文章則包括：周華斌，〈寫在生活現場──錦連先生（せんせい）介紹與訪談記〉，《笠》第241期（2004年6月），頁36～47；林盛

性研究依舊有限，且相較起銀鈴會與笠詩社的其他重要詩人，錦連詩作的研究成果實屬寡量，仍待後續研究者進行耕耘。

　　另一方面，綜觀錦連詩作的既有研究成果，有人聚焦於詩作的現代性，有人著眼於詩作的批判性，也有人關注於詩作的抒情性與人道關懷，更有不少研究者討論錦連詩作的意象運用。就錦連詩作的意象經營來說，舉凡鐵道意象、圖象詩、電影詩都是研究者常論及的題材，張德本在〈臺灣鐵路詩人——錦連的現代美學〉一文中即讚許錦連詩作「含有豐富的意象銳度」，[7]該文除了對錦連的圖象詩、電影詩、超現實詩有所討論外，亦以〈夜市〉、〈老舖〉、〈母親和女兒的照片〉、〈蚊子淚〉、〈青春〉為詩為例來論證「意象的聚焦」，檢視張德本在「意象的聚焦」中所提及的詩例，不難發現，這些詩例大多使用了色彩詞，且色彩詞於詩中發揮了舉足輕重的作用，再回探錦連詩集所收錄的作品，亦可窺見文句間不乏色彩意象的運用。陳明台即曾以〈夜市〉一詩為例，指出錦連早期創作的短詩「具備新鮮的色彩感覺，透過剎那間捕捉到的簡單意象來陳示精巧的詩思。」[8]然而，細探錦連詩作的現有研究，始終少有研究者論述其色彩意象之運用，不免可惜，有鑑於此，錦連筆下的色彩究竟展現出哪些風貌，又如何強化了詩作的情感與氛圍，便是本文意圖探討的課題。

　　第三、選擇白色為論述主軸，在於白色於錦連詩作的代表性。錦連共出版過五本中文詩集，細數五本詩集中使用到色彩詞的詩作篇數，可以發覺，每本詩集均有四成左右的詩作運用了色彩詞，此外，錦連不只是色彩

彬，〈必也狂狷乎？真性情而已！——專訪錦連先生〉，《文訊》第 233 期（2005 年 3 月），頁 138～144；岩上，〈錦連和他的詩〉，《文學臺灣》第 54 期（2005 年 4 月），頁 238～247；蔡依伶，〈家在鳳山，錦連〉，《印刻文學生活誌》第 22 期（2005 年 6 月），頁 138～145；王靜祥，〈追尋流轉在鋼軌上的密碼：2005 年 9 月 3 日 No.41 週末文學對談錦連 VS 張德本〉，《臺灣文學館通訊》第 9 期（2005 年 10 月），頁 48～54；薛建蓉記錄，〈臺灣鐵路詩人——流轉在鋼軌上的密碼〉，《明道文藝》第 357 期（2005 年 12 月），頁 127～139；黃建銘，〈冬日的午後，與詩人錦連在鳳山聚首〉，《臺灣文學館通訊》第 11 期（2006 年 6 月），頁 54～58；謝韻茹，〈夢與土地的詠歎調：錦連小評〉，《笠》第 260 期（2007 年 8 月），頁 143～144 等文。
[7]張德本，《臺灣鐵路詩人錦連論》（臺北：臺北縣文化局，2005 年），頁 56。
[8]陳明台，〈硬質而清澈的抒情——純粹的詩人錦連論〉，《笠》第 193 期（1996 年 6 月），頁 111。

意象使用頻率極高，其選用過的顏色種類亦相當繁多，比如：紅、黃、綠、青、藍、紫、灰、黑、白、金、銀等色澤都曾出現於詩句裡，其中又以白色出現的次數最多；再者，錦連晚期的詩作多半收錄於《海的起源》內，就此一詩集來說，色彩詞的數量雖不似以往豐富，但白色依舊是該詩集使用最頻繁的色彩，由此可見，不論早期還是晚期，白色意象從不曾缺席，它無形中貫串起了錦連的詩作風格，白色之於錦連詩作，不光是在數量上出現次數多，在質地上亦有其特殊性。

　　基於前述思考，本文將從錦連詩作的白色意象出發，一探白色意象在詩人筆下呈現了哪些的面貌，繼而探索當結合了詩人的想像，產生了哪些書寫的可能。本文選用色彩學為論述基礎，佐以康丁斯基（Wassily Kandinsky，1866～1944）的藝術理論，以錦連中文詩集為研究對象，期能透視詩中的色彩經營與作用。全文分為兩個面向，首先將析論白色作為意象，具備了哪些精神向度的意涵，繼而觀察白色意象的色彩搭配，探索白色搭配其他色彩所呈顯出的情感與想像。

二、白色的情感世界

　　康丁斯基認為：「色彩是一個媒介，能直接影響心靈。」[9]色彩不僅是感官作用的生理感受，更牽引著精神世界的想像與經驗，李銘龍便曾表明色彩意象是「色彩引起的感覺，經過心理的直覺反應、經驗聯想及價值判斷等綜合運作之後，所形成的對色彩的『印象』。」[10]此外，康丁斯基論及色彩的語言時，曾有如下的闡述：

　　　　當我們聽到「紅」時，紅便進入我們的想像裡，毫無邊際，也許也被聯想到暴力。紅，我們不是實際地看到，而是抽象地想像到，它喚起精確

---

[9]康丁斯基（Wassily Kandinsky）著；吳瑪俐譯，《藝術的精神性》（臺北：藝術家出版社，2006 年7 月），頁48。
[10]李銘龍編，《應用色彩學》（臺北：藝風堂出版社，1994 年7 月），頁16。

和不精確的內在想像，而產生純粹內在、物體的聲音。[11]

　　當色彩採取文字的形態來表情達意，讀者所觀看到的並非色彩本身，而是經由色彩詞彙的表達，喚醒讀者記憶中的色彩樣貌與感覺，進而引發聯想，形構出色彩意象。

　　宋澤萊在〈論詩中的顏色〉一文中表示，詩中加入顏色，能帶給讀者不一樣的感受。[12]錦連詩作正可論證此一觀點，試比較《鄉愁》詩集收錄的〈我〉與《守夜的壁虎》收錄的〈偽善者〉：

〈我〉[13]	〈偽善者〉[14]
疲憊之極， 我倒在床上而哭泣。 我的淚球， 滲透了感傷的核心。 我—— 我是個天才的偽善者。	精疲力盡 踉蹌倒伏床上 枕頭的汗臭味 在感傷的深處哽咽 淚水—— 微溫的淚水 滲進白色的床單 ——今天一整天 我仍然是 一個偽善者……

　　拙見以為，〈偽善者〉可視為〈我〉的修改版，兩首詩雖在文詞選用與詩作長度上有所差異，但所描繪的畫面與內容卻是相同的，以詩中我疲憊地倒在床上哭泣的場景為開場，斷而將焦點轉向淚水，最末點出對自己依舊是偽善者的反省。然而，儘管兩首詩所意圖闡述的內涵相似，〈偽善者〉在意象上的經營顯然技高一籌，〈我〉詩中未出現色彩詞，〈偽善者〉則使

[11]康丁斯基著；吳瑪俐譯，《藝術的精神性》，頁 50。
[12]宋澤萊，〈論詩中的顏色〉，《宋澤萊談文學》（臺北：前衛出版社，2004 年 9 月），頁 33。
[13]陳金連（錦連），《鄉愁》，頁 6。
[14]錦連，《守夜的壁虎》，頁 25。

用了白色來為作品增色，〈我〉一詩透過「我的淚球，／滲透了感傷的核心」來直陳感情，〈偽善者〉轉化感傷之情為「微溫的淚水／滲進白色的床單」，一來運用「微溫」加強情緒的激動，二來藉由「白色床單」意象的特質增加詩作張力，白色象徵了純潔、善良，床單意味著包裡、覆蓋，無形中呼應著尾段的「偽善」，由此觀之，色彩意象確實對詩作有畫龍點睛之效用。

　　另一方面，誠如曾啟雄所言，隨著歷史文化的演進，語言符號所對映的意義也隨著約定俗成而增加，色彩語言亦然，「文字記號與意義之間的關係不再限於一對一的狀態，可能是一對多的。」[15]色彩作為一種文字符號，其蘊藏在內在意涵自然不單一，因此，「白色」並非一個靜止不動的概念，而是擁有多元意涵的，筆者彙整色彩學相關資料，[16]白色的色彩意涵如下：

表一：白色的色彩意涵

色彩情感	純潔、坦蕩、輕快
色彩象徵與色彩聯想	潔淨、清潔、涼爽、單純、率直、真誠、神聖、寂靜、柔弱、透明、清晰、新鮮、自由、光明、和平、正義、信仰、永遠、無限、原點、未來、可能性、完全、冷峻、冷淡、虛無、無、恐怖、空洞、投降
色彩屬性	無彩度

　　前述已提及色彩意涵的多元性，通過表一正可論證此一特質，白色雖是無彩度的顏色，其所指涉的意涵卻非常豐富。

　　其次，在色相上，白色是最明亮的色澤，因而成為純潔的象徵，相關

---

[15]曾啟雄，《色彩的科學與文化》（臺北：耶魯國際文化公司，2003年1月），頁179。
[16]吳東平，《色彩與中國人的生活》（北京：團結出版社，2000年1月），頁18～24；李銘龍編著，《應用色彩學》，頁32；谷欣伍編，《色彩理論與設計表現》（臺北：武陵出版社，1992年8月），頁184；林昆範，《色彩原論》（臺北：全華圖書公司，2005年10月），頁103～104；林書堯，《色彩認識論》（臺北：三民書局，1986年3月），頁169～170；林磐聳、鄭國裕編，《色彩計劃》（臺北：藝風堂出版社，1999年7月），頁66。

研究即指出：「當然，『白』還具有種種其他意義，但幾乎所有的國家，都把白色和潔淨的東西聯想在一起。」[17]大抵而言，白色與黑色是相對的，比如白色表徵著純潔、明亮，黑色就意味著罪惡、黑暗，[18]一如康丁斯基所述：「白色一直被視為快樂和純潔，而黑色像是一張陰沉的幕，有死亡的象徵。」[19]白色多半被解讀為正面象徵，黑色則多被當成負面象徵，但白色並不只涵蓋正面意義，同時也負載有反面意義，《色彩意象世界》一書便提及：「中國人認為白色表示空虛，是缺乏充實感的顏色，意味著不吉祥。」[20]用於喪事的白色固然令人忌諱，然而，誠如前段所作的討論，「白色」的涵義並非恆定不變的，隨著東西方的文化交流，西方用於婚禮的白色在東方也越來越廣被接受。

三、白色意象的開展

如前所述，西方文化眼中的白色往往是光明、美好的，林素惠詮譯康丁斯基的色彩理論時，曾談到：

康定斯基[21]形容藝術界所出現新的訊息為白色光：「這是好的，是白色的，充滿著希望的光芒」（This is good. The white, fertilizing ray.），另外在「關於藝術的精神性」裡他視「白色」為充滿希望之色，甚至到了 1930 年代還寫文章讚頌空畫布、光禿禿的牆為充滿無數期待與無限可能。[22]

康丁斯基在〈禿牆〉一文中讚賞禿牆是「最理想的牆」、「貞潔的牆」、

---

[17]廿一世紀研究會著；張明敏譯，《色彩的世界地圖》（臺北：時報文化出版公司，2005 年 6 月），頁 128。

[18]李蕭錕在《臺灣色》一書中曾指明：「黑色的負面意義多於正面評價。」參見李蕭錕，《臺灣色》（臺北：藝術家出版社，2003 年 9 月），頁 93。

[19]康丁斯基著；吳瑪悧譯，《藝術的精神性》，頁 69。

[20]原作者未註明，呂月玉譯，《色彩意象世界》（臺北：漢藝色研文化公司，1987 年 5 月），頁 131。

[21]該書將 Wassily Kandinsky 譯為康定斯基，此處引文依據原作，但考量康丁斯基為近年較普遍的譯法，筆者撰寫之論述文字採用康丁斯基的譯名。

[22]林素惠，《康定斯基研究》（臺北：臺北市立美術館，1989 年），頁 264。

「浪漫的牆」，更言禿牆是「被圍限而又向四方發出光芒的牆」，類似的意象也出現在錦連詩作中，然而，錦連筆下的白牆並非那麼光明美好，試看〈無為〉一詩：

> 提起筆
>> 想訴說心中的悲愁
>>> 但從筆尖卻流不出文字來
>
> 翻翻書
>> 想把寂寞掩飾過去
>>> 但書頁裡卻有痛苦的議論翻滾著
>
> 閉上眼睛
>> 想思索人生
>>> 但從混沌裡卻產生了另一個懷疑
>
> 闔上書本丟下筆
>> 睜開眼睛
>>> 我站了起來
>
> 我的面前
>> 聳立著一面耀眼的白壁
>>> 不容否定的現實的相貌[23]

把悲傷沾上了墨，卻無力舞墨成文；想藉由書本忘卻寂寞，無奈書本裡的字句不斷喚醒著回憶；試圖通過思索來釐清一切，反倒激起更多疑惑。終於，下定決心採取具體的行動，投筆、闔書，睜眼、起身，不料眼

---

[23]錦連，《守夜的壁虎》，頁 20～21。

前卻橫亙著現實的白牆，不容否定、無法踰越的阻礙⋯⋯〈無為〉一方面
傳達了心有餘而力不足的無奈，另一方面也揭示了現實的衝擊，縱使詩中
我已「闔上書本丟下筆」，眼前依舊豎立著「一面耀眼的白壁」，「耀眼」一
詞看似正面，涵義上卻不是用來代表光明，而是強調白壁無法從視線中抹
去，這面耀眼的白壁所表徵的不是希望，而是現實中難以移除的局限。

　　再者，採用白牆意象的詩作還有〈歌頌〉：

　　以白壁為素地
　　有著金黃色的蜘蛛網的雕凸

　　灼熱的中心
　　太陽撒下了燦爛的金粉

　　茅屋裡
　　無力氣的病嬰在低哭的午後

　　大自然深遠地
　　寂靜地而且無限地華麗[24]

　　首段描述牆壁上的景觀，「金黃色的蜘蛛網的雕凸」可能是點綴在白牆
上的金黃色網狀浮雕裝飾，也可能是旖旎晨光下的翩翩倒影；次段則是描
摹太陽的灼熱與陽光的燦爛；到了第三段，場景由室外轉向室內，茅屋裡
沒有漂亮的金黃雕飾，只有因生病而低哭的嬰兒；末段筆鋒又回到屋外，
大自然依舊幽幽地展示著自身的華麗，屋內屋外儼然是兩個世界，剝開絢
麗的外觀，內在竟是怎麼也粉飾不住的蒼白人生。李友煌曾評價此詩是
「詩人以極其冷靜的白描手法，刻畫出一幅『天地不仁』的風情畫」，又
言：「病嬰無力氣的低哭竟成了對大自然的『歌頌』，這是多麼極端的諷刺

---

[24]錦連，《守夜的壁虎》，頁 182。

啊，它甚至是一種逆說了。」[25]其實整首詩的對比並不光是內外景觀的對比，詩作甫開頭的「白壁」與「金黃色雕凸」在視覺上亦是一種對比，金黃色雕凸越是耀眼，便越加凸顯白壁的蒼白。

　　錦連詩作所呈現的白色空間並不單只有白牆，尚有：白色寢室、白色溪流、白色畫布、白紙等等。在〈因整天下著雨〉一詩裡，詩人直陳：「在白色的寢室裡／充滿幸福的溫暖中／極其安詳地／我將進入夢境」，[26]此處的白色不再代表憂傷，反成為安詳的象徵，為寢室內的人提供一股溫暖的幸福感。至於白色溪流則現身於〈主人不在家〉一詩中：「2.小徑（月明之夜的白色溪流）」，[27]當主人不在家的時候，屋內的走廊將拋開原本的樣貌，化身為因月光而閃閃發亮的白色溪流，與其他家具一同遊戲。

　　此外，值得一提的是，於錦連詩作中多次出現的白紙意象，其不僅是白色外貌的物象，更是一個充滿存在感的空間，幾番讓詩人清楚感受到它的張力，比如〈一剎那〉：

　　　　讓白紙一直擺在那裡
　　　　哦　對寫詩感到恐懼的一剎那

　　　　是白的單色過於強烈的緣故
　　　　對謙虛的白色示威感到畏縮的一剎那……[28]

　　這首詩書寫著創作者的焦慮，當文字不慎擱淺的時候，就連望見平日面對的白紙都會心生畏懼，看似簡樸的白紙展示著鮮明的白色色調，其帶來的壓迫感恐怕更勝於案牘。林昆範論及白意象與聯想時，曾想到：

---

[25]李友煌，〈異質的存在——錦連詩研究〉，頁 164。
[26]錦連，《守夜的壁虎》，頁 38。
[27]錦連，《守夜的壁虎》，頁 327。
[28]錦連，《守夜的壁虎》，頁 290。

　　白不只是白色，如「空白」、「白卷」等語彙中的「白」，代表的是「無」
　　或「透明」，即使在現代的言語表達中，也經常以白色表示透明，如白
　　晝、白光、白開水等。[29]

　　〈一剎那〉中的白紙，其實兼具了白色與透明的意涵，一方面是以白
色來描摹紙的外觀，另一方面也傳達出「無」的空白感。再者，誠如林昆
範所言，白晝是現今常用的語彙，錦連也有多首詩作選用白晝或是白天一
詞，包括〈挖掘〉、〈那個城鎮〉、〈給冬天〉、〈葬曲〉、〈印象──高雄行〉、
〈海的起源〉等詩。

　　除了前面討論的白牆與白紙外，錦連詩作中的白色物象還有：頭髮、
臉、牙齒、手、腳、月亮、雨珠、雲、霧、鐵軌、車、燈塔、床單、窗
簾、布鞋、手帕、網球、茶葉、詩篇……這些物象大致可分為三類，一是
形容人，二是形容自然景觀，三是形容物體。就人物描繪而言，〈老舖〉、
〈當我要啟程之前〉、〈老阿婆〉、〈有個殘廢老兵〉都是以斑白的髮色來象
徵人物的年長；〈腳〉、〈紫梳岩──埔里遊記〉、〈東園酒家──其二〉、〈議
會〉、〈眸子〉裡有著蒼白的四肢與肌膚，〈參拜〉、〈平交道〉、〈太陽眼
鏡〉、〈從尊嚴的深處〉、〈自言自語〉、〈追尋逝去的時光──第二部‧一九
四二──一九四三‧臺北經驗〉則出現一張張蒼白的臉；另一方面，錦連
筆下的白色外貌人物並非全是衰老或蒼白的，〈舊照片〉中的女主角有著雪
白細嫩的手，〈夜市〉、〈女〉兩首詩也以雪白和純白來形容女性的牙齒。

　　其次，白雲是大自然中常見的白色意象，亦是錦連詩作中常見的白色
意象，舉凡〈獨居〉、〈故鄉〉、〈送別會〉、〈那一刻〉、〈熱的發明──往苗
栗途中〉、〈月亮‧太陽‧生存和衰亡〉、〈事實〉、〈醫院和菜市場〉、〈鞦
韆〉等詩，當中都可見到白雲流動的蹤跡，且白雲的自在浮動總牽引著詩
中主角的心情；與自然景觀相關的白色意象還有霧、雨珠和月亮，〈聲響〉

---

[29]林昆範，《色彩原論》，頁103。

選用了霧的意象來刻畫意識與非意識的模糊地帶，白玉般的雨珠在〈沉滯〉一詩裡閃閃發亮，淡白的月亮則陪伴〈等音訊的人〉守候愛情。

至於擁有白色外觀的物體，則多半用來呼應寂寞憂傷的心境，例如：〈寂寞之歌〉裡「嫩／柔／紫黃／白金」的斑斕色彩反襯著「寂寞的慨嘆」；[30]又如〈孤獨〉一詩，詩中的白色燈塔正是孤獨的寫照；〈偽善者〉中的淚水隨著感傷的心情流進白色床單；〈夏季的一天〉則是「以微白的哀感開始又以微白的哀感結束」。[31]白色物體不僅被當成負面情緒的形容，也用於表徵不祥與死亡，在〈那一刻〉詩中，垂直落下的白手帕象徵著不吉祥；〈逝者如斯乎〉裡，詩中的我搭著白色的轎車趕赴弟弟過世的現場；〈劇本〉裡的主角更是臥在銀白色的鐵軌上結束生命。

此外，賴瓊琦解析白色的色彩意涵時，曾談到：「白則是一切都可以看清楚，因此就有明瞭、清楚、沒有文飾等的意思。表白、自白、告白就是講清楚的意思，白心是明白共心，潔白的心的意思。」[32]根據這段描述，我們可以理解到，白色有清楚與說明的意涵，此點特性在錦連詩作中亦可窺見，〈劇本〉裡以「突然響起驟雨似的喝采」作為收場白；[33]〈箱子〉一詩站在箱子的視角展開獨白；〈臺灣 Discovery〉末段則有旁白獻聲。

四、白色的配色美學

就色彩搭配來說，白色和任何一種色彩相搭配都能提供調和的感受，賴瓊琦即認為白色在色彩搭配裡的功能是「配合其他色使整體清爽起來」[34]，翻閱錦連詩集，不難發覺白色與其他色彩的搭配，其中，亦有白色與白色的搭配，比如〈輕夢〉即多次使用的白色意象：

---

[30]錦連，《錦連作品集》，頁84。
[31]錦連，《守夜的壁虎》，頁237。
[32]賴瓊琦，《設計的色彩心理：色彩的意象與色彩文化》（臺北：視傳文化公司，1997年3月），頁226～227。
[33]錦連，《守夜的壁虎》，頁335。
[34]賴瓊琦，《設計的色彩心理：色彩的意象與色彩文化》，頁229。

輕輕踩過

淺淺夢境的是

護士小姐的白色布鞋

在淺淺夢境

跳著仙女之舞的是

門窗的白色窗簾

在淺淺夢境

展開翅膀的是

病房的白色牆壁

淺淺的夢境

橫溢著沒有歌聲的是

少女們的白色詩篇[35]

　　〈輕夢〉以「淺淺夢境」和「白色」來貫串全詩，在淺淺的夢境裡，
充滿了輕盈的白色色調，不論是輕踩過夢境的白色布鞋，還是輕舞飛揚的
白色窗簾，亦或是展翅翱翔的白色牆壁，均予人一種清新、輕快的感受，
末段則由動態轉為靜態，白色詩篇不似其他白色物件在夢境中起舞，反而
採取無聲的姿態來表現自我，康丁斯基曾言：「白色對我們的心理而言，就
像一個絕對的沉默，……這種沉默不是死亡，而是無盡的可能性。」[36]由此
觀之，此處少女們的白色詩篇雖然是沒有歌聲的，此一意象卻仍是正面意
涵的表徵，隱喻著夢與詩的無限可能。

　　〈輕夢〉一詩充分展示了白色基調的情感呈顯，此外，前述曾論及的
〈一剎那〉亦是白色意象反覆出現的詩作，然而，白色與白色的搭配並非

---

[35]錦連，《守夜的壁虎》，頁218～219。
[36]康丁斯基著；吳瑪俐譯，《藝術的精神性》，頁67。

錦連白字意象詩作的最大特色,其更擅於經營白色與其他色彩的並置,前
文已對錦連詩作中的白色意涵進行了初步討論,以下將探索白色與其他色
彩意象的色彩搭配,藉以釐清錦連如何調和筆下色彩,進而豐富詩作內
涵。

　　首先,從詩集《鄉愁》開始,錦連即善用白、紅對比來增添詩意,例
如〈老舖〉:

　　夜靜的老舖,

　　　　有一朵薔薇。

　　旁邊,
　　白髮的老頭子托著腮幫,
　　把視線獃獃地釘在街上。

　　花瓶裡的薔薇動也不動,
　　老頭子,
　　是否想像著年輕的日子?

　　六月的,
　　　　冷靜的夜晚。[37]

　　老舖裡有著白髮的老人與紅色的薔薇,薔薇鮮紅的花色對映著老人斑
白的髮色,形成了鮮明的對比,既是色彩上的對比,也是青春與年老的對
比,通過兩者的對比,提供詩作更多的意涵,李魁賢便曾談到此詩是「一
朵(紅)薔薇,和一位『白』髮老頭子,呈現強烈對比:植物與動物,紅
顏與白髮,青春與暮年,生機與衰頹。」[38]

---

[37]陳金連(錦連),《鄉愁》,頁4。
[38]李魁賢,〈存在的位置──錦連在詩裡透示的心理發展〉,鄭烱明編,《越浪前行的一代:葉石濤
　　及其同時代作家文學國際學術研討會論文集》(高雄:春暉出版社,2002年2月),頁235～236。

　　另一方面，運用紅白配色來強化詩作張力的還有〈夜市〉：「西瓜——／紅的鮮豔之閃耀。／／水分——／從少女們雪白的牙齒間，／滴落下來。」[39]紅色果肉的西瓜與雪白牙齒的少女呈現了色彩分明的畫面，紅色汁液由白色牙齒滴落，更顯得動感十足。〈女〉一詩也兼具白、紅色彩，詩人眼中的「她」，有著「閃耀而純白的牙」，卻也像是「充滿反抗的噴火動物」[40]，此詩以白色的純潔、明亮來描述女的靜態面，以紅色（火）的熱情、激烈來勾勒女的動態面。

　　其次，後續出版的詩集同樣不乏白、紅色調的並用，舉凡：〈挖掘〉、〈紫梳岩——埔里遊記〉、〈等音訊的人〉、〈平交道〉[41]、〈葬曲〉、〈畫想——伸向未來的雙臂〉、〈東園酒家——其二〉、〈熱的發明——往苗栗途中〉[42]、〈議會〉、〈也許〉[43]、〈劇本〉、〈月亮・太陽・生存和衰亡〉、〈自言自語〉、〈「詩」的隨想〉[44]等詩作都可窺見紅、白兩色的印記。值得一提的是，〈議會〉與〈自言自語〉兩首詩都通過紅白的對比來傳達政治批判，其中，〈議會〉以議員、代表們「發紅著鄙猥的臉」[45]對比著斟酒女人蒼白的手；〈自言自語〉則以「人是會知恥臉紅」來反諷政客就算嚇得臉色發白，也不會臉紅。[46]

　　再者，錦連筆下尚有白色與其他顏色的對比，比如〈思慕〉，「純白的空間和醒目的墨色」[47]展現了白與黑的對比，白與黑是兩個極端，白色在此表徵紙張的空白，黑色則意指鋼筆的墨色，白與黑分別代表著文字的無與有；又如〈有個雨天——崎溝子〉：

---

[39]陳金連（錦連），《鄉愁》，頁12。
[40]陳金連（錦連），《鄉愁》，頁15。
[41]〈平交道〉一詩雖無「紅」字，但有紅色意象「血」。
[42]〈熱的發明——往苗栗途中〉一詩雖無「紅」字，但有紅色意象「火花」。
[43]〈也許〉一詩雖無「紅」字，但有紅色意象「血」。
[44]〈「詩」的隨想〉一詩雖無「紅」字，但有紅色意象「血」。
[45]錦連，《守夜的壁虎》，頁378。
[46]錦連，《海的起源》，頁95。
[47]錦連，《守夜的壁虎》，頁132。

　　在平靜的恩惠裡顫抖的

　　單調的綠色風景中

　　潤濕發亮的這路標的一條白線

　　是大膽的色彩誇示[48]

　　道路兩旁有著綠色樹木的景致，道路中央則可見路面的白色標示線，在雨水的潤澤下，不論是樹木的綠還是路標的白都顯得濕潤、富有光澤，綠、白兩色因而同時成為搶眼的色彩，此處正如康丁斯基對色彩並置的討論，兩個色調差異的色彩，可以通過兩者的對比來吸引注意力，成為一種和諧。[49]

　　然而，錦連並非只擅於表現色彩的對比，其配色美學更涵蓋了色彩的調和，試看〈葬曲〉：

　　朋友呀　　兄弟姐妹呀

　　如果我死了

　　就請你們把我哀傷的屍首

　　深埋在鄰接著海邊的小丘

　　那翠綠的草坪底下吧

　　時光流逝

　　當我的墳上不知名的野花散發微微花香時

　　我就會想起早晨連接白晝

　　白晝連接夜晚的

　　那往昔相愛的美好日子

　　然後

[48]錦連，《守夜的壁虎》，頁 284。
[49]康丁斯基著；吳瑪俐譯，《藝術的精神性》，頁 75。

聆聽打上被夕陽照得紅通通的海灘潮聲

我將會祈禱

從前相聚又離散的人們都有永達的幸福

朋友呀　兄弟姐妹呀

如果我死了

就請你們把我哀傷的屍首

深埋在鄰接著海邊的小丘

那沾滿露水的草坪底下吧[50]

　　〈葬曲〉一詩訴說著想像中的生命告別，全詩透過我的口吻，帶出一幕幕的葬地場景，從「海邊的小丘」到「翠綠的草坪」，畫面由藍色轉變為綠色，接著鏡頭轉向墳上的野花，畫面色彩逐變成泥土色與粉紅色，而後文字轉為死者內心回憶的描述，從早晨過渡白晝再到夜晚，色調可謂由白色漸趨於黑色；再者，此段亦可作另一種解讀，「早晨連接白晝」意指日出時分，「白晝連接夜晚」意指黃昏時刻，再接上後面詩句點出「被夕陽照得紅通通的海灘」，此處即展示了黃色到紅色的色彩階調變化，先是晨光的淺黃色澤，繼而是傍晚初始的橘黃色調，而後橘黃色調隨著夕陽的西下慢慢加深成橘紅色調；最末一段的詩句大致與首段相符，唯有末句相異，儘管畫面類似，兩段所建構的色彩感覺卻不相同，大體而言，兩段的色調表現皆是藍色後綠色，其中，第一段刻畫出的草坪是充滿生機的翠綠，最末段的草坪則是翠綠中沾滿露水，傳達了綠色與水珠的結合，呈現出一種負載濕潤感的綠色。

　　此外，〈孤獨〉一詩雖不似〈葬曲〉般色彩繽紛，卻調和了黑、白、青三種顏色，型塑出清冷、孤獨之感：

---

[50]錦連，《守夜的壁虎》，頁176～177。

　　孤獨就是獨自呆立於海角

　　白天默然地思索著什麼

　　夜裡就不停地緩緩旋轉又旋轉

　　向幽暗的天空和黝黑的海面投射青白交替的亮光

　　並一再撫慰這寂情的城市卻只謙卑地暗示其存在

　　那個從病房窗口能遙望的白色燈塔[51]

　　此段描摹海角燈塔於夜晚發送光線的景象，並藉此隱喻孤獨，燈塔的
實際外觀雖是白色，但夜晚所望見的燈塔外貌恐怕給人灰色的視覺感覺，
呈顯出的畫面因而是灰色的燈塔置於黝黑的海面上，發出青色與白色交替
的光束，無彩度的灰、黑、白傳達了孤寂的情緒，再添上隸屬於冷色調的
青色，整個畫面就更冷清了。

五、結語

　　詩人錦連自日治時代出發，至今仍持續新詩創作，其詩作不只數量豐
富，質地亦受人肯定，張德本即曾評價：

　　　知性、批判、前衛是現代主義的精神指標，以此衡量錦連「電影詩」、
　　　「圖象詩」、「超現實傾向」的表現技法與形式創新，「形上詩」的知性探
　　　索，「文明反省」的批判性，錦連是三者具備，早就毫無所缺自成一位詩
　　　人。[52]

　　一如張德本所言，錦連詩作兼具了表現手法的創新、形上思維的探索
與現象的批判，本文選擇其少被論及的色彩意象為分析對象，聚集於詩人
較常使用的白色意象，期能進一步詮譯錦連詩作的特色。

---

[51] 錦連，《海的起源》，頁 66。
[52] 張德本，《臺灣鐵路詩人錦連論》，頁 32。

　　就白色而言，西方繪畫在處理聖母瑪利亞此一題材時，多半會利用白色百合花來象徵她的純潔，然而，色彩意涵其實有它的複雜性，白色雖然常用於表徵光明與聖潔，但在錦連詩作中並非如此，更多時候白色是哀傷與憂愁的代表，此外，除了純潔、美好、孤獨、哀愁這些意涵外，錦連筆下的白色還有其他意涵，舉凡：安詳、無、年老、蒼白、死亡、述說等等。其次，在白色的色彩搭配上，我們可以發現，錦連既善用紅白兩色的對比來強化情感，也善於調和多種色彩來烘托情境。

　　另一方面，通過本研究之析論，還可以察覺，錦連筆下的白色意象，既出現在現代主義傾向的作品，也運用於現實主義的詩作，形成此點特徵的原因有二：一來導因於白色意涵的多元性，白色不僅同時擁有正面意涵與負面意涵，其精神內涵亦隨著時間與文化的演進日趨豐碩；二來誠如陳采玉觀察到的錦連詩作語言特色：「他不斷嘗試透過不同的手法，從不同的角度觀察人的內在思維和外在物象間的矛盾，將他對實存境域的批判淬煉成一句句詩語。」[53]縱使創作階段不同，錦連始終保有發掘現實事物情感的敏銳，在追求形式創新與突破的同時，[54]詩人仍不忘投注情感於詩作之中，檢視錦連所經營的色彩意象，從單色的使用到多種色彩的搭配，錦連筆下的色彩往往不只是物象外貌的描繪，更是情感與想像的彰顯。

---

[53]陳采玉，〈錦連青年時期詩語言之特色〉，《高苑學報》第 10 期，頁 195。

[54]錦連在接受訪談時自言：「我並非想標新立異，只是看到新手法就想運用。藝術就是創作，要創新嘛！」參見周華斌，〈寫在生活現場──錦連先生（せんせい）介紹與訪談記〉，《笠》第 241 期（2004 年 6 月），頁 43。

六、附錄

錦連詩作中運用「白」字之詩例[55]

詩名	使用色彩字	出處	出現「白」字之詩句
〈老舖〉	白	《鄉愁》（頁4）	白髮的老頭子托著腮幫，／把視線獸獸地釘在街上。
〈老舖〉	白	《挖掘》（頁11）	白髮的老頭子托著腮幫，／把視線獸獸地釘在街上。
〈老舖〉	白	《錦連作品集》（頁51）	白髮的老頭子托著腮幫，／把視線獸獸地釘在街上。
〈老舖〉	白	《守夜的壁虎》（頁114）	白髮的老頭子托著腮幫，／把視線獸獸地釘在街上。
〈夜市〉	紅、白	《鄉愁》（頁12）	水分——／從少女們雪白的牙齒間，／滴落下來
〈夜市〉	紅、白	《挖掘》（頁19）	水分——／從少女們雪白的牙齒間，／滴落下來
〈夜市〉	紅、白	《錦連作品集》（頁59）	水分——／從少女們雪白的牙齒間，／滴落下來
〈夜市〉	紅、白	《守夜的壁虎》（頁224）	水分——／從少女們雪白的牙齒間，／滴落下來
〈女〉	白	《鄉愁》（頁15）	閃耀而純白的牙
〈女〉	白	《海的起源》（頁2）	閃耀而純白的牙
〈禮讚〉	白、黃金、金	《鄉愁》（頁22）	以白壁為素地，／有著黃金色的蜘蛛網的雕凸
〈歌頌〉	白、黃金、金	《挖掘》（頁27）	以白壁為素地，／有著黃金色的蜘蛛網的雕凸

---

[55]本表排序方式依照詩集出版順序，依序為：《鄉愁》、《挖掘》、《錦連作品集》、《守夜的壁虎》、《海的起源》，各詩集詩例依出現頁序排列，其中，有些是重複收錄的詩作，考量錦連詩作前後版本略有差異（多半差異表現在標點符號的運用），故移動該詩例順序，讓不同出處的同一首詩例前後排列，以供參照。

〈歌頌〉	白、黃金、金	《錦連作品集》（頁 67）	以白壁為素地，／有著黃金色的蜘蛛網的雕凸
〈歌頌〉	白、黃金、金	《守夜的壁虎》（頁 182）	以白壁為素地，／有著黃金色的蜘蛛網的雕凸
〈寂寞之歌〉	綠、紫黃、白金	《挖掘》（頁 42～43）	苦於沒有綠素的茶葉堆積如山／嫩／柔／紫黃／白金
〈寂寞之歌〉	綠、紫黃、白金	《錦連作品集》（頁 84～85）	苦於沒有綠素的茶葉堆積如山／嫩／柔／紫黃／白金
〈挖掘〉	白、紅、黃	《挖掘》（頁 65～67）	白晝和夜　在我們畢竟是一個夜
〈挖掘〉	白、紅、黃	《錦連作品集》（頁 106～108）	白晝和夜　在我們畢竟是一個夜
〈那個城鎮——給苗栗・羅浪兄〉	白、紫	《挖掘》（頁 82～83）	接連著眼淚　接吻　白晝和夜的片刻和片刻
〈那個城鎮〉	白、紫	《錦連作品集》（頁 124～125）	接連著眼淚　接吻　白晝和夜的片刻和片刻
〈那個城鎮〉	白、紫	《守夜的壁虎》（頁 356～357）	接連著眼淚　接吻　白晝和夜的片刻和片刻
〈遠遠地聽見海嘯聲〉	白、黑	《錦連作品集》（頁 6～7）	蒼白的光線撫摸著面頰／把手伸出去／就白白地在黑暗中夢幻般的浮現
			在純白的書頁上跳躍的文字
〈獨居〉	白、藍	《錦連作品集》（頁 10～11）	我更使勁地咬緊嘴唇／而凝視流動著白雲的藍天
〈獨居〉	白、藍	《守夜的壁虎》（頁 56～57）	我更使勁地咬緊嘴唇／而凝視流動著白雲的藍天
〈無為〉	白	《錦連作品集》（頁 16～17）	我的面前／聳立著一面耀眼的白壁
〈無為〉	白	《守夜的壁虎》（頁 20～21）	我的面前／聳立著一面耀眼的白壁

〈當我要啟程之前〉	白	《錦連作品集》（頁28～29）	兩鬢斑白的這臉上
〈貨櫃碼頭〉	白、灰	《錦連作品集》（頁40～42）	如今期望的瞳孔浮出魚白的哀怨
〈白日夢〉	白	《守夜的壁虎》（頁1）	一直沉思於遙遠的思念中／啊　白日夢
			啊　白日夢／是初冬的早晨十點鐘
〈紫梳岩——埔里遊記〉	綠、碧、紅、白	《守夜的壁虎》（頁6～7）	用白蠟般纖細的雙手／邊拉著一百零一尺的吊桶／邊靜靜說話的尼姑們呀
〈老阿婆〉	白	《守夜的壁虎》（頁18～19）	白鬢髮二三根
〈偽善者〉	白	《守夜的壁虎》（頁25）	微溫的淚水／滲進白色的床單
〈沉滯〉	白	《守夜的壁虎》（頁30～31）	窗邊有白玉的雨珠如水晶般地發亮
〈等音訊的人〉	紅、白	《守夜的壁虎》（頁36～37）	出現著淡白的傍晚月亮時
〈因整天下著雨〉	白	《守夜的壁虎》（頁38～39）	在白色的寢室裡
〈故鄉〉	白	《守夜的壁虎》（頁72～73）	有充滿光輝的白雲流過時
			青春的夢想／和純潔的眼瞳在溫柔微笑著的／白雲自在飄游的地方——
〈給冬天〉	白	《守夜的壁虎》（頁84～85）	白天平靜無事／只加深了冬天的寂靜
〈參拜〉	白	《守夜的壁虎》（頁112～113）	啊　您那認真淒美又蒼白的側臉呀
〈平交道〉	白	《守夜的壁虎》（頁116～117）	像瘋子般蒼白的臉上我露出無言的微笑
〈送別會〉	白	《守夜的壁虎》（頁123）	散佈在猶如大海的蒼穹　那些白帆般的雲朵

〈思慕〉	白、墨	《守夜的壁虎》（頁132~133）	只有純白的空間和醒目的墨色
〈大海〉	白	《守夜的壁虎》（頁151）	看不到白帆的影子
〈葬曲〉	翠綠、白、紅	《守夜的壁虎》（頁176~177）	我就會想起早晨連接白晝／白晝連接夜晚的／那往昔相愛的美好日子
〈畫想——伸向未來的雙臂〉	白、紅	《守夜的壁虎》（頁184~185）	要填補空白的第一色彩已定了
〈聲響〉	白	《守夜的壁虎》（頁188~189）	霧……白濛濛的霧
〈歷史〉	白、灰	《守夜的壁虎》（頁190）	伏在厚重的白紙上
〈腳〉	白	《守夜的壁虎》（頁199）	死人的腳是冰涼的／宛如蠟製標本般白皙又苗條
〈迎媽祖〉	黃、白	《守夜的壁虎》（頁203）	行經窗外的　無言的白熾頌歌的氣壓
〈殘障者〉	白	《守夜的壁虎》（頁206）	白色小網球聲爽快地飛響天空的早晨
〈輕夢〉	白	《守夜的壁虎》（頁218~219）	輕輕踩過／淺淺夢境的是／護士小姐的白色布鞋
			跳著仙女之舞的是／門窗的白色窗簾
			展開翅膀的是／病房的白色牆壁
			橫溢著沒有歌聲的是／少女們的白色詩篇
〈瀑布〉	白	《守夜的壁虎》（頁227）	有個白癡在灑水
〈夏季的一天〉	灰、白	《守夜的壁虎》（頁236~237）	以微白的哀感開始又以微白的哀感結束
〈東園酒家——其二〉	白、紅	《守夜的壁虎》（頁247）	那手指　白白的指尖

〈太陽眼鏡〉	白、青菜色、黃	《守夜的壁虎》（頁 250）	漱石的小說「少爺」裡的／臉色蒼白而瘦弱的「瓜子老師」
〈從尊嚴的深處〉	白	《守夜的壁虎》（頁 256）	臉色一下子就變得非常蒼白
〈印象──高雄行〉	白	《守夜的壁虎》（頁 260）	白天／電燈也亮著的車廂裡
〈眸子〉	黃、白	《守夜的壁虎》（頁 276）	幾乎衰弱得變黃的白皙肌膚
〈有個雨天──崎溝子〉	綠、白	《守夜的壁虎》（頁 284）	潤濕發亮的這路標的一條白線
〈一剎那〉	白	《守夜的壁虎》（頁 290）	讓白紙一直擺在那裡
			是白的單色過於強烈的緣故／對謙虛的白色示威感到畏縮的一剎那……
〈那一刻〉	白	《守夜的壁虎》（頁 291）	白手帕垂直落下
			白雲風雅地在夜遊……
〈舊照片〉	灰、白	《守夜的壁虎》（頁 312～313）	妳雪白細嫩的手
〈主人不在家〉	白	《守夜的壁虎》（頁 327）	2.小徑（月明之夜的白色溪流）
〈熱的發明──往苗栗途中〉	白	《守夜的壁虎》（頁 333）	幽遠的白雲從腳底下湧起
〈劇本〉	白	《守夜的壁虎》（頁 334～335）	收場白──突然響起驟雨似的喝采
〈箱子〉	白	《守夜的壁虎》（頁 344～345）	我要為自己告白
〈議會〉	白、紅、泥土色	《守夜的壁虎》（頁 378～379）	於是帶有傷感顏色的／染過指甲的女人蒼白的手伸過來斟酒
〈海的起源〉	白	《海的起源》（頁 1）	白天／情緒的水分必定會蒸發

〈也許〉	白	《海的起源》（頁 12～13）	你白費了力氣
〈劇本〉（散文詩）	紅、白銀	《海的起源》（頁 28）	在把載滿了秋天裝飾的森林邊緣繞個大圈而來的白銀的鐵軌上
〈逝者如斯乎〉	白	《海的起源》（頁 46～47）	那時　我卻坐著山口先生的白色驕車
〈有個殘廢老兵〉	白、黑、灰	《海的起源》（頁 54～56）	你稀疏的頭髮斑白
〈月亮・太陽・生存與衰亡〉	紅、藍、白	《海的起源》（頁 57～58）	向著藍天白雲吹吹口哨
〈短劇〉	棕、乳白、銀	《海的起源》（頁 63～65）	狗在乳白色的跑車旁駐足
〈孤獨〉	白、青	《海的起源》（頁 66～67）	孤獨就是獨自呆立於海角／白天默然地思索著什麼
			向幽暗的天空和黝黑的海面投射青白交替的亮光
			那個從病房窗口能遙望的白色燈塔
〈臺灣 Discovery〉	白	《海的起源》（頁 84）	旁白：眼前正上演著粗暴的血淋淋的／大自然殘酷的上帝的攝理
〈自言自語〉	紅、白	《海的起源》（頁 94～95）	他們的臉定會變蒼白　很快厚厚的臉皮會被嚇破的
〈事實〉	白	《海的起源》（頁 111～113）	扔掉武器　躺在草原仰望天空吧　有白雲在浮動！
〈追尋逝去的時光——第二部・一九四二～一九四三・臺北經驗〉	白	《海的起源》（頁 182～184）	裡頭正對面一張陳舊眠床住著臉色蒼白的老嫗和當女工的養女
〈「詩」的隨想〉	墨、白	《海的起源》（頁 185～187）	揮舞諷刺的白刃而不沾血便無法回鞘的詩

〈醫院和菜市場〉	藍、白	《海的起源》（頁 192～193）	有鳥兒　有動物　有藍天　有白雲　有薰風
〈鞦韆〉	灰、黑、白、藍	《海的起源》（頁 212～213）	我真想坐在那鞦韆　向漂浮著白雲的藍天

引用書目

・王靜祥，〈追尋流轉在鋼軌上的密碼：2005 年 9 月 3 日 No.41 週末文學對談錦連 VS 張德本〉，《臺灣文學館通訊》第 9 期（2005 年 10 月）。

・吳東平，《色彩與中國人的生活》（北京：團結出版社，2000 年 1 月）。

・宋澤萊，《宋澤萊談文學》（臺北：前衛出版社，2004 年 9 月）。

・李友煌，〈時代的列車——臺灣鐵道詩人錦連〉，《高市文獻》第 18 卷第 1 期（2005 年 3 月）。

・李友煌，〈異質的存在——錦連詩研究〉，成功大學臺灣文學研究所碩士論文，2004 年 6 月。

・李銘龍編，《應用色彩學》（臺北：藝風堂出版社，1994 年 7 月）。

・李魁賢，〈存在的位置——錦連在詩裡透示的心理發展〉，鄭烱明編，《越浪前行的一代：葉石濤及其同時代作家文學國際學術研討會論文集》（高雄：春暉出版社，2002 年 2 月）。

・李蕭錕，《臺灣色》（臺北：藝術家出版社，2003 年 9 月）。

・谷欣伍編，《色彩理論與設計表現》（臺北：武陵出版社，1992 年 8 月）。

・阮美慧，〈論錦連在臺灣早期現代詩運動的表現與意義〉，《真理大學臺灣文學研究集刊》第 7 期（2004 年 12 月）。

・周華斌，〈寫在生活現場——錦連先生（せんせい）介紹與訪談記〉，《笠》第 241 期（2004 年 6 月）。

・岩上，〈錦連和他的詩〉，《文學臺灣》第 54 期（2005 年 4 月）。

・林昆範，《色彩原論》（臺北：全華圖書公司，2005 年 10 月）。

・林書堯，《色彩認識論》（臺北：三民書局，1986 年）。

· 林素惠，《康定斯基研究》（臺北：臺北市立美術館，1989 年）。

· 林盛彬，〈必也狂狷乎？真性情而已！——專訪錦連先生〉，《文訊》第 233 期（2005 年 3 月）。

· 林磐聳、鄭國裕編，《色彩計劃》（臺北：藝風堂出版社，1999 年 7 月）。

· 真理大學臺灣文學系編，《福爾摩莎文學：錦連詩作學術研討會論文集》（臺北：真理大學，2004 年 11 月 7 日）。

· 張德本，《臺灣鐵路詩人錦連論》（臺北：臺北縣文化局，2005 年）。

· 陳明台，〈硬質而清澈的抒情——純粹的詩人錦連論〉，《笠》第 193 期（1996 年 6 月）。

· 陳采玉，〈錦連青年時期詩語言之特色〉，《高苑學報》第 10 期（2004 年 7 月）。

· 陳金連（錦連），《鄉愁》（彰化：新生出版社，1956 年 8 月）。

· 曾啟雄，《色彩的科學與文化》(臺北：耶魯國際文化公司，2003 年 1 月)。

· 黃永武，《詩與美》（臺北：洪範書店，1984 年 12 月）。

· 黃建銘，〈冬日的午後，與詩人錦連在鳳山聚首〉，《臺灣文學館通訊》第 11 期（2006 年 6 月）。

· 蔡依伶，〈家在鳳山，錦連〉，《印刻文學生活誌》第 22 期（2005 年 6 月）。

· 蕭蕭，《青紅皂白》（臺北：新自然主義公司，2000 年 6 月）。

· 賴瓊琦，《設計的色彩心理：色彩的意象與色彩文化》（臺北：視傳文化公司，1997 年 3 月）。

· 錦連，《挖掘》（臺北：笠詩刊社，1986 年 2 月）。

· 錦連，《守夜的壁虎》（高雄：春暉出版社，2002 年 8 月）。

· 錦連，《海的起源》（高雄：春暉出版社，2003 年 4 月）。

· 錦連，《錦連作品集》（彰化：彰化縣立文化中心，1993 年 6 月）。

· 薛建蓉記錄，〈臺灣鐵路詩人——流轉在鋼軌上的密碼〉，《明道文藝》第 357 期（2005 年 12 月）。

· 謝韻茹，〈夢與土地的詠歎調：錦連小評〉，《笠》第 260 期（2007 年 8 月）。

· 康丁斯基（Wassily Kandinsky）著；吳瑪悧譯，《藝術的精神性》（臺北：藝術家出版社，2006 年 7 月）。

‧廿一世紀研究會著；張明敏譯，《色彩的世界地圖》（臺北：時報文化出版公司，2005
　年 6 月）。

‧原作者未註明，呂月玉譯，《色彩意象世界》（臺北：漢藝色研文化公司，1987 年 5 月）。

──選自蕭蕭、李佳蓮編《錦連的時代──錦連新詩研究》

臺中：晨星出版社，2008 年 12 月

錦連近期前衛詩的實驗性書寫

以「我的畫廊」系列詩為探討文本

◎周華斌*

一、動機與目的

> 圖畫是不出聲的詩歌，詩歌是會說話的圖畫。
>
> ——西蒙尼德斯（Simonides）

身為「跨越語言一代」的詩人錦連[1]，是隻不斷吐「詩」的「蜘蛛」[2]，一直勇於學習、嘗試，並將所學融合而積極表現於作品。「關於現代詩的新形式實驗，錦連站在前沿位置，以先鋒的姿勢挺進，對詩的語言、結構以至整體詩形，進行全面的變構。」[3]早年，錦連接受現代主義潮的洗禮後，創作過電影詩及符號詩、圖象詩等實驗作品，為其早期的前衛詩[4]書寫。近

---

*國立臺灣文學館研究典藏組研究助理。

[1]錦連，本名陳金連，1928 年 12 月 6 日出生於彰化市。日本時代，接受過小學校、臺灣鐵道協會講習所中等科暨電信科教育。1943 年起服務於彰化火車站電信室，至 1982 年退休。曾在彰化教授日文，目前居住高雄鳳山市。1949 年發表日文作品於《潮流》，1949 年加入「銀鈴會」；1956 年以中文投稿《現代詩》季刊，參加現代派詩人群；1964 年為「笠」詩社發起人之一。著有詩集《鄉愁》（1956 年）、《挖掘》（1986 年）、《錦連作品集》（1993 年，含日文詩論翻譯）、《守夜的壁虎》（2002 年，日、中文詩集對照分冊，1952～1957 年）、《支點》（2003 年，日文詩集）、《海的起源》（2003 年）、《那一年——一九四九年錦連日記》（2005 年）、《錦連集》（2008 年）、《我が画廊》（2009 年）。榮獲臺灣新文學特別推崇獎（1991 年）、笠詩獎翻譯獎（1994 年）、榮後臺灣詩獎（1995 年）、真理大學臺灣文學家牛津獎（2004 年）。

[2]錦連曾自述：我是一隻傷感而吝嗇的「蜘蛛」。

[3]郭楓，〈守著孤獨、守著夜、守著詩——錦連篇〉，《福爾摩莎文學・錦連詩作學術研討會論文集》（臺北：真理大學臺灣文學系，2004 年 11 月 7 日），頁 48。

[4]前衛詩，指象徵主義、未來主義、意象主義及超現實主義等詩作。參閱陳明台，〈「詩與詩論」研究（一）——「詩與詩論」前史〉，《前衛之貌》（臺中：臺中縣立文化中心，1994 年 6 月），頁 2～7。

年，其持續向《文學臺灣》投稿，其中「我的畫廊」系列詩即為其另一種
實驗性質的作品，風格創新，內容有趣，且發人省思。本文便是要以錦連
「我的畫廊」系列詩為例，探討其近期前衛詩的實驗性書寫。

　　早期，錦連以日文為閱讀及創作工具，也藉此接受文藝思潮，並學
習、創作實踐。透過閱讀，錦連接受過現代主義文學的認知，並發現電影
詩，例如《詩與詩論》[5]系譜的竹中郁〈足球〉及北川冬彥〈冰〉，隨後，
錦連便嘗試完成實驗性的電影詩作品。李魁賢表示：「1950 年代現代主義
運動在臺灣再度推動的時候，相對於林亨泰符號詩的立體主義企圖，錦連
更是積極朝向超現實主義探險。他發表了〈女的紀錄片〉和〈轢死〉，標示
電影詩（Ciné Poème）……」[6]。張德本表示，錦連也嘗試過「形式與內容
都能兼顧，不為遊戲而遊戲」[7]的圖象詩實驗創作。另外，郭楓則指出：

> 錦連的前衛性現代詩形式實驗，電影詩之外，還有圖象詩。……錦連的
> 圖象詩……可以說是圖象詩和符號詩的中間產品，也算是現代詩形式實
> 驗的新品種。[8]

　　錦連的電影詩及符號詩、圖象詩雖具獨特之前衛性，但卻未受到應有
的評價。「郭楓本身是奉行現實主義的詩人，他對錦連在浪漫和前衛方面的
努力評價不高，而獨鍾錦連晚年寫實風格的作品。」[9]即使如此，郭楓還是
對錦連前衛的實驗詩表示肯定之意，甚至用驚人的言辭表示其「竟沒引起
詩壇的轟動效應」，應是評論家「全都懷有偏見」或「掌握不準其意趣何在」[10]。

[5]《詩與詩論》雜誌，於 1928 年創刊，並成為展開超現實主義派新詩精神運動的據點。
[6]李魁賢，〈存在的位置──錦連在詩裡透示的心理發展〉，《李魁賢文集 9》（臺北：行政院文建會，2002 年 10 月），頁 88～89。引文中的法文，為原文既有。
[7]張德本，〈臺灣鐵路詩人──錦連的鐵路詩〉，《文學臺灣》第 47 期（2003 年 7 月），頁 204。
[8]郭楓，〈守著孤獨、守著夜、守著詩──錦連篇〉《福爾摩莎文學・錦連詩作學術研討會論文集》，頁 50～51。
[9]李魁賢，〈評論家的獨到眼光〉，《福爾摩莎文學・錦連詩作學術研討會論文集》，頁 196。
[10]郭楓，〈守著孤獨、守著夜、守著詩──錦連篇〉，《福爾摩莎文學・錦連詩作學術研討會論文集》，頁 51～52。

　　2003 年 7 月起，錦連持續於《文學臺灣》發表另一種實驗性質的「我的畫廊」系列詩，是錦連依圖畫景物為基礎加以想像構圖而發展成的詩。書寫過程中，其融合俳句著重景的描寫、意象的濃縮、剎那間捕捉充滿巧智的詩意、創造最適當的表象等手法，以喚醒讀者心中直覺，瞬間觸動其心靈。同時，其藉由超現實主義的荒謬、叛逆、顛覆及逆思等非正常手法來呈現，以產生新感受，進行另一種形式的實驗詩書寫。另外，錦連在接受日本前衛詩潮洗禮後，繼承現代主義與現實主義混合的詩風，且因從詩中感受日本《荒地》等集團對生死及存在意義的省思，而具備更強烈的現實精神與時代意識，也配合其親身體驗，以現代主義的手法，展開生死、存在等主題面向的書寫，這也同樣出現於錦連的「我的畫廊」系列詩。

　　經查，錦連在《文學臺灣》共發表過十首（十幅）「我的畫廊」系列詩，即從 2003 年 7 月 15 日《文學臺灣》第 47 期刊載的〈神祕──我的畫廊・第一幅〉開始，到 2006 年 1 月 15 日第 57 期的〈溪流和花──我的畫廊・第十幅〉。[11]本文目的不在探討錦連前衛的實驗詩為何未受到應有的評價，而是希望實際以這十首「我的畫廊」系列詩為文本，針對「哲學內涵」及「美學表現」兩大主題，探討錦連藉由「我的畫廊」系列呈現自我嘗試以尋求詩的可能性。

二、「我的畫廊」系列詩中的哲學內涵

　　詩是傳達內在情感的一種心聲，而情感也會因外在事物而激發。對1928 年出生的錦連而言，其歷經日本殖民統治、戰爭、國民黨來臺等時代考驗，豐富的人生體驗讓錦連對人生實感產生省思，且錦連也將之分解、消化，變成養分，培育出「我的畫廊」系列詩。

　　錦連藉由俳句手法，將圖畫、日常生活中巧遇的景物，以適當的表象

---

[11]這十首發表於《文學臺灣》的華文「我的畫廊」系列詩，都有對應的日文，錦連於 2009 年出版日文詩集《我が画廊》（我的畫廊）時便是以此為題名，並收入對應的日文「我的畫廊」系列詩。事實上，錦連的詩有許多都是先以日文創作再翻譯為中文。錦連，《我が画廊》（高雄：春暉出版社，2009 年 9 月）。

安排、形構,在其理性和感性調和的字裡行間,可以感受到其融入巧智及形上思維的哲學內涵。以下,便從「死亡悲鬱的脫出」、「存在意涵的昇華」和「人道主義的關懷」三個向度,來討論錦連「我的畫廊」系列詩的哲學內涵。

(一)死亡悲鬱的脫出

經過一連串艱困的人生遭遇後,曾極端到想自殺[12]的錦連已逐漸以輕鬆的態度,坦然面對死亡的嚴肅課題。例如其寫於 2002 年的〈生老病死〉[13],已表現出對「死」有不同的見解:

> 死亡是多麼充滿鼓舞的對「未知」的參與呀
> 是多麼榮耀的解脫呀
> 是多麼對神祇的真正讚美呀

豐富的歷練已讓錦連以較豁達的態度面對人生,在「我的畫廊」系列中,錦連便是以坦然、輕鬆甚至諧謔的手法,表現有關死亡的議題。首先,欣賞〈神祕——我的畫廊・第一幅〉:

> 寬敞的窗戶背後
> 明亮的藍天和朵朵白雲閃耀著
>
> 射進來的和煦陽光中
> 黑衣老人在純白的床鋪上坐起
> 由全身裹著深紅衣裳的年輕貌美女子服侍著
>
> 射進來的和煦光譜
> 在那老人的蒼白面頰

---

[12]錦連,〈往事〉,《海的起源》(高雄:春暉出版社,2003 年 4 月),頁 133～134。
[13]錦連,〈生老病死〉,《海的起源》,頁 173～175。

和那年輕女子桃紅的臉蛋上加溫

黑衣老人嘴裡嘟嘟嚷嚷地不知在說些什麼
年輕女子撫摸老人的胳臂不知在說些什麼

白色的窗和白色的臥床
黑衣老人和深紅衣裳的女子

老人灰中帶黃的混濁眼瞳
女子滴溜溜滾轉的清澄眸子

看柔和的紅白黑藍灰黃　看得入迷
老人正瀕於危急………

不一會兒　停歇的時間突然甦醒
女子　輕如羽衣地站了起來
各種色彩發出激烈聲響混亂交錯

無力地咳嗽了一聲
老人斷了氣

——《文學臺灣》第 47 期，2003 年 7 月

　　本詩在強調色彩對比的同時，表現出神祕、詭異氣氛。詩人以觀畫者的角度，描寫圖畫中女子服侍在老人一旁的情景。圖畫的時間是停止的，但詩人以豐富的想像力配合從遠到近的描述，以及超現實主義手法讓畫面「動」起來。詩人描寫觀畫者感覺老人從「正瀕於危急」到「斷了氣」的過程，會造成畫中所有色彩「激烈聲響混亂交錯」、翻捲，藉此代替一般刻板印象中的痛苦、哭鬧、哀嚎等場景，且隨後只「無力地咳嗽了一聲」，就「斷了氣」，一切都是那麼平和。為什麼詩人不描寫老人痛苦地死去？似乎是對死亡有不同的領悟，這可以再從〈守靈——我的畫廊・第二幅〉來印證：

親朋好友聚集在一起
僧侶們在合聲誦經

掛有死者黑白照片的靈堂
一炷香快要燒爐

時間靜止已久
室內一片孤寂

徹夜守靈者都累得東倒西歪了
誦經團早已離開

遺像裡留著小鬍子的那個人
似有所示地　　忽然露出了一絲微笑

　　　　　　　　——《文學臺灣》第 48 期，2003 年 10 月

　　這首詩，是詩人描寫為往生者守靈的情景。白天，於掛著遺像的靈堂，「親朋好友聚集在一起」，「僧侶們在合聲誦經」；到了晚上，「誦經團早已離開」，「徹夜守靈者都累得東倒西歪」，此時「遺像」裡的那個人，「似有所示地」忽然露出「微笑」。藉此，營造怪異的氣氛，以產生新的感受。特別是最後一句，在淡淡的超現實筆法下所露出的「一絲微笑」，讓從前面開始一直以寫實方式所平述的情景至此產生變化，使畫面動起來。

　　和〈神祕〉一樣，本詩也沒有痛苦、哀嚎等場景，為什麼？另外，遺像裡的人為何會忽然露出微笑？是有「生連接死／死本身又連接著另一個人生」[14]的領悟，所以輕鬆地一笑置之？或是在譏笑現在守靈的人，以後也會被人守靈？就像詩人於〈Rotary System〉[15]所述：「那些大人們……都已不在這個世界／而曾經是那個嬰兒的我……已 75 歲了」「當我要離開這世

---

[14] 錦連，〈Quo Vadis, Domine？——主啊 我該往何處去？〉，《海的起源》，頁 172。
[15] 錦連，〈Rotary System〉，《文學臺灣》第 49 期（2004 年 1 月），頁 204。

界時／……應該有嬰兒誕生」「光想到這樣的情景　不由得就快活起來／我必能夠帶著微笑告別地球上的人們」「這叫做輪轉規律／並且下一次會以絕對的機率輪到你」。不管如何，可以知道的是，詩人以輕鬆的角度處理死的議題；對於死，詩句散發著坦然面對的氣味。

同樣觸及死亡課題的，還有〈深夜——我的畫廊·第五幅〉：

> 從板窗的縫隙有人在偷窺
> 屋裡角落有破舊的椅子和一把掃帚
> 如鬆弛的麻繩　一條電線的末端
> 垂吊著一個放出微弱光線的燈泡
>
> 板窗外頭有人來來往往
> 月光隨著閃動又消失
> 燈泡如鞦韆般搖擺
> 2003 年 4 月 20 日深夜　有人過世了

——《文學臺灣》第 51 期，2004 年 7 月

本詩從第一段開始，便對倉庫景物展開一連串的描述，且前、後兩段分別以位於屋外、內的角度來描述：前段敘述，看畫的人在外面，看見有人從板窗的縫隙向屋內偷窺；後段敘述，看畫的人又在裡面，看見「板窗外頭有人來來往往……」。2003 年 4 月 20 日是本詩完成日，作者最後用很多人知道卻很少提起的一句話：今天深夜一定「有人過世」，製造出一個唐突的高潮，表達對生命的震撼。

本詩主要在表現不管人間的生死或貧賤富貴，時間就是一直這樣自然流逝。言下之意，人生短短數十年，還有什麼好計較的？這不正意味著，詩人有生死如浮雲般的超脫的想法？也呼應了上兩首詩的意涵，明顯表現出對死亡悲鬱的脫出。

（二）存在意涵的昇華

　　創作是思想的實現，在經過作者的理性反覆探討、沉澱後，會浮現出合乎理性的形上思維。錦連經過生活歷練體驗存在的實感，透過閱讀汲取各種知識，體驗與知識在腦中交互運作、沉澱，除了產生如上述以坦然、輕鬆或諧謔的手法表現「死亡悲鬱的脫出」的形上思維外，還發展另一面向「存在意涵的昇華」。

　　一首詩的意象內涵不只有一種，正如上面談過的〈深夜〉，也可以探討其「存在」議題。詩人先後以窗內、窗外的視點來觀察屋內的景物，運用一連串景物的描寫，表現時光的流逝、存在的實感。最終一句：「2003 年 4 月 20 日深夜，有人過世了」，由於詩人自己的存在，才能思想到「有人過世」，更凸顯出詩人對存在的意識。試以下面兩首詩，作更深入的探討。

　　首先，是〈無人世界——我的畫廊・第三幅〉：

　　二間土屋
　　二棵翠綠的松柏
　　彎彎曲曲的鄉村小路
　　蜿蜒穿流的山間小溪

　　山脊高低不一
　　斑剝的捲積雲
　　陽光　和無以計量的時間
　　牢牢被釘死於此

　　世界寂然無聲
　　——忽然卻似有似無地
　　傳來奇妙的風聲流水聲

　　天　地　人

人　沒有人　沒有人影？

神正在傳遞一種不可解的信息？

　　　　　　　——《文學臺灣》第 49 期，2004 年 1 月

　　本詩第一、二段，忠實地描寫畫裡的風景，時間在那空間裡是凝固的，像被牢牢釘死在那裡。後兩段，詩人的想像力又開始運作，先以「忽然卻似有似無地／傳來奇妙的風聲流水聲」的手法讓畫面有聲地動起來，再推展到最後一段，以不說教的自然方式，引領讀者思考「存在」，甚至是天地人三才[16]的嚴肅課題。有天，有地，卻沒有人。不可抗拒的宇宙主宰者——神，好像透過這種畫面要傳遞什麼信息似的？藉由這畫面依序鋪陳、安排下，可以感受到詩人的內心世界在運動，正思索著「存在」議題的形上學。或許，畫面要告訴人們「人存在的渺小」，所以才以「沒有人」，說明神明所建立的平和、天地的「恆常」，而即使人類全部滅亡，這天地景物的運動仍然會繼續不斷，

　　不管如何，如同笛卡兒所述「我思故我在」[17]，錦連思考「存在」的當下是認識主體，其真正的感覺、想像、思維和意欲，以及提問的「神正在傳遞一種不可解的信息？」，單從本詩來看，似乎真是「不可解」。但是，從錦連所表現出的思想內涵來看，至少可以知道其具有敏銳的頭腦及豐饒的心靈，甚至可窺見那持續追求真、善、美的內心世界運作的軌跡。

　　另外一首，是 2005 年 1 月發表於《文學臺灣》第 53 期的〈大海——我的畫廊‧第七幅〉：

在短暫之間　開花又凋謝的繁星

---

[16]「形上學的內涵，事實上是涵蓋了天地人三才」。參閱鄔昆如，〈全書結論〉，《形上學》（臺北：五南圖書出版公司，2004 年 3 月），頁 406。

[17] 我思故我在，是笛卡兒對第一哲學（形而上學）找到的第一原則、第一原理。參考馮俊，〈笛卡兒的理性主義和二元論——第一哲學（形而上學）〉，《法國近代哲學》（臺北：遠流出版公司，2000 年 3 月），頁 31～36。

　　小孩子們以柔柔胖胖的手指

　　數著又數著

　　（中略）

　　行將蜂擁而至的海浪大軍

　　行將在泡沫中消失的沙上足跡

　　強烈的地震突然使海洋大大地傾斜了

　　前段，一邊是年歲長且近乎永恆的繁星，一邊則是年歲尚小但生命極有限的人類幼兒，兩者形成生命、時間存在的強烈對比。後段，一邊是淘湧的海浪，一邊是人類在沙灘上留下的足跡，暗喻人類生命短暫，有如沙灘上被海浪抹滅的足跡。其次，「在短暫之間　開花又凋謝的繁星」、「行將蜂擁而至的海浪大軍」及「強烈的地震突然使海洋大大地傾斜了」等語句，更表示大自然的瞬息萬變。因此，詩人主要藉由繁星、大海與人類的簡單畫面對比，前後呼應，凸顯出在與瞬息萬變、壽命長久的大自然比較下，人類的存在是多麼渺小！

　　試比照上述三首詩，〈深夜〉是從意識到本身的存在，推演到人類的生死，且該詩也著眼於「不管人間的生死或貧賤富貴，時間就是一直這樣自然流逝」的表現，可解讀為：在與自然的參照下，人類的存在顯得短暫；反觀，〈無人世界〉是從意識到天地間沒有人類的存在，推演到是否為神要傳遞某種信息，這信息似乎可解讀為：與自然的參照下，人的存在顯得渺小；〈大海〉則分別將人類的形影與星、海等大自然瞬息萬變、壽命長久的景物相比，凸顯出人類的存在是多麼渺小。因此，若將這三首詩相互參照，則可知作者希望藉由自然與人類的對比，隱喻人類短暫、渺小的存在，提醒人們應謙卑的存在，甚至應把握存在的短暫時間。

　　事實上也可以說，上述意識到自然與人類存在關係的作品，都是錦連

對自身的存在時時保有感動的表現，正如他在 2002 年完成的〈我的發見〉[18] 所述，對於「向高空伸展的　綠色盎然的樹木」、「倚在山麓下靜悄悄的木板小屋子」、「從遠方蹀過樹梢　靜靜傳來的風聲」等周遭景物，便是「多麼打動心靈不已的發見」；而對於自己的存在，他也知足地感到幸福，就像他在〈幸福〉[19]所述，「沒有比未曾擁有過／傷心的回憶／快樂的回憶／寂寞的回憶的人更不幸的」，我「想趕緊將我的幸福轉告別人」。對錦連來說，〈深夜〉表現人在板窗外往來使月光閃動又消失而意識到當夜有人過世，〈無人世界〉表現世界寂然無聲卻忽然似有似無地傳來奇妙的風聲流水聲，〈大海〉表現小孩子們以柔柔胖胖的手指數著又數著閃爍繁星，這都是對生命存在的感動，都是令其感到幸福的畫面。

在介紹錦連配合人類與自然的參照，把人類的存在意涵昇華到謙卑、知足等層面後，以下則將繼續分析錦連在本系列詩中的人道關懷。

（三）人道主義的關懷

於〈吐絲的蜘蛛——詩人錦連先生的文學歷程與成就〉中，受訪者錦連自承其因「反應了時代的感受」及受「左派作家的作品」影響而產生「偏向於人道主義」的作品。[20]訪問者岩上則執筆結語：

> 表面冷靜而內心熱情的關懷臺灣本土文化；關心臺灣生存與未來的前途，以人道主義者的心胸挖掘表達了對這時代的看法。[21]

如上述，錦連早期作品呈現同情貧困窮人、關心臺灣，具人道精神。不過，本文將採更廣義的解釋，即主張人人生而平等、悲憫受苦難者、愛

---

[18]錦連，〈我的發見〉，《海的起源》，頁 208～209。
[19]錦連，〈幸福〉，《海的起源》，頁 210。
[20]岩上，〈吐絲的蜘蛛——詩人錦連先生的文學歷程與成就〉，《詩的存在》（高雄：派色文化出版社，1996 年 8 月），頁 203。
[21]同前註，頁 209。

護萬物、敬重生命等，都是人道主義的表現。[22]在「我的畫廊」系列中，有一首發表於 2006 年 1 月的〈溪流和花──我的畫廊‧第十幅〉，以柔和的筆調，緩緩道出愛護萬物的人道關懷：

（上略）
夢幻的故事　不斷地流傳
動人的故事　不斷地流傳
纏綿的故事　不斷地流傳

潺潺水聲　不停地傳開
潺潺水聲　不停地流轉
潺潺水聲　竟溢出畫框

人們知道　地球上有這樣的地方
曾經有過　或者將會出現

彩帶的光與影裡是絕對的無聲
震耳欲絕的水聲裡　有饒舌和尖叫

──《文學臺灣》第 57 期，2006 年 1 月

在經過夢幻、動人、纏綿的美好景象描寫後，詩人安排：人們知道地球上有這樣的地方，但為什麼曾經有過或者將會出現？是因為經過人類恣意破壞或戰爭的結果以致美好的景象並不存於現在？答案不得而知，但可以確定的是，詩人透過對自然的描寫表現出對大地萬物的愛。事實上，詩人所描述的美景，目前還存在於地球，當然詩人是因為不願意其成為過去或只能寄望未來，才在詩中表現該美好景致已不存在，其中隱含詩人提醒

---

[22]施懿琳，〈鍾理和作品中表現的人道主義精神〉，《跨語、漂泊、釘根》（高雄：春暉出版社，2000年6月），頁95。

人們要愛護自然的警語，是人道關懷的表現。

　　2003 年 3 月，英美聯軍對伊拉克發動一場現代化戰爭。曾實際歷經第二次世界大戰的錦連便以詼諧的方式，在一首寫於 2004 年 8 月 25 日並發表於 2005 年 10 月的〈新巴比倫遺跡——我的畫廊‧第九幅〉，針對這場戰爭表達出反戰的人道主義思想：

　　　滾滾沙塵揚起
　　　血腥的伊拉克戰野黑雲密布
　　　處處林立著頭戴鋼盔的十字架
　　　踏過千里征途的一雙雙軍靴

　　　這些文明的標記
　　　鮮血早就被苦澀的大地吸乾
　　　5000 年後手拿尺碼在此指指點點的
　　　異形的雌雄考古學家說著聽不懂的言語

　　　　　　　　　　　　　　——《文學臺灣》第 56 期，2005 年 10 月

　　詩人在前半段以寫實、簡捷的手法描寫戰爭的場景，悲慘、血腥的伊拉克戰野處處可見十字架及一雙雙軍靴等「文明的標記」；後半段，詩人想像在 5000 年後，會有不知是否為人類的異形「雌雄」考古學家勘察這些文明的標記，就好像現代的人類考古學家勘察巴比倫遺跡一樣。簡短的幾行詩，隱藏著詩人對人類殘酷的戰爭所提出的譏諷：人類為什麼要戰爭？爭鬥只會製造傷亡，到最後也只不過會殘留一些日後供其他生物考古的「文明的標記」而已！

　　上述兩首詩分別從大自然的美麗因故已成為傳說，到人類爭鬥戰亂後的遺跡，表現出錦連對大自然及人類的愛，同時也維持其一貫的人道關懷風格。以上，便是有關「我的畫廊」系列詩的哲學內涵，其中可觀察到錦

連向上提升的形上思維，正如真理大學「臺灣文學家牛津獎」的〈獎詞〉所述：「錦連先生的詩：由個人抒情到社會關懷；……由自我鑑照到思想哲理的提升，在在顯示出宏偉的氣度」[23]。

三、「我的畫廊」系列詩中的美學表現

美，是人類主觀的內心感受。每個人都有自己的審美觀，因此至少在審視美學表現前，先告知評量基準角度。在此，本文將以「超現實主義」、「餘白」及藝術「形式原理」的觀點，來探討「我的畫廊」系列詩所展現的美學。

（一）超現實主義的飛躍

日本超現實主義者西脇順三郎：「所謂超自然或超現實說起來也只不過是指破壞自然的關係、現實的關係，而結果所當然呈現出來的新關係而言。」[24]「安德烈·布魯東的超現實主義的美這種觀念，將兩種相反物的調和加以理論上的解說，以運動和靜止的連結加以象徵。」[25]在此便是要以超現實主義的矛盾、荒謬、靜動連結的美學觀點作為探討基準。

事實上，「我的畫廊」系列詩大多採用超現實主義的美學手法。例如上述在老人臨死前讓所有色彩聲響混亂翻捲的〈神祕——我的畫廊·第一幅〉、讓遺像忽然露出微笑的〈守靈——我的畫廊·第二幅〉，都運用超現實的矛盾、荒謬、詭異、靜動連結手法。除此之外，還有〈老闆是素人畫家——我的畫廊·第四幅〉：

機車修理行的老闆

---

[23]臺灣文學家牛津獎〈獎詞〉，錦連詩作學術研討會《會議手冊》（臺北：真理大學臺灣文學系，2004 年 11 月 7 日），頁 1。
[24]西脇順三郎著；杜國清譯，〈我的討論〉，《詩學》。收錄於杜國清著，《西脇順三郎的詩與詩學》（高雄：春暉出版社，1980 年 8 月），頁 159。
[25]西脇順三郎著；杜國清譯，〈美和夢〉，《詩學》。收錄於杜國清著，《西脇順三郎的詩與詩學》，頁 51。

是受到驚嚇或者在生氣

凸目金魚的兩顆眼珠
越張越大似快要爆出

忽然起乩似地擲去工具抓起畫筆
大喝一聲撲向畫布用力刷了二三下

翠綠的森林　　重重山巒
春天出現在幽暗的店內

他滿身油汙握著毅然決然的彩筆
金剛力士般叉開雙腿

待修機車的引擎碰碰碰碰的響
沒有表情的顧客一腳踏進來時

驚嚇的他凍結在畫裡
凸目金魚的眼珠子掉落在地上

──《文學臺灣》第 50 期，2004 年 4 月

　　本詩主要在描寫熱中於繪畫的機車修理行老闆，是性情中人，每當有
所靈感，便會立刻「擲去工具抓起畫筆」，畫上幾筆後再繼續修車，而情節
就在顧客突然撞見老闆一邊握著彩筆一邊發動機車的驚嚇中凍結。透過超
現實技法，錦連將上述現實生活中瞬間捕捉到的畫面，運用飛躍的想像
力，配合出人意表的語言，誇張、矛盾、荒謬或夢幻化，使詩產生鮮活的
意象，造成讀者的撼動。

　　第一至三段，詩人以較寫實的敘述方式，帶出老闆於靈感一來時的行
徑。第二段捕捉住第一段所述老闆驚嚇或生氣的表情，尤其著重誇張的眼
部情緒。第三段表明原來老闆是因為急著將突來的意象畫出，才會顯露上

述表情。第四段，將焦點落在老闆的森林、山巒繪畫中。第五、六段，捕捉老闆一邊握著彩筆一邊發動機車，且被突然進來的顧客撞見的有趣情景。第七段，運用超現實技法，表現老闆受到驚嚇的狀況，於所營造的非理性、荒謬及夢魘的氣氛下高潮地落幕。

培根認為，「想像是不受物質法則的約束，能夠將自然所分離的東西結合，也能將自然所結合的東西分離」，所以「想像就是違反物質的法則從事結合和分離」。[26]想像力是豐富文學內涵最主要的動力，錦連在本詩中，以潛意識感受知外物，運用飛躍的想像力超越現實，解放意識中不可思議的幻象與夢境，將現實中獲得的印象或經驗以意外的手法結合或分離，以產生新的關係，甚至讓讀者自己從奇異的情境中尋求意義。

另外，〈左耳——我的畫廊‧第六幅〉：

草木都因快要燃燒起來的熱氣而即將窒息
向日葵極度彎曲的臉上滲出油汗
花蕊的油汁正在沸滾著

荷蘭的大輪風車銹得不能轉動
熾熱的天地眼看就要大崩塌了
緊張的時間濃縮　終於氣爆

燒焦了的向日葵向前傾倒
風車忽然發瘋似地轉動起來
就在此時　梵谷這次卻……

面孔凶狠地抓起利刃
刷地把左耳割了下來
頓時畫裡的一切都熾於一片火海……

---

[26]西脇順三郎著；杜國清譯，〈想像〉，《詩學》。收錄於杜國清譯著，《西脇順三郎的詩與詩學》，頁26。

——《文學臺灣》第 52 期，2004 年 10 月

　　說到梵谷（Vincent Van Gogh，1853～1890），就會想到向日葵、「割耳事件」，以及自殘「右耳」[27]後所完成的自畫像，甚至想到其最後自盡等種種事情。可以說，梵谷的人生經歷和作品都異於常人。

　　梵谷對繪畫的強烈狂熱、色彩凝聚的力量、燃燒般的線條及向日葵等，所有印象彙集成這首詩的靈感來源。錦連採用超現實的創新手法，表現梵谷所畫的向日葵、草木被炎熱的陽光曝曬，花蕊的油汁被烤得正在沸滾著。配合荷蘭大風車鏽得不能轉動的描寫，形成能量聚集的意象，繼之，天地在陽光一直曝曬下到達臨界點，終於氣爆。在向日葵應聲傾倒、風車忽然瘋狂地轉動起來的同時，梵谷把剩餘的「左耳」割了下來，瞬間，「畫裡的一切都熤於一片火海……」。對於擁有充沛精力和行徑激烈的梵谷，錦連運用其想像力，改變一下歷史；想像梵谷在自殘「右耳」的割耳事件後，這次是在狂熱的異常氣氛營造下發狂地割下剩餘的「左耳」。如此，運用超現實手法，將這樣的情景套用於梵谷身上，不僅不會覺得奇怪，反而令人有「合身」的驚嘆。更驚人的是，在詩人眼中，看見梵谷畫的向日葵突然「燃燒」，正如同梵谷本人所述：「在藍色的襯托下，向日葵的純鉻黃色彷彿會燃燒起來一樣。」[28]。

　　波特萊爾說：「不規則的東西，亦即預期不到的東西，冷不防一擊地使人驚訝的東西是『美』在本質上的特性」[29]。錦連便是利用運動和靜止的連結，配合荒謬、詭異的手法，實踐超現實主義美學。

---

[27]事實上，梵谷是割掉「左耳」，但因現在論述對象的文本誤為「右耳」，故在此也稱右耳。參閱《梵谷噢！梵谷》中，描述梵谷割耳後的自畫像：「由於是照著鏡子畫，所以事實上割下的是半個左耳。」參見何恭上編，〈割耳後自畫像——心中的那把火〉，《梵谷噢！梵谷》（臺北：藝術圖書公司，1998 年 6 月，修正版），頁 235。
[28]這段話，出現於梵谷寫給西奧的信中。參閱理查・穆爾博格著；朱孟勳譯，〈向日葵〉，《梵谷為什麼是大師梵谷？》（臺北：青林出版社，1995 年 11 月，二版），頁 16。
[29]引自西脇順三郎著；杜國清譯，〈反諷〉，《詩學》。收錄於杜國清譯著，《西脇順三郎的詩與詩學》，頁 132。

（二）餘白的想像

餘白，是構圖時的一個要目。特別是水墨畫，將主題繪於白紙上，以白來襯托景物，如果配置得當，運用餘白技法，可表現遠山遠空、雲水交接或廣闊的大海等，讓觀畫者自由想像。

錦連在「我的畫廊」系列許多詩中，以精簡的詞句表現自己的情感，善於景物的安排、情境的鋪陳，運用如同繪畫裡的餘白技法，留給讀者（觀畫者）一種想像空間；也可以說，錦連善用詩的「繪畫性」，以精簡的詞句巧妙安排，讓讀者於腦中產生更複雜的「視覺性」畫面，甚至讓讀者以想像繼續創作而共同完成一首詩（一幅畫）。例如：

〈守靈──我的畫廊・第二幅〉中，遺像裡的「那個人／似有所示地／忽然露出微笑」，讓讀者不禁思索著「那個人」在笑什麼？為什麼會笑？還有，〈無人世界──我的畫廊・第三幅〉中，「沒有人影？／神正在傳遞一種不可解的信息？」神正在傳遞什麼信息？為什麼透過「沒有人影」來傳遞信息？讀者在眼睛掃過精簡的詩句時，腦海已經立即配合自己的人生體驗產生較複雜的畫面，甚至隨著心中的疑問繼續延伸自我聯想的情節畫面。

另外，最新發表的〈海邊咖啡座──我的畫廊・第八幅〉，能給讀者更大的想像空間：

晶黑的咖啡杯
在鑲有花邊的桌巾上
留下
一顆鑽戒閃爍著

海潮聲中　豔麗女子起身離座
時近晌午

　　　　　　　　　　　　　　──《文學臺灣》第 55 期，2005 年 7 月

　　雖然景物描寫簡單，但是後續情節卻在讀者腦海裡無限擴張。或許，讀者會往孤獨、寂寥的方向發展，思索為什麼在鑲有花邊的桌巾上留下一顆鑽戒閃爍著？豔麗女子和鑽戒有什麼關係？豔麗女子在海潮聲中起身離座要做什麼？會不會是……？

　　然而，詩人並非只是想單純勾勒出孤獨、寂寥的輪廓，而應該是要表達永恆及神祕的意涵。相對於人類而言，鑽石與大海是永恆的，這兩者之間存在一位生命短暫的女子，在對比之下自然凸顯永恆的意味；同時，透過作者巧妙的取景與安排，自然散發出神祕的氣氛。

　　但，究竟是否如此？事實上，不管情節如何發展，或何種解釋，詩人已經留下一個想像的空間給讀者，這便已達到創作目的了，「如果把感情全部表現出來，那麼暗示的餘地就會化為烏有」[30]。至於，如何想像、論述，都是讀者的自由，已與作者無關，且沒有標準答案，不是嗎？

　　事實上，這餘白的運用，也跟俳句「創造出最適當的表象去喚醒他人心中本有的直覺」的手法有關。錦連充分利用餘白技法，以最適當的表象、簡潔的字句，表現出主題，餘留非常寬廣的「白」給讀者。讓讀者自然而然地發揮想像力，或配合本身的經驗，在腦海中繼續發展情節，共同延續這首詩、這幅畫的生命。

　　錦連在一篇文章賞析[31]中，曾舉三好達治被譽為以單純俳諧詩法極點呈現的現代詩〈雪〉：「使太郎入睡，太郎的屋頂上降積著雪／使次郎入睡，次郎的屋頂上降積著雪」為例，表示：這是「繪畫性」較濃、「簡素而訴於視覺的詩」，「詩倒是一種藝術，藝術的成立需靠按配。不講究按配，便是素材的羅列而已，而素材的按配有賴於選擇，選擇的工作即要求詩人去作非常困難的自我抑制或自我犧牲。」反觀本文，上述「餘白」就是經過錦連對素材的巧妙取捨安排，「自我抑制或自我犧牲」後的結果，使詩的「繪

---

[30]鈴木大拙著；陶剛譯，〈禪與俳句〉，《禪與日本文化》（臺北：桂冠圖書公司，1997 年 3 月），頁130。

[31]錦連，附錄〈作品欣賞──喬林的作品〉，《喬林詩集：狩獵》（基隆：基隆市文化中心，1993 年6 月），頁119～120。

畫性」較濃、「簡素而訴於視覺」。這種「餘白」的手法，總是容易讓讀者自然產生「想像」的互動，引導讀者藉由想像用「畫面」解讀詩、發展詩。

　　以上，是藉由餘白安排所造成的「視覺」性，其引導讀者參與想像互動。接著，則是藉由藝術形式原理的運用，同樣也可引導讀者產生「視覺」效果。

（三）形式原理的「視覺」效果

　　在此，主要借用藝術的形式原理[32]中的對比[33]、對稱[34]、漸變[35]或反覆36等項目，來賞析上面提過的〈神祕──我的畫廊・第一幅〉及〈溪流和花──我的畫廊・第十幅〉兩首詩（兩幅畫）。

　　首先就〈神祕──我的畫廊・第一幅〉，探討其中的對比、對稱及漸變等美學表現手法：

　　　寬敞的窗戶背後
　　　明亮的藍天和朵朵白雲閃耀著

　　　射進來的和煦陽光中
　　　黑衣老人在純白的床鋪上坐起
　　　由全身裹著深紅衣裳的年輕貌美女子服侍著

　　　射進來的和煦光譜

---

[32]藝術的形式原理，有比例、對比、對稱、平衡、反覆、漸變、律動、統一及調和等數項。參閱蔡昌吉、阮福信、彭立勛，〈藝術的形式原理〉，《當代美術鑑賞與人生》（臺北：新文京開發，2002年9月），頁69～88。
[33]對比，是兩者的比較或對照。與調和相反的就是對比，兩事物並列，其間有很大的差異，稱之為對比。
[34]對稱，在假定的軸線上，上下或左右所排列的形態完全相同，稱之為對稱。以不變方向之形井然有序地保持原狀重複移動位置，即可得到對稱並進圖形。
[35]漸變，或稱漸移。反覆構成的造形由大漸小或由小漸大；色彩由淡漸濃，或由濃漸淡，呈現出規律性的漸次變化。
[36]反覆，視覺的重複現象。將某一些同質性的元素，繼續連續組合為一群體。

　　在那老人的蒼白面頰
　　和那年輕女子桃紅的臉蛋上加溫

　　黑衣老人嘴裡嘟嘟嚷嚷地不知在說些什麼
　　年輕女子撫摸老人的胳臂不知在說些什麼

　　白色的窗和白色的臥床
　　黑衣老人和深紅衣裳的女子

　　老人灰中帶黃的混濁眼瞳
　　女子滴溜溜滾轉的清澄眸子
　　（下略）

　　在閱讀過程中，逐漸感覺整首詩充滿著強烈的對比，有顏色的對比，也有形貌的對比；例如「藍天／白雲」、「黑衣／純白床鋪／深紅衣裳」、「老人／年輕貌美女子」、「老人的蒼白面頰／年輕女子桃紅的臉蛋」、「老人灰中帶黃的混濁眼瞳／女子滴溜溜滾轉的清澄眸子」。其中，藉由描述老人的黑衣、蒼白、混濁與描述女子的深紅、桃紅、清澄等顏色表象對比，更加凸顯老人的衰老、似風中殘燭與女子的健康、正值青春年華。

　　其次，詩中第二、三段都是三行分別描寫陽光、老人及女子，第四段分兩行寫「黑衣老人嘴裡嘟嘟嚷嚷地不知在說些什麼／年輕女子撫摸老人的胳臂不知在說些什麼」，第五節分兩段描寫窗、床及老人、女子，第六段分兩行描寫老人及女子；亦即，於對比中添加對稱的效果。詩人藉對比緩緩形構圖象，營造出莊嚴、嚴肅、安定、平穩的氣氛[37]，更呼應上面「死亡悲鬱的脫出」一節所述錦連以平和的態度面對死亡議題。

　　另外，詩中第一至六段，從窗外的景色開始描寫，在藉由陽光的射入

---

[37] 對稱的構成，使人感到莊嚴、嚴肅、安定、平穩、勻稱。參閱林文昌、歐秀明，〈美術的構成原理〉，《美術 I》（臺北：東大圖書公司，2000 年 8 月），頁 33。

順勢帶出屋內老人及女子，再漸移到老人及女子的面貌，甚至到「不知在說些什麼」的嘴巴，以至眼睛的描寫。藉此，利用漸變的移動作用產生韻律和動力的美感知覺，以及空間的立體感。

針對上述於「人道主義的關懷」一節中所引用過的〈溪流和花——我的畫廊‧第十幅〉，也可看見對比、反覆、對稱及漸變等的藝術形式原理運用：

潺潺溪流
這一岸開著一朵大紅花
那一岸開著一朵小白花

夢幻的故事　不斷地流傳
動人的故事　不斷地流傳
纏綿的故事　不斷地流傳

潺潺水聲　不停地傳開
潺潺水聲　不停地流轉
潺潺水聲　竟溢出畫框
（下略）

第一段描寫潺潺的溪流風景，「這一岸開著一朵大紅花／那一岸開著一朵小白花」，「大／小」對比，產生遠近的立體感；「紅／白」對比，產生色彩鮮豔的美感。

第一段至第三段，各自以兩岸開著花、「故事不斷地流傳」、「潺潺水聲」的形式，產生反覆、對稱效果，以及反覆的節奏律動，形成安定、平穩、和諧性，以加強美好、動人的氣氛。

第三段，「潺潺水聲不停地傳開／潺潺水聲不停地流轉／潺潺水聲竟溢出畫框」，採開始傳開、中途流轉到最後溢出的三階段漸變描述，自然形成

如音樂般節奏性的律動美感。其實，在於動靜態的處理方面，三段也都採取不同變化：第一段「潺潺的溪流」與兩岸的花，形成動、靜變化；第二段分別以「夢幻的故事」、「動人的故事」、「纏綿的故事」為三行中的主詞，主詞後面再加上空格以產生停頓，後面則同樣接動態的描述「不斷地流」，如此便有靜、動變化的感覺；至於第三段，則如上述以「傳開」、「流轉」、「溢出」三種不同動態呈現；整體看來，動中有靜、靜中有動。

不管具有普遍性的藝術形式原理，還是荒謬、顛覆的超現實主義以及催化想像的餘白技法，都可供創作者運用而產生獨特的美感。這些繪畫技法，在錦連的巧智運用下，融合其知識體驗，內化於「我的畫廊」系列詩的實驗性書寫中。

四、結論

詩的變革如同一般文學變革，從經由一時代的「發端」提出新奇的、先驅的、前衛的作品，藉此發現新的可能性。[38]對錦連個人而言，其從早期的電影詩及符號詩、圖象詩等實驗作品開始，持續嘗試各種新技法，積極開拓未知的領域，企圖尋找出新的詩創作可能性，甚至到現在還一直保有創新與實驗精神，以致有「我的畫廊」系列詩的實驗性書寫。錦連的前衛並非是以標新立異目的，而是因為不滿足於已書寫過的現代詩模式，才提出新的嘗試，以帶給讀者感性的震撼，其對習以為常的書寫模式發出挑戰，也是對自我的挑戰。

在「我的畫廊」系列詩的實驗中，錦連採用俳句技法，剎那間捕捉詩意，運用想像構圖，以詩作畫，調合理性和感性，創造出適當、充滿巧智的表象去喚醒他人心中本有的直覺。在形式上，以創造出最適當、簡捷的表象為主；在哲學內涵方面，除了其對死亡悲鬱的脫出、存在意涵的昇華外，還表露其一貫的人道主義的關懷，展現出其形上的思維；在美學表現

---

[38]陳明台，〈「詩與詩論」研究（二）——「詩與詩論」的成立〉，《前衛之貌》，頁 15。

方面，則採以超現實主義、餘白及藝術形式原理等技法的交互運用。

「我的畫廊」系列詩是錦連將其七十多年來的人生經歷及所學知識融入其中，而完成的實驗性書寫。錦連曾表示：「『我的畫廊』系列已寫得差不多了，大概完成十首左右……。原本只是要實驗看看這種表現方式，但這樣就夠了，我想再找其他手法繼續嘗試、創作。」[39]由此，更加印證錦連積極開拓未知領域，持續進行實驗性書寫，尋找出新的詩創作可能性的企圖。

——選自《臺灣文學評論》第 11 卷第 1 期，2011 年 1 月

---

[39]這是錦連先生對筆者說的一段話，筆者曾於 2004 年 10 月 30 日訪問錦連先生，訪談紀錄尚未發表。

輯五◎
研究評論資料目錄

作家、作品評論專書與學位論文

專書

1. 〔真理大學臺灣文學系〕　　福爾摩莎文學・錦連詩作學術研討會論文集　臺北　真理大學臺灣文學系主辦　2004 年 11 月　209 頁

本論文集為真理大學臺灣文學系，所舉辦之「錦連詩作學術研討會」會議論文，會議內容以探討錦連的詩作風格為主。全書共 4 輯：1.專題演講：李魁賢〈存在的位置——錦連在詩裡透視的心理發展〉；2.論文集，共收趙天儀〈錦連的形象與知性舞蹈〉、林盛彬〈論錦連「以詩論詩」的詩想〉、郭楓〈守著孤獨、守著夜、守著詩——錦連篇〉、張德本〈臺灣鐵路詩人錦連的現代美學——他的詩觀與對意象主義、圖象電影詩及超現實的實踐〉、岩上〈錦連詩中的生命脈象訊息與意義——以創作前期為探討範圍〉、蔡秀菊〈從苦悶的基調到冷性的諷刺——時代在錦連詩作中留下的刻痕〉、周華彬〈以詩的鏡頭拍攝出視覺化的世界——試論錦連的電影詩及類電影詩〉、江明樹〈蹲伏在後窗的觀察者——評錦連電影詩及其他〉、葉笛〈複眼的詩人錦連〉9 篇；3.評論文，共收郭楓〈感性的揮灑——趙天儀〈錦連的形象思維與知性舞蹈〉讀後〉、張信吉〈以詩論詩直取本心〉、李魁賢〈評論家的獨到眼光〉、趙天儀〈張德本〈臺灣鐵路詩人錦連的現代美學〉講評〉、李敏勇〈我見，我思〉、王灝〈探索者的發現報告——小論江明樹的〈蹲伏在後窗的觀察者〉〉6 篇；4.論文代讀，共收陳佳雯〈臺灣鐵路詩人錦連的現代美學——他的詩觀與對現象主義的、圖象電影及超現實的實踐〉、林巧芬〈蹲伏在後窗的觀察者——評錦連電影詩及其他〉2 篇。

2. 張德本　　臺灣鐵路詩人錦連論　臺北　臺北縣文化局　2005 年 12 月　310 頁

本書以錦連的詩作為主線，從多重面向探討其詩作特色。全書共 5 章：1.臺灣鐵路詩人——錦連的鐵路詩；2.臺灣鐵路詩人——錦連的現代美學；3.臺灣鐵路詩人——錦連詩中的愛與孤獨；4.臺灣鐵路詩人——錦連詩的形上思考與批判性；5.臺灣鐵路詩人——錦連的地方誌詩與普世關懷。正文前有〈流轉在鋼軌上的密碼〉。

3. 蕭蕭，李佳蓮編　　錦連的時代——錦連新詩研究　臺中　晨星出版社　2008 年 12 月　333 頁

本書為「錦連的時代——錦連詩作學術研討會」之論文集，收錄阮美慧〈歷史的斷片〉，岩上〈錦連詩創作前後期的比較〉，蕭蕭〈錦連：臺灣銀幕詩創始人〉，郭楓〈堅決不舉順風旗的獨吟者〉，王宗仁〈火車旅行〉，陳昌明〈站在世界的邊

緣〉，李桂媚〈錦連詩作的白色美學〉，林水福〈錦連詩試論〉，莫渝〈生存困境的掙脫〉，郭漢辰〈試論錦連詩裡時間與死亡的意象與符碼〉，共 10 篇。正文後附錄李桂媚〈錦連研究相關書目〉。

學位論文

4. 李友煌　　異質的存在——錦連詩研究　成功大學臺灣文學研究所　碩士論文　呂興昌教授指導　2004 年 6 月　327 頁

本論文全面性的探討錦連各個時期的創作面向，諸多形式與內涵，包括語言、題材、精神的特色與演變；並把錦連放回整個時代風潮中觀察，掌握詩人動態的發展，標定詩人的特色與位置。前有緒論，正文共 6 章：1.錦連生平與其文學活動歷程；2.錦連「接受史」；3.錦連詩作形式與內容的轉變；4.錦連詩的前衛性；5.時代的列車；6.結論。正文後附錄〈錦連年表〉、〈錦連訪問稿〉。

作家生平資料篇目

自述

5. 錦　　連　　自序[1]　錦連作品集　彰化　彰化縣立文化中心　1993 年 6 月　〔2〕頁

6. 錦　　連　　用詩記錄生命　笠　第 197 期　1997 年 2 月　頁 1

7. 錦　　連　　《錦連作品集》自序　錦連全集·中文詩卷 1　臺南　國立臺灣文學館　2010 年 10 月　頁 139—140

8. 錦　　連　　回憶漩渦：錦連　笠　第 181 期　1994 年 6 月　頁 95—96

9. 錦　　連　　回憶漩渦——〈詩的問卷〉陳千武策劃　錦連全集·散文卷　臺南　國立臺灣文學館　2010 年 10 月　頁 213—215

10. 錦　　連　　自序　守夜的壁虎——錦連詩集·1952—1957　高雄　春暉出版社　2002 年 8 月　頁 1—4

11. 錦　　連　　自序　夜を守りてやもりが…1952—1957　高雄　春暉出版社　2002 年 8 月　頁 1—6

12. 錦　　連　　《守夜的壁虎：錦連詩集·1952—1957》自序　錦連全集·中文詩卷 2　臺南　國立臺灣文學館　2010 年 10 月　頁 33—36

---

[1]本文後改篇名為〈用詩記錄生命〉。

13. 錦　　連　　《夜を守りてやもりが 1952—1957》自序　錦連全集・日文詩卷 1　臺南　國立臺灣文學館　2010 年 10 月　頁 33—37

14. 錦　　連　　後記　守夜的壁虎——錦連詩集・一九五二—一九五七　高雄　春暉出版社　2002 年 8 月　頁 383

15. 錦　　連　　あとがき　夜を守リてやもリが……——錦連詩集・一九五二—一九五七　高雄　春暉出版社　2002 年 8 月　頁 384

16. 錦　　連　　《夜を守リてやもリが 1952—1957》あとがき　錦連全集・日文詩卷 1　臺南　國立臺灣文學館　2010 年 10 月　頁 438

17. 錦　　連　　序に代えて　支點　高雄　春暉出版社　2003 年 7 月　〔2〕頁

18. 錦　　連　　得獎感言　福爾摩莎文學・錦連詩作學術研討會論文集　臺北　真理大學臺灣文學系主辦　2004 年 11 月 7 日　頁 4—5　本文為錦連先生獲頒「臺灣文學家牛津獎」感想，後改篇名為〈牛津獎得獎感言〉。

19. 錦　　連　　牛津獎得獎感言　錦連全集・散文卷　臺南　國立臺灣文學館　2010 年 10 月　頁 249—252

20. 錦　　連　　詩人近況　2004 臺灣詩選　臺北　二魚文化公司　2005 年 3 月　頁 278

21. 錦　　連　　自序　那一年——錦連一九四九年日記　高雄　春暉出版社　2005 年 9 月　頁 1

22. 錦　　連　　《那一年：1949 錦連日記》自序　錦連全集・散文卷　臺南　國立臺灣文學館　2010 年 10 月　頁 27

23. 錦　　連　　錦連詩觀　錦連詩集　高雄　春暉出版社　2007 年 9 月　頁 5

24. 錦　　連　　錦連詩觀　錦連全集・中文詩卷 3　臺南　國立臺灣文學館　2010 年 10 月　頁 371

25. 錦　　連　　錦連回憶錄（1—6）——我的年代和文學回憶　文學臺灣　第 71，74—78 期　2009 年 7 月，2010 年 4，7，10 月，2011 年 1，4 月　頁 56—77，50—61，73—132，55—91，110—121，108—124

26. 錦　　連　　錦連回憶錄（一）——我的年代和文學回憶　錦連全集・散文卷

臺南　國立臺灣文學館　2010 年 10 月　頁 378—399

27. 錦　　連　　自序　群燕　高雄　春暉出版社　2009 年 9 月　頁 1

28. 錦　　連　　あとがき　我が画廊　高雄　春暉出版社　2009 年 9 月　頁 201

29. 錦　　連　　《我が画廊》あとがき　錦連全集・日文詩卷 2　臺南　國立臺灣
文學館　2010 年 10 月　頁 433

30. 錦　　連　　詩的反思　錦連全集・散文卷　臺南　國立臺灣文學館　2010 年
10 月　頁 245—248

他述

31. 彩　　羽　　龍的種族　幼獅文藝　第 211 期　1971 年 7 月　頁 212

32. 張　　默　　現代詩壇鉤沉錄〔錦連部分〕　文訊雜誌　第 25 期　1986 年 8 月
頁 199—200

33. 陳嘉惠　　我的爸爸錦連　笠　第 139 期　1987 年 6 月　頁 80—81

34. 康　　原　　為寂寞寫詩——錦連　文學的彰化——彰化縣新文學作家小傳　彰
化　彰化縣立文化中心　1992 年　頁 76—80

35. 〔岩上主編〕　　錦連（1928—）　笠下影——1997 笠詩社同仁著譯書目集
臺北　笠詩社　1997 年 8 月　頁 34

36. 彭瑞金　　錦連——吝於吐絲的蜘蛛詩人　臺灣文學步道　高雄　高雄縣立文
化中心　1998 年 7 月　頁 211—216

37. 彭瑞金　　錦連——吝於吐絲的蜘蛛詩人　臺灣時報　1998 年 9 月 23 日　29 版

38. 彭瑞金　　錦連——吝於吐絲的蜘蛛詩人　臺灣文學 50 家　臺北　玉山社出
版公司　2005 年 7 月　頁 319—323

39. 舒　　蘭　　五〇年代詩人詩作——錦連　中國新詩史話（三）　臺北　渤海堂
文化公司　1998 年 10 月　頁 333

40. 利玉芳　　溫暖的心——欣賞錦連的詩[2]　臺灣新聞報　2001 年 9 月 13 日　20 版

41. 張默，陳文苑　　錦連簡介　向歲月致敬——臺灣前輩詩人攝影集　臺北　臺
北市文化局　2001 年 9 月　頁 78—81

---

[2] 本文主要介紹錦連生平經歷。

42. 林政華　如蛛絲綿密，為貧弱吶喊的鐵道詩人——錦連　臺灣古今文學名家　桃園　開南管理學院通識教育中心　2003 年 3 月　頁 65

43. 莫　渝　作者簡介　愛情小詩選讀　臺北　鷹漢文化公司　2003 年 11 月　頁 111

44. 編輯部　錦連　高雄文學小百科　高雄　高雄市文化局　2006 年 7 月　頁 124—125

45. 〔張默，瘂弦主編〕　錦連　六十年代詩選　高雄　大業書店　1961 年 1 月　頁 210

46. 瘂　弦　《六十年代詩選》作者小評〔錦連部分〕　創世紀　第 149 期　2006 年 12 月　頁 48

47. 〔鹽分地帶文學〕　前輩作家寫真簿——錦連：倘若有神——神必定存在於人類的溫柔的心中　鹽分地帶文學　第 11 期　2007 年 8 月　頁 16

48. 〔編輯部〕　錦連簡介　錦連詩集　高雄　春暉出版社　2007 年 9 月　頁 3—4

49. 〔謝貴文編〕　錦連簡介　幸福石鼓詩　高雄　高雄市文化局　2007 年 12 月　頁 172

50. 許俊雅　淡水河流域的文化與文學——淡水河流域的文化——文學中淡水文本的構成類型的作家群——錦連（一九二八年—）　續修臺北縣志・藝文志第三篇・文學（上）　臺北　臺北縣政府　2008 年 3 月　頁 26

51. 趙天儀等[3]　詩人心目中的錦連　錦連的時代——錦連詩作學術研討會　彰化　明道大學中文系暨通識教育中心　2008 年 5 月 2 日

52. 〔封德屏主編〕　錦連　2007 臺灣作家作品目錄　臺南　國立臺灣文學館　2008 年 7 月　頁 1327

53. 蔡文章　錦連：會永遠寫下去　文訊雜誌　第 276 期　2008 年 10 月　頁 79

54. 蕭　蕭　錦連的時代　聯合文學　第 290 期　2008 年 12 月　頁 110—112

---

[3]主持人：趙天儀；與會者：江自得、康原、吳晟。

55. 蕭　　蕭　　序：錦連的時代　錦連的時代——錦連新詩研究　臺中　晨星出版社　2008 年 12 月　頁 6—10

56. 蔡文章　　錦連：會永遠寫下去　文訊雜誌　第 276 期　2008 年 10 月　頁 79

57. 李瑞騰　　館長序　錦連全集（全 13 冊）　臺南　國立臺灣文學館　2010 年 10 月　頁 3—4

58. 〔編輯部〕　　大師簡介　乾坤詩刊　第 59 期　2011 年 7 月　頁 1

59. 曾巧雲　　錦連：守夜的詩人編織詩絲一甲子・獲高雄文藝獎・錦連全集 13 冊出版　2010 年臺灣文學年鑑　臺南　國立臺灣文學館　2011 年 11 月　頁 148—149

60. 胡萩桴　　戰後跨語一代詩人生平——鐵道詩人——錦連（1928—）　戰後跨語一代詩人作品之標點符號研究　屏東教育大學中國語文學系　碩士論文　余昭玟教授指導　2012 年 6 月　頁 36—37

61. 張德本　　敬悼詩人錦連　文學臺灣　第 85 期　2013 年 1 月　頁 298—299

62. 喬　　林　　詩人的修為與姿態——敬悼前輩詩人錦連　笠　第 293 期　2013 年 2 月　〔1〕頁

63. 〔文訊雜誌〕　　那感傷而吝嗇的蜘蛛——紀念詩人錦連先生　文訊雜誌　第 328 期　2013 年 2 月　頁 39

64. 趙天儀　　生活者的歌與思想——懷念詩人錦連先生　文訊雜誌　第 328 期　2013 年 2 月　頁 40—42

65. 蔡文章　　文學是終身的志業——懷念詩人錦連　文訊雜誌　第 328 期　2013 年 2 月　頁 43—44

66. 阮美慧　　守著夜的寧靜的壁虎——悼念文學前輩錦連先生　文訊雜誌　第 328 期　2013 年 2 月　頁 45—47

67. 王為萱　　作家錦連逝世　文訊雜誌　第 328 期　2013 年 2 月　頁 191

68. 離畢華　　循著發亮的鐵軌出發——我與錦連先生的二三事　中華日報　2013 年 4 月 8 日　B4 版

69. 離畢華　　循著發亮的鐵軌出發——我與錦連先生的二三事　簪花男子——離

畢華詩‧文‧畫集　臺北　遠景出版公司　2014 年 7 月　頁 135—140

70. 喬　林　鐵路詩人‧錦連辭世　人間福報　2013 年 1 月 13 日　B5 版

71. 凌　煙　守夜的壁虎從歷史的牆面殞落　鹽分地帶文學　第 44 期　2013 年 2 月　頁 44—47

72. 李昌憲　錦連書房攝影記　笠　第 294 期　2013 年 4 月　頁 9—12

73. 陳嘉惠　父親生平誌　笠　第 294 期　2013 年 4 月　頁 158—159

74. 梁名儀　獻給親愛的外公　笠　第 294 期　2013 年 4 月　頁 160—161

75. 羅　浪　追憶我永遠的朋友——錦連　文學臺灣　第 86 期　2013 年 4 月　頁 12—15

76. 陳銘堯　荒井　文學臺灣　第 86 期　2013 年 4 月　頁 30

77. 謝佩霓　敬悼「鐵道詩人」錦連先生　文學臺灣　第 86 期　2013 年 4 月　頁 32—33

78. 莊金國　錦連南遷　文學臺灣　第 86 期　2013 年 4 月　頁 39—43

79. 周華斌　再送行——給敬愛的錦連老師　文學臺灣　第 86 期　2013 年 4 月　頁 44—50

80. 趙天儀　回憶詩人錦連先生　笠　第 296 期　2013 年 8 月　頁 142—143

81. 應鳳凰　陳金連（錦連）／《鄉愁》　人間福報　2013 年 9 月 24 日　15 版

82. 鍾逸人　錦連兄：安息！　文學臺灣　第 89 期　2014 年 1 月　頁 132—139

83. 趙天儀　詩與思想隨筆——錦連　笠　第 305 期　2015 年 2 月　頁 115—117

訪談、對談

84. 〔笠〕　詩的問答——錦連　笠　第 20 期　1967 年 8 月　頁 43—44

85. 〔笠〕　詩的問答　錦連全集‧散文卷　臺南　國立臺灣文學館　2010 年 10 月　頁 203—205

86. 錦連等[4]　桓夫、白萩、林亨泰、錦連談片　笠　第 107 期　1984 年 2 月　頁 36—37

---

[4]與會者：李敏勇、曾清吉（拾虹）、陳明台、鄭烱明、桓夫、白萩、林亨泰、錦連。

87. 錦連等[5]　　《笠》的語言問題　臺灣精神的崛起——《笠》詩論選集　高雄　文學界雜誌　1989 年 12 月　頁 273—280

88. 錦連等[6]　　詩與現實　臺灣精神的崛起——《笠》詩論選集　高雄　文學界雜誌　1989 年 12 月　頁 294—314

89. 呂興忠　　不撒謊的詩人——錦連先生　文訊雜誌　第 125 期　1996 年 3 月　頁 72—75

90. 錦連等[7]　　二二八事件詩作品討論會記錄　笠　第 195 期　1996 年 10 月　頁 131—143

91. 周華斌　　寫在生活現場——錦連先生（せんせい）介紹與訪談記　笠　第 241 期　2004 年 6 月　頁 36—47

92. 李友煌　　錦連訪問稿　異質的存在——錦連詩研究　成功大學臺灣文學研究所　碩士論文　呂興昌教授指導　2004 年 6 月　頁 299—318

93. 林盛彬　　必也狂狷乎？真性情而已！——專訪錦連先生　文訊雜誌　第 233 期　2005 年 3 月　頁 138—144

94. 蔡依伶　　家在鳳山，錦連　印刻文學生活誌　第 22 期　2005 年 6 月　頁 138—145

95. 王靜祥　　追尋流轉在鋼軌上的密碼　臺灣文學館通訊　第 9 期　2005 年 10 月　頁 48—54

96. 錦連，張德本講；薛建蓉記　　臺灣鐵路詩人——流轉在鋼軌上的密碼　明道文藝　第 357 期　2005 年 12 月　頁 127—139

97. 錦連，張德本講；薛建蓉記　　臺灣鐵路詩人——流轉在鋼軌上的密碼　漫遊的星空／八場臺灣當代散文與詩的心靈饗宴——國立臺灣文學館‧第五季週末文學對談　臺南　國立臺灣文學館　2007 年 12 月　頁 18—32

---

[5] 主持人：桓夫；與會者：錦連、李魁賢、白萩、杜榮琛；紀錄：何麗玲。
[6] 主持人：桓夫；與會者：白萩、林亨泰、廖莫白、林華洲、吳麗櫻、錦連、岩上、陳明台、何淑鈞、何麗玲。
[7] 主持人：岩上；與會者：趙天儀、蕭翔文、賴洨、陳千武、錦連、岩上、陳重光、康文祥、王逸石；紀錄：利玉芳。

98. 黃建銘　　冬日的午後，與詩人錦連在鳳山聚首　臺灣文學館通訊　第 11 期　2006 年 6 月　頁 54—58

99. 陳鴻森　　錦連先生訪談錄　錦連全集・散文卷　臺南　國立臺灣文學館　2010 年 10 月　頁 221—235

100. 林煥彰專訪，傅紀鋼整理　　守夜的壁虎・臺灣鐵道詩人——跨越語言一代詩人錦連先生專訪　乾坤詩刊　第 59 期　2011 年 7 月　頁 7—20

年表

101. 李友煌　　錦連年表　異質的存在——錦連詩研究　成功大學臺灣文學研究所　碩士論文　呂興昌教授指導　2004 年 6 月　頁 283—298

102. 陳季瑛　　錦連年表　福爾摩莎文學・錦連詩作學術研討會論文集　臺北　真理大學臺灣文學系主辦　2004 年 11 月 7 日　頁 6—20

103. 〔編輯部〕　　錦連年表　錦連詩集　高雄　春暉出版社　2007 年 9 月　頁 117—124

104. 〔岩上編〕　　錦連寫作生平簡表　錦連集　臺南　國立臺灣文學館　2008 年 12 月　頁 134—136

105. 〔阮美慧主編〕　　寫作年表　錦連全集・資料卷　臺南　國立臺灣文學館　2010 年 10 月　頁 283—314

106. 〔阮美慧主編〕　　著作目錄　錦連全集・資料卷　臺南　國立臺灣文學館　2010 年 10 月　頁 317—318

107. 黃寁婷　　錦連作品目錄及書目提要　文訊雜誌　第 328 期　2013 年 2 月　頁 48—50

其他

108. 楊菁菁　　鐵道詩人錦連，獲日大獎　自由時報　2004 年 6 月 18 日　10 版

109. 洪士惠　　詩人錦連獲「臺灣文學家牛津獎」　文訊雜誌　第 226 期　2004 年 8 月　頁 94

110. 周華斌　　心情牽絲・詩意纏綿——錦連捐贈展相關報導　臺灣文學館通訊　第 30 期　2011 年 3 月　頁 58—59

作品評論篇目

綜論

臺灣文學館　2010 年 10 月　頁 127—136

124. 張彥勳　　探討「銀鈴會」時代的重要詩人及其創作路線——陳金連（錦連）　笠　第 111 期　1982 年 10 月　頁 41—42

125. 林芳年　　看《笠》近期作品——讀利玉芳・錦連的詩　文學界　第 14 期　1985 年 5 月　頁 162—168

126. 張超主編　　陳金連　臺港澳及海外華人作家辭典　江蘇　南京大學出版社　1994 年 12 月　頁 40

127. 陳明台　　清音依舊繚繞——解散後銀鈴會同人的走向〔錦連部分〕　笠　第 186 期　1995 年 4 月　頁 87—88

128. 陳明台　　清音依舊繚繞——解散後銀鈴會同人的走向〔錦連部分〕　臺灣詩史「銀鈴會」論文集　彰化　磺溪文化學會　1995 年 6 月　頁 99—100

129. 陳明台　　硬質清澈的抒情性格，純粹的詩人——錦連（上、下）　自立晚報　1996 年 2 月 10—11 日　23，17 版

130. 陳明台　　硬質而清澈的抒情——純粹的詩人錦連　笠　第 193 期　1996 年 6 月　頁 108—119

131. 陳明台　　硬質清澈的抒情性格——純粹的詩人錦連論　臺灣文學研究論集　臺北　文史哲出版社　1997 年 4 月　頁 244— 265

132. 岩　上　　吐詩的蜘蛛——詩人錦連先生的文學歷程　民眾日報　1996 年 2 月 10 日　27 版

133. 岩　上　　吐詩的蜘蛛——詩人錦連先生的文學歷程與成就　詩的存在——現代詩評論集　高雄　派色文化出版社　1996 年 8 月　頁 197—210

134. 施懿琳　　戰後文學發展概述——戰後彰化地區新文學——陳金連（一九二八年生）　彰化文學圖像　彰化　彰化縣文化中心　1996 年 6 月　頁 143—144

135. 施懿琳，楊翠　　實驗性的「電影詩」——錦連　彰化縣文學發展史（下）　彰化　彰化縣立文化中心　1997 年 5 月　頁 318

136. 施懿琳，楊翠　　「一隻傷感而吝嗇的蜘蛛」──錦連　彰化縣文學發展史（下）　彰化　彰化縣立文化中心　1997 年 5 月　頁 331─332

137. 施懿琳，楊翠　　強烈的歷史意識與硬質的抒情──錦連　彰化縣文學發展史（下）　彰化　彰化縣立文化中心　1997 年 5 月　頁 506─508

138. 阮美慧　　自我觀照的行吟者──錦連　笠詩社跨越語言一代詩人研究　東海大學中國文學系　碩士論文　陳鴻森教授指導　1997 年 5 月　頁 148

139. 施懿琳，楊翠　　政治風暴摧折，文學花果零落（1945─1949）──黑霧中的微星：「銀鈴會」──沈甸甸的孤寂：錦連　彰化縣文學發展史（下）　彰化　彰化縣立文化中心　1997 年 5 月　頁 304─306

140. 施懿琳，楊翠　　五〇年代彰化縣文壇的消寂──語言政策與文藝政策底下的彰化縣文壇──現代派運動與縣籍作家──林亨泰、錦連、李恭篤　彰化縣文學發展史（下）　彰化　彰化縣立文化中心　1997 年 5 月　頁 318

141. 莊金國　　錦連詩的異質　臺灣日報　2000 年 11 月 25 日　31 版

142. 莊金國　　錦連詩的異質　笠　第 294 期　2013 年 4 月　頁 171─173

143. 李魁賢　　存在的位置──錦連在詩裡透示的心理發展　葉石濤及其同時代作家文學國際學術研討會　高雄　春暉出版社　2002 年 2 月　頁 233─256

144. 李魁賢　　存在的位置──錦連在詩裡透示的心理發展　李魁賢文集 9　臺北　行政院文建會　2002 年 11 月　頁 78─104

145. 李魁賢　　存在的位置──錦連在詩裡透示的心理發展　臺灣新聞報　2002 年 12 月 13 日　5 版

146. 李魁賢　　存在的位置──錦連在詩裡透示的心理發展　福爾摩莎文學‧錦連詩作學術研討會論文集　臺北　真理大學臺灣文學系主辦　2004 年 11 月 7 日　頁 1─14

147. 阮美慧　　現代主義的推移與本土派文學勢力的茁壯──《笠》對現代主義

的轉向與詩真摯性的追求〔錦連部分〕 臺灣精神的回歸——六、七〇年代臺灣現代詩風的轉折 成功大學中國文學系 博士論文 呂興昌教授指導 2002 年 6 月 頁 148—149

148. 陳芳明 鄉土文學運動的覺醒與再出發〔錦連部分〕 聯合文學 第 221 期 2003 年 3 月 頁 158—159

149. 張德本 臺灣鐵路詩人——錦連的鐵路詩 文學臺灣 第 47 期 2003 年 7 月 頁 189—220

150. 張德本 臺灣鐵路詩人——錦連的鐵路詩 淡水牛津臺灣文學研究集刊 第 6 期 2004 年 8 月 頁 1—20

151. 李敏忠 存在的震顫——評錦連 50 年代「即物」詩的抒發優位 第九屆府城文學獎得獎作品專集 臺南 臺南市圖書館 2003 年 11 月 頁 348—381

152. 陳采玉 錦連青年時期詩語言之特色 高苑學報 第 10 期 2004 年 7 月 頁 187—197

153. 趙天儀 錦連的形象思維與知性舞蹈 福爾摩莎文學・錦連詩作學術研討會論文集 臺北 真理大學臺灣文學系主辦 2004 年 11 月 7 日 頁 17—24

154. 林盛彬 論錦連「以詩論詩」的詩想 福爾摩莎文學・錦連詩作學術研討會論文集 臺北 真理大學臺灣文學系主辦 2004 年 11 月 7 日 頁 25—42

155. 郭 楓 守著孤獨、守著夜、守著詩——錦連篇 福爾摩莎文學・錦連詩作學術研討會論文集 臺北 真理大學臺灣文學系主辦 2004 年 11 月 7 日 頁 43—66

156. 張德本 臺灣鐵路詩人錦連的現代美學——他的詩觀與對意象主義、圖像電影詩及超現實的實踐 福爾摩莎文學・錦連詩作學術研討會論文集 臺北 真理大學臺灣文學系主辦 2004 年 11 月 7 日 頁 67—108

157. 張德本　　臺灣鐵路詩人錦連的現代美學——他的詩觀與對意象主義、圖像電影詩及超現實的實踐（上、下）　臺灣文學評論　第 5 卷第 2—3 期　2005 年 4，7 月　頁 97—125，34—61

158. 岩　上　　錦連詩中的生命脈象訊息與意義——以創作前期為探討範圍　福爾摩莎文學・錦連詩作學術研討會論文集　臺北　真理大學臺灣文學系主辦　2004 年 11 月 7 日　頁 109—128

159. 岩　上　　錦連詩中的生命脈象訊息與意義——以創作前期為探討範圍　詩的創發　南投　南投縣文化局　2007 年 12 月　頁 277—303

160. 蔡秀菊　　從苦悶的基調到冷性的諷刺——時代在錦連詩作中留下的刻痕　福爾摩莎文學・錦連詩作學術研討會論文集　臺北　真理大學臺灣文學系主辦　2004 年 11 月 7 日　頁 129—144

161. 周華斌　　以詩的鏡頭拍攝出視覺化的世界——試論錦連的電影詩及類電影詩　福爾摩莎文學・錦連詩作學術研討會論文集　臺北　真理大學臺灣文學系主辦　2004 年 11 月 7 日　頁 145—162

162. 江明樹　　蹲伏在後窗的觀察者——評錦連電影詩及其他　福爾摩莎文學・錦連詩作學術研討會論文集　臺北　真理大學臺灣文學系主辦　2004 年 11 月 7 日　頁 163—180

163. 葉　笛　　複眼的詩人錦連　福爾摩莎文學・錦連詩作學術研討會論文集　臺北　真理大學臺灣文學系主辦　2004 年 11 月 7 日　頁 181—191

164. 葉　笛　　複眼的詩人錦連——詩人把眼睛帶在後面前走去　葉笛全集・評論卷二　臺南　國家臺灣文學館籌備處　2007 年 5 月　頁 140—164

165. 阮美慧　　論錦連在臺灣早期現代詩運動的表現與意義[8]　淡水牛津臺灣文學研究集刊　第 7 期　2004 年 12 月　頁 23—48

166. 阮美慧　　論錦連早期詩學的表現與意義　錦連詩集　高雄　春暉出版社　2007 年 9 月　頁 76—116

---

[8] 本文探討作家五○—六○年代發表的詩作，在臺灣詩壇的表現與意義。全文共 5 小節：1.前言；2.形式表現的創新與實驗；3.知性詩觀的提倡與建立；4.厚質詩作的書寫與奠定；5.結論。

167. 阮美慧　論錦連早期詩學的表現與意義　錦連全集・中文詩卷3　臺南　國
　　　立臺灣文學館　2010年10月　頁326—370

168. 李友煌　時代的列車──臺灣鐵道詩人錦連　高市文獻　第18卷第1期
　　　2005年3月　頁67—99

169. 岩　上　錦連和他的詩　文學臺灣　第54期　2005年4月　頁238—247

170. 岩　上　錦連和他的詩　詩的創發　南投　南投縣文化局　2007年12月
　　　頁304—312

171. 陳明台　論戰後臺灣現代詩所受日本前衛詩潮的影響──以跨越語言一代
　　　的詩人為中心來探討〔錦連部分〕[9]　第三屆現代詩學術會議論文
　　　集　彰化　彰化師範大學國文學系　1997年5月　頁99—122

172. 陳明台　論戰後臺灣現代詩所受日本前衛詩潮的影響──以跨越語言一代
　　　的詩人為中心來探討〔錦連部分〕　笠　第200期　1997年8月
　　　頁91—108

173. 陳明台　論戰後臺灣現代詩所受日本前衛詩潮的影響──以跨越語言一代
　　　的詩人為中心來探討〔錦連部分〕　強韌的精神　高雄　春暉出
　　　版社　2004年11月　頁217—240

174. 陳明台　論戰後臺灣現代詩所受日本前衛詩潮的影響──以跨越語言一代
　　　的詩人為中心探討〔錦連部分〕　強韌的精神　高雄　春暉出版
　　　社　2005年5月　頁57—80

175. 張德本　臺灣鐵路詩人──錦連詩的形上思考與批判性　文學臺灣　第55
　　　期　2005年7月　頁262—304

176. 孟　樊　承襲期臺灣新詩史（下）──錦連、陳千武與吳瀛濤　臺灣詩學
　　　學刊　第6期　2005年11月　頁93—96

177. 張德本　流轉在鋼軌上的密碼　臺灣鐵路詩人錦連論　臺北　臺北縣文化

---

[9]本文探討戰後臺灣現代詩發展與日本前衛詩潮的關連，以詹冰、陳千武、林亨泰、蕭翔文、錦連
5位1920年代出生的詩人作品為討論對象。全文共6小節：1.前言；2.共同背景的探索；3.「現代
派」和日本前衛詩潮；4.「笠」和日本前衛詩潮；5.試鍊和變革──以跨語言一代的詩人為例；6.
結語。

局　2005 年 12 月　〔14〕頁

178. 古恆綺等編[10]　　錦連　高雄文學小百科　高雄　高雄市文化局　2006 年 7
月　頁 124—125

179. 彭瑞金　　鳳山文學發展簡史〔錦連部分〕　臺灣文學史論集　高雄　春暉
出版社　2006 年 8 月　頁 459

180. 謝韻茹　　夢與土地的詠嘆調：錦連小評　笠　第 260 期　2007 年 8 月　頁
143—144

181. 李詮林　　日據時段的臺灣現代日語文學——楊熾昌、張彥勳、郭水潭、王白
淵、陳奇雲等日語詩人——張彥勳等銀鈴會詩人〔錦連部分〕　臺
灣現代文學史稿　福州　海峽文藝出版社　2007 年 12 月　頁 285

182. 李長青　　有霧的映像，誠實的標籤——試論錦連詩作中的女性形象　錦連
的時代——錦連詩作學術研討會　彰化　明道大學中文系暨通識
教育中心　2008 年 5 月 2 日

183. 阮美慧　　歷史的斷片——重探錦連 4、50 年代詩的「前衛性」與「現代
性」意義　錦連的時代——錦連詩作學術研討會　彰化　明道大
學中文系暨通識教育中心　2008 年 5 月 2 日

184. 阮美慧　　歷史的斷片——錦連五〇年代形構之詩的「前衛性」與「現代
性」意義[11]　錦連的時代——錦連新詩研究　臺中　晨星出版社
2008 年 12 月　頁 12—44

185. 莫　渝　　生存困境的掙脫[12]　錦連的時代——錦連詩作學術研討會　彰化
明道大學中文系暨通識教育中心　2008 年 5 月 2 日

186. 莫　渝　　生存困境的掙脫——試論錦連詩作裡的「悲哀」　錦連的時代—
—錦連新詩研究　臺中　晨星出版社　2008 年 12 月　頁 271—296

187. 陳昌明　　站在世界的邊緣——論錦連詩的書寫位置　錦連的時代——錦連

[10]編者：古恆綺、汪軍有、彭瓊儀、許昱裕。
[11]本文以錦連詩作為文本，探討其詩結構與意涵。全文共 5 節：1.前言；2.錦連「現代詩學」理論
的探求；3.「電影詩」——鏡頭的剪接、組合；4.「符號詩」——意符的變異、隱喻；5.結論。
[12]本文分析錦連詩作歷程中的困境感，並以此論述其詩觀中的「悲哀」情懷。全文共 4 節：1.詩的
出發；2.錦連「悲哀論」的形塑；3.錦連如何掙脫；4.結語。

　　　　　　詩作學術研討會　彰化　明道大學中文系暨通識教育中心　2008
　　　　　　年 5 月 2 日

188. 陳昌明　站在世界的邊緣——論錦連詩的書寫位置[13]　錦連的時代——錦連
　　　　　　新詩研究　臺中　晨星出版社　2008 年 12 月　頁 200—221

189. 郭　楓　堅決不舉順風旗的獨吟者——論錦連作品中的人道關懷　錦連的
　　　　　　時代——錦連詩作學術研討會　彰化　明道大學中文系暨通識教
　　　　　　育中心　2008 年 5 月 2 日

190. 郭　楓　堅決不舉順風旗的獨吟者——論錦連作品的特立風格　鹽分地帶
　　　　　　文學　第 16 期　2008 年 6 月　頁 134—161

191. 郭　楓　堅決不舉順風旗的獨吟者——錦連作品的特立風格[14]　錦連的時代
　　　　　　——錦連新詩研究　臺中　晨星出版社　2008 年 12 月　頁 114—143

192. 蕭　蕭　銀鈴會與銀幕詩——錦連詩作的雙銀地位　錦連的時代——錦連
　　　　　　詩作學術研討會　彰化　明道大學中文系暨通識教育中心　2008
　　　　　　年 5 月 2 日

193. 蕭　蕭　錦連：臺灣銀幕詩創始人——銀鈴會與銀幕詩影響下的錦連詩壇
　　　　　　地位[15]　錦連的時代——錦連新詩研究　臺中　晨星出版社　2008
　　　　　　年 12 月　頁 75—113

194. 李桂媚　錦連詩作的白色美學　錦連的時代——錦連詩作學術研討會　彰
　　　　　　化　明道大學中文系暨通識教育中心　2008 年 5 月 2 日

195. 李桂媚　錦連詩作的白色美學[16]　錦連的時代——錦連新詩研究　臺中　晨
　　　　　　星出版社　2008 年 12 月　頁 222—249

196. 岩　上　錦連詩作前後期比較　錦連的時代——錦連詩作學術研討會　彰

---

[13]本文分析錦連詩中的藝術表現，探討其詩的文學價值與意涵。
[14]本文分析錦連詩作中的形式與內容，探求其詩觀的特立風格。全文共 4 節：1.愈老愈美的一棵語言花樹；2.單人多聲部的寂寞吟唱；3.出入於規律和無規律之間；4.總結：錦連作品特立風格之形成。
[15]本文探討錦連參加詩會「銀鈴會」的歷程與對其詩作的影響。全文共 5 節：1.前言：孤獨是詩；2.錦連：銀鈴會最後加入的會員；3 錦連：銀幕詩精采的創始詩人；4.銀幕詩影響下的錦連特色；5.結語：詩是尊嚴。
[16]本文以錦連中文詩集為文本，探討其詩作對白色此一色彩意象的經營與表現。全文共 5 節：1.前言；2.白色的情感世界；3.白色的意象開展；4.白色的配色美學；5.結語。

化　明道大學中文系暨通識教育中心　2008 年 5 月 2 日

197. 岩　上　錦連詩創作前後期的比較[17]　錦連的時代——錦連新詩研究　臺中　晨星出版社　2008 年 12 月　頁 45—74

198. 彭瑞金　從高雄出發的臺灣文學建構運動——在地住民新興作家與新新移民作家合譜的高雄新故鄉交響曲〔錦連部分〕　高雄市文學史——現代篇　高雄　高雄市立圖書館　2008 年 5 月　頁 298—300

199. 李長青講；張武昌記　敏感的心，夢幻的筆——關於錦連的詩（上、下）　臺灣時報　2008 年 10 月 25—26 日　10，15 版

200. 王宗仁　火車行旅——試探錦連作品中的人道關懷[18]　錦連的時代——錦連新詩研究　臺中　晨星出版社　2008 年 12 月　頁 144—199

201.〔岩上編〕　解說　錦連集　臺南　國立臺灣文學館　2008 年 12 月　頁 122—133

202. 李若鶯　跨過境界線　鹽分地帶文學　第 19 期　2008 年 12 月　頁 84—93

203. 羊子喬　《錦連詩集》　書香遠傳　第 68 期　2009 年 1 月　頁 53—56

204. 郭成義　詩人作業簿——中國地圖六十年——談錦連的詩　文學臺灣　第 75 期　2010 年 7 月　頁 17—24

205. 阮美慧　編序　錦連全集（全 13 冊）　臺南　國立臺灣文學館　2010 年 10 月　頁 5—16

206. 邱若山　《錦連全集・翻譯卷》解說[19]　錦連全集・翻譯卷 2　臺南　國立臺灣文學館　2010 年 10 月　頁 455—474

207. 張德本　回憶之衣的鈕孔——臺灣鐵路詩人《錦連全集・散文卷》解說　錦連全集・散文卷　臺南　國立臺灣文學館　2010 年 10 月　頁

---

[17] 本文將錦連詩作分為前期（五、六〇年代）和後期（八〇年代中葉以後），以前其作品為探討範圍，並比對後期的詩觀與意象。全文共 7 節：1.前言；2.前後期創作的分界；3.前後期生活背景；4.詩觀；5.錦連詩作前後期表現差異的比較；6.「畫廊」與「寓言」的新意境；7.結語。

[18] 本文以錦連的成長過程及作品為基礎，分析錦連傾向人道思想的社會主義觀點之原因。本文共 3 節：1.人道思想的社會主義觀點之形成；2.錦連作品中的人道關懷；3.閃耀人性光芒的勇者。

[19] 本文分析作家於多種語言對譯的表現，亦論述作家選譯的作品走向。全文共 3 小節：1.日文詩中譯；2.詩論翻譯；3.臺灣詩人作品日譯（臺語文詩、中文詩）。

403—411

208. 許素蘭　靜靜的悲哀——錦連小說解說[20]　錦連全集・小說卷　臺南　國立臺灣文學館　2010 年 10 月　頁 323—335

209. 張德本　錦連詩學的摩爾斯密碼[21]　錦連全集・中文詩卷 4　臺南　國立臺灣文學館　2010 年 10 月　頁 231—281

210. 張德本　錦連詩學的摩斯密碼——臺灣鐵路詩人錦連一生所站立的支點　文學臺灣　第 86 期　2013 年 4 月　頁 51—72

211. 張德本　錦連詩學的超現實與圖像電影詩實驗　2010 高雄文學發聲國際學術研討會　高雄　高雄市政府文化局主辦　2010 年 11 月 6—7 日

212. 張德本　錦連詩學的超現實和圖象電影詩實驗　2010 年高雄文學發聲國際學術研討會論文集　高雄　高雄市文化局　2010 年 12 月　頁 88—125

213. 周華斌　錦連近期前衛詩的實驗性書寫——以「我的畫廊」系列詩為探討文本[22]　臺灣文學評論　第 11 卷第 1 期　2011 年 1 月　頁 72—92

214. 蔡文章　《錦連全集》新書發表會　文訊雜誌　第 303 期　2011 年 1 月　頁 131

215. 陳芳明　臺灣鄉土文學運動的覺醒與再出發——挖掘政治潛意識〔錦連部分〕　臺灣新文學史　臺北　聯經出版公司　2011 年 10 月　頁 515—518

216. 林明理　表現生活美學的藝術——臺灣「鐵道詩人」錦連的創作　閱讀與寫作　2011 年第 7 期　2011 年　頁 31—32

217. 黃玉蘭　從悲劇心理學閱讀錦連及其詩作　笠　第 289 期　2012 年 6 月　頁 176—188

218. 陳政彥　現代詩運動轉折期（1964—1970）——詩人群像——錦連　跨越

[20]本文從作家生平經歷出發，探討其小說作品與現實生活的關聯。
[21]本文將作家詩作分為鐵路意象、地誌書寫與庶民關懷、形上哲思及文明批判、超現實和圖象電影詩實驗四類，並分析詩作中的原型與特色。
[22]本文以錦連「我的畫廊」系列詩為例，探討其近期前衛詩的實驗性書寫。全文共 4 小節：1.動機與目的；2.「我的畫廊」系列詩中的哲學內涵；3.「我的畫廊」系列詩中的美學表現；4.結論。

時代的青春之歌——五、六○年代臺灣現代詩運動　臺南　國立
臺灣文學館　2012 年 10 月　頁 203—208

219. 余昭玟　多元視角——《笠》詩刊的實驗精神——跨語一代詩人——鐵道
詩人錦連　從邊緣發聲——臺灣五、六○年代崛起的省籍作家群
臺南　國立臺灣文學館　2012 年 10 月　頁 258—262

220. 莊金國　寫出真性情——紀念鐵道詩人錦連桑　鹽分地帶文學　第 44 期
2013 年 2 月　頁 16—27

221. 李魁賢　錦連升遐祝禱文　笠　第 293 期　2013 年 2 月　頁 4—6

222. 李魁賢　錦連升遐祝禱文　創世紀　第 174 期　2013 年 3 月　頁 94—95

223. 楊宗翰　死亡你且不要驕傲〔錦連部分〕　創世紀　第 174 期　2013 年 3
月　頁 16—17

224. 陳允元　尋找「缺席」的超現實主義者——日治時期臺灣超現實主義詩系
譜的追尋與文學史再現——典律的空缺與填補：發現／尋回楊熾
昌〔錦連部分〕　臺灣文學研究學報　第 16 期　2013 年 4 月　頁
32

225. 李敏勇　蚊子也會流淚吧……——悼念詩人錦連兼述其他　文學臺灣　第
86 期　2013 年 4 月　頁 18—26

226. 郭　楓　紀弦論：詩活動家〈狼之獨步〉與現代詩興滅——跨越語言一代
的現代派哥兒們——錦連・守著夜守著孤獨的詩人　新地文學
第 24 期　2013 年 6 月　頁 32—40

227. 莫　渝　生存困境的掙脫——錦連初論　臺灣詩人側顏　臺北　要有光
2013 年 10 月　頁 64—90

228. 張志樺　辭世作家——錦連　2013 臺灣文學年鑑　臺南　國立臺灣文學館
2014 年 12 月　頁 178

分論

◆單行本作品

詩

《鄉愁》

229. 趙慶華　時間的封印，文學的跫音——陳金連，《鄉愁》　臺灣文學館通訊
　　　第 42 期　2014 年 3 月　頁 15

《守夜的壁虎》

230. 蔡文章　錦連出版中日文詩集《守夜的壁虎》　文訊雜誌　第 205 期
　　　2002 年 11 月　頁 67

231. 蔡秀菊　舊相簿裡的青春寫真——評錦連的詩集《守夜的壁虎》　笠　第
　　　232 期　2002 年 12 月　頁 7—11

232. 蔡秀菊　舊相簿裡的青春寫真——評錦連的詩集《守夜的壁虎》　詩的光
　　　與影　臺中　臺中市文化局　2007 年 11 月　頁 110—117

233. 林盛彬　現代詩話——錦連詩集《守夜的壁虎》　笠　第 232 期　2002 年
　　　12 月　頁 135—141

234. 江明樹　孤獨與寂寞共舞——評錦連的詩集《守夜的壁虎》　自由時報
　　　2003 年 3 月 21 日　43 版

235. 江明樹　孤獨與寂寞共舞——評錦連的詩集《守夜的壁虎》　古今藝文
　　　第 29 卷第 3 期　2003 年 5 月　頁 79—84

236. 古恆綺等編[23]　《守夜的壁虎》　高雄文學小百科　高雄　高雄市文化局
　　　2006 年 7 月　頁 159

237. 郭漢辰　試論錦連詩中時間與死亡意象與符碼——以錦連詩集《守夜的壁
　　　虎》為研討範圍　錦連的時代——錦連詩作學術研討會　彰化
　　　明道大學中文系暨通識教育中心　2008 年 5 月 2 日

238. 郭漢辰　試論錦連詩裡時間與死亡的意象與符碼——以錦連詩集《守夜的

---

[23] 編者：古恆綺、汪軍存、彭瓊儀、許昱裕。

壁虎》為探究範圍[24] 錦連的時代——錦連新詩研究 臺中 晨星
出版社 2008 年 12 月 頁 297—323

《支點》

239. 林水福   錦連詩試論——以《支點》為主 錦連的時代——錦連詩作學術研
討會 彰化 明道大學中文系暨通識教育中心 2008 年 5 月 2 日

240. 林水福   錦連詩試論——以《支點》為主[25] 錦連的時代——錦連新詩研究
臺中 晨星出版社 2008 年 12 月 頁 250—270

《錦連詩集》

241. 羊子喬   時空交錯的哲思——談《錦連詩集》的知性世界 鹽田裡的詩魂
——羊子喬文學評論集 2 臺南 臺南縣文化局 2010 年 10 月
頁 201—205

散文

《臺灣今昔物語》

242. 凌 煙   佇足,凝視,在歷史的一隅 文學臺灣 第 82 期 2012 年 4 月
頁 18—21

單篇作品

243. 吳瀛濤等   作品合評〔〈挖掘〉〕[26] 笠 第 6 期 1965 年 4 月 頁 40,
47,48—49

244. 林亨泰   我們時代裡的中國詩(三、四)〔〈挖掘〉部分〕 笠 第 56—
57 期 1973 年 8 月 頁 54—57,33—34

245. 林亨泰   我們時代裡的中國詩〔〈挖掘〉部分〕 林亨泰全集・文學論述
卷 1 彰化 彰化縣立文化中心 1998 年 9 月 頁 105—116

---

[24] 本文以錦連詩集《守夜的壁虎》為文本,運用符號分析其時間與死亡的意象。全文共 4 節:1.時
間與死亡共譜的青壯生命謳歌;2.生命時空場域的意象操作;3.挖掘詩人密藏在詩行裡的符碼;4.
唯有詩才能穿透衰亡與歲月的聯結——小結。

[25] 本文以錦連詩作《支點》為文本,透過「孤獨」、「老病與傷逝」、「詩風」、「神」等幾個主題探究
其詩的意涵與思想轉變。全文共 6 節:1.前言;2.孤獨;3.老病與傷逝;4.詩風的轉變——向日本
傳統回歸;5.神;6.結語。

[26] 本次作品合評分臺北、臺中、臺南三地進行,臺北:吳瀛濤、洛夫、羅馬、文曉村、杜國清、楓
堤;臺中:桓夫、彭捷、林亨泰、張效愚、許達然;臺南:郭文圻、葉笛、白荻、林宗源、白浪萍。

246. 李敏勇　　臺灣之詩——根源的鄉愁〔〈挖掘〉部分〕　臺灣詩季刊　第 2
　　　　　　　期　1983 年 9 月　頁 53—55

247. 陳明台　　鄉愁論——臺灣現代詩人的故鄉憧憬與歷史意識〔〈挖掘〉部
　　　　　　　分〕　臺灣精神的崛起——《笠》詩論選集　高雄　文學界雜誌
　　　　　　　1989 年 12 月　頁 29—31

248. 朱雙一　　臺灣新文學運動的重挫——時代困圍下的不滅詩魂〔〈挖掘〉部
　　　　　　　分〕　臺灣文學史（上）　福州　海峽文藝出版社　1991 年 6 月
　　　　　　　頁 598

249. 朱雁光　　〈挖掘〉賞析　世界華人詩歌鑑賞大辭典　太原　書海出版社
　　　　　　　1993 年 3 月　頁 173—176

250. 蔡榮勇　　讀詩寫詩〔〈挖掘〉〕　笠　第 197 期　1997 年 2 月　頁 140—142

251. 阮美慧　　《笠》與現代主義：笠詩社成立史的一個側面——《笠》與現代
　　　　　　　主義的對應與表現〔〈挖掘〉部分〕　笠　第 225 期　2001 年 10
　　　　　　　月　頁 113—115

252. 阮美慧　　現代主義的推移與本土派文學勢力的茁壯——本土詩學的醞釀
　　　　　　　〔〈挖掘〉部分〕　臺灣精神的回歸——六、七〇年代臺灣現代
　　　　　　　詩風的轉折　成功大學中國文學系　博士論文　呂興昌教授指導
　　　　　　　2002 年 6 月　頁 162—164

253. 李魁賢　　笠的歷程〔〈挖掘〉部分〕　李魁賢文集 10　臺北　行政院文建
　　　　　　　會　2002 年 11 月　頁 107—109

254. 李敏勇　　執拗地挖掘〔〈挖掘〉〕　經由一顆溫柔心——臺灣、日本、韓
　　　　　　　國詩散步　臺北　圓神出版社　2007 年 10 月　頁 32—35

255. 李敏勇　　〈挖掘〉解說　笠　第 292 期　2012 年 12 月　頁 25—26

256. 孫　蘇　　詩的鑑賞舉隅——錦連的〈輾死〉　這一代　第 5 期　1970 年 9
　　　　　　　月　頁 22

257. 張　默　　詩的欣賞舉隅——〔〈輾死〉部分〕　飛騰的象徵　臺北　水芙
　　　　　　　蓉出版社　1976 年 9 月　頁 27—28

258. 桓　夫　詩的心象〔〈轢死〉部分〕　現代詩淺說　臺北　學人文化公司
　　　1979 年 12 月　頁 76—79

259. 〔張默，蕭蕭編〕　　〈轢死〉鑑評　新詩三百首（一九一七——一九九五）
　　　（上）　臺北　九歌出版社　1995 年 9 月　頁 411—413

260. 仇小屏　談幾種章法在新詩裡的運用〔〈轢死〉部分〕　國文天地　第 181
　　　期　2000 年 6 月　頁 83—84

261. 葉維廉　臺灣五十年代末到七十年代初兩種文化錯位的現代詩——「跨語
　　　言的一代」：見證，策略與美的建構〔〈轢死〉部分〕　中國詩
　　　學臺北　臺大出版中心　2014 年 1 月　頁 340—341

262. 林鍾隆　現代詩的思想（三）〔〈龜裂〉部分〕　臺灣文藝　第 37 期
　　　1972 年 10 月　頁 80—81

263. 林秀珍　靜宜大學學生詩展——詩賞析〔〈龜裂〉部分〕　笠　第 188 期
　　　1995 年 8 月　頁 122—124

264. 向　陽　〈龜裂〉作品導讀　青少年臺灣文庫 2——新詩讀本 1：春天在我
　　　的血管裡歌唱　臺北　國立編譯館　2008 年 12 月　頁 27

265. 利玉芳　錦連的詩賞析〔〈旅愁〉〕[27]　笠　第 137 期　1987 年 2 月　頁
　　　123—126

266. 利玉芳　錦連的〈旅愁〉　向日葵　臺南　臺南縣立文化中心　1996 年 6
　　　月　頁 283—287

267. 向　陽　〈鐵橋下〉編者按語　七十五年詩選　臺北　爾雅出版社　1987
　　　年 3 月　頁 77

268. 朱雁光　〈鐵橋下〉賞析　世界華人詩歌鑑賞大辭典　太原　書海出版社
　　　1993 年 3 月　頁 172—173

269. 許俊雅　從困境、求索到新生——談臺灣新詩中的二二八〔〈鐵橋下〉部
　　　分〕　第二屆臺灣本土文化國際學術研討會論文集——臺灣文學
　　　與社會　臺北　臺灣師範大學國文學系，人文教育研究中心

[27]本文後改篇名為〈錦連的〈旅愁〉〉。

1996 年 4 月　頁 335

270. 許俊雅　從困境、求索到新生——談臺灣新詩中的二二八〔〈鐵橋下〉部分〕　臺灣文學論——從現代到當代　臺北　南天書局　1997 年 10 月　頁 404—407

271. 向　陽　〈鐵橋下〉作品導讀　青少年臺灣文庫 2——新詩讀本 2：太平洋的風　臺北　國立編譯館　2008 年 12 月　頁 89

272. 張　默　錦連／〈嬰兒〉　小詩選讀　臺北　爾雅出版社　1987 年 5 月　頁 45—49

273. 仇小屏　〈嬰兒〉賞析　世紀新詩選讀　臺北　萬卷樓圖書公司　2003 年 8 月　頁 231—232

274. 李魁賢　臺灣詩人的反抗精神（上）〔〈火柴〉部分〕　臺灣文藝　第 112 期　1988 年 8 月　頁 32—35

275. 李魁賢　臺灣詩人的反抗精神〔〈火柴〉部分〕　詩的反抗　臺北　新地文學出版社　1992 年 6 月　頁 172—176

276. 李魁賢　臺灣詩人的反抗精神〔〈火柴〉部分〕　李魁賢文集 10　臺北　行政院文建會　2002 年 11 月　頁 139—142

277. 李魁賢　詩的意識和想像〔〈影子〉部分〕　笠　第 190 期　1995 年 12 月　頁 106—107

278. 李魁賢　詩的意識和想像〔〈影子〉部分〕　李魁賢文集 7　臺北　行政院文建會　2002 年 10 月　頁 66—72

279. 利玉芳　錦連的〈憶父親〉　向日葵　臺南　臺南縣立文化中心　1996 年 6 月　頁 272—276

280. 莫　渝　笠下的一群〔〈趕路〉部分〕　笠　第 210 期　1999 年 4 月　頁 122—124

281. 張　默　〈颱風與嬰兒〉品賞[28]　天下詩選 1——1923—1999 臺灣　臺北　天下遠見出版公司　1999 年 9 月　頁 216—217

---

[28]本文後改篇名為〈從錦連到紀小樣——《天下詩選》入選詩作十四家小評——錦連〈颱風與嬰兒〉〉。

282. 張　默　　從錦連到紀小樣——《天下詩選》入選詩作十四家小評——錦連〈颱風與嬰兒〉　臺灣現代詩筆記　臺北　三民書局　2004 年 1 月　頁 294—295

283. 莫　渝　　悲哀的本質〔〈蚊子淚〉〕　國語日報　1999 年 10 月 6 日　5 版

284. 莫　渝　　〈蚊子淚〉　螢光與花束　臺北　臺北縣文化局　2004 年 12 月　頁 210—211

285. 應鳳凰　　〈蚊子淚〉　國語日報　2002 年 2 月 2 日　5 版

286. 應鳳凰　　錦連〈蚊子淚〉　臺灣文學花園　臺北　玉山社出版公司　2003 年 1 月　頁 217—221

287. 喬　林　　錦連的〈蚊子淚〉　人間福報　2011 年 7 月 4 日　15 版

288. 莫渝輯錄　　〈蚊子淚〉的解讀摘要　臺灣詩人側顏　臺北　要有光　2013 年 10 月　頁 93—94

289. 李敏勇　　臺灣人啊！〔〈他〉〕　民眾日報　2000 年 3 月 16 日　19 版

290. 李敏勇　　臺灣人啊！〔〈他〉〕　詩之志——李敏勇隨筆集　高雄　春暉出版社　2012 年 3 月　頁 69—71

291. 李敏勇　　苦悶的歷史〔〈日夜我在內心深處看見一幅畫〉〕[29]　臺灣詩閱讀——探觸五十位臺灣詩人的心　臺北　玉山社出版社　2000 年 9 月　頁 48—53

292. 李敏勇　　〈日夜我在內心深處看見一幅畫〉解說　啊，福爾摩沙！　臺北　本土文化公司　2004 年 1 月　頁 37

293. 莫　渝　　錦連〈壁虎〉　愛情小詩選讀　臺北　鷹漢文化公司　2003 年 11 月　頁 111—113

294. 焦　桐　　〈深夜——我的畫廊・第五幅〉賞析　2004 臺灣詩選　臺北　二魚文化公司　2005 年 3 月　頁 176

295. 李若鶯　　導讀——錦連〈演講之後〉　鹽分地帶文學　第 1 期　2005 年 11 月　頁 185

---

[29]本文後改篇名為〈〈日夜我在內心深處看見一幅畫〉解說〉。

296. 李若鶯　導讀——錦連〈老實講〉　鹽分地帶文學　第 4 期　2006 年 6 月　頁 214

297. 彭瑞金　臺灣新文學的民間信仰態度及其影響〔〈媽祖頌〉部分〕　臺灣文學史論集　高雄　春暉出版社　2006 年 8 月　頁 41

298. 張　默　從〈秋晚的江上〉到〈時間進行式〉——「七行詩」讀後筆記〔〈軌道〉部分〕　小詩‧牀頭書　臺北　爾雅出版社　2007 年 3 月　頁 186

299. 陳幸蕙　掌中的鑽石〔〈無題〉〕　人間福報　2007 年 6 月 5 日　15 版

300. 蕭　蕭　〈無家可歸〉作品賞析　2006 臺灣詩選　臺北　二魚文化公司　2007 年 7 月　頁 47

301. 蕭　蕭　曹開：挺直臺灣的新詩脊梁——曹開數學詩的哲學思考與史學批判〔〈三角〉部分〕　給小數點臺灣——曹開數學詩　臺中　晨星出版公司　2007 年 12 月　頁 26—28

302. 李敏勇　〈檸檬〉作品導讀　青少年臺灣文庫 2——新詩讀本 4：我有一個夢　臺北　國立編譯館　2008 年 12 月　頁 6

303. 李敏勇　〈這一雙手〉作品導讀　青少年臺灣文庫 2——新詩讀本 4：我有一個夢　臺北　國立編譯館　2008 年 12 月　頁 41

304. 李敏勇　〈溪流〉作品導讀　青少年臺灣文庫 2——新詩讀本 4：我有一個夢　臺北　國立編譯館　2008 年 12 月　頁 70

305. 蔡榮勇　適合兒童閱讀的現代詩〔〈夏天到了〉〕　滿天星　第 73 期　2013 年 1 月　頁 76—77

多篇作品

306. 李敏勇　挫折與屈辱的歷史——錦連〈鐵橋下〉、〈他〉　北縣文化　第 48 期　1996 年 5 月　頁 53—55

307. 李敏勇　傷口的花——臺灣詩的二二八記憶與發現（上）〔〈無為〉、〈鐵橋下〉、〈日夜，我在內心深處看到一幅畫〉部分〕　自立晚報　1997 年 2 月 22 日　14 版

308. 陳千武　　錦連的詩·〈軌道〉、〈龜裂〉　詩的啟示　南投　南投縣立文化中心　1997 年 5 月　頁 34—39

309. 李漢偉　　偏向「見證／控訴」的記錄〔〈鐵橋下〉、〈龜裂〉、〈挖掘〉、〈沒有麻雀的風景〉部分〕　臺灣新詩的三種關懷　臺北　駱駝出版社　1997 年 10 月　頁 50，62—66

310. 葉　笛　　論《笠》前行代的詩人們——跨越語言的前行代詩人們〔〈壁虎〉、〈死與紅茶〉、〈神〉、〈北港媽祖〉部分〕　笠詩社四十週年國際學術研討會論文集　臺南　國家臺灣文學館籌備處　2004 年 11 月　頁 64—69

311. 葉　笛　　論《笠》前行的詩人們〔〈壁虎〉、〈死與紅茶〉、〈神〉、〈北港媽祖〉部分〕　葉笛全集·評論卷二　臺南　國家臺灣文學館籌備處　2007 年 5 月　頁 86—93

312. 〔林瑞明選編〕　　〈序詩〉、〈鐵橋下〉、〈龜裂〉、〈他〉賞析　國民文選·現代詩卷 1　臺北　玉山社出版公司　2005 年 2 月　頁 245

313. 向　陽　　〈日夜我在內心深處看見一幅畫〉、〈蚊子淚〉賞析　臺灣現代文選·新詩卷　臺北　三民書局　2005 年 6 月　頁 50—52

314. 陳明台　　錦連〈蚊子淚〉、〈軌道〉　美麗的世界　臺北　五南圖書出版公司　2006 年 1 月　頁 110—113

315. 陳幸蕙　　〈軌道〉、〈無題〉向星輝斑斕處漫溯　小詩星河——現代小詩選 2　臺北　幼獅文化公司　2007 年 1 月　頁 70—71

316. 李敏勇　　〈壁虎〉、〈腎石論〉作品導讀　青少年臺灣文庫 2——新詩讀本 3：天門開的時候　臺北　國立編譯館　2008 年 12 月　頁 38—39

317. 林明理　　簡論錦連詩歌表現生活美學的藝術〔〈溪流〉、〈小石子〉、〈木瓜〉〕　乾坤詩刊　第 59 期　2011 年 7 月　頁 109—112

318. 林明理　　簡論錦連詩歌表現生活美學的藝術〔〈溪流〉、〈小石子〉、〈木瓜〉〕　湧動著一泓清泉——現代詩文評論　臺北　文史哲出版社　2012 年 3 月　頁 83—87

319. 李敏勇　　傷口的花——臺灣現代詩中的白色恐怖顯影〔〈蚊子淚〉、〈日夜在我內心深處看見一幅畫〉部分〕　烈焰・玫瑰——人權文學・苦難見證　臺北　國家人權博物館籌備處　2013 年 12 月　頁 246—251

作品評論目錄、索引

320. 〔張默主編〕　　作品評論引得　感月吟風多少事　臺北　爾雅出版社　1982 年 9 月　頁 37—38

321. 阮美慧　　詩人作品評論索引——錦連部分　笠詩社跨越語言一代詩人研究　東海大學中國文學系　碩士論文　陳鴻森教授指導　1997 年 5 月　頁 335—336

322. 張默編　　作品評論引得　現代百家詩選　臺北　爾雅出版社　2003 年 6 月　頁 122—123

323. 李桂媚　　錦連研究相關書目　錦連的時代——錦連新詩研究　臺中　晨星出版社　2008 年 12 月　頁 324—333

324. 〔岩上編〕　　閱讀進階指引　錦連集　臺南　國立臺灣文學館　2008 年 12 月　頁 137—138

325. 〔阮美慧主編〕　　作品評論目錄　錦連全集・資料卷　臺南　國立臺灣文學館　2010 年 10 月　頁 321—341

326. 〔封德屏主編〕　　錦連　臺灣現當代作家評論資料目錄（七）　臺南　國立臺灣文學館　2010 年 11 月　頁 4503—4516

國家圖書館出版品預行編目資料

臺灣現當代作家研究資料彙編. 73, 錦連 / 蕭蕭編選. --
初版. -- 臺南市：臺灣文學館, 2015.12
　面；　公分
ISBN 978-986-04-6396-5 (平裝)

1.錦連 2.傳記 3.文學評論

863.4　　　　　　　　　　　　　　104022659

【臺灣現當代作家研究資料彙編】73
錦連

發 行 人　陳益源
指導單位　文化部
出版單位　國立臺灣文學館
　　　　　地　　址／70041 臺南市中西區中正路 1 號
　　　　　電　　話／06-2217201　　　　　傳　　真／06-2218952
　　　　　網　　址／www.nmtl.gov.tw　　　　電子信箱／pba@nmtl.gov.tw

總 策 畫　封德屏
顧　　問　林淇瀁　張恆豪　許俊雅　陳信元　陳義芝　須文蔚　應鳳凰
工作小組　白心瀞　呂欣茹　陳欣怡　陳映潔　陳鈺翔　莊淑婉　張傳欣
編　　選　蕭　蕭
責任編輯　莊淑婉
校　　對　陳欣怡　陳鈺翔　莊淑婉　張傳欣
計畫團隊　財團法人台灣文學發展基金會
美術設計　翁國鈞・不倒翁視覺創意
印　　刷　松霖彩色印刷事業有限公司

著作財產權人　國立臺灣文學館
　　　本書保留所有權利。欲利用本書全部或部分內容者，須徵求著作財產權人
　　　同意或書面授權。請洽國立臺灣文學館研究典藏組（電話：06-2217201）

經銷展售　國家書店松江門市（02-25180207）
　　　　　國立臺灣文學館—雪芙瑞文學咖啡坊（06-2214632）
　　　　　三民書局（02-23617511）　　　　五南文化廣場（04-22260330）
　　　　　台灣的店（02-23625799）　　　　府城舊冊店（06-2763093）
　　　　　南天書局（02-23620190）　　　　唐山出版社（02-23633072）
　　　　　草祭二手書店（06-2216872）

初版一刷　2015 年 12 月
定　　價　新臺幣 380 元整
　　　　　第一階段 15 冊新臺幣 5500 元整　第二階段 12 冊新臺幣 4500 元整
　　　　　第三階段 23 冊新臺幣 8500 元整　第四階段 14 冊新臺幣 5000 元整
　　　　　第五階段 16 冊新臺幣 6000 元整
　　　　　全套 80 冊新臺幣 24000 元整

GPN　1010402157（單本）　ISBN　978-986-04-6396-5（單本）
　　　1010000407（套）　　　　　　978-986-02-7266-6（套）

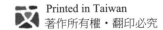